新潮文庫

冬の旅

立原正秋著

新潮社版

2130

冬の旅

別れ霜

護送車の金網ごしに見える外界の新緑が眩しかった。外の景色を眺められるのはほぼ一か月ぶりだな、と宇野行助は移り行く風景を新鮮な思いで受けとめた。新緑にまじって家々の庭に赤い躑躅の花も咲いていた。それらの樹木に、早い午前の陽の光が砕け散っていた。白い壁の家も見えた。壁の白さが目にしみた。四週間を鉄格子のなかで暮してきた行助に、それらの風景は彩りがありすぎ、感動的ですらあった。

「ちえッ、娑婆では花が咲いてらあ」

と誰かが言った。護送車のなかには七人の少年がのっていた。

「ほんとだ。あかい花と白い花が咲いているぜ。とにかく外には色があるなあ」

と行助のとなりにいる少年が応じた。この少年の言葉はいくぶん詠嘆的で、金網ごしの外界にたいする羨望がこめられていたが、ちえッ、と軽くさけんだ少年の態度には反抗の響きがあった。

行助は仲間のやりとりをききながら、なぜ俺は少年院送りになったのか、と自分の内面を視つめていた。彼は、他の少年達のように詠嘆的にも反抗的にもなれなかった。

「練鑑できいた話だが、俺達がこれから入る多摩少年院は、少年院のなかの学習院だとよ」

ちえッ、とさけんだ少年が言った。

「学習院とはわらわせるな」

外には色がある、と言った少年が答えた。

「おまえ、いやに大人ぶっているが、なにをやったんだ？」

「窃盗よ。おめえは？」

「俺は盗んだのさ」

「おたがいにたいしたことはしていねえな。奴はなにをやったのだろう。奴の方が俺より大人ぶっているぜ」

「きいてみろよ」

「おい、おまえ、なにをやったんだ？」

外には色がある、と言った少年が行助の肩をたたいた。

「俺は人を刺した」

行助は外を見たまま面倒くさそうに答えた。すると二人は一瞬だまりこんだ。

「おめえ、いやに貫禄があるように見せかけるが、相手のどこを刺ったんだね」

外には色がある、と言った少年が、再び行助の肩をたたいた。

「それがきみとなんの関係がある？　うるさいからすこし静かにしてくれ」

行助ははじめてその少年の方をふり向いて答えた。

「きみだとよ。おめえ、目白の学習院出身か。いやに雅た言葉を使うじゃねえか。おい、みんな、きいたか。奴は、おめえ、とよばずに、きみ、と俺を尊敬してよんだ。奴は、目白の学習院で学術優秀、品行方正のお免状をもらい、これから多摩少年院に進学するところだ」

すると他の者が声をたててわらった。わらい声に、運転席のとなりに掛けている法務教官が窓をあけてこっちをみた。少年達はいっせいに姿勢を正した。やがて窓が閉った。

「俺は宇野行助という。きみの名は？」

行助はとなりの少年を見て訊いた。

「俺は安坂宏一だ」

と少年は軀を前にのりだすようにして行助を見かえして答えた。少年達は二列に並んでむかいあって腰かけていた。行助が見ると、少年は、左手の薬指の背に、幾子、と刺青がしてあった。

「安坂宏一か。憶えておこう」

「通称を安という。俺はすじもんだ」

「すじもん？」

「おまえ、堅気の学生だな。すじもんとはやくざのことよ」

「そうかい」

行助は再び金網ごしに外に視線を移し、この少年は俺より二つは年嵩だな、と思った。

行助は少年鑑別所では独居房にいた。独居房は畳の部屋で、そこにベッドがおいてあり、本とラジオとテレビが備えつけてあった。しかし彼はラジオも聴かなければテレビも視なかった。

彼が、傷害事件をおこして世田谷の成城警察署から家庭裁判所を経て東京少年鑑別所に送られたのは、四月初旬であった。公立高等学校の二年生に進級し、学校に通いだしてから幾日も経たない日であった。彼は、鑑別所に高等学校の教科書を差しいれてもらい、それを自習しながら鑑別期間の四週間をすごしたのであった。その間、彼は、少年鑑別所と家庭裁判所を二度往復した。

その結果、中等少年院に送致、と審判されたとき、これで俺の進路はある程度変ってしまった、とはっきり感じた。後悔はなかったが、為体の知れない苦いものがこみあげてきた。

少年鑑別所長は平山亮という五十がらみの人で、親切だった。所長は、相手を刺した行為はもちろん悪いが、刺した動機が大切だから、それをきかせてもらいたい、と何度も行助を諭すように言ってくれたが、彼は最後まで動機を語らなかった。

「おい、刺した相手はどんな奴だった？」

再び安坂宏一が行助の肩を叩きながら訊いた。

「だまっていてくれないか」

行助は迷惑そうに答えた。

「だまっていろだと？　おい、俺は二度目の少年院入りだ。判らないことがあったら教えてやろうと言っているんだ」

「教えてもらわなくともいい。きみは少年院行きに慣れているんだな」

「慣れているだって？　おい、冗談おっぺすなよ。俺は好きこのんでこんな車に乗っているわけじゃねえ。情婦が子供を孕みやがってよ、金が必要になってな……」

「きみいくつだい？」

行助は訊いた。彼も情婦をまぶと呼ぶ隠語ぐらいは知っていた。

「番茶も出花の十八よ。女は二十だ。ちくしょうッ！　もう、ごらんがうまれる頃だというのに、俺は刑務所入りだ。奴、どうしているのかなあ」

行助は安坂の言うのをききながら、この少年は案外気がいいのかも知れない、と思った。そして彼は再び外の新緑に目を移し、兄を刺した日の午後を想いかえした。それはまことに気の遠くなるような午後であった。

それは、悪夢のような半日であった。行助は、いまでもその半日の陽のながさを憶えている。

高等学校は世田谷の粕谷町にあった。学校からは芦花公園がちかかった。行助の家は、成城町の北のはずれにあり、祖師谷と調布市に隣接していた。彼は、粕谷町の学校に通うのに、歩いて祖師谷を通りぬけた。いつも安穏寺という寺の前を通った。彼は寺が好きだった。寺には想い出があった。父の矢部隆の骨を埋葬しに行った五歳の春、母の澄江が泣いていたのを、彼はながく記憶にとどめていた。その寺は鎌倉の円覚寺であった。小学校の四年生になったとしの春、再婚する母につれられて東京に越してくるまで、彼は年に数回母とつれだって円覚寺の父の墓所に詣でた。いま、彼の記憶にあるのは、季節の色に染まった円覚寺の境内である。東京に越してきたこの九歳の春いらい、彼は円覚寺を知らなかったが、しかし彼の裡では季節の色に染まった寺の周辺が生きていた。真白く粉を噴いたような五月の木の芽、蟬しぐれの夏の午後、樹木から一枚いちまい葉が剝がれて行く十一月のしずかな暮方……彼は東京に越してきてからも、いつもそんな季節感を求めては寺のそばを歩いた。しかし東京には円覚寺のような寺はなかった。

安穏寺は小さな寺であった。しかし寺のたたずまいはいつも彼の心をやわらげてくれた。この日、彼は午前中で授業を終え、いつものように安穏寺の前を通って帰宅した。腹がへった、なにかこしらえてあるだろう、と思いながら玄関をあけたとき、奥から母のさけび声がきこえてきたのである。

行助は咄嗟に式台にカバンを投げだし、廊下を奥に走った。そして茶の間の襖をあけたとき、彼は息をのんだ。

兄の修一郎が母の上にのしかかっていたのである。澄江は髪をふり乱し両腕を修一郎の胸に突きあげて抵抗しており、着物をまくられた下半身があらわだった。あり得ない光景であった。行助は見てはならぬものを見た、という思いと、修一郎にたいしての怒りが噴きあげてきた。修一郎がなにをしようとしているのかを瞬時のうちにさとった行助は、いきなり修一郎の頭をうしろから殴りつけ、首に腕をまわして引きずりおろした。

「野郎ッ！」

修一郎は行助の腕を振り放すと台所に駈けて行き、右手に出刃庖丁をにぎってきた。

「ちくしょうッ、母子で俺を馬鹿にしやがったな！」

酒のにおいがした。

行助は、ジーパンに色もののシャツ姿で出刃を握って戻ってきた兄をみたとき、これで血の繋がっていない二つ違いのこの兄とのあいだもおしまいだな、と感じた。出刃庖丁を向けられて恐怖はなかったように思う。行助の心に充ちてきたのは崩壊感覚であった。そこに微かな哀しみがともなった。

「修一郎さん、やめて！」

澄江が両手で自分の頭を摑みながら叫んだ。

「うるせえッ、てめえ達は俺とは他人だ！」

修一郎がさけびかえした。修一郎と行助のあいだには卓袱台があるきりだった。

行助は、いつかはこんな日が訪れてくるのを、心のどこかで知っており、それを虞れていた。ことのきっかけはなんでもよかった。血の繋がっていないこの兄と、取っくみあいの喧嘩をしたことはない。いつも陰にこもった争いをしてきた。争ったといっても、行助の方から争いを仕掛けたことはない。いつも、修一郎の一方的な言いがかりを、行助は母といっしょにだまってきいてきただけであった。

修一郎は、この三月に、近くの私立高等学校を出て、神田のある私立大学の経済学部に、二百万円の金をつんで裏口入学をしたが、ここまで修一郎を堕落させたのはもちろん父の宇野理一であった。理一も修一郎も、それを堕落だとは考えていないほど、都会の消費生活に慣れきっていた。

行助は、兄が金で裏口入学した件については、母と話しあったことはない。ただ、母が、父の依頼でその私大の理事の家に金を届けに行ったことだけは知っていた。

しかし、このきっかけは余りにもひどいではないか、と行助は乱れた着物を直しながら修一郎を宥めている母を見て思った。血が繋がっていないとはいえ、母子ではないか。

「兄さん、庖丁をおろしてくれ」

行助は哀しかった。

「俺はおまえの兄ではない！」

修一郎はあきらかに理性を失っていた。やはり酒のにおいがした。母を犯(おか)そうとした現場を見られ、彼は逆上していた。劣等感(れっとうかん)の捌(は)けぐちを刃物に託(たく)していた。行助は修一郎のそんな面を知りすぎるほど知っていた。

「修一郎さん、やめて！」

澄江がおろおろしながらもう一度言った。

「うるせえッ。てめえはこの家の女中じゃないか。俺のおふくろのような面(つら)をするなッ！」

行助が卓袱台に右足をひっかけて両手で持ちあげ、それを修一郎に投げつけたのは一瞬の出来事であった。修一郎が庖丁を畳におとし、修一郎と行助の腕が同時に庖丁にのびたが、行助の方が早かった。二人は庖丁を奪(うば)いあって縺(もつ)れた。そして、庖丁がどうして修一郎の右腿(もも)に刺さってしまったのか、行助はまったく憶えていない。

修一郎は異様なさけび声をあげて部屋から庭にとびだすと、この四月に理一から買ってもらったベンツに乗り、やはり異様なさけび声をあげて出て行ってしまった。

気がついてみたら行助は右手に出刃を握っていた。不思議なことに出刃には血がついておらず、畳に血が散っていた。

「行助……どうして、こんなことを……」

澄江はぺたっと坐りこんでしまった。行助が見ると澄江のくちびるがふるえていた。行助はこのとき畳に散っている血を視つめながら冷静だったように思う。刺そうなどという気持はまったくなかった。しかし現実には刺していた。何故か？　修一郎にたいしての憎しみが、無意識のうちに行為になって出てしまったのか……。

「お母さん、警察に電話をしよう」

「おまえ……そんなことを！」

澄江は息子の足もとににじり寄った。

「それで、おまえ、刺した相手が死んだわけじゃあるめえ。もっとも、ろくっていりゃ、いま頃、学習院になど送られるはずがねえものな」

再び安が話しかけてきた。

「きみは二度目の少年院入りだと言っていたが、やはり多摩に入ったのかい？」

行助はこの少年にすこしばかり親しみを覚え、訊きかえした。

「いや、千葉よ。初等少年院といってな。三年前だ。ああ、ああ、また麦飯を食ってくらすんだ。いやんなっちゃうな。おまえ、父親と母親はいるのかい？」

「いるよ」

行助は、この少年は集中してものを考えることの出来ないたちだな、と思いながら外を見た。このとき行助は、安から、父はいるのか、と訊かれ、七年前、母といっしょに宇野家に来た頃をおもいかえしていた。あれは、ちょうどいま頃の季節だった……。行助は小学校の四年生で、修一郎は六年生になった別れ霜の季節だった。考えてみればおかしな話だった、と行助は当時をおもいかえした。九歳と十一歳の少年が、今日からきみと僕とは兄弟だ、と言いあいながら、しかし二人の少年はそれを本当だとは思っていなかった。二人の少年のあいだで溝が出来たのは、あるいはこの最初の出発の日だったかも知れない。二人の少年は、おたがいに、父をとられ、母をとられた、と考えていたのかも知れない。……俺はあの日、修一郎を刺した日の午後、出刃を握ったまま、宇野家に来てからの年月を反芻していたのかも知れない。

三人の警官が宇野家に現われたのは、行助が成城警察署に電話をした直後だった。修一郎がベンツを運転して家を出てから十分と経っていなかった。三人のうち一人は私服だった。

「矢部行助という学生がいますか？」

と迎えにでた行助に年輩の警官が訊いた。

「矢部？……ええ、僕が矢部行助です」

行助は、咄嗟にすべてを理解した。修一郎は、女中と女中の息子に刺された、と警官に告げたにちがいない。

このとき、あたふたと澄江が出てきた。

「おい、この少年を押えていろ。矢部澄江だな。茶の間はどこだ」

その年輩の警官は、髪が乱れている澄江を見ると、いきなり靴をぬぎ式台にあがり、澄江をうながして奥に入って行った。若い警官の一人が行助の右手首に手錠をかけたのはこのときである。瞬間的な出来事だった。あわてて母に従いて茶の間に行こうとしたとき、おい、どこへ行く！　と若い警官が鋭い声を浴びせた。手錠はこのときにかかった。奇妙な一瞬だった。手首に冷たい重みを感じたとき、なぜか亡父矢部隆の顔をおもいうかべた。なぜあのとき父の顔がおもいうかんだのか……俺はあのとき無意識のうちに亡父の笑顔と手錠の冷たさをおもい比べていたのか。

行助は、手首にかけられた手錠は見ずに、若い警官の鋭い目を視つめ、もしかしたら俺はこの冷たさと重さを生涯忘れないかも知れない、と思った。手錠は、手首に食いこまず、行助の頭の中に食いこんできたのである。

澄江は茶の間に二人の警官を案内して畳に散っている血を見たとき眩暈がした。

「そのままらしいですな」

と私服が白い手袋をはめた手で出刃庖丁をつまみあげながら言った。

「行助が……行助が、このままにしておけと言ったんです」

澄江が私服のつまんだ出刃を見て答えた。

「あんたの息子がそう言ったのか？」

年輩の警官がきいた。

「そうです」

「この家の奥さんはいないのか？」

「わたしが、この家の主婦です」

「あんたが奥さん？　矢部澄江は？」

「わたしです。……矢部は、むかしの姓です」

澄江は答えながら坐りこんでしまった。

このとき二人の私服が入ってきて、

「あの少年が電話で署に自首してきました」

となかの一人が言った。

「われわれが出た後か？」

年輩の警官がその若い私服を見て訊いた。

「そうです」

「あんたの息子が署に電話をしたのか？」

年輩の警官が今度は澄江を見おろして訊いた。澄江は返事のかわりにうなずいて見せ、
修一郎さんは大丈夫ですか？　と警官を見あげて訊いた。すると、

「刺された子はどうだ？」

と年輩の警官が若い私服を見て訊いた。

「いま処置を受けています。木下病院です」

それから現場検証がはじめられた。電話で呼び戻された宇野理一が帰宅したのは、それから一時間後だった。新宿まで使いにでた若い手伝女の佐藤つる子が帰宅したのもこの時分だった。

やがて佐藤つる子を残し理一と澄江は警察署に同行を求められた。行助は一同より先に警察署に連行されていた。

署についてから、まず理一が二人の子の父親として取りしらべを受けた。

「修一郎くんは、澄江さんと行助くんに刺された、と言っておりますが」

刑事が言った。

「澄江がそんなことをするはずがありません」

理一は答えた。

「修一郎くんが、二人を、女中と女中の子、とよんでいる点について、どうお考えですか」

「修一郎がそんなことを言っていましたか？」

理一は愕然とした表情で刑事を見かえした。

「二人の御子息は、普段から仲がよくなかったのですか」

「わかりません。いや、そんなはずはありません。こんな事件をおこすなど、考えられないことです。……なにぶん、家にいないことが多いものでして。ひとつ、穏便に、おねがいいたします」

「二人とも未成年ですから、新聞に名前がでるようなことはありませんから、その点は御心配しないでください」

「いえ、私の申しあげたいのは、行助のことですが……」

理一は、息子が妻を女中とよんでいたときかされたとき、自分の気のつかないところでなにかが起きている、と感じた。

修一郎は全治三週間の重傷であった。右の内腿が、ぽっかり穴があいたようなかたちで刺されていた。彼は、茶の間で行助と争ったとき、出刃庖丁がどのようにして自分の腿に刺されたのかを知っていた。落ちた出刃に行助の両手がさきにのびたとき、修一郎は行助の両手を上から押えた。押えたときに彼は両足を滑らせてしまったのである。つまり、自分が足を滑らせたために、自ら出刃に自分の腿を突きたてたかたちになってしまった。一瞬、灼熱感に似た感覚が全身を走っていった。たいしたことはないだろう、と思いながら行助を突きとばしてたちあがったとき、畳に血が散っていた。血を見たとき彼は不意に恐怖を感じた。それから彼は跣で庭にとびおり、車を運転して成城署にかけつけた。

彼はそこで女中の子に刺されたと訴えでたのである。ズボンから血を滴らせている彼を見た警官が、すぐ彼を近くの木下病院に運んだ。

警察署では、ベンツを運転して駈けこんできた修一郎の言を信じ、すぐ宇野宅にむかった。修一郎は成城署につくまでかなり出血をしていた。麻酔をかけられて処置をされると同時に輸血がおこなわれた。

「質問をしていいでしょうか？」

処置が終ったとき、かけつけてきた刑事が医者に訊いた。

「いいでしょう。興奮しているので麻酔が効きませんが、痛みはとまっていますから」

医者は答えた。

それから個室のベッドに移され、刑事の質問があった。

修一郎は、行助が台所から出刃庖丁を持ってきていきなり自分を刺し、澄江がそれをだまって見ていた、と刑事に話した。

「刺された原因は？　刺される前になにか言い争ったのか？」

刑事が訊いた。

「原因は判りません。僕は、女中と女中の子に憎まれていたのです」

「あのベンツはきみの車か?」

「ことし、大学に入った祝いに買ってもらったのです」

麻酔が効いてきたので局所の痛みがなく、修一郎は変に落ちついた態度で刑事の質問に答えることが出来た。しかし頭の芯が興奮していた。

「女中と女中の子に憎まれていたというのはどういうことかね?」

「奴等は女中らしくなかったのです」

「まあ、いい。このことは後に調べる。ところで、刺された直接の原因はなんだね?」

刑事は根気よく同じ質問を試みた。

「原因はわかりません」

「相手はなにも言わずにいきなり刺してきたのか?」

「そうです」

「なにか原因があるだろう」

「奴は、俺を憎んでいた」

修一郎は吐き捨てるように呟いた。

刑事は、これではなにも判らない、質問は明日にのばそう、と考え、署にひきあげた。

理一と澄江が署についたのはこの直後だった。

理一のあとに澄江が調べられた。

「あなたは、行助くんが修一郎くんを刺したとき、だまって見ていたそうですね」

と刑事が訊いた。

「修一郎さんがそう言ったのですね」

澄江はしばらくしてから自分に言いきかせるように、目の前の机を見て言った。そして再びしばらく間をおき、

「そうだったかも知れません」

と答えた。

「修一郎くんは、行助くんがいきなり刺してきた、と言っておりますが……」

澄江はやはり机を視つめたまま返事をしなかった。

「どうですか？」

「修一郎さんが、そう言っているのでしたら、そうだと思います」

刑事が、妙だ、と感じだしたのはこのときである。このひとは、自分の腹をいためていない修一郎を庇っているのだな、と刑事は直感した。彼は、修一郎が、澄江と行助を女中と女中の子と言っていたこと、それを理一に伝えたとき理一が愕然とした表情を見せたことなどをおもいかえし、もしかしたら事件の原因は修一郎にあるのかも知れない、と考えた。

「どうでしょう、もっと正直に話して戴けると助かるのですが。少年達の犯罪には、私

達も慎重な態度でのぞんでいるのです。なにしろ、未成年を少年院に送るか送らないかの問題ですから」

刑事は言った。

澄江は、少年院、ときいたとき、表情をこわばらせて刑事を見たが、すぐに机に視線を戻した。

「今度の事件の直接の原因を、あなたは、御存じないんですか？」

間をおいて刑事が訊いた。

澄江は答えなかった。修一郎から犯されそうになり、その現場を行助に見つけられた、とは言えなかった。彼女と理一のあいだではなにひとつ溝がなかったのである。夫が修一郎を溺愛している点をのぞけば、夫は欠点のない男であった。いろいろな意味で、今度の事件の直接の原因は隠さねばならなかった。しかし、行助が取りしらべのときなんと答えるか……彼女は、行助の答えかた次第で自分もいっしょに行動しよう、ふっとそんな風に考えた。修一郎はこの日学校に行かなかった。行助が学校にでかけたのは七時十分すぎで、夫が会社からの迎えの車に乗って家をでたのが九時半であった。修一郎は十時に自分の部屋から起きてきた。

「おい、ビールをだしてくれ」

修一郎は食堂に入ってくると、台所をかたづけているつる子に言った。洋式の食堂のそばに六畳の日本間がついており、この六畳が茶の間に使われていた。

「学校にいらっしゃるんでしょう？」

つる子が訊いた。

「今日は学校は午後からだ。おやじはもう出かけたのか？」

「はい、おでかけになりました」

「それじゃビールだ」

澄江はとなりの茶の間でこれをきいていたのである。

このとき澄江は、夫を送りだしてから茶をのんでいた。前日の午後、つる子をつれて新宿に買物にでて、あるデパートの地方物産品売場でスリッパを五足買ってきたが、帰宅して包みを解いてみたら、なかの一足が毀れており、それを、今日、つる子に取りかえさせに行かせよう、と考えていたときだった。

夫を送りだした後の三十分間ほどは、澄江にとって幸福な時間である。なにも考えず、茶をのみながら庭を眺める。もし前夜夫の愛撫を受けた朝なら、痴呆になったような幸福感に浸ることが出来る。なにひとつ不足のない毎日であった。

こんな女ひとりのささやかな幸福感をかみしめていたときに、ビールをくれ、という修一郎の声をきいたのである。声をきいたとき澄江の裡に小さな波がたった。

修一郎と澄江とのあいだで、目に見えない溝が出来たのは、久しい前であった。澄江は、あたらずさわらずに修一郎に対処してきたが、実の母子でない違和感は拭いきれなかった。そして、澄江が、自分を視る修一郎の目にいやなものを感じだしたのは、修一郎が高校三年生の秋頃からだった。彼は理一にかくれて酒をのむようになっていた。そんなときこっちを見る彼の目に澄江は男を感じた。いやな瞬間であった。

やがてとなりの食堂でビールの栓をぬく音がした。澄江は、修一郎が食堂から出るまで顔をだすまいと思った。

修一郎は二十分ほど経った頃食堂から出て行った。

澄江はつる子を呼んだ。

「あなた、スリッパをとりかえに行ってくれないかしら」

「はい。もうじき用が終りますから、行ってまいります」

スリッパは、細い藺草編みの夏向きの品だった。

つる子が支度をして新宿に出かけたのは十一時半頃だった。澄江は茶の間で朝刊に目を通していた。そのとき、となりの食堂に足音がしたと思ったら、棚をあける音がし、壜のふれあう音がした。ウイスキーをとりだしているのだな、と思ったとき、襖があいた。

「つるちゃんは？」

修一郎はウイスキーの壜をぶらさげていた。

「おつかいに行きました」

澄江はちょっと新聞から目をあげて修一郎を見て答えた。

「近くかい？」

「新宿ですよ。これから学校だというのに、飲んでいいんですか」

「今日はさぼりだ」

修一郎は襖を閉め、やがて食堂から出て行く気配がした。澄江はほっとした。酒の入っている修一郎と向きあっていると、いつもこっちが緊張していなければならなかった。それは女としての緊張感であった。それがいやだった。平和な家庭で不純なものが芽ばえている、そんなことを思った。修一郎の目はいやな目であった。

それから澄江は自分の居間に行き、前日新宿に行くとき着た結城を衣桁からおろしてたたんだ。

澄江は着物をたたむと簞笥に仕舞い、再び茶の間に戻った。茶簞笥の置時計を見たら正午をすこしすぎていた。つる子が戻ったら、ぶらぶらと街に買物に出てみよう、と考え、それから台所に入った。午前中で授業を終えて戻る行助の昼食をつくらねばならなかった。

澄江が、行助のために簡単な食事の支度を終えたとき、再び修一郎が食堂に入ってきた。彼は冷蔵庫の氷をとりにきたのだった。すでにかなりあかい顔をしていた。

「お食事は？」

澄江は修一郎の方は見ずに訊いた。

「要らない」

彼はガラス器に氷を詰め、それを持って出て行った。感じがよくなかった。流しで水を流しながら鍋を洗っていた澄江は、横から修一郎の目が自分の腰に注がれているのを知っていた。こうした瞬間はこれまでに何度もあった。修一郎がつる子に手をださねばよいが、という懸念もあった。しかし、つる子は、どう見ても美しいとは言えなかったし、それに理一の遠縁にあたる人の娘であった。とはいえ安心はできなかった。

鍋を洗い終ってから澄江は茶の間に戻り、テレビをつけた。

修一郎がいきなり廊下から茶の間に入ってきたのはこのときである。彼はものも言わずにうしろから澄江に抱きついてきた。

「なにをするの、修一郎さん！」

澄江は反射的にテレビのスイッチを切るとたちあがろうとした。しかし修一郎は澄江の着物の襟をつかむとうしろに倒した。彼は上からかぶさってきた。

「よしなさい、修一郎さん！」

しかし修一郎はちからがあった。澄江は、修一郎の手で着物の裾をまくられ、脛に男の手を感じたとき、はじめて恐怖を感じた。彼は酒くさい息をはきながら、一度でいいんだ、いちどでいいからよう、と言った。

澄江は足で彼の腕を蹴った。

「ちくしょうッ、やらせてくれないのか！」

澄江はこの言葉をきいたとき、心のなかでなにかが毀れて行くのを感じた。いま自分の上にいるのは十八歳の少年ではなく一人前の男であった。澄江はちからをふりしぼって拒んだ。しかし胸の上に押しつけられた彼の軀はびくともせず、殆ど下半身全部をあらわにされたとき、行助が飛びこんできたのであった。

「いかがでしょう。正直に話して戴けませんか」

刑事が再び澄江を見て訊いた。

「明日になれば、くわしく答えられると思います」

澄江は苦しまぎれに答えた。行助の出方次第で自分にも答えかたがあるだろう、と考えたのである。

「明日ですか……。では明日まで待ちましょう。今日はおひきとり下さって結構です」

四十がらみの刑事だった。

澄江は廊下にでたとき、ここまで修一郎を庇う義務があるだろうか、と考えながら、しかし一方では、やはりこのことは話せない、と思った。

警察署を出た澄江と理一は、その足で木下病院に行った。

修一郎はぼんやり天井を見てベッドに横になっていたが、入って来た二人を見て顔をそむけてしまった。

「どうだ。痛むか」

理一は心配そうに息子の顔をのぞきこんだ。修一郎は顔を窓側にそむけたまま返事をしなかった。

「いま、医者からきいてきたが、三週間くらいで退院できるそうだ。……なぜ喧嘩をしたんだね？」

「俺は喧嘩などしないよ」

修一郎はやはり顔をそむけたまま答えた。

「喧嘩をしないのにこんなことが起るはずがないだろう。刃物を持ちだしたのはおまえか？」

修一郎は返事をしなかった。

「おまえは、お母さんを女中とよび、行助を女中の子と呼んだそうだね」

「誰がそんなことを告げぐちしたんだ！」

修一郎はかっと目を剥くと澄江を見た。

「お母さんではない。刑事さんがそう言ったのだ。おまえは、女中と女中の子に刺された、と言ったそうではないか」

「俺のおふくろでないのは事実じゃないか」

「そうか。……おまえは、お母さんを、女中だと思っていたのか」

修一郎は返事をしなかった。そして再び窓の方に顔をそむけた。

「おまえは、おまえの父親の妻を、女中と見ていたのか！」

理一が声を荒らげた。

このとき澄江が夫の腕をひっぱった。さっきの刑事が入ってきたのである。

「やあ、さきほどはどうもお手数をかけました」

理一は声を荒らげたのを恥じるように刑事に挨拶した。それから理一と澄江は刑事にうながされて廊下にでた。

「生命に別条はないのですから、明日いっぱい、お二人とも、修一郎くんには会わないでください」

と刑事は言った。

「わかりました」

理一は苦い表情で答えた。

「それから、奥さんには、しばらくこの病院にはいらっしゃらないようにお願いします」

それから刑事は、上衣の内かくしから警察手帖をとりだし、名刺を一枚ぬきだした。

「さっきは警察手帖しかお目にかけなかったのですが、徳山と申します」

　理一は名刺を受けとった。徳山政男と印刷してあった。

「私は少年達を専門に手がけていますが、こんどのような件ははじめてです。もっと単純で、窃盗行為とか詐欺とかの事件が殆どです。これは表面的事件です。ところが、今度の御子息さん二人の件は、内面的というか、普段表面にあらわれなかったなにかが、ついに表にでてしまった、という感じがします。私も出来るだけのことをしますが、お二人ともよろしく御協力をお願いします」

　徳山刑事は澄江を見て言った。

澄江は、徳山刑事からこのように言われ、よろしくおねがい致します、と頭をさげた。

それから澄江は理一と病院をでた。二人はしばらく黙々と歩いた。

「こんなことになって申しわけありません」

　澄江がぽつんと言った。

　理一はだまっていた。彼には今度の事件の原因がなにひとつ判っていなかったのである。彼は、自分の家庭はうまく行っているとばかり思っていた。

「車をつかまえよう」

　理一が怒ったような口調で言った。そして彼は祖師谷大蔵駅の方に歩いて行った。澄江は夫の後を従いて行きながら、徳山刑事から言われたことをおもいかえしていた。あの刑事の言葉を、夫はどのように受けとめただろうか……。留置場にいる行助をおもうと危うく涙がこぼれそうだった。修一郎から犯されそうになったことは、現実には犯されていなかったが、しかし犯されたと同じ情態だった。腟に男の手を感じたあの一瞬をおもいかえすと、苦いものがこみあげてきた。もしあのとき行助が現われなかったら……と思うと眩暈がした。そして澄江はあれやこれやと考え、しばらくはつらい日が続きそうな気がした。

理一が車をつかまえた。

二人は車にのり、やはり黙々と帰路についた。

澄江は家につくと、つる子に茶を淹れるように命じた。それから夫が入って行った応接間に入った。

「原因は修一郎の方にあるのだな」

理一は吐き捨てるような口調で訊いた。

「わたしにはわかりません」

澄江は夫と距離をおいて椅子に掛けながら答えた。

「刃物を持ちだしたのはどっちの方だ？　行助が刃物を持ちだしたとは考えられない」

「わかりません」

「さっきの刑事の言葉に、私は目をさまされた思いをした。もしかしたら、私は、修一郎を甘やかしすぎて育ててきたのかも知れない。一学生の身分でベンツなどを乗りまわしていなるが、それを買ってやったのは私だ。馬鹿な子ほどかわいいと言うが、私はあいつを放任しすぎてきたらしい。なにが原因でこうなったのだ。正直に言ってくれ」

理一は妻をみた。

縁あって澄江と再婚したとき、澄江は女盛りの入口にはいってきたばかりの三十歳であった。おたがいに子を持つ再婚者だという事実が、二人に楽な感情を抱かせた。連れ子の行助はよく出来た子だったし、澄江には女としての節度がそなわっていた。亡くなった矢部隆という男はよほど出来ていたのだろう。理一は澄江を迎えたときそんなことを思った。澄江は二十六歳のときに矢部隆に死にわかれていた。三十歳の澄江は、女として円熟していた。四年間の空白を一挙に埋めてしまおうとするかのように、当時の澄江は全身で理一に傾いてきた。良い家庭を築いて行けるだろう。以来、事実、宇野家ではすこしの波風もたたなかった。いまもそうだ、と理一はついさっきまで信じてきたのである。

「父親と母親がいるのに、おまえ、なんで刃物を握ったんだ？」

再び安が話しかけてきた。

「さし、ってなんだい？」

行助は安をふりかえって訊きかえした。

「刺したんだろう。さしは刃物のことだ。やっぱとも言う。多摩学院に入るくらいなら、こんなことくらい知っておいた方がいいな。刃物は剃刀だったのかい。それとも日本刀だったのかい？」

「すこし黙っていてくれないかい。少年院に入ったら、どうせ仲間だろう、そのときに話すよ。僕はいま考えごとをしているんだ」

護送車は府中の街を出はずれたところだった。金網ごしに、日野市へ何キロ、調布へ何キロ、と書かれた道路標識が見えた。

「そうだったな。おめえ、堅気の学生だったな」

安は気やすげに行助の肩を叩くと、こんどは別の少年と話しだした。

ずいぶん永い半日であった、と行助は成城警察署の留置場をおもいかえしていた。留置場に入らされたきり、彼は夕方までそのままにしておかれたのであった。

徳山という刑事の前に引きだされて調べ室に入ったのは夕方だった。

「家からの差しいれだ。腹がすいたろう。食べたまえ。いっしょにめしを食おう。もっとも俺はどんぶりだが」

徳山刑事は行助に親しげに話しかけ、自分の丼物の蓋をあけた。

「食べていいんですか？」

行助は目の前の折詰を見て、それから顔をあげて徳山刑事に訊いた。

「いいとも、きみの家からの差しいれだ。もっとも、折詰をこしらえたのは弁当屋だがね。早く食べたまえ」

「いただきます」

行助は折詰の紐を解いた。朝、学校に行くときに食べたきりだった。留置場にいたときには時間のながさだけが感じられたのに、折詰を目の前にして、急に空腹をおぼえた。折詰は二つになっており、一つの方にはごはん、いまひとつの方には菜が詰っていた。行助はやすむ間もなく折詰をたべた。

「腹がへっていたんだね」

「ええ。朝たべたきりですから」

「それはかわいそうなことをしたな。お茶を持ってこよう」

徳山刑事は椅子からたちあがると、廊下にでて行き、やがて急須と茶碗を運んできた。

「どうだ、腹いっぱいになったか」

「ええ。いっぱいになりました」

「さっき、きみの学校に行ってきた。きみを去年から受けもっている先生にも会ってきた。きみは、いろいろな意味で秀才じゃないか。先生が言うには、絶対に他人を刃物で刺すような生徒じゃないという話だった。いろいろ疑問な点がある。明日でいいが、ありのままに話してくれると有難い。兄さんの方もいろいろ調べてみたが、どうもおかしな個所が多い。寝苦しいだろうが、今夜は留置場で泊り、明日、いろいろと話してくれよ」

徳山刑事の口調は親切だった。

「あのう……兄さんは、どうなんでしょうか？」

行助はおずおず訊いた。彼は、訊いてしまってから、訊いてはならないことを訊いてしまったかな、と思った。刺そうという感情はなかったのに、現実に兄は刺されていた。庖丁を奪いあっているうちに兄は刺されていた。この場合、どのような弁解も適用しない気がした。そんなことから、修一郎のことを訊くのに、どこかためらいがあった。

「三週間ほどで退院できるそうだ」

「三週間……そんなに……」

行助はびっくりした。ほんとに俺がやったのだろうか……。

「きみが心配することはない。きみは自分のことを心配しておればよい」

徳山刑事は、いま目の前にいる少年に好意を感じはじめていた。いや、行助の学校の教師から行助のことをきいたときすでに、好意は芽ばえていた。この少年は、あの修一郎とはなにごとにつけ対照的な性格ではないだろうか、と徳山刑事は思った。

行助の取りしらべがはじまったのはあくる日の午後からであった。徳山刑事は、この日の午前中、部下に命じて、修一郎の経歴と身辺を洗わせた。結果は芳しいものではなかった。

「どうもおかしい。修一郎の方がいろいろな意味で不良にちかい」

修一郎の卒業した高等学校を調べてきた若手の刑事が徳山刑事に告げた。

「やはりそうか」

徳山刑事は腕を組んで考えこんでしまった。彼は朝から木下病院で修一郎を尋問したが、修一郎の答は昨日と同じであった。行助がなにも言わずに台所から持ちだした出刃庖丁でいきなり刺してきた、というのであった。いろいろと誘導尋問を試みたが、修一郎の答は同じであった。彼の答えかたには、なにか、梃子でも動かぬといったふてぶてしさがあった。

「庖丁を持ちだしたのは兄さんの方だろう?」

徳山刑事は行助を部屋に呼んだときいきなり訊いた。

行助は返事をしなかった。修一郎がどんな性格であるか、彼は知りすぎるほど知っていた。彼は、母と宇野家にきていらいの年月をおもいかえしてみた。理一から疎まれたようなことは一度もなかったように思う。むしろ理一は気をつかってくれた。そうだ、あの人は、母を大事にしてくれた……。

「持ちだしたのは修一郎の方だな」

徳山刑事はたたみかけるように訊いた。

「兄さんがそう言ったのですか？」

行助は顔をあげ、刑事を見た。

「いや。兄さんはこれから調べに行く」

「僕は、とにかく、兄さんを刺してしまったんです。……ほかに、言うことはありません」

徳山刑事が見ると、行助は思いつめた表情で下唇をかんでいた。

「刺すからには庖丁を持ちださなければならない。その庖丁を台所から持ちだしたのもきみだというのか？」

「はい。持ちだしました」

「修一郎が持ちだしたのだろう」

「いえ。……僕です」

「なぜ持ちだした？」

「刺そうと思ったからです」

「行助くん。嘘を言っちゃいかんよ。犯罪者でそんなすらすらした答えかたをする者はいないよ。さあ、正直に答えてくれ」

「刑事さん、本当なんです」

「よろしい。きみが持ちだしたとしよう。では、訊くが、相手を刺そうとした原因はなんだ?」

「ふだんから、兄さんとは、うまく行っていませんでした。……刑事さんも、もう、知っていらっしゃるでしょうが、僕は、九歳のとき、再婚する母につれられて、いまの宇野家にきました。ですから、いまの父は、義理の父です。でも、父は、母を大事にしてくれました。もちろん、僕も、実の子同様にかわいがられてきました。しかし、兄さんとは、どうしても、うまく行かなかったのです。……昨日も、兄さんが、母を、女中だと罵ったことから、……僕は、兄を刺そうと思ったのです」

「女中だと罵られたときに、はっきり、刺そうと思ったのか。それとも、衝動的に庖丁をつかみに台所に走ったのか?」

徳山刑事は、わからなくなってきた。修一郎が澄江を女中とよんでいたことは間違いなかった。すると、庖丁を持ちだしたのは、やはり、行助だろうか?

「衝動的に台所に走りました。……しかし、やはり、はっきり刺そうと思ったのかもわかりません」

話が出来すぎている、と徳山刑事はふっと感じた。しかし、行助の話には真実性があった。修一郎は、警察署に駈けつけてきたときにも、女中の子に刺された、と言ったのである。しかし、いちばん肝心ななにかが摑めなかった。

徳山刑事は行助の取りしらべを一応うちきり、木下病院にでかけた。

「きみの供述の通りだったよ」

徳山刑事はベッドの修一郎を見おろして吐き捨てるように言った。

修一郎はわらっていた。そして、

「奴は女中の子だからなあ」

と言った。

徳山刑事は木下病院をでると宇野家に向った。彼はそこで澄江にあい、修一郎の供述と行助の供述をそのまま伝えた。

「私は、この二人の供述に、なにか嘘がある感じがします。あなたは、明日になればくわしく答えられる、と昨日話してくれましたが、如何でしょうか」

徳山刑事は、なにか投げやりな気持で澄江に訊いた。

「その通りです。二人が言っている通りです」

澄江は、行助は自分の母が辱しめを受けたことをやはり話せなかったのだ、と思いながら答えた。これであの子は少年院行きになるのか、と思うと、心のなかからなにか大事なものが落ちて行く気がした。

「二人が争っていたとき、あなたは現場にいたのですか?」

徳山刑事は念のためにきいた。

「はい。……おりました」

澄江はちょっと考えてから答えた。

「どうも、これでは、さっぱり判りません。この調子ですと、行助くんは、少年鑑別所に送られることになると思いますが」

澄江はちょっと顔をあげ徳山刑事を見たが、すぐテーブルに視線を戻した。

「夕方でも夜でも結構ですから、御主人に署まで御足労ねがいましょう」

徳山刑事は席をたった。

「はい、承知しました」

このとき徳山刑事が感じたのは、この母子は出来すぎている、ということだった。彼は、すこしばかりがっかりした感情になり、宇野家をでてきた。ここまで来てしまうと、あとは、理一がどの程度まで話してくれるかが問題だった。澄江が自分の腹を痛めていない修一郎を庇っているのは瞭らかだった。だが、あの行助という少年までが、あれだけ落ちついているのは何故だろう?

理一が警察署に出頭してきたのは四時すぎだった。そして、徳山刑事から話をきいた理一は、そんなはずはない！と言った。

「私といっしょに木下病院まで御足労ねがえませんでしょうか。修一郎には私からきいてみますから」

「とおっしゃいますと?」

「そんな、出刃庖丁を持ちだすような子じゃないんです、行助は。私は、庖丁を持ちだしたのは修一郎だと思います」

「そうですか。……もし、それがはっきりしますと、二人で庖丁を奪いあっているうちに、あやまって修一郎くんに刺さってしまった、とも考えられるわけです。非行少年はたいがい意志が弱く、自己顕示性が強いものですが、私のみたところ、行助くんは、まるで反対なんです」

徳山刑事はしゃべりながら自分が熱っぽくなっているのに気づいた。彼は、これまで、非行少年を何十人とあつかってきたが、行助のような少年ははじめてであった。こんどの場合、むしろ被害者の修一郎の方が、よほど非行少年型にできていた。しかし現実には修一郎が刺されており、行助は自分が刺したと言っている。それが徳山刑事には納得できなかった。あの行助少年を家庭裁判所に送り、そこから身柄を少年鑑別所に収容させる、と思うと、彼はなんとも割りきれない感情になっていた。

やがて彼は理一とつれだって警察署をでると木下病院にむかった。

しかし、俺は、こうして護送車にのせられて少年院に送られることになってしまった、徳山刑事があれほどまでに親切以上の感情を示してくれ、そして義父の理一からも、出刃庖丁を持ちだしたのは修一郎だろう、と何度も訊かれたのに、俺は最後まで修一郎に不利になるようなことは一言もしゃべらなかった……何故だったのか……。

行助は、成城警察署の留置場でのあのながい半日をおもいかえした。あそこで俺はなにを考え、なにをおもいかえしていたのか。行助はそこで修一郎と争って彼を刺してしまったことなどは考えていなかった。彼には、幼時から灼きついてはなれない目眩めくようなおもいでがひとつあった。それは、母の澄江といっしょに風呂に入った、という経験であった。父が没したのは五歳のときであったから、母といっしょに風呂に入らされたのは、六歳の頃まではなかったかと思う。小学校二年生のときにはもう独りで風呂に入っていたから、この記憶に間違いはなかった。母の裸身はいつも眩しかった。眩しいと感じるようになったのは、小学校にあがる前後ではなかったかと思う。その頃まで彼はまだ母の乳房をまさぐっていた。そしてある時期以後、母は、乳房をさわらせてくれなくなった。たぶんそれは小学校二年生のときではなかったかと思う。

母の白い肌が湯をはじき、湯が玉になってころころと肌を伝いおちていた記憶、そして母の乳房のあのなんともいえないやわらかい感触の記憶、この二つの記憶がかさなりあって行助のなかで生きていた。母の裸身は、乳房にふれるのを禁じられて以来、ふたたび見たことはない。しかし、幼時のこの記憶は、少年の裡にたしかな像で生きていた。それは、彼のこれまでの十六年の生涯のうちで、いちばん美しいものとして残っていた。これそばに美しい母がいる、という事実が、これまでの彼を支えてきたのであった。これは理屈ではなく感情であった。この感情は行助にとって道徳と同じであった。その美しい母が、ひとりの粗暴な少年の手によって下半身をあらわにされたのである。行助にとってはありえないことであった。

留置場での半日、行助のなかをしめたのは、美しい母にたいしての愛惜と、修一郎を赦せない、という感情だった。あのとき、あらわにされていた母の裸身が、幼時に見た母の裸身と同じであったかどうか、これは行助には判らなかった。ただ、あの目眩めくような母の裸身をみた、という思いはあった。しかし、それは自然のかたちではなく、犯されそうになった裸身であった。奇妙なことであったが、行助は、犯されそうになった母の裸身に嫉妬をおぼえた。

行助のなかで転換がおこなわれたのはこのときである。修一郎を絶対赦さないためにはどんな方法があるだろうか。あいつは、あのとき、自分の劣等感の捌けぐちを刃物に託していたが、俺は、奴のあの劣等感を不動のものにしてやろう、生涯劣等感のなかでしか生きられない男にしてやろう……。

行助はこのとき、十六歳の少年にしては綿密すぎる計画をたてていた。

「そろそろ学習院につく頃じゃないかな」

と安が言った。

護送車は八王子の街のなかを走っているらしかった。

「俺達は、これから学習院に入学する皇太子さまだ。もちろん院長先生は出迎えてくれるんだろうな」

と別の少年が言った。

「そりゃ、おめえ、王子さま方が御入学となれば、出迎えてくれるさ」

安が答えている。

行助が、修一郎の卑劣な性格を逆転して利用してやろう、と心に決めたのは、徳山刑事といっしょに差しいれの弁当を食べおわったときだった。彼は半日をかけて徐々に転換をおこなったとき、母が受けた侮辱を誰にも知られたくないと思った。理一が母を大事にしてくれた事実には感謝していた。といって、修一郎から凌辱されそうになった母の姿を、理一に知らせるわけにはいかなかった。そんな母を他人に知られるのは、堪えられない気がした。

また澄江は、理一が、行助を実の子同様に見てくれたことに感謝していた。ここのところで、母子のうちに暗黙の理解が成立していた。こと修一郎に関しては、彼がどのようなわがままを通そうと、母子を侮辱しようと、これを理一に告げてはならない。行助は、この暗黙の理解のもとに、母はたぶん修一郎から凌辱されそうになったことを理一には告げないだろう、と確信した。こうしてあくる日の取りしらべがはじまったのである。つまり、修一郎の嘘の申したてを、澄江と行助が二人がかりで、事実そうであったように固めてしまったわけであった。これほど見事な修一郎にたいしての復讐（ふくしゅう）はなかった。

こうして母子が暗黙の理解のもとに嘘を事実のように固めてしまったところへ、徳山刑事と理一が、真実はそうではないだろう、と疑問を抱いて固めを破ろうと入りこんできたのである。しかし、すでにおそかった。

少年鑑別所における行助の鑑別結果は、精神障害も認められず、きわめて正常な少年である、ということで、特に、知能指数が一六五で意志が強い点が注目を惹（ひ）いた。そこで家庭裁判所では鑑別結果通知書を審判（しんぱん）の参考にし、これだけ優秀な少年が、自分から刺したと申したてるからには、刺す動機が明白にあらわれてきてもよいはずだが、と首をかしげた調査官がいた。行助は、母を女中と罵られたから刺した、としか答えなかったのである。ところが、鑑別所においての心情質問診断書による性格判定の結果は、爆発（ばくはつ）性はまったく認められず、即行（そっこう）性についても、思慮（しりょ）が浅く思いついたことをすぐやってしまうような性格ではなかった。

しかし現実に修一郎は刺されていた。

こうして行助は多摩中等少年院に送致（そうち）されることになったのである。

護送車は賑（にぎ）やかな街を出はずれ、やがて細い道に入った。そして坂道にさしかかって徐行した。護送車のうしろに門が見えた。

「とうとう入っちまったよう」

と安が小さな声でさけんだ。

多摩少年院長の佐々原宏は、本年四十八歳になり、院生のあいだで、うちの院長は戦前の感化院出身じゃないかな、と噂されていた。

かなり以前のことだったが、ある日、佐々原院長は、

「院長先生は感化院を卒業している、とみんなが言っていますが、本当ですか？」

と一人の少年から訊かれたことがあった。

「さあ、どうかな。本当かも知れんし、嘘かも知れんな」

佐々原はわらいながら答えた。ラジオとテレビを修理している部屋でのことだった。

彼にこの質問をした少年は、性格のあかるい真面目な子だった。家庭に帰し、保護観察ですませられる軽い犯罪だったのに、どういうわけか少年院に送致されてきた子であった。この少年は本屋で参考書を二冊万引したのであった。佐々原は、この少年が少年院に入ってきたのは、たぶん管轄の縄張りあらそいが原因ではないか、と考えていた。

佐々原はこの少年を三ヵ月後に退院させたが、現在の日本の少年保護機構は、たとえば、家庭裁判所は最高裁判所に属し、検察庁、少年鑑別所、少年院は法務省に属しており、どこかで血が通っておらず、これは困りものだ、と彼は考えていた。

佐々原が、院生達のあいだで、感化院出身ではないか、と噂されているのには理由が

あった。その理由を一言に要約すると、彼は役人らしくなかったのである。長身痩軀で、性格は磊落にして反面きびしかった。常に院生達のあいだに溶けこんで生活していることも評判がよかった。もちろん彼は感化院出身者ではなかったが、彼はいつのまにかそう思われていた。

彼は、今日、東京少年鑑別所から七人の少年が少年院に送致されてくるのを知らされていた。護送車がついたとき、彼は、少年達が働いている印刷室にいた。職員の一人が護送車の到着を知らせてきて、彼は印刷室から出た。一挙に七人も入院してくるのは、ここ数年、ちょっと例がなかった。少年犯罪は減少の線を辿っているのに、と彼は思いながら外にでた。五月の陽が眩しかった。

護送車の横に、七人の少年が立っていた。学生服が二人、あとは平服の少年だった。職員が三人、少年達を部屋に連れて行ってから、佐々原は連行者を院長室に呼びいれた。そして、家庭裁判所の送致決定書の謄本と矯正管区長の移送書を受けとり、こちらからは収容書を手渡し、七人の少年の入院手続を済ませた。

彼は、連行者が護送車にのって帰ってから、今日入ってきた少年達の書類に目を通した。そして一人の少年の書類を見て、おや、と思った。宇野行助の書類であった。知能が一六五と書かれていたのである。これは前例のないことであった。ある年度の中等少年院における知能の分布状況をみると、一二〇以上が〇・六％、一一〇以上が三・二％、九〇以上が三八%、八〇以上が三〇・五%となっている。一一〇以上が優秀で、九〇から一〇九までが普通、そして七〇から八九までが限界になっている。これと照らしあわせてみても、宇野行助の知能は抜群であった。

多摩少年院のある年度の院生達の学歴をみると、六〇%が中学卒業、三〇%が高等学校在学中、そしてあとの一〇%のなかに、高等学校卒業者と大学在学中の者および義務教育未修了の者が入っていた。そして学校は殆ど私立で、公立高等学校の者が二名、という分布であった。年度によってこの分布図がかわることは殆どなかった。

こうしたところに、公立高校在学中の知能一六五の少年が入ってきたのである。なにかのまちがいではないだろうか、と佐々原院長はおもった。

彼はそこでいまいちど宇野行助の書類に目を通した。そして副院長をよんだ。

「およびですか」

副院長の山本豊一が入ってきた。

「ちょっとこれに目を通してくれ」

佐々原院長は、宇野行助の書類を山本豊一の前に押しやった。

山本副院長は椅子にかけ、ゆっくり書類をめくった。

「血の繋がっていない兄を刺したんですね」

山本副院長が書類から目をはなしながら言った。

「私の言っているのはそのことではない。この少年の知能指数のことだ」

「知能指数？」

山本副院長はもう一度書類をめくってみた。そして、ほう！　と言った。

「どうだね？」

「これは珍しいですね。一六五というと、私達の頭よりずっと良いわけですね」

「あたりまえだ。これは多摩少年院はじまっていらいのことだ。この少年は何故ここに入ってきたのだろう」

「刺したからでしょう」

「なぜ刺したか、だ」

「とにかく珍しい例ですね」

「七名だったな、今日の入院者は」

「そうです。いま考査室に入れましたが、間もなく身体検査をはじめます」

「身体検査が済んだら、この少年にあってみよう」

「では行きます」

副院長は席をたち、一礼して部屋をでて行った。

副院長がでて行ってから、佐々原院長は椅子の向きをかえ、窓の外を見た。院長室の真むかいには院生達が居住している第五学寮の建物がある。その建物のむこうの空に、白い雲が浮いていた。ここに入ってきた少年は、最初の三日間、考査寮と称する単独室に収容される。この室ですごしているあいだに、担任教官がその少年と絶えず接触し、今後ここでの生活を容易にして行くための信頼関係を築いて行く。そして考査期間を終えた少年は、第一学寮に収容される。

どの少年だったろうか、と院長はさっき護送車の前に並んでいた七人の少年達の顔をおもいうかべてみた。すると、白い雲に一人の少年の顔がかさなってきた。……そうか、あの少年か、と思った。学生服の少年が二人おり、そのうちの一人の少年の目が、たいそう澄んでいたことをおもいだしたのである。

あの少年にまちがいない、と院長は思った。佐々原院長がなぜその少年の目をはっきり記憶にとどめていたかというと、ここに入ってきた少年は、例外なく目を伏せるのに、その少年はまっすぐ前を向いていた。ここに入ってきたときには目を伏せていた少年が、ここから出るときにはまっすぐ前を向く者もいれば、入ってきたときと同じく目を伏せたまま出る者もいた。ところがあの少年ははじめからまっすぐ前を向いていた。……何故だろう……。

佐々原院長には二人の娘がおり、長女はすでに嫁ぎ、次女はある官立大学の文学部に通っていた。この次女が学生運動に熱中していた。彼はこの次女を理解していた。学生運動に熱中しているといっても、職業的革命家になれる娘ではなかった。大人が目をそむける問題に、娘はまっこうからぶつかって行き、公平な目でことの是非を分析していた。こうした公平な目はいつも澄みきっていた。そんな季節があってもよい、と彼は娘を見るたびに思った。彼は、あの少年の目が、この次女の目と同じではなかったか、と思ったのである。第五学寮の向うに浮いていた雲がいつのまにか見えなくなり、こんどは建物の真上に白い雲がうかんでいた。

彼は席をたった。そして書類を抱えて職員室に行った。

「新入生の身体検査はまだか？」

と彼は職員の一人に訊いた。

「もうはじまっています」

と職員の一人が答えた。

彼はそれをきくと書類を抱えて診療室に行った。

この少年院には、少年達の健康を管理するために、診療室、手術室、調剤室、レントゲン室、病室があり、常時一人の医師と看護人および看護婦がいる。歯科医師は定期的に外から来診する。少年達は月に一回は定期的に検診を受ける。佐々原院長が診療室に入ったら、七人の少年が上半身はだかになって並んでいた。

「おや、いま院長室に書類をとりにやらせたところですが……」

と医師が言った。

「持ってきたよ」

院長は抱えてきた書類を医師の前のテーブルにおき、それから七人の少年を見た。

「さっき庭でお目にかかったが、私がこの院長だ。名前は佐々原宏という。きょうから諸君は私といっしょに生活をするようになるが、躯の健康には充分気をつけて欲しい。諸君は、縁あってここに入ってきたのだから、ここでの生活を楽しいおもいでとして自分のなかに残すように努めてもらいたい。これから追いおい諸君達と話しあって行くが、からだの具合が悪いときには、すぐ申しでて診察を受けるように。では、諸君の顔と名前をおぼえるために、点呼をとる」

彼は書類をめくりながら、名をよんだ。宇野行助は三番目によばれた。彼はまっすぐこっちを見て返事をした。やはりこの少年だったのか、と院長は思った。院長は点呼を終えると、身体検査を済ましたら宇野行助を院長室に連れてくるように、と職員の一人を廊下に呼びだして命じ、それから院長室に戻った。

柿の花

宇野電機株式会社は、電話機、電話交換機およびその附属品を製造している、中企業よりいくらか大きな会社である。理一がこの会社の社長になったのは、澄江を迎えたとしより二年前で、三十五歳のときであった。この若さで社長になれたのは、同族会社のせいであった。彼はそれより三年前に妻を病気で亡くしていた。彼は宇野家の長男であったが、澄江を迎えたとき両親とは別居した。その両親はいまなお健在で、父の悠一は宇野電機の会長におさまっていた。

澄江を迎えるようになったきっかけは、澄江の実家の姻戚にあたる人に理一の友人がおり、再婚同士ならこれほどよい縁はない、とその友人からすすめられたからであった。彼はその友人の紹介で澄江とあい、数度食事をした。その結果、このひとならもらってもよい、と決め、五ヵ月の交際期間を経て迎えたのであった。

宇野電機は本社が丸の内のあるビルにあり、工場が神奈川県の大船にあった。理一は大船の工場に出むいたことはあまりない。年に一度訪ねればよい方であった。

その理一が、今日は大船に行ってみる、と言いだしたのである。

「すぐ車の用意をいたします」

と秘書の桜田保代が電話の受話器をとりあげた。

「いや、電車で行く」

理一は手をあげて秘書を制し、椅子からたちあがった。

「誰方かをおつれしますか？」

「いや、ひとりで行く」

理一は上衣を着ると社長室をでた。

彼は会社をでると、東京駅にむかって歩いた。彼は駅につくと乗車券を求めたが、彼の求めた乗車券は大船行ではなく八王子行であった。

ここ一ヵ月、彼は、ぽっかり穴があいてしまったような自分の家庭を見てきた。行助が少年院に送られてから間もなく、彼は、修一郎を四谷の両親の家につれて行き、しばらくおいてくれと頼んだ。自分の妻を女中だとしか考えていない息子を、妻と同居させるわけにはいかなかったのである。彼はどこかでこの息子を憎みはじめている自分に気づき、はっとしたことがあった。

彼は両親に事情を説明したとき、両親は行助を責めた。自分の子や孫を庇うのは世の親の常であろうが、理一は、こうした公平さに欠けた両親をいままで疎んじてきた面があった。澄江を迎えたとき両親と別居するようになったのは、こうした両親の、行助にたいする差別をおそれたからであった。また、亡くなった妻はよく出来た女であった。それだけに、澄江が先妻と比べられるときが必ずくるだろうと思ったのである。

成城の家に帰れば澄江がいたが、しかし、二人の子がいないことは、やはりどこか穴があいてしまったような気がした。それにしても、彼には、行助が判らなかった。徳山刑事も、行助の担任の教師も、最後まで、行助が刺したことを信じていなかった。理一自身がそうであった。日が経つにつれこの思いは深まってきたのである。

しかし行助は少年院から便りをよこし、面会には来ないで欲しい、と言ってきていた。理一はその手紙を澄江から見せられたとき、もういちど澄江を問いつめた。なにが原因でああなってしまったのか、普段あれだけ落ちついている行助が、母親を女中と罵られたくらいであんなことを仕出かすだろうか。

しかし澄江は、知らない、の一点ばりであった。なにかが隠されているのではないだろうか、と理一が疑問を抱いたのはこのときであった。あの子は、面会には来ないで欲しい、と言っているが、いちど少年院を訪ねてみよう。理一は、わが子の修一郎にくらべ、他人の子である行助に、ある近さを感じはじめていた。

武蔵境をすぎるあたりから、車窓の両側は緑一色になってきた。大船の工場に行くと言いおいて社をでてきたから、あるいは今頃は社から大船に電話をしているかも知れないな、と理一は考えながら、やがて八王子の駅におりた。

彼は駅をでると、肉屋をさがした。行助の好きなローストチキンを買おうと思ったのである。最初にさがしあてた肉屋では、肉のほかにコロッケとメンチカツしか売っていなかった。コロッケとメンチカツでは仕方がないな、と彼はまた別の店をさがした。スーパーマーケットが一軒あった。彼はそこに入ってみた。すると、そこに、鳥肉専門の売場があり、ローストチキンを売っていた。

「あたたかいのを包んでくれ」

と彼は店員に言ってから、まてよ、しかし、食物を持って行ってもかまわないのかな、と考え、まあいいだろう、と財布から金をぬきだし、ローストチキンを包装している女店員の前においた。

「お勘定はレジでおねがいします」

と女店員が言った。

彼はローストチキンを抱えてレジに歩いて行った。そして、勘定をすませてそのスーパーマーケットをでると、タクシーをさがした。タクシーはすぐつかまった。

「多摩少年院にやってくれ」

理一は運転手に言った。

「少年院ですか。ええと、あれは、たしか、緑町だったな。お客さん、そうでしょう?」

「私もはじめてだ。きみはここは新しいのかい」

「八王子にきて二週間目ですよ」

「そうか。二週間目か。とにかくその緑町というところへ行ってくれ」

やがてタクシーは中央線の電車の踏切を越えた。

「たしか、この辺を右にまがるんだったな」

若い運転手は徐行してある店の前に車をとめると、車からおりて行き、店の人に少年院の場所をきいてきた。

「わかりました。すぐ近くですよ」

　と運転手は席に戻ると言った。

　やがて車は右に折れ、折れたところを左に斜めに入って行った。すると、小高い丘の入口に達した。その入口に、多摩少年院の標札がかかっている門が建っていた。

　理一は、刑務所の塀を連想して来たので、いま目前にひろがっている緑に包まれたあかるい風景を見て、なにかほっとした感情になった。

　門のわきに、当院関係以外の車は通行を禁止します、と書かれた札がたっていた。

「お客さん、ここまでですね」

　運転手が言った。

「ああ、いいだろう。ここでおりるよ」

　理一は料金を支はらい、車からおりた。それから坂道をのぼりだした。左側が雑木林で、右側は低く、人家が点在していた。やがて道は二つにわかれた。左の道は銀杏並木の坂道だった。ここだな、と理一はちょっとたちどまって坂道を見あげた。彼はそこを入った。左側は並木道にむかって傾斜しており、傾斜地の上方から元気な少年達の声がきこえてきた。運動場だろうか。理一は、少年達の声をきいたとき、さっき門を入ったときと同じくほっとした感情になった。

　坂道をのぼりきったら、右側は低い窪地になっており、その向うの小高い丘に墓石がと理一は墓地を眺めわたした。共同墓並んでいるのが見えた。ずいぶん広い墓地だな、と理一は墓地を眺めわたした。共同墓地かも知れない、と理一は考え、それから左側の少年院の建物にむかった。

理一は受付に名刺をだした。

「突然訪ねてきたのですが、息子と面会ができるでしょうか」

理一は、三十歳くらいに見える女職員を見て言った。

「ちょっとお待ちください」

女職員は名刺を持って廊下を奥の方に歩いて行ったが、やがて戻ってくると、どうぞ、と言った。理一が通されたところは応接室だった。テーブルにロケットのかたちをしたライターがおいてあり、壁には額縁に入った油絵が二枚懸けてあった。

やがて、一人の痩せた男が入ってきた。どこか飄々とした感じのする男だった。

「当院の院長の佐々原です。宇野行助くんのお父さんですね」

「宇野です。息子が、面会には来ないで欲しい、と手紙をよこしたもので、遠慮していたのですが、今日は、家内にも言わずに突然訪ねてまいりました」

理一は丁重に挨拶した。

「かまいません、かまいません。この壁の油絵は、ここにいた生徒が描いたものです。もう、ここにはおりませんが、いま頃は美術学校に通っているはずです」

「そうですか」

理一は、院長が油絵の話から持ちだしたので、やはりほっとした感情になった。

「行助くんは元気です。いま職員に呼びにやらせましたから、間もなく来ます」

「そうですか、行助は元気ですか……」

「いいお子さんです。いろいろな意味で秀れた子です。……それだけに、あんなことを仕出かしたことが、私には信じられないのです」

「院長先生もそうお考えですか」

理一はなにか目がさめたような気持で院長の目を見た。

「私は、行助くんにいろいろと訊いてみました。……なにかを隠している、という気がしてなりません」

佐々原院長は首をかしげながら言った。

理一は、院長の言葉をきいてから、ちょっと窓の外を見た。

「と申しますと、院長先生は、行助の今度の件について、なにかを御存じでしょうか?」

理一は視線を戻すと訊いた。

「いえ、そういうわけではありません。ただ、なんとなく、そんな風に感じられるわけです」

このとき、廊下に足音がして、戸が叩かれた。

「お入り」

院長が声をかけた。戸があかり、灰色の作業衣の上下をきた行助が入ってきた。彼は理一を認めると、別に驚いた風も見せず、いらっしゃい、と言いながら頭をさげた。

「面会には来るな、と手紙には書いてあったが、国立まで来たものだから、ちょっと寄ってみたよ」

理一はやさしく話しかけた。

「ありがとうございます。家ではみんな元気ですか」

「ああ、元気だよ。まあ、そこにお掛けよ」

このとき院長がたちあがった。

「ごゆっくり話しあってください」

「院長先生。私は、この子の好きなローストチキンを買ってきたのですが、ここで食べさせてもかまいませんでしょうか」

理一はたちあがった院長を見あげた。

「かまいません。どうぞごゆっくり」

そして院長は出て行った。

「元気でなによりだった」

理一はローストチキンの包みを解きながら行助に話しかけ、これなら澄江をつれてくるべきであったと考えた。

「僕はいま、ここで、木工をやっています」

と行助が言った。

「木工？ 勉強はしないのか」

理一は驚いて訊きかえした。

「義務教育は中学まででしょう。ここは、職業訓練専門施設(しせつ)の学校として公認されているのです。木工のほかに、鈑金(ばんきん)、印刷、機械仕上げ、ラジオ・テレビの修理、ミシン裁(さい)縫(ほう)の部門がありますが、僕は木工をやらせてもらいました。結構たのしいですよ」

「それでは勉強が出来ないわけだな」

「勉強はしています。夜、三時間ほど、学校の教科書をやっています」

「学力が落ちるだろうなあ」

理一は包みを解いたローストチキンを行助の前におしやりながら、行助の学力低下が心配になってきた。

「なに、大丈夫(だいじょうぶ)です。たべていいんですか」

「おあがり」

「父さんは？」

「私はいい。朝飯をおそくたべたから。一羽(わ)くらい食べられるだろう。ここの食事はどうだね？」

「大丈夫ですよ。僕が別に痩せてしまったわけではないでしょう」

「ここでの友達関係はどうだね？」

「友達ですか。……意志の弱い子が多いですね」

行助は手でローストチキンをむしりながら、なにか楽しそうな口調で答えた。

正直のところ、理一は、行助のあかるい態度が意外だった。もし、本当に行助が修一郎を刺したのなら、この少年院のなかで、これだけあかるい態度がとれるだろうか……。理一の疑問は、成城警察署での行助の落ちついていた態度と、いま目の前に見る行助のあかるい態度にあった。

「意志の弱い子が多いというのは、それなりにいろいろな誘惑に抗しきれなかった、ということだろうね」

「そうだと思います」

行助はローストチキンをたべながら答えた。

「行助のように意志の強い子が、なぜあんなことを仕出かしたか、父さんには不思議でならない」

「父さん、あれは、もう、済んだことですよ」

「おまえは済んだと思っているかも知れないが、私はそうは思っていない。……庖丁はあやまって刺さってしまった、としか考えられない。もちろん庖丁を持ちだしたのも、おまえではない。母さんもおまえも、なにか、奥歯に物がはさまったような言いかたをしている。……修一郎はいま四谷に預けてあるが……」

それをきいたとき、行助がちょっと目をあげた。

「それでは、いま家には母さんとつるちゃんだけですか」

「昼間はそうだ」

「このあいだ、学校の先生がきてくれました。そして、いま父さんから訊かれたのと同じことを訊かれました。……父さん、心配してくれるのは有難いんですが、あれは、もう、済んでしまったことですし、ここの院長先生も、三ヵ月したら出してあげる、と言ってくれているのですから、ほんとに、そう、心配しないでください」

理一は、自分の血をわけていない少年の言うのをききながら、ああ、この子はもう大人になってしまったなあ、と思った。そして同時になにか距離を感じた。

「そうか、三ヵ月くらいで出られるのか」

理一は行助の顔をみて答えながら、このとき別のことを考えていた。自分と修一郎だけが、なにか汚れきった世界におり、澄江と行助が夾雑物のない世界に棲んでいるのではないか……。母子が宇野家にきてからの歳月をおもいかえしてみても、母子の居ずまいはいつも清潔だった。これはなにもいまはじまったことではないが、行助とむかいあっていると、いつも修一郎の欠点が見えてくるのであった。

「母さんをここに来させてもいいかね」

理一は、行助がローストチキンを一羽食べ終ったときに訊いた。

「そうですね……僕はこのように元気ですから、それを伝えてくれればいいですよ」

行助ははじめから終りまであかるかった。まったく翳がなかった。むしろ、家にいた時分の方が翳があった。

「じゃあ、これで帰るよ」

理一はたちあがった。

「そうですか。チキンを御馳走さまでした」

「それでは他人みたいな挨拶じゃないか」

「そんなことはありませんよ」

行助はわらっていた。

理一は爽やかな感情になり多摩少年院を出てきた。こんな感情になったのは久しぶりのことであった。

「なるべく早くだしてあげます。ここに入った以上は、やはり、一定期間はおいておかないといけないものでして」

帰りぎわに院長が言ってくれた。

理一は行助と並んで銀杏並木の坂道をおりた。

「この坂道は、地獄坂(じごくざか)というんですよ」

行助が言った。

「それはまた大袈裟(おおげさ)な名前だな」

「まったくです。行きは地獄坂、帰りは極楽坂(ごくらくざか)らしいのです」

「みんながそう言っているのか」

「そうなんです。でも、僕は、この坂道を登り降りするのが好きですよ。ときどき、院長の使いで街(まち)にでますが」

「そうか、街にでれるのか」

「ここは、妙な場所ですよ。街にでても、すぐここに帰りたくなってくるのです」

「それはまた何故(なぜ)だね？　普通(ふつう)なら、家に帰りたいところじゃないか。……こんなことを訊くのはちょっとおかしいが、行助は、成城の家には帰りたくないのか？」

「父さん、困るなあ、そんな風にとってもらっちゃ。僕は、自分が卒業した中学校や小学校が懐(なつ)かしい、という意味で、ここがそうだと言っているのです」

「ああ、そういう意味か。しかし、おまえはげんにここにいるではないか」

「現在は、ここしか帰る場所がないわけですよ」

「なるほど、そういう意味でか。それなら判(わか)るが……」

理一は、この子は出来すぎている、と思った。

「それじゃ、僕は、ここで……」

行助がたちどまった。門のところだった。

「ちかいうちにまた訪ねてきていいかね」

「チキンを持ってきてくれるならいいですよ」

「チキンを持ってこよう」

そして父子は門を境にして別れた。

理一は、雑木林に沿った坂道をおりながら、どういうわけか涙がでた。あの子を失いたくないと思った。修一郎をだめな人間にしてしまったのは自分であったが、それより以前に、四谷の祖父母が修一郎をだめにしてしまっていた。神田の私立大学に裏口入学したことを、祖父母は知っていなかった。正式に試験を受けて合格したと思っていたのである。修一郎はまず祖父母に車が欲しいと話を持ちこんだ。

「買ってやれ。わしが半分お金をだすから」

とそのとき悠一が言った。

「学生の身分でベンツは分がすぎるでしょう。国産車の丈夫なのでいいじゃないですか」

と理一は父に言ったが、悠一はききいれなかった。

「宇野家の跡取りはベンツがいい」

年よりの頑固さだった。

こうして四〇〇万円ちかい外国の高級車が一介の大学生の手に入ったのである。馬鹿なことをしたものだ、と理一は坂道をおりながらそのときのことを想いかえした。

修一郎の祖父の宇野悠一の屋敷は、都電の四谷四丁目の停留所からちかい大京町にあった。

修一郎はいまこの祖父の家から神田の学校に通っていた。知能指数が九一というと、普通の頭脳だが、七〇から八九が指数の限界だから、修一郎の九一の指数は普通の下の方であった。

しかし、こんな平凡な頭脳でも、ときと場合によっては、ずばぬけた才能を示すことがある。たとえば、運動神経は、知能に関係なく発達するもので、ある学者の調査によると指数八六の少年が、野球に天才的な才能を示していることが証明されている。また、絵を描かせるとこれも天才的な才能を発揮する少年が、知能指数は五三で、これは精神薄弱児であった。また、流行歌手として名をあげているある女の子は、指数が七九であった。

こうした意味で、修一郎は幼時から機械いじりが好きで、この面では彼の頭脳は発達していた。たとえば自動車好きがそうで、彼は自動車の故障を直すのがうまかった。運転もうまかった。

彼は、行助が少年院に送られたあと、四谷に移されたのをむしろ喜んでいた。祖父の家では自由がきいたのである。誰も彼を縛らなかった。たとえば、帰宅時間がおそくなると心配するのは祖母の園子で、祖父の悠一は、若いうちに遊んでおいた方がよいのだ、と言っていた。

つまり、悠一と理一とではすべてが対蹠的だったのである。隔世遺伝だろうか、と理一はわが子修一郎がいろいろな面で父に似ているのを発見したとき考えたことがあった。

修一郎はれいによってベンツを運転して学校に通っていたが、彼はそろそろこの車に厭きがきていた。というのは、友達のなかに、いわゆるカッコのよい車を持っている者が何人もいたからである。サンダーバードとかムスタングを運転している学生がいた。調べてみたら、サンダーバードは六〇〇万円もするので、いまのベンツと買いかえることは出来そうもなかった。中古なら二三〇万円から三三〇万円くらいであった。ムスタングなら三二〇万円から四六〇万円で新車があり、中古で一五〇万円くらいからあった。どうせ買いかえるなら新車の方がいいと思い、彼は、いま乗っているベンツをムスタングの新車に乗りかえるつもりでいた。

彼はこのことを祖父に相談した。

「買ったばかりで、いくらも乗っていないじゃないか」

と悠一は言った。

「だってよ、ベンツなんて、俺達のような若いもんが乗りまわす車じゃないんだ。俺はやはりサンダーバードとかムスタングとかボルボのようなカッコいい車がいいよ。いまのベンツにほんのいろをつける程度でムスタングが買いかえられるんだ」

言いだしたら、まるで駄々をこねる幼児のようになってしまう修一郎であった。

「わしはいいと思うが、おまえの親父がなんというかな」

悠一は、困った、といった表情を見せた。

「親父には、おじいちゃんから話してくれないかな」

修一郎は言った。

「わしから話すのか」

悠一はさっきより困ったという表情を見せた。

「いいだろう」

「しかし、買ったばかりのベンツを買いかえると言ったら、おまえの親父は怒るぞ」

「だってよう、いろをつける程度の金でいいんだよ」

「なま、ってなんだね？」

「現金のことよ」

「いかんな。おまえの親父が、学生の身分でベンツはいかん、というのを、わしが強引に承知させてしまったのに、それをすぐ買いかえるなど、わしからおまえの親父には話せんよ」

「そうかなあ。なんでもないことなんだがなあ」

修一郎は不満そうなくちぶりで引きさがったが、彼は、それから数日後に、勝手にベンツをムスタングに乗りかえてしまった。彼が欲しかったのは四二〇万円のムスタングだった。ベンツは三六〇万円で引きとってくれるという話だったので、彼は、差額の六〇万円を祖父か父からだしてもらう心づもりでいたのである。それが実現しそうもないと判ったとき、三二〇万円のムスタングに乗りかえたのである。すると、反対に四〇万円が手元に戻ってきた。

幼時から、望むことはすべて叶えられ、金銭に不自由をしたことがなかったが、修一郎は現実に四〇万円の金を手にしたとき、微かな興奮をおぼえた。遊びに使う金がいくらあっても足りなかった。これまで、金が欲しいときには、いつも父に話してもらっていたが、行助が少年院に入ってから以後、彼は、父と素直に話しあえなくなっていた。義母を女中とよんだことは、自分がそう思っているにせよ、それをくちにだすべきではなかった、といまの彼は後悔していた。父には済まないと思ったが、澄江には憎悪の感情しか抱いていなかった。澄江から疎まれたことはないのに、彼はこれまで澄江を好きになったことはない。彼は、こうした自分の心情がどこから来ているのかを知っていた。理由はただひとつ、行助がいろいろな面で自分より秀れている、という点にあった。澄江にたいして女を感じたのは高等学校二年生の頃であった。その時分彼はすでに喫茶店で女の子と遊ぶのをおぼえていたし、高等学校三年生の夏には、湘南の片瀬海岸で女を識ってしまった。

澄江を犯そうという気になったのは、この春、大学に裏口入学したとき、澄江といっしょに大学の理事の家を訪ねた日であった。この日、澄江は彼にひどく親切だった。澄江にしてみれば、これで肩の荷がおりた、というところだった。ところが、修一郎は、澄江の親切を、自分に好意をよせている、と信じてしまったのである。つまり、よく小説にでてくる話のような、義母と通じてしまうかたちを、自分と澄江のあいだに当てはめてみたのである。

修一郎は、澄江と自分のあいだをこのように考えてしまうと、あとは簡単な気がしてきた。彼のそれまでの経験によると、女は、いやだ、と言いながら、最後には軀をまかせてくるのであった。まさか、いやだ、とは言うまい、と彼は澄江のことを考えた。澄江のちょっとした動作に、修一郎は女を感じることがしばしばあった。ちくしょうッ、たまらねえな、あの軀は！　と彼は自分と同年輩の硬い軀の女の子と澄江のやわらかい身ごなしを思い比べ、なんとしても澄江を抱きたいと心に決めた。そして、この日から、彼は、澄江を犯す機会をうかがった。

あいつが入ってこなかったら、俺はあのとき目的を達していた、と修一郎はいまムスタングを運転しながら、ちくしょうッ！　と呟いた。

「なによ、ちくしょう、だなんて」

となりに掛けている女の子が言った。女の子とは、夕方、新宿の喫茶店で知りあい、湘南の海岸にドライブに行こう、と連れてきた子で、車は第三京浜を走っていた。

「いや、こっちのことだ」

彼は、あのとき、澄江の着物の裾をまくりあげたときに視た女の白い下半身をおもいかえしていた。行助さえ入ってこなかったら俺はあの軀を抱けたのだ……。

「これ、あんたの車？」

女の子が訊いた。

「あたりまえだ」

「すごい車じゃないの」

「なに、たいしたことはないよ。そのうちにサンダーバードに乗りかえるつもりでいる」

「鎌倉へ行くの？　それとも葉山？」

「茅ヶ崎はどうだ。ホテルがあるぜ。まさか、男をしらねえ、というんじゃないだろうな」

「いいわよ」

「俺はね、そういう風にものわかりがいい女が好きだ。ものわかりの悪い女はきらいだなあ」

「そんな女に出あったの？」

「この春だ。女というのが、もう四十ちかい婆(ばば)あでな、かんたんにやらせてくれるのかと思っていたら、ひでえ抵抗(ていこう)をしやがってな」

「それで、あんた、どうしたの？」

「はり倒して思いを遂(と)げようとしたときに、邪魔(じゃま)が入りやがってな」

「誰(だれ)かが入ってきたの？」

「察しがいいや。その婆あの子供(ごらん)が入ってきやがってよ」

「残念だったわね。子供って、いくつ？」

「十六歳くらいの子だった。野郎はいま少年院に入っている。そのとき、俺の足を庖丁で刺しやがってよ」

「あら、あんた、刺されたの！」

「婆あと子供と二人がかりで俺にむかってきてさ。ちくしょうッ、どうしても一度あの婆あをやっつけなくっちゃ」

「そんなお婆さんをやっても面白くないじゃないの」

「俺は年上の女をしらないんだ」

「あんた、年上の女が好き？」

女は煙草をとりだしながら訊いた。

「好き、というんじゃねえんだな。年上の女と一回はやってみてえのさ。おまえは年上の男と寝たことがあるかい？」

「あるわ」

「どうだった？」

「つまんないこと訊かないでよ」

「恥ずかしいのか」

「ばかねえ。……女は、そんなことはしゃべらないものよ」

「そんなものかねえ……」

修一郎は、少年院にいる行助のことを考えてみた。いい気味だと思ったのは、行助が少年鑑別所にいた頃である。行助が少年院に行ってしまってからは、澄江と行助に無気味さを感じはじめていた。奴は何故てめえのおふくろが犯されそうになった事実を警察官に話さなかったのだろう……奴のおふくろも、あのことについては一言も喋ってはいない……何故だろう。

修一郎は、女中と女中の子に刺された、と警察署に訴えでてから、もし澄江が事実をしゃべったときには、俺はあの女に誘惑されてあんなことをしたが、ちょうどそのとき行助が学校から帰ってきて現場を見て、自分のおふくろが誘惑したとは知らず、いきなり出刃庖丁で刺してきた、と取りしらべの警官に話すつもりでいた。

しかし、あいつ等は、事実をしゃべらなかった、何故だろう……もしかしたら、あの女は、本当は俺にああされたのを喜んでいたのではなかったのだろうか……。澄江は着物のしたになにもつけていなかった。むかしの女は着物のしたになにもつけていなかった、ということは修一郎もものの本で読んだことがあったが、現実にそれを見たのははじめてだった。脂がのっている女というのは、ああした白い下半身のことを言うのだろう。彼は、いま、あのときの澄江の白い軀を反芻しては、ちくしょうッ、と思った。

「あんた、どうしても、その婆さんをやると言ったわね」

「ああ、やってやるさ」

「うちの姉様をやってみない?」

「いくつだい?」

「二十八よ。あたいの兄の嫁なんだ。あたいを毛嫌いしてさ」

「恨んでるんだね」

「ねえ、やる気ある?」

「おまえが協力してくれるなら、やってもいいぜ。いっしょにすんでいるのか？」

「いっしょじゃないわ。兄達は、あたいの家からちょっと離れたアパートにいるのよ。あんた、あたいの名をおぼえといてよ。トシ子というのよ」

「名前なんて、どうだっていいじゃないか。俺はね、寝る女の子ならどれだっていいんだ。それで、おまえの姉さんを、そのアパートでやるのかい？」

「アパートじゃまずいわ。この車で海岸か山に連れだすのよ」

「原っぱで強姦（つっこみ）とはいいねえ」

「あんたの仲間をつれてくればいいじゃない。そしたら輪姦（のりあい）が出来るわよ」

　トシ子は熱っぽい口調になった。

「おまえ、俺が考えていたより悪（わる）だな」

　修一郎はちょっとトシ子を見たと思ったらすぐ前方に顔を戻し、頼もしいじゃないか、とつけ加えた。

「いつがいいかしら」

「俺はいつでもいいよ。しかし、俺にやられて、訴え出ないかな」

「ばかねえ。やられた女が訴えでると思っているの。旦那（だんな）さんにばれてしまうじゃないの」

「そりゃそうだな。まさか、醜女（ぶす）じゃないだろうな」

「ぶすじゃないわ。ちょっとしたグラマーよ」

「明日でもいいよ。やるんなら早い方がいいだろう。しかし、海岸はまずいぜ。こういい天気じゃ、人が出ている」

「あんたのところ、別荘はないの？　別荘でやればいいじゃないの」

「俺んちの別荘は軽井沢だ。ちと遠いよ」

「なら、山がいいわ」

「山といっても、この辺じゃ、深山幽谷がねえからな。叫び声をあげられたらことだよ」

「ばかねえ。ハンカチをくちに詰めればいいじゃないの」

「そりゃそうだな。しかし、俺一人だと、あばれだすといけねえから、仲間を一人つれて行くとするか。ところで、おまえ、いくつだい？」

「十七よ」

「十七でそんなことを考えつくとは、いいたまだ。誤解しないでくれよ、俺は感心しているんだからな」

いま、修一郎は、いい気持になっていた。彼の恣意な感情を横あいから遮るものがなかったからである。奴が、てめえのおふくろといっしょに俺の家に来たのは、俺が十一歳のときだった、そのとき、俺は、子供心に、いい友達ができた、とよろこんでいたのだ、ところが、奴は、すべての点で俺より擢んでていた、俺の家に入ってきて、俺より擢んでるなど、俺にはとうてい我慢ができなかった、まあ、過ぎ去ってしまったことはどうでもよいが、俺が、私立大学でも三流といわれている大学に裏口入学したとき、その世話をしてくれたのが、奴のおふくろだった、幼時から、奴の前で抱いていた劣等感が、あのときほど決定的に俺のなかに喰いこんできたことはない、私立中学、私立高校を通じて俺はビリから数えた方が早い成績だった、ところが奴は、公立高校でいつも首席であった、俺はそれを不合理なはなしだと思った、何故、奴は成績がよく、俺は成績が悪いのか、俺は決して頭がわるい方ではない、たとえばだ、奴は、家のなかの電気が消えても、ヒューズひとつ直すことができない、ところが俺はテレビやラジオの故障を直すことだって出来るのだ、それだのに、どうして奴の方が俺より頭がいいといえるのだ……。

「ちくしょうッ!」

修一郎は、第三京浜をぬけ、横浜新道に入ったところで、制限時速を超える一〇〇キロをだした。どうしても奴のおふくろを一度やっつけてやらにゃ……。

「最高よ。もっと飛ばしてよ」

トシ子が寄りかかってきた。

湿った地面に、柿の花が白くこぼれ落ちていた。あんなに花が散るようでは、今年は実がならないな、と澄江は茶の間から庭を見て思った。まいねん、柿の花が落ちはじめると、梅雨がちかかった。

「奥さん、ほんとにいらっしゃらないんですか？」

食堂でテーブルの上を拭いていたつる子が、手をとめてこっちを見た。

「やはり、よすわ」

澄江は、庭に散り敷いている白い柿の花を見たまま答えた。

夫の理一から、行助に会いに行ってやれ、と言われたのは三日前の夜だった。理一が多摩少年院に行助を訪ねてきた日の夜である。澄江には、夫のなにげない心遣いが判りすぎるほどわかっていた。前ぶれもなしに少年院に行助を訪ねて行ってくれたのは、澄江にしてみれば有難い話であった。面会には来ないで欲しい、という行助の手紙で、澄江は、母親なりに、息子が現在おかれている立場と心情を理解した。来ないで欲しい、といってよこすからには、それなりの理由があるはずだ、と思ったのである。

そんなわけで、澄江は、少年院に行こうか行くまいか、と思い迷っているうちに二日間をすごしてしまった。

そして、昨日の夕方、珍しく早く帰宅した夫から、行ってやったか？　と訊かれたのである。夫の質問はどこかせっかちだった。澄江には、こうした夫の内面が判った。あの事件いらい、夫が、実子の修一郎を疎みだしたのも澄江は知っていた。

「昨日と今日と、二日もあったのに、なぜ行ってやらないんだ」

理一はすこし怒ったような口調で妻を詰問した。澄江は答えるかわりに夫を見あげて微笑した。すると理一は狼狽した目を見せ、明日は行ってやれ、と言いのこし、席をたち居間に行ってしまった。澄江は、こんな夫を有難いと思いながら、しかし実子の修一郎がいる以上、そうそう夫にあまえてもいられない、と思った。

「旦那さま、お帰りになりましたら、今日は行ったのか、とまたおっしゃいますよ」

つる子が言った。前日、夫と行助の話をしていたとき、そばにつる子がおり、二人の話をきいて知っていた。

「そうね。たぶん、訊かれるでしょうね」

「旦那さま、怒りますよ」

「怒るかも知れないわね」

澄江は柿の花から目を逸らし、はじめてつる子を見た。

「行助さんがいないと、さびしいですね」

「そうね。……でも、じきに戻ってくるわよ」

「修一郎さんがいないので、ほっとしますね」

「あなた、なにを言っているの！」

澄江は、つる子と自分しかいないのに、慌てて周りを見まわし、つる子を咎めた。

「私、修一郎さんがあまり好きでありません」

「つるちゃん、旦那さまの前でそんなことを言わないでちょうだいね」

「ええ、それはわかっています」

つる子は急ににこにこしながら答えた。

「私もつれて行ってください」

つる子が言った。

澄江は不意をつかれ、え、なに？ と訊きかえした。

「奥さまが行助さんに会いにいらっしゃるときに、いっしょに連れて行ってください」

「つるちゃん。あなたの気持は有難いけど、わたし、やはり、行助に会いにいくのはやめます」

「どうしてですか？」

「どうしてって……あの子は、独りで歩いて行ける子なのよ。つるちゃんには判らないでしょうが、あの子は、親が心配する必要のない子なのよ」

澄江は、息子を視つめる母親としての自分の目が狂っているとは思わなかった。

「そうですかあ」

つる子は、腑に落ちない、といった表情で、再びテーブルを拭きはじめた。

夫の理一が、ここ一ヵ月、ぽっかり穴があいてしまったような自分の家庭を感じているように、澄江も思いは同じであった。しかし、修一郎が夫の両親の家に移ったことではほっとしていた。彼と顔をあわせないで一日を送り迎えできるのは、いまの澄江にはなにより有難かった。澄江はいまでも夜中にときどき脛に男の手が触れている夢をみることがあった。そんなとき、

「よしなさい、修一郎さん！」

と澄江は夢のなかでさけび、となりの蒲団に寝ている夫からよびおこされることがあった。

「おい、どうしたんだ」

躯をゆりうごかされ、目をあけると、そこに夫がいた。

「ああ、あなただったのね」

「うなされていたよ」

「わるい夢をみたのよ。わたし、なにか叫びませんでした？」

「うん、なにか言っていたが、よくききとれなかったな。どんな夢をみたのだ？」

「いえね。蛇に追いかけられている夢だったのですよ」

「蛇か。蛇ならいいが……」

　これをきいたとき澄江は、もしかしたら夫は感づいているのだろうか、とすこし不安になったことがあった。しかし夫はなにも感づいていなかった。二人の男の子がいなく

なってみると、夜など深閑となってしまい、澄江は、夫の帰りがおそい夜は、いつまでもテレビの前に坐っていることが多かった。テレビを観ているうちはものを考えずに時間をすごせた。そして反面、二人の子がいなくなったために、夫婦のあいだの情が深まってきた面もあった。二人の子の面倒を見る時間が省けた分だけ、澄江は夫に没頭したのであった。

「どうしたんだ？」

と夫はひたむきに傾斜して行く澄江をもてあます夜があった。

「さびしいんです」

「さびしいのは俺も同じだ。……つる子をつれて旅行でもして来ないか。気晴らしにはなるだろう」

いま、澄江は夫から言われたことをおもいかえし、行助が少年院に入っているのに、わたしが旅行などはできない、と思った。

理一と澄江はそれぞれに行助のことをあれこれ考えていたが、少年院にいる行助はきわめて元気だった。

少年院の日課は、朝六時半の起床にはじまる。日曜日だけ七時の起床である。起きるとすぐ点呼があり、それが済むと部屋の掃除、洗面をすませる。そして八時まで身辺整理、日によっては洗濯をする。

朝食は八時で、このとき、からだの具合が悪い者は職員に申しでる。そして八時三十五分から五十分までが朝礼の時間で、このときに軽い駈足訓練をする。そして八時五十分から、各班ごとに職業補導、体育、教科などの授業をうけるためそれぞれの建物のなかに散って行く。教科とは、たとえばラジオやテレビの修理を習っている少年は、機械の構造について実地のほかに理論を学ばねばならない。

ラジオやテレビについて勉強している少年は、比較的知能度が高いものに限られていたが、行助は木工を希望した。機械いじりは単調だったからである。木工ならそこに創意と工夫がともなった。

行助は第三学寮に入っていた。部屋が二十ある細長い建物で、浴室、洗濯室、図書室などがあり、図書室はクラブ活動の場所にも使われていた。一部屋に二名の定員で、便所は各部屋ごとについており、寝るときは板の間に茣蓙をしき、その上に蒲団をのべる。部屋の窓の外には鉄格子がついており、部屋の出入口には、外から鍵がかけられるようになっている。塀のない少年院で、なぜ部屋にだけ鉄格子をつけ、出入口に鍵をとりつけたのか。それは、少年達が殆ど夜のうちに脱走をくわだてるからであった。彼等は脱走しようと思えば昼間いつでもそれが可能だった。しかし昼間のうちに脱走を試みた者がいなかった。脱走をするのに夜をえらぶのは、一種の犯罪心理かも知れなかった。

行助といっしょの部屋に入っている少年は、少年鑑別所からいっしょの護送車できた寺西保男で、彼は大田区のある私立高校二年生であった。彼は、なにをやったのかを行助には語らなかったが、安こと安坂宏一が彼から訊きだしたところでは、幼児猥褻行為が十六件あり、ある子の親が警察署に訴えでたために、それまでの犯罪があかるみにでたそうであった。

「馬鹿な奴だよ。七歳やそこらの女の子のどこが面白いんだろうね」

と安は言っていた。

しかし行助は、寺西保男のことをきいたとき、こういう男が将来大きな罪を犯すようになるのではないだろうか、とふっと考えた。このとき彼は、母を犯そうとした修一郎をおもいかえしていたのである。

安も第三学寮に入っていた。行助は、飾りけのないこの安がどことなく好きだった。女が子供をうむのに、その費用がなく、そのために盗みを働いた、という安の行為が、行助には判る気がした。安の話をきいていると、なにか切実な感じがした。寺西保男の幼児猥褻行為とは瞭らかに犯罪の動機の性質が違う気がした。

寺西保男は、夜中に蒲団のなかでひっそり泣いていることがあった。彼が泣くのは周期的で、たいがい土曜日の夜が多かった。彼は泣くときにママァと母親をよぶことがあった。意気地がないといえばそれまでだが、行助は、この少年をかわいそうだと思った。

「おい、泣くのはよせよ」

と行助が言うと、寺西保男はぴたっと泣きやみ、きみは家が恋しくないのかよ、と訊くのである。

「恋しくてもここから出られないではないか。泣いて出られるわけじゃあるまい」

すると、寺西保男はしばらく間をおき、また忍び泣きをはじめるのであった。泣いている幼児に菓子をあたえると一時は泣きやむが、また泣きだす、あれと同じであった。寺西保男は週に一回泣くことで自己感傷に浸っていた。寺西保男はいまだに少年院の食事になれないらしく、どんなに腹がへっていても麦飯をのこす日が多かった。行助も最初はこの麦飯がのどを通らなかった。麦五米五割のめしに、菜っ葉の煮つけでは、辛いおもいがさきにたった。

「贅沢いうもんじゃねえ。大人の刑務所ではよ、麦が七割も入ってるんだ。要らねえんなら俺がもらうぜ」

安がいつもこうして寺西保男の残りめしを貰うのであった。

その安も、ときにはこんなことを言う日があった。

「ああ、ああ、麦飯に、お菜といったら甘藷や人参や大根の煮つけばかしで日が暮れてしまう。やりきれねえな。たまには、ぱりっとした白米に、揚げたての天麩羅やコロッケで腹いっぱいになってみてえよ。しかし、奴はいま頃どうしているかなあ」

安の話では、安の情婦(まぶ)はもう身二つになっているはずだ、とのことであった。

「それじゃ、困ってるだろう」

と安に同情したのは、利兵衛と渾名(あだな)がついている天野敏雄だった。彼は、安とは、千葉県の少年院で同窓であった。

「家出(やさぐれ)してきたから、子供(ごらん)ができたからといって、奴、いまさら家には帰れんだろうしな。といって質入れ(ぐにこみ)する衣類(ようらん)もねえしよ」

「なら、安、逃走(とんこ)するか」

「おい、利兵衛、俺を唆(そそのか)すのかよ。いまさら逃走(とんずら)きってどうなると思う。煽動する(ジャッキをまく)のはよしてくれよな」

「手紙(がて)は来ねえのか？」

「きたが、安心して入っていなさい、とぬかしてある」

「おめえより出来てるのとちがうか」

「俺より二つよけいくっているからな」

「二十(はたち)か？」

行助はこんなやりとりをききながら、安の現在の気持が判る気がした。彼は秋田県の中学をでて東京に集団就職してきたが、いつのまにか非行少年の仲間に入ってしまい、気がついたときには千葉の少年院に入っていた、とおもしろおかしく話してくれたことがあった。千葉には六ヵ月在院し、そこを出てきて、上野のある中華料理店に勤めた。そこへよくラーメンをたべにくる女の子が三人おり、そのなかの一人と仲がよくなってしまい、その子がいまの安の情婦だという話であった。

「二つとしうえというと、姉さん女房だな。いい女かい？」

利兵衛が訊いた。

「ああ、俺にとってはな」

安が答えている。

「いい家の娘かい？」

「わりかしいい家らしい」

「きっかけはなんだったんだい？」

「友達になったきっかけかい？」

安が訊きかえした。

「まさか、おめえ、強姦をやったんじゃあるめえ」

「冗談おっぺすなよ。俺がそんなことをやる柄かよ。ある日の夜おそくラーメンをくいにきやがった。俺は、とびきり上等のラーメンをつくってやった。ところが、銭っこがねえというんだな。財布をおとしてしまったらしい。電車賃がないんじゃ帰れないだろう、ということで……」

「おまえが貸したのか」

「そうよ」

「うまいきっかけだな。で、女の家はどこだい？」

「上野毛よ」

「特等地じゃねえか。女の父親はなにやってんだい？」

「母親といっしょに銀座で酒場をやってるんだとよ」

「なんで女はおまえの店になど来たんだい。上野毛から毛という字をぬかすと、方向が正反対じゃねえか」

「そんなこと俺が知ってるかよ」

「それで、子供はほんとにおまえのごらんかい？」

「おい、利兵衛、てめえ、俺にいちゃもんつける気かい！」

安が気色ばんだ。

「おいおい、俺は話をしてるんだ。おまえと喧嘩をはってもしようがあるめえ。因縁をつけるつもりはねえよ」

利兵衛が弁解した。

「ならいいが、俺の女を悪くいうのはよしてくれよ」

行助は、二人の話をききながら、この連中はなんと単純素朴な奴等だろう、と感じた。

行助が以前安からきいたところでは、安の女は名を厚子といい、十二歳のとき父親の病死にあい、それから間もなく母親が銀座にバーを開いたが、母親は、雇いいれたバーテンとわりない仲になってしまったそうであった。

現在、母親は四十三歳で、バーテンは三十二歳だそうであった。厚子は母親とバーテンを嫌っていたという。安と知りあった厚子は、間もなく家出をしてきて、安が借りた上野の安アパートで生活をはじめた。四畳半一間のせまい部屋であった。

「きみには、その厚子さんという女が判るんだね」

と行助はそのとき訊いた。

「わかるって、なんのことだい？」

「その厚子さんという人は、考えかたひとつで、銀座のバーにでれるじゃないか。それをラーメン屋の出前持のところに転げこんできたんだ。わかるかい」

行助はたたみこむように言った。

「気持のいい子なんだよ」

安は別な答えかたをした。

「それはそうだろう。僕の言っているのはそういうことではない。その気持のいい子の内面が、きみに判るかと訊いているんだ」

「そりゃ判るさ。女子大を一年でやめてしまったらしいが、俺は中学しか出ていねえだろう。それがなんで俺を好きになったのかな……」

「きみには、厚子さんがまだ判っていないんだな」

「どうして？　俺はあいつが好きだよ」

「好きだというだけの話か」

「ほかになにが必要だ？」

「きみらの場合、二人の気持のほかに必要なものはないさ。僕の母も再婚していまの父親のところにきたが、僕には、その厚子さんが判るな。僕のところとかたちはちがうが、厚子さんが自分の母と母の新しい男を嫌っている気持が」

「そうかね。おめえはここに来たときから貫禄がある奴だったが、俺より頭がいらしいな」

「窃盗をやったのは、その中華料理屋からもらう給料だけじゃ足りなかったからかい？」

「ああ、とてもじゃねえが、一万五千円の給料じゃ、部屋代をはらうといくらも残らなかったからな」

「部屋代はいくらだったの？」

「一万二千円よ。しかし、奴、一万二千円の部屋代をいまどうして工面しているのかな」

「三千円しか残らないわけだな。三千円じゃやって行けないな」

「それで俺は、悪いと知りながら、店の金を盗んでしまったのよ。ああ、ああ、あんなことをするんじゃなかったなあ」

「金額は大きかったのかい？」

「はじめ、五千円やった。これがばれなかったんだな。それで二回目は一万円、これもばれなかった。三回目に二万円やったときに、とうとうばれてしまってなあ」

「こんなところに入ってこないで、弁償して許してもらう方法はなかったのかい」

「俺は三回しかやっていないのに、以前にもちょくちょく金がなくなっていたから、それもおまえがやったのだろう、ということで、ぶちこまれてしまったのさ。それに、俺には、千葉の少年院に入っていたという前歴があるだろう」

「そのときはなにをやったんだ？」

「やはり同じことをやった」

「窃盗か？」

「俺はよ、自分では盗む気持はもってねえんだ。それがどうして盗んでしまうのか、俺にもわかんねえよ」

安は真面目な顔で言った。

「盗む気持がないのに盗んでしまうというのは、それは、どういうことかな。こんどの場合は、月に三千円しか生活費がないので切羽詰って盗んだのは判るが、しかし、二度三度とかさなっちゃ、常習犯と見做されても仕方ないな。……しかし、僕は、きみが好きになれそうだよ。正直だからな」

「そうかい」

安は嬉しそうに白い歯をむきだしてわらった。

安が少年院のなかで心配している厚子は、台東区の松が谷にあるアパートで男の子をうみおとしていた。そこは安と同棲していた部屋である。彼女は、少年院にいる安に、心配しないでいい、と手紙を書き送ったが、事実、どうにか生活していた。安が少年鑑別所に送られてからすぐ、かつての仲間であった少女達がかわるがわる来てくれ、出産までの面倒を見てくれた。そして出産後一週間目には、子供を助産婦の家に預け、働きにでた。ちかくの一杯飲屋だった。一杯飲屋の店から助産婦の家までは歩いて五分ほどの距離で、彼女は日に三回店をぬけ出て子供に授乳のため助産婦の家に行った。一杯飲屋といっても食堂をかねている店で、朝の十時に開店し、夜十時に閉店するしきたりになっていた。厚子のほかにも働いている女の子がおり、勤務は二交替であった。朝早くでた者は夕方の六時に帰り、おそく出た者は閉店まで働く、という仕組みであった。働いているあいだの食事は店でだしてくれたので助かったが、なんとしても金が足りなかった。一万二千円の給料では部屋代だけでなくなってしまう勘定だった。

彼女は、朝九時に赤ん坊を抱いてアパートを出ると、出産のとき世話になった助産婦の家に行く。そして、そこに子供を預け、店にでかける。助産婦の梅田春江は五十がらみの親切な女だった。厚子はこの梅田春江になにかと相談した。

「部屋代だけでお給料がなくなってしまうんじゃ、ほんとにしようがないわねえ」

と梅田春江は言ってくれた。

「お勤めをかえても、いま以上の給料をだしてくれるところはないでしょうね」

厚子は真剣だった。

「バーなんかならいいだろうと思うけど」

「バーには行きたくないわ」

若いバーテンを男にしている母親がやっているバーには生理的嫌悪感があった。厚子は、バーの女の子達の収入を知っていた。子供をうみおとしたとき、どこで働こうかと考え、バーがおもいうかんだが、やはりバーには出たくなかった。いまの一杯飲屋は梅田春江の世話で勤めだしたのであった。出産の費用はなんとか支払ったが、一ヵ月五千円の子供の預かり料をどうやって支払うかが、厚子にとってはさし迫った問題であった。母親のもとには行きたくなかった。五千円という預かり料は殆ど実費にひとしかった。子供には日に三度授乳に行くが、三度で間にあうはずがなく、合間に梅田春江がミルクを子供にあたえていた。

「うちはいつでもいいのよ。あなたが働きよい場所で、いいお給料を貰えるところを、あたしも心がけておくから、目処がつくまでしっかりやんなさいよ」

梅田春江はこう言ってくれた。

店では立ちどおしの勤めだった。一日が終ると、二十歳の軀でもさすがに疲労をおぼえる。ある日の夜、厚子は、助産婦の家から赤ん坊を抱いてアパートに帰りながら、ふっと涙が出てきた。

「おまえのお父さんは少年院にいるんだよ」

と厚子は子供に頬ずりしながら泣いた。

子供にはまだ名前がついていなかった。もちろん出生届もだしていなかった。名前がついていないのが不憫だった。たとえ罪を犯して少年院に入っていても、父親は父親であった。子供の名は父親につけてもらった方がよい、と厚子は考えていた。

しかし、その少年院に安を訪ねる時間がなかった。厚子の勤めている一杯飲屋では休日というのがなかったのである。一日やすむとその日の部屋代が払えない給料であった。安が少年院のなかで行助に語ったように、厚子は気持のいい子であった。厚子の性格を一言に要約すると、欲がなく他人に尽すことしか知らない女である、と言えよう。

この日、厚子は、アパートに帰ると、安に手紙を書いた。

子供に名をつけたいが、どうしたらよいだろうか、一度少年院を訪ねたいが、いまのところひまがとれないので困っている、そのうちにきっと訪ねて行くが、手紙でよいから子供の名をつけて欲しい。こんな内容の文をしたためた。手紙を書きおえると、厚子はもう一度それを読み、封をした。すると急に一日働いた後の疲れがおそってきた。

厚子は子供の横に自分の蒲団をのべると、そばに坐りこんでしまった。顔を洗って化粧をおとさなければ、と思いながら、ここしばらくのあいだ、厚子は子供の寝顔を見おろし、安と出逢ったときのことを想いかえす夜が多かった。十二歳のとき父が亡くなり、それから間もなく母は銀座にバーをひらいたが、その頃から彼女は親のやさしさを知らなくなった。学校から戻る時間には、母は店にでるためいつも鏡台の前で化粧をしており、食卓にはすでに夕食の支度がしてあった。厚子はいつも独りで夕食をとった。そしてこの年以後、厚子は、夕食時のわびしさというようなものに馴れしたしむようになった。そこには気の遠くなるような孤独感がつきまとった。朝は朝で、母は寝巻姿のまま起きて簡単な食事の用意をすると、すぐまた寝床に戻ってしまうのであった。

こうした生活では、母はいないも同然であった。そして、こうした歳月が積みかさなって行き、ある年のこと、母は、若いバーテンを家につれてきた。そのとき母はすでにバーテンと出来ていた。そしてこの年以後、厚子はまったくひとりで歩きだしたのである。そんなある季節に、厚子は、他人からやさしい言葉をかけられたのである。それが安坂宏一であった。厚子が、彼から借りた電車賃を返しに行ったとき、安は、いつでもいいのに、と言った。お礼に、あなたが休みの日になにか御馳走したい、と厚子が言ったら、俺は今度の月曜日が休みだと安が答えた。

その月曜日に、二人は銀座で待ちあわせた。そのとき、安はいきなり、

「俺は少年院にいたことがある」

と言った。

「そんなことどうだっていいじゃないの」

と厚子が言うと、それはそうだな、と安は人なつこい目を見せた。この安が、再び少年院に入ってしまったいま、厚子がいつも考えるのは、安といっしょになったわたしの目は決して狂っていなかった、ということであった。

厚子には、当世なみの子女のように反抗期という季節がなかった。気づいたときには、すでに自分が独りで歩いていた。衣食住さえあたえておけば子は育つ、という考えしか持っていない母親のおかげで、人なみに高等学校を出て女子大に入ったが、女子大で厚子が見たのは、学友との違和感だけであった。なんの屈託もなく、まるで遊びにくるように学校にでてくる彼女達の姿が、厚子には華やかすぎた。

高等学校時代、なんとはなしに文学が好きになり、女子大にも国文科に入ったが、はっきりした目的があって国文科に入ったわけではない。太宰治の『トカトントン』を読んだのが高校二年のときで、この小説が好きになり、それから手あたり次第に太宰を読

んだ。そして彼の『津軽』に辿りついたとき、あ！と思った。『津軽』の語り手に自分の分身を見た気がしたのである。しかし厚子には『津軽』にでてくるような乳母がいなかった。『津軽』の作者を幸福な男だと思った。

女子大時代、一日、学友にさそわれてその家を訪ねたことがある。そこは申し分のない家庭であった。上野毛の自分の家では、母とバーテンは昼すぎでないと床から出てこなかったし、二人とも寝巻のまま茶の間に出てくると、煙草をのみながらその日の朝刊に目を通し、それから二人の一日がはじまるのであった。茶の間は実に雑然としていた。いちばんいけないのは、そこに母の鏡台がおいてあることだった。四時がすぎる頃から母はその鏡台の前で化粧をはじめる。バーテンがそばで煙草をくゆらしながらそれを眺め、化粧が濃いとか薄いとか助言をする。それは痴話と同じであった。じゃれあっている犬と同じであった。厚子は、母とバーテンのそんな姿をみるたびに、世のなかでいちばんいやなものを視てしまった気がした。

こうして、学友の申し分のない家庭と自分の家庭を思いくらべたとき、厚子は、行き場所のない自分を感じた。

そんな時分に、厚子は、二人の少女と知りあった。すこし頭が悪いのではないかと思えるほどの気のよい、自分と同年の少女達であった。彼女達と知りあったのは新宿のあるライスカレー屋だった。二人とも片親が欠けていた。厚子はその二人に、自分のなかにある歪んだものを見た気がした。自分がどのように歪んでいるかを知らせてくれたのは、学友の申し分のない家庭を見たときであったが、この二人の少女は、歪んだかたちをはっきり見せてくれた。

『津軽』の語り手に自分の分身を見た気がした厚子は、二人の少女に、はっきり自分を見てしまったのである。二人ともいわゆる不良少女ではなかった。世間では彼女達を不良少女と見ていたが、厚子は、二人に、ある親しみを感じた。三人はあつまるとライスカレーとラーメンを食べに行った。大友繁子、笠田雪江が二人であった。雪江は厚子と同年で、繁子は厚子よりひとつ年下であった。二人とも、ある短大の同級生であった。

この三人が、安が働いている上野の中華料理店に入ったのは、まったく偶然の出来事であった。

きっかけは、雪江が、上野に西郷さんの銅像を見に行きましょうよ、と言いだしたからである。

「あら、わざわざあんな銅像を見に行くの？」

と繁子が訊きかえした。

「だって、あの銅像、りっぱじゃないの。あたしね、小さいときに父が亡くなってしまったでしょう。三年ほど前のことだったかしら、上野に絵の展覧会を観に行ったとき、久しぶりにあの銅像を見て、うちの亡くなった父もこんな人だったのかな、などと考えたことがあるのよ」

「それはいいわ。見に行きましょうよ」

とすぐ厚子が応じたのである。

あれがきっかけであった、といまの厚子はおもう。雪江も繁子も、家が駒込辺にあった。雪江は本駒込で、繁子は向ヶ丘であった。西郷さんの銅像を見に行った日いらい、三人はよく上野でおちあって遊んだ。当時の厚子には、上野公園の広さが慰めになった。上野には、いろいろなおのぼりさんがいたし、博物館や美術館の前には、たいがい団体客がいっぱいだった。そうかと思うとまばらにしか人が通らない日もあった。雨の日がそうであった。

厚子は、雪江と繁子と待ちあわせをしない日でも、ひとりでよく上野に遊びに行った。帰りには必ずといってよいくらい安のいる店によった。

「上野って、いいところねえ」

とある日よったとき厚子は安に言った。安が気やすく話しかけてきたからである。

「ああ、俺も上野は好きだな。田舎からはじめて東京にでてきて降りたのがこの上野だ。田舎に帰ろうと思ったら、ここからすぐ上野駅にかけつければいい」

と安は答えた。

「田舎は東北なの？」

「ああ、秋田県だ」

安は、素朴で親切だった。飾り気がなく、気楽に話し相手になってくれた。雪江も繁子も、東北人らしい安を気にいっていた。

「東北人というのは誠実なのよ」

と雪江が言った。

厚子が、安と銀座で逢ってから数ヵ月経ったある日、厚子は、二人の友人に、安のことを話した。

「あら、いくらあの人がいいといっても、ラーメン屋じゃないの」

と繁子が反対した。

「ラーメン屋がどうしていけないかしら……」

「女子大生とラーメン屋じゃ似合わないわよ」

「そうかしら」

しかしそのとき厚子はすでに安と二度いっしょにすごしていた。相手がラーメン屋だろうと職人だろうと、それは問題ではなかった。一人の女が一人の男に傾斜して行ったのであった。

安を識ってから五ヵ月が過ぎた。厚子は軀に変調を来たしていた。厚子はそれを安に告げ、あなたさえよかったら結婚したい、と話した。

「俺は中学しか出ていないんだぜ」

とそのとき安は言った。十二月なかばのある寒い夜のことであった。

「あたしも学校はやめるわ」

と厚子は答えた。

「それはよ、俺はおまえが好きだが、どうやっていっしょに暮して行くんだい？」

「アパートを借りればいいじゃないの」

「俺は金を持っていないんだ」

「アパートを借りる金なら、あたしがなんとかするわ。……でも、あなたがいやだと言うんなら、あたし、子供を堕ろすわ」

「おろす必要はないさ」

こうして二人は松が谷に所帯を持ったのである。厚子は身ひとつで上野毛の家を出て来たが、母の財布から現金を五万円ぬいてきた。その金でアパートの一ヵ月分の敷金と前家賃を払ったのである。

二人の生活は子供のままごとに似ていたが、しかし厚子のなかでは女が息づいていた。

そして二人は年を越した。しかし二人は間もなく経済的にすぐ困ってきた。

「あたしも働くわ」

と厚子は言ったが、六ヵ月の身重の軀では容易でなかった。

安はなんとかすると言った。それが、あの店の金を盗みだした最初であった。安にしてみれば、大きな腹をかかえた女をかかえ、背に腹はかえられない状態だった。厚子は厚子で、雪江と繁子から借金をした。二人の小遣い銭から借りる金だったから、たいした額ではなかった。それでも二人の友人はよく遊びにきてくれた。しかし厚子は、安が店の金を盗んでいるとは知らなかった。

「ちょっとした商売をやってよ」

と安は言っていた。厚子は安の言葉をうたがわなかった。

厚子は、二十歳の女としては精神の均衡がとれていなかった。太宰治の『津軽』を理解できる一方で、ラーメン屋に働いている男に女の歓びを感じていた。自分の視線が狂っていないと信じているのは女の情感であった。言ってみれば安はその日ぐらしをしている少年にすぎなかった。こんな男を好きになってしまったのは、厚子が母とバーテンのなまぐさい仲を見てきて、女の情だけが発達してしまった個所があったからかも知れない。

蒲団のそばでうとうとしていた厚子は、なにかの物音ではっと目をさまし、慌てて眠っている赤ん坊を見た。助産婦に預けてある赤ん坊のもとに、店から日に三度乳をふくませに行くだけでは、乳があまりすぎた。厚子はそんなとき張った乳をしぼり、そっと流しに捨てるのであった。赤ん坊が丈夫だったからいいようなものの、乳を捨てるのは哀しかった。

厚子はたちあがると流しの前に行って化粧をおとした。なんとかしなければならなかった。いまの店からもらう給料では明日が見えるのであった。

「女から手紙がきたが、あとでちょっと相談にのってくれないか」

と行助が安から言われたのは、夕食のあと一時間ほどすぎた第三学寮の寮内集会のときであった。集会は七時から始まり、七時四十五分に終る。集会の内容は、普通の学校の寮集会と同じであった。共同生活をしている者としての自己反省、少年院にいるあいだ、いかによりよき日常を送れるか、というようなことを話しあう。もちろん楽しい内容の集会の日もあった。

集会が終ると、同じ室内で九時までテレビを視聴することが出来る。

行助はいつもこのテレビ視聴の時間にひとりで部屋に戻り、高等学校の教科書をひらいた。九時になると就寝準備をして点呼がある。そして九時半には床に入らねばならない。教科書をひらけるのは僅かの時間であったが、行助はときたま集会に出なかった。そうすると、夕食後からかぞえて約三時間前後が有効に使えた。しかし、集会に出席するのは寮にいる者としての義務であったから、勝手な欠席は許されなかった。行助は、教官に、疲れたとか軀のぐあいが悪いとかの理由を言って欠席した。同室の寺西保男は、よく仮病をつかって昼間も部屋で寝ころんでいる日があったが、行助は、寮の集会ぐらいはサボってもいいだろう、と考えたのである。

行助がこの少年院に入ってきて知ったことと言えば、高等学校に在学中の者の殆どが、復学の意志を失っていることだった。言いかえると、勉学の意志のない者がここに入ってくるということであった。その意味では、朝六時半に叩きおこされ、一日中職業訓練を受け、自分で洗濯をし、掃除をし、蒲団のあげおろしをし、三度三度麦飯をたべさせられる生活は、怠惰な少年達の精神を叩き直すのに役立った。

この少年院は、矯正教育が比較的容易な者を収容しているという。矯正が容易だということは、少年達の個性が弱いということを意味していた。つまりは、環境に順応して行ける少年達を収容してあるのだろう。

行助は、自分の周りにいるこんな少年達を見るにつけ、ここに修一郎をぶちこんでみたら面白いだろう、と考えることがあった。いろいろな意味で曠達なこの十六歳の少年の裡では、一面、かなり意地の悪い個所があった。

「部屋に行こうか」

集会が終ったとき安がそばに来て言った。

「そうだな、部屋の方がいいな」

行助と安は、これからテレビを視る仲間からはなれ、行助の部屋に行った。

「子供の名前をつけてくれ、と言ってきているんだ」

安は厚子から届いた手紙を行助に手渡しながら言った。

「名前か。しかし、考えてみると、十八歳の父親なんて、まったくおかしいな」

行助は手紙を受けとりながらわらった。

「相談できるのはおまえしかいないんだ」

「面会に来いと言ってやればいいじゃないか」

「それが、来れないらしい」

安は真面目な表情になった。

「来れないって、なにかわけがあるのか?」

行助が手紙をひらきながら訊いた。

「働いているらしい。くわしいことがなにも書いてないんだ」

「赤ちゃんがいるのに、どうやって働くんだ。おかしいじゃないか」

それから行助は厚子の手紙を読んだ。

「どうだ、なにも書いてないだろう」

安がせっかちに訊いた。

「赤ちゃんのことしか書いていないな。しかし、きみ達のやっていることは、さっぱり判らんねえ」

「なにが？」

「鑑別所にいたときも、きみ達に似た夫婦がいたろう」

行助は、いま、その夫婦をおもいだしていた。十六歳くらいの妻で、日に一度か二度、その夫が子供を抱いて鑑別所を訪ねてきて、乳をのませて帰って行く光景を、垣間見たことがあった。夫というのも十八歳くらいの少年であった。

「ああ、あの夫婦か。妻の方が鑑別所に入っていた夫婦だな。そういえば似ているな。こっちは亭主が少年院に入っている」

「利兵衛の話では、亭主は刑務所に入っており、妻は鑑別所で出産をした、なんて例があるそうだね」

「これ、どうすればいいだろう？」

「赤ちゃんの名前なら、手紙に書いてやればいいじゃないか」

「名前というのは、そいつの一生に関係があるだろう。俺のような父親がつけた名では、子供に悪い気がするしなあ。どうだろう、宇野、おまえ、ひとつ、俺の子供の名前をつけてくれないか」

「名前なんて、記号みたいなものじゃないか。きみの宏一の一字をとり、宏太郎なんてつけてもいいだろう」

「宏太郎か。そいつはいい名だな。しかし、俺は、頭が悪いからな」

「それなら奥さんの名を一字もらえばいいじゃないか、宏厚なんてのはどうだ」

「宏厚か。しかし、そいつは皇族みたいな名前じゃないか。どうだ、おまえの名前から一字くれないか。おまえのような頭のよい子になるように」

「行という字か」

「それをくれよ」

「それだと、宏行か」

「その反対はどうだろう」

「行宏か」

「それがいいと思うが。頭の悪い俺の名の一字を頭に据えるより、おまえの一字を頭においた方がいい。早速だが、一筆手紙を書いてくれないか。どうも俺は字がうまくないしよ、思うように手紙が書けないんだ」

それはそうかも知れない、と行助は思った。厚子から届いた手紙は達筆で、文章もととのっていた。大学にまで入った女が、なぜ、中学しか出ていない男といっしょになったのだろう。行助が、きみ達のやっていることはさっぱり判らん、と安に言ったのは、このことであった。

それから行助は安の手紙を代筆しながら、いったい、厚子という女はどんな女だろう、と考えた。

雨が降っていた。空梅雨で、一日降ったと思ったら翌日は晴れたり、午前中に降り午後は陽がさす、というような日がつづいていた。

厚子は、少年院の安に手紙をだしてから二日後の朝、子供を負ぶって梅田春江の家に行き、そこに子供を預けて、梅田春江が紹介してくれた白百合会を訪ねた。

白百合会は看護婦と家政婦の派出を商売にしている会であった。経営者の生田喜久江が、梅田春江とは昔の産婆学校の同級生で、春江が、家政婦なら収入があるがと言ってくれたことから、厚子は白百合会を訪ねてみる気になったのである。

白百合会にはあらかじめ春江が電話をしておいてくれた。

「いい人だから、安心して相談していらっしゃい」

と春江は言ってくれた。

白百合会は、国電の信濃町駅をおり、慶応病院を左側に見て四谷三丁目の方に行く途中にあった。

生田喜久江は、春江が言っていたように、気さくな女だった。

「あなた、赤ちゃんがいるそうだけど……」

喜久江はまっさきに子供のことを訊ねた。

「はい。一ヵ月ちょっとになります、うまれてから」

「それはたいへんね。それで、どうするの？　いままでのように春江さんのところに赤ちゃんを預けて働きにくるの？」

「どうしようかと思っているんです」

「子供をつれてここにすみこんでもいいのよ。ここにはすみこみの人が八人いるけど、八人がみんな出はらうことはないから、子供の面倒くらいみてもらえるわよ。みんなね、苦労した人達ですよ」

「そうですか。……しばらく考えさせてください。いまはアパートにいるんですが」

「それで、旦那さんは？」

「いま、行方不明なんです」

厚子は、梅田春江にもこのように言ってあった。

「よくある例ね。でも、あなたは、こうして子供を抱えて働こうというだけえらいわよ。いまの若い子ったら、子供はうみっぱなしで捨ててしまうんだから。じゃあ、しばらくは、通いでここに来なさいよ。働きに行った先の家をおぼえたら、二日目からは、まっすぐそこへ行ってください。それから、会には、一割の会費を納めてください。一日に千五百円もらえるから、つまり百五十円を会に納めることになるわけね。仕事は、朝九時から夕方の五時までで、昼食は、行った先の家でだしてくれるわ」

「お金は、その日のうちに貰えるのでしょうか？」

「その日のうちにもらえますよ。うちには通いのひとが三十人もいるけど、みんな事情があって働いているから、日銭がないと困る人達ばかりですよ」

厚子は、千五百円ときいたとき、ああ、これで助かった、と思った。これなら、安が少年院から出てくるまで、子供を育てて行けるだろう、と安堵が心を領してきた。白百合会から梅田春江の家に戻った厚子は、春江に派出婦会の話をし、白百合会にすみこむべきかどうかを相談した。

「あんたはどうなの？」

と春江は訊きかえした。

「ひとつの部屋に三人も寝るんでは、子供が泣きだしたとき困るし、どうしようかと考えているんです」

「子供は当分あたしのところに預けておいた方がよさそうね。それで、明日から仕事があるの？」

「はい。明日の朝八時までに来てくれとのことでした」

「それでは、いまのお店を今日かぎりでやめるようにしなければ……。一ヵ月は出ていないわね」

「二十五日です」

「二十五日だと、一万円ちょうどになるかしら」

「そうだと思います」

「明日から日銭が入れば、それでなんとかやって行けるわね。あとでお店に行ってあげるわ」

「ほんとに有難(ありがと)うございます」

厚子は春江に心から礼をのべ、それから一杯飲屋にでかけた。春江のように、こうも親身になって相談にのってくれる相手が、そうざらにあろうとは思えなかった。

春江が一杯飲屋に来てくれたのは、ひるの二時すぎで、ちょうど客が空(す)いている時刻だった。

春江から事情をきいた店の親父は、それは困ったな、と言いながらも、厚子がやめるのを認めてくれた。

「もっとも、あたしんとこのような店は、あんたみたいな子持ちが働くような場所じゃないんだ。あんたがここからもらう給金でやって行けないのはあたりまえの話だ。まあ、いいだろう」

親父はその場で一万円をだしてくれ、そこに千円をつけてくれた。

「ちかいうちに適当な女の子がいたら世話しますよ」

と春江は言いおいて帰って行った。

この日、厚子は、閉店まで働いた。

そして、あくる日の朝、七時におきると、子供を梅田春江の家に預け、白百合会に出かけた。

「つづけて来てくれという家もあるし、一日おきとか、週に二日来てくれとか、みんなまちまちよ。今日あんたが行く家は、もしあんたが気に入れば、一日おきに来てもらいたいらしいけど、とにかく行ってごらんなさい。年寄り夫婦らしいわ。女中さんが田舎(いなか)に帰ってしまったので、新しい女中さんが見つかるまで、と言っていたけど」

このように喜久江が説明してくれた。

「それで、明日はどうなんでしょうか？」

「明日はまた別の家に行ってもらうわ」

喜久江は、これから厚子が働きに行く家までの略図を描(か)いてくれた。そこは、会から歩いて七分ほどの距離(きょり)だそうであった。大京町というところであった。

やがて厚子は喜久江から派出の伝票を受けとり、会をでた。そして、大京町のその家に着いたら、門柱に、宇野悠一と書かれた標札がさがっていた。

白い雲

梅雨があけた七月上旬(じょうじゅん)のある日の朝、宇野理一は、二泊(はく)の予定で大阪に発(た)った。大阪に宇野電機の支店を設ける話はかなり以前からあったが、今度それが実現の運びにいたり、その準備で出かけたのであった。彼は、はじめ、妻の澄江を連れて行く予定であったが、七月の大阪は暑いし、それに大阪では妻を案内する時間の余裕もなかったので、社の重役達とだけで出かけたのであった。

澄江は、夫が大阪にでかけたあくる日、ふと思いたって鎌倉の円覚寺に先夫の墓詣りにでかけた。鎌倉の春の墓参は、宇野家にきてからも毎年欠かさなかったが、今年の春は、行助が事件をおこし、それがちょうど墓参の時期とかさなっていたので、いままで延びてしまったのであった。先夫の墓に詣でることは、夫の理一にも子の行助にも秘密にしてあった。げんに他の男のもとに嫁した女が、それを秘密にしていたのは、先夫の翳をいまだに曳いていたからではない。よけいな思惑を避けたかったからである。行助にもだまっていたのは、宇野家に入った以上、内面の問題を宇野家の日常生活に持ちこんだら困ると思ったからにすぎない。つまり澄江は、まいねんの鎌倉の墓参を、ちょっとデパートに買物にでかけるように時間を割いて出かけていた。

先夫の墓に詣でるのは、女の心の問題であった。先夫矢部隆とのあいだには、哀しい想い出ばかりが残っていた。澄江が彼といっしょになったのは、たたかいが終ったあとの混乱期であった。その頃、矢部隆は、新制度にかわったばかりの高等学校で物理を教えながら詩を書いていた。澄江は彼とはたった足かけ六年の生活であった。ものがなかった時代に行助をうんで育て、彼は胸を病んで亡くなったのであった。
　円覚寺の墓所に入り、矢部家の墓の前に歩を運んだら、数基ある墓石の前に全部花が供えてあった。今朝か昨日そなえた花のようであった。澄江は、矢部の生家を久しく訪ねていない。行助をつれて宇野家に再婚して鎌倉を去る日に訪ねたきりであった。これからがなにかと大変だろうから、行助はここに引きとってもよいんだが、と亡夫の兄は親切に言ってくれたのを澄江はいまも憶えている。墓の前で掌をあわせたら、過ぎた日の悲しみは今もなお悲しく蘇ってきた。

巨大な複眼のような空から
途方もない面積をしめ
ひかりが拡散してふってきた日
ああ、言祝ぎの日だ
妻よ　これは男の子だ
途方もなくうれしい日だ
…………

行助がうまれたときに矢部隆がよんだ詩の一節である。日常生活に密着した詩が多かった、と澄江は憶えている。

澄江は墓の前で掌をあわせ、あなたの息子がいま少年院に入っています、と告げた。すると涙がにじんできた。久留米絣(くるめがすり)の袷(あわせ)に兵児帯(へこおび)を無造作(むぞうさ)にまきつけ、行助を抱いて庭を歩いていた亡夫の姿が、つい昨日のことのようにおもいかえされたのである。

澄江は円覚寺の帰りに大船で湘南(しょうなん)電車に乗りかえ、小田原の生家によった。成城学園から小田急の電車にのれば小田原はすぐだったが、生家を訪ねるのは年に一度あればよい方である。生家は、数代も前から「田屋」という屋号で蒲鉾(かまぼこ)製造販売(はんばい)を生業(なりわい)としていた。まだ両親が達者(たっしゃ)で、ときたま成城の澄江の家に電話をよこし、たまには顔を見せなさい、と言ってきていた。

「一年に一回顔を見せるなど、おまえはまったくひどい子だね」

店を入って行った澄江に、帳場で番頭と話をしていた母が声をかけた。

「ちかいからいつでも来れると思うと、つい出そびれてしまうのですよ」

澄江はわらいながら帳場のかたわらの暖簾(のれん)をかきわけ、家のなかに入った。

「宇野さんは元気ですか」

「おかげさまでかわりないわ。あら、みんなは？」

「お父さんは商工会議所ですよ」

「兄さんと嫂(ねえ)さんは？」

「英太郎は箱根まで用があって出かけたけど、もう戻る頃よ。幸子は子供の学校にでかけたらしいわ。たまには泊りがけで来れないのかしら。行助も元気なの？」

「かわりないわ」

まさか、少年院に入っている、とは答えられなかった。

澄江は、矢部隆といっしょになったとき、鎌倉極楽寺に家が出来るまでの三ヵ月間、彼とこの生家の離れにすんでいた。そんなわけで、生家は、二重の意味で懐かしい場所であった。

「夏やすみがちかいけど、やすみになったら行助をよこしなさいよ」

「行助に言っておくわ」

少年院にいる行助をどうやって小田原によこせるか、と思いながら、澄江はあたらずさわらずの返事をした。澄江の兄には女の子だけ四人おり、男の子がうまれていなかった。そんなことから、行助をくれないか、という話はかなり以前からあった。

「あの話、宇野さんにしてくれたの？」

あの話というのは、行助を田屋にくれというはなしだった。

「話していないわ」

「宇野さんには御自分の子があることだし、話はすらすらと運ぶと思うけどねえ」

「ちかいうちに話してみるわ」

「おまえを宇野さんにやるときに行助はこっちで貰(もら)っておくべきだったよ」

母は繰(く)りごとのように言った。

澄江は、しかし行助はいつ少年院から出てくるのだろう、と考えた。夫の理一の話では、成績のよい少年は収容期間満了前に仮退院させることがあるそうであった。少年達の収容期間は原則として一年二ヵ月だそうであった。一年二ヵ月ときいたとき、澄江は、あの事件の事実を隠してしまったのは、あるいはまちがいであったかも知れない、と考えた。

澄江が小田原の生家にいたこの時刻に、成城の家では修一郎が来ていた。彼はトシ子をつれていた。

修一郎は、勝手知った自分の家にトシ子をつれてあがりこむと、つる子に、なにか食いものをつくってくれ、と言った。

「ごはんですか?」

つる子は、いやな人間がきた、といった表情になり、修一郎に訊(き)きかえした。

「なんでもいいんだ。肉かなにか炒(いた)めてよ、この子に食わせてくれ。俺はいいんだ。つるちゃんひとりかよ!」

「お父さまは会社です」

「親父(おやじ)が会社に行ってるのはあたりまえじゃないか」

「奥さまは外出中です」

「なるべく早くなにかつくってくれよ」

それから修一郎はトシ子を食堂のテーブルにつかせると、奥に入って行った。

彼は、自分の部屋には入らず、澄江の部屋に入ると、箪笥のひきだしをあけて現金をさがした。それから鏡台のひきだしをあけてみた。しかし現金は見当らず、鏡台の上にあった宝石入れの小箱から、真珠とオパールの指輪が見つかった。

修一郎は二つの指輪をとりあげ、比べて見た。そして、これはやはりオパールの方が金になるだろう、と考え、オパールの指輪をズボンのポケットに入れた。

彼は、ベンツをムスタングに乗りかえたとき、買いかえの差額四〇万円を手に入れたが、その四〇万円をほぼ一ヵ月で使いはたしていた。どこでどのように使ってしまったのか、彼はよく憶えていなかった。銀座のある高級フランス料理屋でトシ子と二人で食事をしたとき、三万円はらい、赤坂のナイトクラブに独りで入ったことがあり、そこでは八万円支払った。それから、その赤坂のナイトクラブのホステスと一流ホテルに二泊した。ホテルの支払いが三万円、ホステスには五万円やった。

彼はこんな風にして四〇万円を使いはたしたのであった。

そして一ヵ月後には再び祖父から金をせびりだしたが、宇野悠一がいくら孫に甘いといっても、月に三万も四万も小遣い銭をだすわけはなかった。

「俺はなんでも一流が性に合うんだ」

と彼はとりまきの女の子達に言っていたが、一流のホテルに泊り、一流のレストランに入るには、まず金がなければならなかった。意志が弱く、他人からのさそいをことわれないところがあり、学校の上級生から、おい、一杯のませろよ、と言われると、金を都合してきて彼等に一杯おごる、という性格であった。

彼は、オパールの指輪を入れたズボンのポケットを上から手で撫でながら食堂に戻った。

食堂ではトシ子がパンにハムをはさんだのを食べていた。

「奴はいつ帰ってくるんだい」

と修一郎はつる子に訊いた。

「誰のことですか？」

つる子が訊きかえした。

「行助のことよ」

「知りません」

つる子は怒った顔で答えた。

「トシ子、食ったら出かけようか」

修一郎がトシ子の前の皿を見ながら急かした。

「なにか飲みものはないかしら。冷えた紅茶か麦茶か」

トシ子が修一郎を見あげて言った。

「おい、なにかないか？」

修一郎はつる子を見た。

つる子はだまって冷蔵庫の前に歩いて行き、麦茶の壜をだしてきて、コップを添えてトシ子の前においた。

「行こうか」

麦茶を二杯のんだトシ子がたちあがった。

「つるちゃん、俺がここにきたのは黙っていてくれよな」

修一郎が言った。

「どうしてですか？」

「どうして、ということもないが、俺は、親父から、しばらく四谷で暮せ、と言われているからよ」

つる子は答えなかった。

修一郎はトシ子を連れて家をでると、庭に停めてあるムスタングに乗り、エンジンをかけた。つる子が廊下の窓からそれを見ていた。

修一郎は、家をでると、指輪をどこへ持って行って売るかを考えた。

「トシ子、指輪を売りたいんだがよ」

「なんの指輪？」

「オパールだ。安物じゃないぜ」

「質屋に持って行けばいいじゃないの」

「俺は質屋を知らないんだ」

「学生証さえ見せれば、どこの質屋だって預かってくれるわよ。新宿なんかより、この辺の質屋の方がいいと思うがな。あんた、この辺の方が顔がきいているんじゃない」

「そうしようか。じゃあ、質屋の看板をさがせよ」

「看板なら電信柱にいっぱいかかっているわ」

そして二人は、砧郵便局のちかくで一軒の質屋を見つけ、トシ子は車に残り、修一郎が質屋の暖簾をくぐった。

「これで、いくらか貸してくれよ」

修一郎はズボンのポケットから指輪をとりだし、無造作に台の上においた。白っぽい浴衣を着た五十がらみの親父が、指輪をちらと眺め、米穀通帳がありますか、と訊いた。

「そんなもの持ってないよ」

「自動車の運転免許証とか学生証でもいいんですよ」

「それなら両方持っている」

修一郎はズボンの尻ポケットから二つの証明書をとりだし、親父の前においた。

親父は免許証と学生証を調べ、それから指輪をとりあげた。

「いくら御入用で？」

親父がこっちを見た。

「安物じゃないよ」

「そうです。安物じゃありません。これは、ブラックオパールといって、オパールのなかではもっとも良い石です。目いっぱい借りますと、あとで、請けだしにくくなりますよ」

「いくらまで貸してくれるかね？」

修一郎はすこしばかり興奮して訊いた。

「十万円までならお貸しします」

と親父は答えた。

「それでいい。貸してくれ」

「しかし、学生さん、請けだすときがたいへんですよ。利息は月に九分です。三ヵ月で品物は流れますから、三ヵ月おくとして、元利合計が十二万七千円ですよ」

「なに、大丈夫だ。貸してくれ」

修一郎は、十万円あればしばらく遊べる、と早くも胸算用をしていた。

「さようですか」

親父は、指輪と修一郎の自動車免許証と学生証をもって机の前に戻ると、質札を書き、それに十万円を添えて修一郎の前においた。

修一郎は妙な気がした。車を買いかえたときといい、今度の指輪といい、現金が思うように手に入ってきた事実に、すこし妙な気がした。

彼は、免許証と学生証をズボンの尻ポケットにしまい、金と質札はスポーツシャツのポケットにねじこんで質屋を出ると車に戻った。

「どうだった?」

トシ子が訊いた。

「ああ、しばらくぶりで金をつかんだ。派手に遊ぼうか」

修一郎は運転席に入ると、どこへ行こうか、とトシ子に相談した。

「泊りがけでどこかに行かないか」

「どこがいい?」

「どこでもいいわよ。箱根なんかどう? 湘南海岸はもう厭きたわ」

「それに、湘南は混んでいるしなあ。箱根にとばそうか」

「あんた、指輪を持ちだして、後でばれない?」

「ばれても、どうということはねえさ。あの女は、俺に文句言えないんだ」

「あの女って、さっきの女中さんのこと?」

「にぶいなあ。行助のおふくろのことだよ」

修一郎は、澄江が父に告げないことを知っていた。彼は、こういうことになると、たくみに相手を利用する才があった。

「どこかで食糧を買いこもうよ」

「箱根につくまでくちさみしいからな」

「でも、お酒はよしてよ。このあいだみたいに追突しそこなったらことだわ」

「よしきた。酒は箱根でのむとしよう」

それから彼はアクセルを踏んだ。

こんなことがあったとは知らずに、澄江が成城に帰ってきたのは、この日の夕方であった。

「きょう、修一郎さんが来ました」

とつる子はさっそく澄江に告げた。

「そう。ひとりで?」

「感じのよくない女の子といっしょでした。車も以前の車ではなく、なにか派手な車でした」

「その女の子の車かも知れないね」

「そうでしょうか。あまり品のない女の子だったのですが」

澄江はそこまできき、着がえに自分の部屋に入った。そして、鏡台の前に掛け、今日はめて行った小粒の真珠の指輪を指からはずして、宝石箱をあけた。

澄江は、指からはずした真珠の指輪を宝石箱にいれようとして、おや、と思った。オパールの指輪が箱になかったのである。だいたいが澄江は宝石で身を飾るのをあまり好まなかった。指輪といったら真珠が二個、それに、いま目の前に見えないオパールだけだった。真珠は、ひとつは矢部隆に買ってもらったもので、澄江はきょうそれを嵌めて墓詣りにでかけた。もうひとつは理一から贈られた品であった。理一と再婚したとき、理一は、ダイヤを、と言ってくれたが、再婚同士でダイヤでもないでしょう、と澄江がことわり、そのかわりに、澄江の誕生石であるオパールを贈ってもらったのであった。澄江は、五万円くらいの指輪でいいと言ったのに、理一は三十六万円のオパールを贈ってくれた。そのオパールの指輪が見えないのである。

澄江は着がえをすませてから茶の間に行った。オパールの指輪は、ここしばらく指に嵌めたことがなかった。外から入った者が持ちださないかぎり、家のなかでものがなくなった例がなかった。

「つるちゃん……修一郎さんは食堂にあがっただけで帰ったの？」

澄江は茶の間から食堂にいるつる子に訊いた。

「女の子がここでパンを食べていたあいだ、奥へ入って行きました」

「なにか持って行かなかったかしら。自分の持物かなにか……」

「いいえ。なにも持って行きませんでした。奥さん、なにか……?」

「なんでもないわ」

「なにかなくなっているんですか?」

「いいえ、そうではないの」

澄江は、オパールの指輪を持ちだしたのは修一郎にちがいないと思った。しかし、このことを夫に告げるわけにはいかなかった。修一郎がここで暮していたとき、茶の間の茶簞笥のひきだしから現金がなくなったことがしばしばあった。いちどなど、金を盗(ぬす)んでいる現場をつる子に見つかったことがあり、それ以来、澄江は、現金は別のところにしまっておき、支払いは小切手でやってきたが、まさか品物まで持ちだすとは考えていなかった。

「奥さん、なにかなくなったんですね」

つる子がたたみかけるように訊いた。

「そうね、あなたに話しておいた方がよいかしら。……オパールの指輪がなくなっているの。指輪だからいいようなものの、旦那(だんな)さまが大事にしている骨董(こっとう)が心配でね。

「……」

「もし今度修一郎さんが来たら、気をつけることにします」

「今日のこと、あなただけの胸にしまっておいてちょうだい」

「はい、それはわかっていますが……」

つる子は不満そうなくちぶりだった。つる子にしてみれば、澄江の態度がじれったかったのだろう。

澄江は、夫の書斎にある骨董が心配だった。壺にしろ皿にしろ絵にしろ、いずれも金目になる品であった。修一郎はいちど味をおぼえたら、必ずまた品物を持ちだしにくるだろう、と澄江は思ったのである。

修一郎には、澄江の指輪を盗んで質に入れたことの罪悪感がなかった。彼にしてみれば、澄江母子はよそ者であった。よそ者が宇野家に入ってきたおかげで、俺はいろいろと損な目にあってきた、あの指輪にしても、俺の親父があの女に買ってやった品であり、その息子である俺が、それを持ちだして金に換えても、これは俺としたら当りまえのことで、あの女は俺に文句を言う権利はないはずである……。

修一郎は、このように考え、俺のこの考えはきわめて論理的だ、と信じていた。彼は四谷の祖父母の家に移ったとき、これで思いのままの日がおくれる、とよろこんだものだが、日が経つにつれ、そう喜んでもいられなくなった。彼は、あるとき、為体の知れないぼんやりした不安を感じだしたのである。外で女の子と遊んでいるときはよかったが、大京町に帰ってきて深夜ひとりで目ざめているときなどに、この不安がおそってくるのであった。自分勝手にふるまってきた点では、成城にいたときも同じであった。あの女の顔を見ずに毎日が過せるだけでも、いまの俺はせいせいしてよいはずなのに、この不安はなんだろう……なにが、俺の心をこんな不安におとしいれているのか……。

　そしてある夜、彼は、宇野家の長男である俺が、こうして父に疎んじられ、祖父母の家に預けられているのに、よそから入ってきたあの女が、俺のいないあいだに、着実にあの家で座を占めつつあるのではないか、という考えにとりつかれた。しかし、あの女の息子はいま少年院でくさいめしを食っている……。しかし、行助の不在が、彼にはやはり不安だった。奴がいないことで、親父はより奴のことを考えるのではないだろうか……。いろいろな点で俺は奴より劣っている。その劣っている俺が、高級車をのりまわし、金に不自由のない毎日を送っているのに、あの秀才は俺と争って少年院に入ってしまった。いったい、親父は、これをどう考えているのだろうか……。彼は、父から、庖丁を持ちだしたのはおまえだろう、と何度も訊かれ、そのとき彼は、証拠がないのだから逃げるが勝ちだ、と考えていたが、……親父が俺にあんなことを何度も訊いたのは、要するに親父は俺を信用していないということではないか。

　修一郎は、ここまで考え、俄かに愕然としてきた。なぜ奴等母子はあのとき本当のことをしゃべらなかったのか？　これがいまだに修一郎にはわからなかった。澄江が、先妻の子である俺に遠慮して、俺の行状をいちいち父に報告しないことは俺も知っている、俺はいままでそんな澄江を利用してきたが、しかし、俺から犯されそうになった事実を、あの女は何故自分の亭主に話さなかったのか？　こうして、なにかがおかしい、と彼は考えはじめたのである。

彼は、トシ子とドライブから帰ってきた日の夜、あれやこれやと考え、やはり、ぼんやりした不安を感じた。家には、数日前から、藤村厚子という若い家政婦がきていた。ちょっと翳のあるきれいな顔だちの女で、修一郎は、ぼんやりした不安を感じるそばから、この家政婦のことを考えていた。

修一郎が、家政婦の藤村厚子を気にしていたのは、厚子の翳のある顔のせいであった。無口で、時間を惜しむように働いている厚子の姿が、なにか修一郎には珍しいもののように映った。

「あのひと、どこから来たんだい」

と彼はある日の午後、学校から戻ったとき、祖母に訊いた。

「どこからって、派出婦会からですよ。早く、すみこみの女中が見つからないと困るわ。おまえの家の女中さんをこちらにまわしてくれないものかね。むこうはいま夫婦きりだしね」

園子は愚痴をこぼした。家政婦は朝九時に来て夕方五時ぴったりに帰ってしまうので、五時以降の家事はすべて園子がやらねばならなかった。

「つるちゃんなら、よした方がいいよ」

「あの子、よく働くじゃないか」

「そりゃ、よく働くが、ちょっとうるさいんだ。それに、大根足だしな。いまの家政婦のひとにすみこみで来てもらえばいいじゃないか」

「事情があって駄目らしいのよ」

その厚子は、いま、女中部屋でアイロンをかけていた。修一郎は、用もないのに、ときどきこの女中部屋をのぞいては、厚子に話しかけていた。

ある日の午後、園子が、ちょっと留守をたのむよ、と修一郎に言いおいて外出したとき、修一郎はまたもや女中部屋に入りこんで厚子に話しかけた。

「きみの家はどこだね」

と彼は訊いた。

「上野の方です」

厚子はちょっとアイロンをとめ、修一郎を見あげると答えた。

「独身かい？」

「いいえ」

「じゃあ、亭主がいるのか」

「はい」

「なんで働いているんだ？」

「なんで、と申しますと……」

「亭主は働いていないのかい？」

「病気で寝ています」

　厚子は再びアイロンをかけながら、妙なことを訊く学生だ、と感じた。用もないのに部屋に入りこんできては、意味もないことを喋って行くのであった。

「要するに、金がないんだな」

　厚子は答えなかった。

「きみに小遣い銭をあげるよ」

　修一郎は、ズボンのポケットから、用意した一万円札をとりだし、厚子の前においた。

　厚子がびっくりして修一郎を見あげた。

「亭主が病気じゃ困るだろう。気にしないでいいんだ。とっておいてくれ」

　修一郎は誇らしげに言った。

「困ります。こんなものを戴くわけがありません」

　厚子は二つおりになった札を修一郎の足もとに押しかえした。

「いいからとっておけよ。きみがそうやって働いているのを見ていると、なにかかわいそうになってきてな」

修一郎は再び誇らしげに言った。

「どうして、こんなことをなさるんですか?」

厚子が警戒の目を見せた。

「だからよ、きみがかわいそうになってきてな」

修一郎は押しかえされた札をまた厚子の前においた。

「困ります」

「困ることはないだろう。それで、きみ、子どもはいないのか?」

「ひとりおります。……これはほんとに困ります」

厚子は再び札を修一郎の前に押しかえし、アイロンをかけだした。

「まあ、そう言わずにとっておけよ」

修一郎は札をそのままにして部屋をでると、二階の自分の部屋にあがった。彼は、トシ子から唆かされてトシ子の義姉を野外に連れだして犯す計画をたてたが、これははじめから失敗だった。仲間の学生を一人つれてトシ子をさそい、トシ子の義姉がいるアパートを訪ねたが、トシ子の義姉は、外にでてこなかった。

「ドライブにさそったけど、いやだと言われたわ」

アパートから出てきたトシ子が言った。

「何故いやがるんだ。高級車でドライブするんだぜ」

と修一郎の仲間が訊いた。

「そんなことあたいは知らないわ。見込みなしよ」

これで計画は流れてしまったのであった。考えてみたら、トシ子の義姉はトシ子を嫌っているという。これは以前トシ子からきいていた。そんな仲で、ドライブのさそいに応じてくるわけがなかった。

修一郎は、澄江を犯しそこなってからというもの、遊び相手の女の子にはこと欠かないながら、妙な欲求不満が募っていた。犯すという行為を外部から中断されたせいかも知れなかった。そんなことから、彼は、トシ子の義姉を野外に連れだして犯す計画に、彼なりの希望を託していたのである。ところが、それがだめになってみると、再び妙な欲求不満が頭を擡げてきた。ちょうどそんなときに、藤村厚子が家政婦として宇野家に通いだしたのであった。目につく女だ、と彼は厚子を見ておもった。そして彼は、機会があったら、と厚子をそれとなく観察していたのである。

二階にあがった彼は、畳にごろっと横になり、いま階下でアイロンをかけている女のことをあれこれ考えた。俺よりとしが多いことはまちがいない、亭主もおり子供もいるという、食うに困って働きにでているのだという……一万円やったから、そのうちになんとかなるだろう。彼は、女を犯すのを、まるで食物をつまむように簡単に考えていた。しばらくして、しかし、気になる女だなあ、と彼は呟きながら起きあがると、再び階下におりて行き、女中部屋に入った。ちょうどこのとき園子が戻ってきた。

「これ、困ります」

厚子が札を修一郎の前に押しかえしたとき、園子が廊下をこっちに歩いてきた。

「ばあさんには内緒にしてくれ」

修一郎は札をとりあげ、厚子の胸もとにすばやく押しこむと、やあ、お帰り、と言いながら廊下に出た。

修一郎の手で無理に胸に押しこまれた一万円札は、ブラジャーの上でとまっていた。厚子は、あの学生がなんの理由でこんな金をくれたのか判らなかった。働いているきみを見ていると、かわいそうになってなあ、とあの学生は言ったが、この家に通いだしてから日が浅い女にむかい、そんなことをすらすらと言える男を、厚子は信じなかった。くちから出まかせの言葉としか思えなかった。おりを見て返そう、理由もなく金をもらうなど、厚子には納得できなかった。

少年院にいる安から届いた手紙には、子供の名を行宏とつけたから、と書いてあった。安の筆蹟ではなかった。もし出来たら子供を抱いていちど面会に来て欲しい、と手紙の最後に書いてあった。

厚子は、いまのところ、月水金と宇野家に通い、火木土は別の家に通っている。日曜日があいていた。仕事はつらかったが、週のうち六日間は現金が入った。六日間で九千円になり、派出婦会に一割の九百円をおさめると、八千百円が手元に残った。とにかくこれで子供を抱えて暮して行ける目安がたった。ただ、以前の飲食店に勤めていた頃のように、昼間、こどもに乳をのませてやれないのが不憫だったが、これは仕方のないことであった。働きに行った先の家で、そこの家の人の目を盗んで張った乳を日に三度はしぼり捨てねばならなかった。ある日、別の家に行ったとき、流し台に乳をしぼり捨て、水でよく流したつもりだったのに、その家の奥さんから、流しが生臭いわね、と言われたことがあった。それからは、厚子は乳をしぼり捨てると、流し台を洗剤でよく洗った。このようなこまかい苦労もあった。

今度の日曜日に少年院を訪ねてみようかしら、と厚子はアイロンをとめると顔をあげ、壁を見た。日曜日まではまだ四日あった。

五時になると厚子は帰り支度をする。根が欲のない厚子は、やりのこした仕事があると、それを済ませてから帰りたい、と思うが、乳呑子をかかえている身ではそうもいかなかった。もし、いま、赤子をかかえ、上野毛の生家に帰ったとしたらどうだろうか、と厚子は苦しくなるとよく考えた。たぶん母は表面はよろこんで迎えてくれるだろう。厚子は母に貸しがあった。母も、娘に借りがあることは承知のはずであった。若いバーテンと同棲している母に、娘の不行跡を責めるなど出来るはずがなかった。

しかし厚子は上野毛に帰ろうなどとは思わなかった。上野毛で、母とその情人のために三度三度の食事の支度さえしてやれば、安がでてくるまで気楽にすごせたが、厚子にはそれが出来なかった。

厚子は五時をすこしまわった頃に宇野家を出た。そして、数歩と行かぬうちに、修一郎と出あってしまった。彼は、厚子の帰り路を待っていたのである。

「きみ、ばあさんに言わなかっただろうね」

と修一郎はズボンのポケットに両手をつっこんだまま厚子の前に歩いてきた。厚子は、彼から押しつけられた一万円札を考え、なにかいやな予感がした。

「これ、お返しします」

厚子は、手提袋のなかから財布をとりだし、そこから、さっき修一郎から押しつけられた一万円札をぬきとり、彼の前に突きだした。

「いいじゃないかよ。俺の小遣い銭を割いただけなんだ」

「わたしは、お宅で一日働いて千五百円戴いている身分の女です。いわれもなく、あなたからこんな大金を戴く理由がないんです」

「通りがかりの人が見ているから、それはしまってくれよ。俺はね、きみがかわいそうだからその金をやっただけなんだ。そう難かしく考えるなよ。な、だからよ、それとっておいてくれよ」

言うなり修一郎は厚子の前からはなれて行ってしまった。

厚子は、なにか、いやあな感じがした。憐れまれているのか、からかわれているのか、なんにしても感じのよくない学生であった。外国製の高級スポーツカーに乗って大学に通っていることも厚子には不可解だった。小遣い銭から一万円を割いたという。いったい、あの学生は、小遣い銭としていくらもらっているのか、上野毛の生家にいたとき、わたしは、お金を使おうと思えばいくらでもつかえた、だらしのない家庭であった、あれと同じ家庭なのか、それにしても、あの学生には両親らしき人が見えないが……。厚子はこんなことを考えながら国電の信濃町駅にむかって歩いた。

修一郎は、厚子のあとをつけていた。亭主が病気で寝ており、子供がいるという、たしかにそんな軀つきをしている女だ、銭っこがねえ女なら、なんとかなるだろう、とにかく、どこにすんでいるのか、家を見届けてやろう……。修一郎はこんな考えのもとに厚子のあとをつけたのであった。

厚子は信濃町で乗車券を買ってホームに入って行った。修一郎もそうした。住居が上野だといっていたから、修一郎は上野までの乗車券を買った。

ホームの中で、修一郎は、厚子から五メートルとは離れていないところに立っていた。ホームは学校帰りの学生や通勤客で混んでおり、人々はそれぞれにぎやかに話しあっていたが、厚子はずうっと足もとを視つめたきり動かなかったのである。

やがて上りの電車がついた。

修一郎は厚子と同じ車輛に乗りこんだ。四谷で急行に乗りかえるのかと注意して見ていたら、厚子は四谷で降りなかった。厚子は吊皮を右手でつかみ、やはり下を向いて立っていた。

飯田橋と水道橋でかなりの数の学生達が乗ってきた。そして電車が御茶ノ水駅についたとき、修一郎は厚子の姿を見うしなってしまった。あれ！と彼は発車間際の電車からあわてて飛びおりた。降りると同時に電車が出発した。上野なら秋葉原で乗りかえるはずなのに、なぜ御茶ノ水で降りたのだろう、と修一郎はホームを見わたしたが、しかし厚子の姿は見あたらなかった。

一方の厚子は、御茶ノ水で前に坐っていた人が降りたので、そこにすわったのであった。

多摩少年院のある年度の在院生百五十七人の非行経歴を調べてみると、窃盗がいちばん多く七十五人で、これは全体の四七・九パーセントをしめていた。つぎに多いのは猥褻で三十人、一九・一パーセントをしめていた。傷害は十八人、恐喝は十四人、強盗は十一人であった。そして、殺人はわずか二人となっていた。

佐々原院長は、大学を出ていままでずうっと少年矯正教育畑を歩いてきた人で、戦前の感化院では、猥褻がこんなパーセンテージを示したことはなかったな、と窓から表を眺めて考えた。

世のなかが平和になり、国民の経済生活が豊かになるにつれ、少年院に入ってくる少年達の数もへってきたが、そのかわり、猥褻などのごとき犯行で入ってくる者がふえてきていた。嘆かわしい現象だ、と院長は思った。覇気のある少年が殆ど見られなかった。青菜に塩をかけたような状態の少年が多く、いま、行助といっしょの部屋に入っている寺西保男などはその典型であった。

彼の家庭をすこしのぞいてみよう。家は田園調布にあり、父親は、ある石油会社の重役で、母親は、今日流行りの教育ママであった。保男は、三人兄弟のいちばん上で、下に弟と妹がいる。

保男が幼児猥褻行為を十六件も重ねたのは、ひとつには教育ママである彼の母に原因があった。教育ママという種族は、だいたい出好きな女が多かった。保男の母も例外ではなく、保男の下の男の子が中学二年生、女の子が小学校六年生で、学校になにかあれば必ず出かけるし、そこで知りあった教育ママグループとはすでに何年ごしの交際であった。何年ごしの交際があってみれば、学校に出かける用などより、グループ同士のつきあいに割く時間の方が多かった。家事は女中にまかせ放しで、主婦の外出時が多い家庭で、自分の子達がどのように育つかを、彼女達は考えてみようともしなかった。教育ママという言葉は、ある知性高い一主婦が著わした『少年期』という本が売れた頃、自然と流行しだした言葉であった。当世の教育ママに『少年期』を著わした人の知性があるわけではない。自分が教育ママであると信じこみ、あの人は教育ママである、と他人から見られていることに、根拠のない選民意識を感じているにすぎない。これが今日の教育ママである。自分の子には、勉強をしなさい、と叱りつける。一にも二にも勉強させる、というのが彼女達の考えである。では、彼女達に、子供達に教えるだけの内容があるかというと、たいがい熟れすぎた西瓜のように空っぽの音がする頭の持主ばかりである。真の意味での教育ママはいるだろう。しかしその数はきわめて少数だろう。日本経済の高度の発展につれてうまれたのが今日の教育ママである。なにしろ、彼女達には、金とひまがありすぎるのである。

寺西保男は、母が留守のときに、近所の幼児に菓子などをあたえて自宅に連れてきて、猥褻行為におよんだ。警察官から調べられたとき、保男の母は、うちの子にかぎって！とあらぬことをくちばしった。

しかし現実に寺西保男は幼児猥褻行為を十六回もかさねていた。彼は、警官の前でひとつを白状すると、つぎつぎに全部を白状した。絶対にそんなことはあり得ない、と彼の母は警官の前でがんばったが、しかし事実は動かしようがなかった。あげくに彼女は、子供の担任の教師につけ届けをするように、取りしらべの警官の自宅に金品を届けたが、金品はつき返された。金品を届けたがためにかえって警官の心証を害してしまったのであった。

　寺西保男の母には、偏執狂のような一面があった。息子の犯行が発見されるすこし以前のことだったが、自宅でとっているある新聞の夕刊に、新しい連載小説がはじまり、それは非行少年をあつかった内容であった。彼女はこの小説を読みつづけているうちに、ある反感を抱いた。子供を大学に裏口入学させた家庭のことが描かれていたのである。息子の保男を私立高校に裏口入学させた経験のある彼女は、この小説に描かれていることが頭にきてしまったのである。さらに、少年少女達の非行の実態が描写された場面では、この小説は良家の醇風美俗を害するものである、と断じ、新聞社に電話をして、あの小説は内容がひどいから即刻中止させるべきである、と申しいれ、同時に、その小説を書いている作家の住所と電話番号を調べ、電話をした。

「まったくひどい小説です。連載を中止した方がよろしゅうございますわ」

　と彼女は電話にでたその作家に言った。

「それは御丁寧に。こんな電話をかけてきたのは、あなたで六人目ですが、いちいち作家の電話番号を調べて、忠告におよぶ情熱といいましょうか、これは実にたいへんなことですが……」

とその作家は答えた。

「世の中のためにですわ。もし連載を中止なさらなければ、あの新聞の購読を中止します」

「御奇特な方もいるものですね」

「それに、うちにも、御作のなかで描かれているような子供がおります。真似をされると困ります」

「たいへん失礼ですが、御宅のお子さんは、小説を読んですぐ真似をするほど頭脳が軟弱ですか」

「まあ！　失礼なッ」

「失礼ですが、あなたは、パラノイアではないでしょうか」

「パラノイアってなんでしょうか？」

「精神病のことですよ」

ここで電話が切れた。

彼女はこの日からまる一週間というもの、夜も睡れないくらいその作家を憎んだ。そこで、教育ママグループの全員に電話をしたり、直接訪ねて行ったりして、あの作家の小説は読むべきではないと説きまわった。

彼女の息子が、幼児猥褻行為で警察署に留置されたのは、それから間もなくであった。

彼女ははじめそれを信じなかった。なにかのまちがいだろうと思ったのである。うちのような良家の息子が、そんな卑しいことをするはずがないと思ったのである。

こんな母を持っている寺西保男も、いまでは少年院の生活にかなり馴れてきて、夜中にも泣かなくなり、昼間の仕事もよくやっていた。

少年院の職業補導機構は、職業訓練課程と職業指導課程の二つにわかれている。訓練課程に組みいれられた者は、本人がそれを希望し、事実その仕事をやって行ける少年が多かった。指導課程に組みいれられる者は、訓練課程には編入されなかった。まだなにを学ばせてよいか判らない少年達で、事務、農芸、電気、機械などの科目を順次に実習させ、その結果、少年達の個性に応じて一科目を専修させるのであった。

寺西保男は、いま、この訓練課程を実習していた。彼は、この頃は、少年院に入ってきたときのように麦飯をのこさず、全部食べるようになっていた。背に腹はかえられず、腹がへればいやおうなしに麦飯が食べられるようになるのであった。

炊事室は、少年院の西側に建っており、そこには四人の炊事夫がいた。炊事のときは常時三人の院生が手伝いをする。ここでは、飯を炊くといっても釜では炊かない。洗った米五麦五割の主食を、分厚い合金製の弁当箱に入れ、それを大きな鉄製の竈のなかの棚に並べる。この棚は、弁当箱がひっくりかえらないように回転する仕掛になっている。弁当箱を入れると竈のふたをしめ、電熱で炊きあげる。

こうして炊きあげた弁当箱ひとつの飯が、少年達一人の一食分であった。炊きあげた飯は、各寮の当番の少年達が自分達の寮にはこんで食事をする。

矯正教育のための費用は一切を国が負担しているが、主食はいいとしても副食費がどの少年院でも足らなかった。一日の食費が三十八円では、副食物を豊富に少年達にあたえることが出来なかった。したがって、野菜類は自給自足しないと、とうてい間にあわなかった。そのために、少年達は、職業訓練をかねて、広大な少年院の敷地を利用して耕し、野菜をつくっていた。

「きみは、娑婆にでたら、高校に戻るのか？」

とある夜行助は寺西保男に訊いた。行助はいまでは他の少年達と同じように隠語を使うようになっていた。娑婆は隠語ではないが、現実に囲いのなかにいる者にとっては、やはりこの言葉は隠語であった。行助が隠語をつかうようになったのは、それだけ彼の内面に拡がりが出来てきたということであった。自分の経歴に少年院を入れることは、彼にとってなんの苦痛でもなかった。少年院で生活をしている自分が勝者の立場におり、娑婆にいる修一郎が敗者であることをいちばんよく知っているのは、他ならぬ行助であった。

「僕は勉強が嫌いなんだ」

と寺西保男は答えた。

「復学しないとすると、どうするつもりなんだ？」

「僕はね、バーテンをやりたいんだ」

「バーテン？　バーのバーテンのことか？」

「そうだ。あれはカッコいい仕事だよ」

寺西保男はいきいきした目を見せた。

「よけいなことを言うようだが、ここを出たら、復学した方がいいと思うな」

行助は、寺西保男をみて言った。

「なぜ？」

寺西保男が訊きかえした。

「なぜって……だいたい、きみの家庭で、きみがバーテンになるのを許すはずがないだろう。それに、学校を途中でやめるのはよくないことだと思うな」

「学校に戻ったって、どうせ白い目で見られるだけじゃないか。それなら、いっそ、学校などはやめちまった方がいいんだ」

「白い目で見られたっていいじゃないか。人生はながいんだ。はじめから終りまで、自分だけがいい子でありたい、といっても、それはきみ、無理だよ」

「きみは、ここを出たら、復学するのかい？」

「もちろん復学するよ」

「少年院帰りだということが気にならないかね」

「なぜ気にする必要がある？　ここの生活は面白いよ。できたら、気のおけない友達に、ここでの生活を語りきかせてやるつもりでいる」

行助には翳がなかった。しかし、彼に、まったく翳がないかというと、そうではない。行助には、母につれられて宇野家に入ってきたときからひいている翳があった。しかし、これは、彼の内面でもごく深部に宿っている翳であった。彼はこれを表面にはださなかった。ださないのは彼の節度の問題であった。

「そうかなあ……僕は、とてもじゃないが、ここに入っていたことを話せないな」

寺西保男は暗い顔を見せた。彼は、警察官の取りしらべを受けるまで、幼児猥褻行為が悪いことであるとは思っていなかった。彼が自宅に呼びいれた女の子は、六歳から十一歳までの、いずれもきちんとした家の子であった。女児の母親達は、寺西保男が子供に親切だということで、彼になにひとつ疑いを抱かなかった。

「僕の家に遊びにおいでよ」

と彼が女の子をさそうと、みんな喜んで従いてきた。父は石油会社の重役で母は教育ママである寺西保男の家庭に、近所の主婦達が疑惑の目を向けるはずがなかった。寺西保男は、それらの女児達を相手に、大人達と同じ性行為をおこなった。これは彼にしてみれば窃かなたのしみであり、悪いことをしているなどと考える余地がなかった。彼のこの窃かなたのしみは、彼に罪の意識がないだけに、警官の取りしらべを受けるまでは、純粋だったと言えよう。法の機構が俄かに彼に罪を意識させたのであった。少年鑑別所から家庭裁判所、そして少年院、と歩いてくるうちに、彼はすっかり罪という意識を叩きこまれてしまったのであった。

この点、行助は、寺西保男と同じ法の機構の中を歩いてきながら、反対に、実社会にいる修一郎に罪の意識を植えつけていた。俺は、奴のあの劣等感を不動のものにしてやろう、生涯劣等感のなかでしか生きられない男にしてやろう、という修一郎にたいする思いはまだ彼のなかでつづいていた。

安と千葉県の少年院で同窓だった利兵衛こと天野敏雄は、ごく平凡な中流家庭の息子だった。彼の家は、杉並区の荻窪にあり、青果商を営んでいる。

彼は、不純異性交際と恐喝でつかまり、鑑別所に送られ、そして二度目の少年院入りをしたのであった。彼は、この春、ある私立高校を卒業して私立大学を三校受けたが、いずれも落ち、浪人中にことをおこしたのであった。彼は中学高校を通じていつも番長であった。中学時代に一年間千葉県の初等少年院に入ってきた事実が、不良少年としての彼に箔をつけることになった。

行助は、少年院をでたら、ここでの面白い生活を友達に話してやるつもりだ、と寺西保男に語ったが、天野敏雄が、初等少年院の経験を面白おかしくかつての学友に語りきかせた行為は、あきらかに行助とは発想がことなっていた。行助は少年院のなかで自分と同じ年齢の少年達を分析して眺めていた。

「つぎに特別少年院に入ってくれれば、俺の経歴は完璧になるがよ、安、どうだ、ここを出たら、特別少年院に入るためにことをおこしてみる気はないか」

とある日彼は安に話しかけた。

「冗談じゃない。俺には子供がいるんだ。利兵衛、ほんとによう、煽動するのはよしてくれよな。それでなくとも俺は意志が弱いんだ」

安は行助の方をちらとみながら言った。

利兵衛は、仲間の不良少女と二人で高校生を恐喝し、三千円の現金をまきあげたのであった。現金をとられた学生は、あるキリスト教系大学の附属高校の新入生で、利兵衛は、荻窪駅内の地下道でこの学生を脅迫した。これだけなら見つからずに済んだかも知れなかった。ところが、二日後に彼は同じ場所で別の高校生を脅迫してやはり現金二千円をまきあげた現場を、たまたま通りかかった刑事に見つかってしまったのであった。

「なんだ、てめえは？」

そのとき、利兵衛は刑事に右手首をつかまれ、この野郎なぐってやろうか、と思ったとき、手錠がかかった。しまった！と思ったときはすでにおそかった。現場にいた仲間の少女もつかまり、いま、この少女は、女子少年院に入っていた。

利兵衛の他の少年とことなっている点は、彼が、恐喝をスポーツのように心得ていることだった。ごくあたりまえのことのように彼はこれまで恐喝をやってきたのであった。

この点で、利兵衛と寺西保男は対照的だった。寺西保男は暗い表情のときが多く、利兵衛はいつもさわがしかった。利兵衛は、仲間を煽動してさわぐのが好きで、罪の意識など微塵もなく、ときどき職員から注意されることがあった。

「誰か、俺といっしょに特別少年院に入ってみてもいい、と思う奴はいないか。特攻隊志願とちがうんだぜ」

利兵衛はさかんにこんなことを言って歩いていた。

「おい、安、きみは、ほんとは、やくざではないんだろう」

ある日の夜、行助が安坂宏一に訊いた。寮内集会を終り、仲間がみんなテレビをみていたとき、行助は自室に帰り、教科書をひらいた。このとき安が入ってきたのである。

「ああ、すじもんのことか。俺はほんとはすじもんじゃねえ」

安は苦笑いしながら答えた。

「ここへ来るとき、護送車のなかで、きみはそう言ったが、嘘だったんだな」

「あれは嘘だ。初等少年院とちがってよ、中等少年院ともなれば、貫禄のある奴がかなりいるんじゃないかと思ってよ、あのとき、はったりをかませたのさ」

「はったりはよくないな。利兵衛のような奴はすじもんになれるが、安、きみはすじもんにはなれないよ」

「俺もそう思う。利兵衛はたちが悪いんだ」

「深入りするのはよせよ」

「ああ、深入りはしない。あいつはほんとによくないんだ。ところでよ、女から手紙がきたが、来れないと書いてあるんだ」

安は、厚子から届いた手紙を行助の前においた。

「読んでいいのか」

「ああ、いいよ」

行助は手紙をひらいた。

月曜日から土曜日まで、朝八時に家をでて夕方六時にアパートに戻るまで、かなり重労働の仕事をしているので、日曜日に一度訪ねようと思いながら、日曜日は一週間分の疲れが出てしまい、つい行かれなくなってしまったが、そのうちにきっと行く、というようなことが書いてあった。

「まあ、来れないのは仕方ないじゃないか」

行助は手紙を安に返しながら言った。

「だけどよ、奴、いったい、子供をどうしているんだろう」

「どこかに預けて働きに出ているんじゃないかな」

「どんな仕事をしているんだろう。アパート代がたいへんだというのに……もしかしたら、あいつ、バーに出ているんじゃないかな」

「朝八時から夕方六時まで働いていると書いてあるじゃないか」

「あ、そうか。すると、どんなところで働いているんだろう」

「手紙でそれを訊いてみろよ」

行助も、子供を抱えた厚子が、アパート代を支払いながら二人の生活を支えて行ける仕事といったら、普通の仕事ではないな、と思った。

安の生家は、秋田県の大館のちかくにあり、水呑百姓で、安は三男だそうであった。兄弟はみんな都会に働きに出ており、秋田では、老父母が細々と百姓をやっている、という話であった。長兄は大阪で働いており、次兄は神戸で寿司屋の職人をしているが、安はこの二人の兄と連絡をとっていなかった。というのは、千葉の少年院に入ったとき長兄の世話になったので、また少年院に入ってしまった、などとは言えなかったからである。したがっていまの安には保護者も身元引受人もいなかった。

この少年院のなかでは、院生達のクラブ活動がかなり活発だった。いろいろなクラブがあった。珠算部、美術クラブ、簿記クラブなどは普通だが、メイク・アウト・クラブというのがあった。ちなみに、三学寮の集会室の壁にはってあるサークル案内の表を見てみよう。そこにはつぎのようなことが書いてある。

メイク・アウトとは作り出すと言う意味で、進学者を中心に勉強をしたり、詩を作ったりして発表しあい、お互いの友好と知識を高めるクラブです。

このほかに、DEVELOP クラブというのがあった。展開する、という意味だが、要するに、悩みを語りあって良い方向にむかって前進しよう、という少年達のクラブである。

少年達の新入生にたいしてのクラブ勧誘もさかんである。一学寮をのぞいてみると、クラブ案内のポスターが壁にいっぱいはってある。珠算部のサークル紹介のポスターにはつぎのようなことが書いてある。

ソロバンを初歩からていねいに教えます。尚、ソロバンもお貸しします。

入部資格——三学寮に転寮される諸君であること。代表者　鈴木。

この紹介勧誘の一文には、かなり高度のユーモアが含まれている。

それから、理容クラブというのがあった。その案内文を読んでみよう。

三学寮には有意義なクラブがありますが、調髪のサービスをしながら技術を磨けるという点で、このクラブは最高のクラブだと確信しています。他に一般教養も勉強します。三学寮に転寮される諸君で入部される方を歓迎します。

こう見てくると、少年達のひとりひとりは実に善良で真面目であった。行助は、かつて、ここを訪ねてきた理一に、少年院に入っている少年達には意志の弱い子が多い、と語ったが、意志の弱い子に、本当の意味での悪いことが出来るはずがなかった。少年達が犯した罪はきわめて小さなものである。しかも、少年達は、非行に走る理由がないのに走っている者が多い。少年達が夜の寮内集会のあとテレビをみるときの番組をちょっとのぞいてみよう。彼等が好んでみる番組は歌謡曲放送である。頓狂な声をあげ、おかしな身ぶりで歌う歌手に、彼等は共感をおぼえるのである。歌謡曲の歌詞は、たいがい感傷語の羅列ばかりで、情緒など一片のかけらもないものが多い。その歌をきく少年達は考えようとはしない。かわりに、退嬰的で感傷的な歌謡曲の世界に共感し、ボーリング、パチンコ、喫茶店の盛り場の喧騒に自分を求めて行く。そこにはまことの意味での集団というものがない。盛り場にあつまる彼等は連帯意識のともなわない虚無的な集団である。彼等の理由のない非行はここからはじまる。盛り場で仲間をこしらえればこしらえるほど、少年達は個人というものを失って行く場合が多い。そして、ほんのちょっとのきっかけで、非行に走ってしまう。しかも彼等は自分の非行に気づいていないものが多い。この少年院のなかでは天野敏雄が、このような非行少年の典型であった。

夏空のたかいところで白い雲が浮いていた。

少年院の運動場は、建物がならんでいる場所より一段ひくいところにある。建物と運動場のあいだは緑地帯で、そこに、銀杏(いちょう)と伊吹柏槇(いぶきびゃくしん)の丈(たけ)たかい木が二列にならんでいる。日曜日の朝九時から十時までは、院生達の休養の時間で、行助は柏槇の木かげの草原に寝ころび、雲を見あげていた。運動場では少年達がサッカーをやっており、ときどき彼等のあげる鋭(するど)い声がきこえてくる。白い雲はゆっくり南から北の方にむかって流れていた。

妙(みょう)な季節だ、と行助は少年院に入ってきていらいの生活をおもいかえしていた。彼は、少年院のなかで、いろいろなことを学んだように思った。同じ少年でありながら、環境によって思考形態やものの見方があんなにもちがってくるのだろうか、と彼は安や利兵衛や寺西保男を思いくらべてみた。いろいろな少年がいた。なかには、少年院に入るべく運命づけられたような感じのする少年もいた。利兵衛がそうであった。この少年にはまったく暗さがなく、少年院のなかでの生活をたのしんでいるような個所が見られた。無知なのだろうか、と行助は利兵衛を見るたびに考えた。無知だとすると、あのような少年が将来大きな罪をおかすようになるのかも知れない。

「なんだ、ここにいたのか」

と声をかけられ、行助は寝ころんだまま顔だけ右に向けた。安だった。

「雲を眺めていたところだ」

「雲か。雲を眺めるのはいいことだ。どれ、俺も寝ころんで雲を眺めるとしようか」

安は行助のそばに来てすわると、腕枕をして草原に寝ころんだ。

「雲は天才である、という小説があるそうだな」

と安が言った。

「石川啄木だ。読んだことがあるのか?」

「いや、俺は読まない。厚子からきいたのさ。まったくやりきれねえな。早くここから出たいよ。おい、ところでよ、利兵衛が、逃走の相談を持ちかけてきたんだ」

安は声をおとして、ちょっとあたりを見まわしながら言った。

「よした方がいいよ」

行助は即座に応じた。

「寺西の泣き虫が、すぐ応じたんだ」

「きみも応じたのか?」

「いや、応じはしないが、考えておく、と答えておいた」

「もちろん応じないんだろう？」

「それがよ、いざ相談されてみると、ここからずらかりたい気持もいくらかはあるんだ。だから弱ってるんだ」

「それはいけないよ」

「いけないことはわかっているが……」

「きみね、利兵衛の言いなりになっていたら、きみは最後まで彼といっしょに歩くような運命を背負いこむかもわからないよ」

「そうかなあ」

「ほかに誰が逃げると言っていた？」

行助は軀をおこしながら訊いた。

「いまのところ、泣虫と黒だけだ」

と安は答えた。黒というのは、苗字が黒川であることからついた渾名ともつかないよび名であった。

「もしきみが、厚子さんという人と、子供のためを思うなら、彼等の逃走計画には荷担しない方がいいよ」

「俺もそうは思うが……やはり逃亡するのはよくねえかな」

「よくないにきまっているじゃないか」

行助と安が草原でこんな話をしていたとき、第三学寮では、利兵衛を中心に逃走計画がすすめられていた。利兵衛と黒は同室で、そこに泣虫こと寺西保男がきて、三人で相談していた。

寮は、各部屋ごとに錠がおろされるほか、入口ももちろん錠がおろされる。寮には一人の職員が寮監として寝泊りしていた。三人は、逃走計画の手はじめに、まず刃物を手に入れることを相談した。刃物なら職業補導をする部屋にいくらでもあった。それをどうやって持ちだすかが問題だった。職業補導室に少年達が入ってしまうと、やはり錠がおろされる。少年達が刃物を握って出るのを防ぐためである。たとえば、木工に使う種々の刃物は、仕事を切りあげるたびにいちいち数を調べる。それをどうやって持ちだすか。

「俺にまかせとけよ、それは」

と利兵衛が言った。

「ほんとに逃げられるのか?」

泣虫が訊いた。

「まかせておけってことよ。いま頃、娑婆では海に山にと浮かれだしているというのに、俺達は檻のなかで汗水たらして働きながらくさいめしを食わされている。人間はすべて平等だ。だから俺は逃亡を計画したのだ。いいかい、脱落者が出たら、この計画はおじやんだ。かたい信念を持ってくれよ」

煽動者として彼はまことにうってつけだった。

「どういう風に持ちだすんだ？」

黒が訊いた。

「いいかい、明日、仕事場に入ったら、監督（かんとく）のすきをみて、それぞれ刃物を一本、窓から裏の草原におとすんだ。泣虫は鑿（のみ）をおとせ。黒は鑢（やすり）だ。俺も鑢をおとす。それを後で拾いに行くんだ」

黒が訊いた。

「員数（いんずう）を点検するときにばれたらどうする？」

「そのときはそのときのことよ。だいたい、ここのところ、それほどきびしく員数を点検しないじゃないか」

「それからどうする？」

「朝のうちに刃物は草原におとすんだ。そして、昼飯のとき、それを拾いに行く。刃物はめいめいの棚に隠しておく。それが出来たら、明日の夕飯後、寮内集会のときに、逃亡時間を相談しよう」

利兵衛はこういうことになるとまことにてきぱきしていた。

泣虫は、少年院から逃げられるときいただけで、彼にしてはすこし意外なほど大胆（だいたん）になっていた。利兵衛は三人で組めば逃げられると計算していた。

あくる日、この三人の少年は、逃亡計画の手はじめに、まず、それぞれの仕事場から一本の刃物を掠めとり、窓から裏の草原に投げおとした。これはあっけないほど簡単に運んだ。仲間の少年達は見て見ぬふりをしていた。ここでは密告者がいちばん軽蔑されるのであった。あとで職員から問いつめられても、知らぬ存ぜぬ、で通すのが不文律のようになっていた。

感じやすい少年達をどのようにあつかうかが、矯正教育にたずさわる人達の悩みであった。縛りつければ少年達は反抗してくるし、緩めれば少年達はつけあがってくるのであった。じっさい矯正教育はむずかしかった。むかしの感化院のように、職員が少年達を殴ろうものなら、民主主義を盾に人権問題に発展し、職員の方が馘首されるのであった。

三人の少年は、午前中の職業訓練課程を終えて寮に戻るとき、草原から刃物を拾ってきた。といっても、三人が一度に隊列からはなれると目立つので、まず泣虫が一人で行き、自分が投げおろした鑿を拾い、それをズボンのポケットに入れて寮に戻った。つぎは、利兵衛と黒が、炊事室に少年達の弁当をとりに行く途中で、草原から鑢を拾いあげてきた。

この昼の一刻は、職員が少年達から目を放すときであった。少年達はそれを敏感に嗅ぎわけていた。

「うまく行ったのか？」

と食事のとき安が利兵衛に訊いた。

「あたり前だ。おめえ、まさか、密告するんじゃねえだろうな」

利兵衛がうたがわしそうな目を安に向けた。

「冗談おっぺすんじゃねえよ。加わらなかったからといって、因縁をつけるのはよくねえよ」

安にしては珍しくきつい口調だった。

「まあ、そう怒るなよ」

「俺は見物しているよ」

「おめえ、俺達の成功を危ぶんでいるのとちがうか？」

「たぶん成功するだろうな」

「そう言ってくれるのは有難い」

「やはり夜中にするのか？」

「あたりきよ。見ていろよ。完全に逃亡して見せるから」

利兵衛は、テーブルの向うがわにいる泣虫と黒に目くばせして、な、そうだろう、といった表情で同意を求めた。

このとき、泣虫のそばにいた行助は、あいつは何故ほかの者を道づれにするのだろう、と思った。

この日、一日の職業訓練課程がおわったとき、監督職員による道具類の員数点検がおこなわれたが、一本の鑿と二本の鑢の不足は発見されなかった。これまで、道具が紛失したことがなかったのである。それに、まいにち同じ点検をくりかえしているので、くりかえすという慣性的行為に盲点がひそんでいた。

三本の刃物を手にいれた三人の少年は、この日の寮集会のあとで、利兵衛の部屋にあつまり、相談した。利兵衛はこういうことになると、行動がきわめててきぱきとしてくる。彼は、泣虫と黒にそれぞれの役割をあたえた。

少年院の特色は、非行という前歴を背負った少年達の等質集団である。この集団は国家権力によって保護されている。したがって、この集団からの離脱は、めいめいの少年の自由意志ではどうにもならない。厳格な規律によって制約を受けた少年達は、社会一般の少年達が望むような、たとえば、おいしいものを食べたいとか、きれいな女の子と交際したいとかの生活感情を抱くことが出来ない。抱いたとしても、それは空想の域を出ない。実社会ではそれが可能であった。

少年院の生活は、空間がせまかった。単調で、規格的で、官給の衣、食、住がすべて単一的、他律的である。三度三度の食事にもまず変化がなかった。しかし空腹だからいやおうなしに少年達は食べるようになる。こう見てくると、少年院の生活には空間がないにひとしかった。

　少年達の逃亡は、こうした空間のない場所から離れたい、という感情から発生する場合が殆どである。

　この少年院では、比較的矯正のしやすい少年を収容しているので、逃亡する少年がいなかった。かなり以前に、五人の少年達の逃亡事件があったが、彼等はいずれも逃亡途中で逃亡をあきらめ、少年院に戻ってきた。比較的矯正のしやすい少年達のなかへ、利兵衛のような少年が入ってきたときに、逃亡事件がおきがちであった。以前の逃亡事件のときもそうで、利兵衛のように他の少年達を有無を言わさず引っぱって行く少年が逃亡を計画したのであった。

「いいか、就寝時間が来て蒲団をのべる。蒲団に入ったらすぐ睡っちまうから、蒲団のなかで起きているんだ。そして、ゆっくり三百数える。かぞえ終ったら蒲団からぬけでる。服をつける。もちろん学生服だ。上衣はつけない。黒い学生服のズボンに白いワイシャツなら、どこへ行っても学生で通用するからな」

　学生服で少年院に入ってきた少年のほか、たとえば安のように働いていた少年が入ってきた場合、少年院ではその少年に学生服を支給していた。しかしその少年がその学生服を着用することはまずない。少年院のなかでなにか式があるときくらいに着用するだけである。

「ただし、泣虫は寝巻のままだ」

と利兵衛が言った。

「なぜ?」

寺西保男が訊きかえした。

「いいから俺の言う通りにすれば、ちゃあんと逃亡できるからよ」

利兵衛は、言うことをきけ、といった目で泣虫を見た。

「まさか、俺をおいてきぼりにしないだろうな」

泣虫は不安だといった顔を見せた。

「馬鹿、俺がそんなことをすると思っているのかよ」

「でも、なぜ、俺だけ寝巻でなければならないんだ?」

「しようがねえ奴だな。では教えてやろう。おまえと俺達二人とは部屋がちがっている。おまえが戸を叩いて寮監がきて戸をあけてくれる。そのとき、おまえが急病人だというのに、洋服姿じゃおかしいじゃないか。いいか、寮監がおまえをつれて医務室に行こうと廊下を通りかかったときに、俺達二人が戸をたたく」

利兵衛はこまかく順序を説明した。

利兵衛の話をきいているうちに泣虫は納得した。すべてうまく運びそうな気がした。

ああ、ここから逃げることが出来たら、とろのにぎりを腹いっぱい食べよう……。泣虫はこんな単純なことしか考えていなかった。

少年達は九時になるとテレビ視聴をうちきり、めいめいの部屋に帰って就寝準備をする。板の間に茣蓙をしき、そこに蒲団をのべる。準備が終ったところで点呼がある。点呼がすんだ順に部屋は戸が閉められる。いったん閉めた戸は部屋のなかからは開かないようになっている。ホテルの部屋の戸は部屋のなかからは開けられるが、外からは開けられないようになっているが、ちょうどそれと反対の鍵のとりつけ方をしているのが少年院である。

そして九時半には床に入らねばならない。少年達の点呼を終え、全員を部屋に収容したあとで、寮監が、もし少年達に注意することがあれば、それは放送を通じておこなわれる。点呼が済んでから、個別指導や特別学習指導の時間が設けられているが、これは原則として十時までである。

三人の少年が、逃亡のための実際行動をおこしたのは十時半すこし前だった。利兵衛は、計画を変え、泣虫と同室の行助がいつも十時半まで自室の机にむかって勉強しているから、行助が机からたちあがったら、泣虫に行動に移れと言ってあった。泣虫はねむいのをがまんして十時半がくるのを待った。はたしてうまく運ぶだろうか、という懸念はあった。

ずいぶんながい時間に思えた。

「まだ寝ないのか？」

泣虫はたまりかねて訊いた。

「そろそろ寝る頃だな」

行助は蒲団に入っている泣虫をふりかえると、それから本を閉じ、たちあがって便所に入った。やがて水洗便所の水の流れる音がした。

泣虫が、腹痛をうったえだしたのは、行助が便所から戻って蒲団に入ったときである。彼は、痛いよう！　と声をあげて泣きだした。

「どうしたんだ、きみ？」

行助が訊いた。

「腹が刺されるように痛いんだ。ああ、これじゃたまらない」

泣虫は蒲団からぬけでると、入口の戸を叩いた。そして、痛いよう！　と大声でさけんだ。

若い寮監がかけつけてきたのはそれから間もなくである。

「どうした？」

寮監は窓から部屋のなかをのぞいてきいた。部屋にはまだあかりがついていた。泣虫は蒲団の上でのたうちまわっており、行助が、腹が刺されるように痛いそうです、と答えた。

外から戸があけられた。泣虫は両手で腹をおさえ、声をしぼりあげてうなっていた。

「急にか？」

寮監は行助に訊いた。

「そうです」

行助が答えた。

「医療室に行ってみよう」

寮監は泣虫をつれだし、腋に腕をまわして抱え、廊下を出入口の方に歩いて行った。行助と泣虫の部屋は八号室で、利兵衛と黒の部屋は五号室である。寮監が泣虫を抱えて七号室の前を通りかかったとき、五号室の戸が激しく叩かれた。

「おう、痛え！　たまらないよう！」

「うわあ！　刺されるよう！」

というさけび声がした。

寮監は、少年達が食中毒をおこしたのだろうか、と思った。そこで彼は泣虫を抱えたまま五号室の前に歩いて行き、窓からなかをのぞいた。廊下からさしこむあかりに、ここでは二人の少年が蒲団の上でのたうちまわっているのが見えた。食中毒だな、と寮監

はとっさに戸をあけると、

「刺すように痛むのか?」

と訊いた。

「はい。夕めしのときの烏賊の煮つけが変なにおいがしましたが、たぶん、それがあたったんじゃないかと思います。あ、痛い!」

黒が腹をおさえながら訴えた。

「しようがないなあ。とにかく、おきて出てこい」

寮監は泣虫に立たせておき、部屋のなかに入った。

利兵衛が、左腕を寮監の首にまわし、右手に握った鑿を喉元につきつけたのはこのときである。

「おい、きみら!」

と寮監がさけんだときには、黒が寮監の背後から細長い鑢を突きつけていた。

「そうよ。くさいめしは今夜かぎりでおさらばさ。わかったかい。わかったらおとなしくしてくれ。この鑿は、のどをひと突きできるからな。おい、泣虫、なかへ入ってこいつの両腕をしばれ」

利兵衛が命じた。利兵衛も黒も服の上に寝巻を着ていた。洋服を着ているところを窓からのぞかれたら計画はおしまいだったのである。

泣虫が入ってくると、用意してあった手ぬぐいで、寮監をうしろ手に縛りあげた。

「それから、黒、こいつは俺一人で大丈夫だから、手ぬぐいで猿轡をかませろ」

やはり利兵衛が命じた。

「逃げてもつかまるぞ」

寮監がおとなしく言った。彼は、喉元に突きつけられた鋭利な鑿がやはりこわかった。刺されたら根元まで通ってしまうかもしれなかった。

「だまれ！　役人奴！　俺達にはくさいめしを食わせて、てめえらは銀しゃりをたらふく食っているくせに」

利兵衛が一喝した。

「おい、くちをあけろ」

黒が細ながい鑢を寮監の目につきつけ、言うことをきかなかったら鑢を目に突きたてるぞ、と脅迫した。

寮監は仕方なくくちをあけた。

黒が寮監のくちに詰めこんだのは、穿きふるした靴下だった。それは、汗と垢で汚れ、異様なにおいのする靴下だった。寮監は靴下の片方をくちに詰めこまれたとき、げえっと吐いたが、黒はかまわずもう片方をも詰めこんだ。そしてその上から更に手拭をあてがい、頭のうしろでしばった。

「黒、泣虫の縛り方じゃ安心できねえな。点検してみろ」

利兵衛が言った。

黒は、うしろ手にしばられている寮監の手首を調べた。きちんと縛ってあった。

「大丈夫だ」

「では、こいつを、窓の鉄格子(てつごうし)に縛りつけよう」

やはり手ぬぐいが用いられた。

寮監は目を白黒させていたが、靴下を詰めこまれているために、う、う、と低い声をあげているだけだった。彼は涙を流していた。少年達から受けている恥辱(ちじょく)よりも、くちに詰めこまれた靴下のにおいのためだった。彼は、胃のなかのものを吐きあげたのである。しかし靴下がくちに詰(つま)っているので、吐きあげたものはのどから再び胃に下っていった。しかし、靴下のにおいは今度は頭の芯(しん)にまで滲(し)みてきて、また吐きあげた。つまり彼は、胃とのどのあいだを、胃のなかのものを往復させていたのである。

「泣虫、服を着てこい」

利兵衛が命じた。それから利兵衛は寮監のズボンのポケットから鍵束(かぎたば)をとりだした。

それから、利兵衛と黒は、学生服の上に着ている寝巻をとった。

泣虫が自室に戻ったら、行助はまだ起きており、

「利兵衛といっしょに逃げるのか」

と言われた。

「俺はもうここがいやになったよ」

と泣虫はズボンを着ながら答えた。

「きみは、がまんというのが出来ない性格だな」

行助がいった。

「どうだっていいじゃないか」

泣虫は不貞(ふて)くされたような返事をした。

もうこの時分には三学寮のほぼ全員が目をさましていた。

泣虫が廊下にでると、利兵衛が各部屋をのぞきこみ、逃亡(とんこ)する奴は俺に従(つ)いてこい、とふれまわっていた。

すくない人数の方がいいのに、と泣虫は考えながら、利兵衛のいる方に歩いて行った。

利兵衛は、三号室の戸をあけ、安をさそっているところだった。

「おい、安、千葉いらいの仲間じゃないか。早く起きてズボン(ぼんず)をはけよ」

利兵衛がせきたてていた。

黒は別の室(へや)の戸をあけ、やはり逃亡にさそいこもうと少年達にくちをかけていた。

「いまから逃亡(とんこ)して、電車(はこ)に乗れるのかい?」

安が訊きかえした。

「あたりまえよ」

「しかし、電車賃がないぜ」

「無賃乗車で行けるだろう」

「役人はどうした？」

「靴下をかましてよ、縛りつけてあるよ」

「ようし、いっしょに逃走きるか」

安が起きあがった。そして彼は昼間いつも着る灰色の作業ズボンをつけはじめた。

「おい、安、学生服のズボンだ」

利兵衛が注意した。

「あれはおめえ、俺には小さくて入らねえんだ。どうなんだ、三学寮の奴等、全員でとんずらきるのか？」

「まあ、いい。早くでてこいよ」

それから利兵衛は、安といっしょの部屋の少年をさそったが、その少年は、蒲団のなかで怯えていて返事をしなかった。

「おい、てめえ、俺達がずらかったあと、密告するなよ」

結局、利兵衛のさそいに応じたのは、三学寮三十四人のうち、利兵衛をふくめて九人だった。ひとつの寮に収容できる人員は五十人前後だが、ここ数年というもの、少年達の入院がすくなかった。すくないのは、非行少年が減少したということではない。これは、上手に大人の目から隠れた場所で非行が流行っている、ということの裏返しにすぎなかった。

利兵衛が逃走計画を話したとき、はじめは尻ごみした少年も、現実に寮監が縛られ、いまこそ自由に少年院から脱けだせることが出来るのだ、とわかったとき、急に逃走に参加する気になったのであった。

安は、行助に別れを言いに寄った。彼にだまって少年院を去るのは悪い気がしたからである。

「安か」

八号室の戸をあけたとたん、行助の声がした。

「ねむっていたんじゃなかったのか」

安は悪びれた感情になり、蒲団のなかに入っている行助のそばに歩みよった。

「もういちどいうが、逃亡はよせよ」

「しかし、俺はな、厚子の顔もみたいし……」

「それなら、なおのこと、逃亡はよせよ」

「厚子と子供の顔をみたら戻ってくるよ」

「それはいいわけだ」

「でもなあ、……」

「きみがそういうなら、俺はもうとめないよ。……逃亡途中で、もし、考えが変ったら、すぐ戻ってこいよ」

「ありがとう。……じゃあ、行くよ」

安はなんだか感傷的になった。しかし行助はもう返事をしなかった。

九人の少年達は行動をはじめた。別の寮の寮監に気づかれないように三学寮を脱けださねばならなかった。

利兵衛がまず出入口の戸の錠前に鍵をさしこみ、戸をあけた。三学寮のすぐ前は五学寮で、その左側に職員室の建物がある。五学寮の右側には炊事室（すいじしつ）があった。そして三学寮の右には四学寮、左には二学寮がある。つまり、職員室の建物と五学寮と炊事室がならんで建っていた。この三つの建物の向うに、運動場がある。運動場まで脱けだせれば、あとは楽だった。

職員室と五学寮のあいだは通りぬけられなかった。職員室には当直の職員が数人いるはずだったし、それに五学寮の廊下が職員室側の方にあった。五学寮の廊下を、いつ寮監が見まわっているかも知れなかった。それなら、五学寮と炊事室のあいだはどうかというと、これは職員室と五学寮のあいだを通りぬけるよりやさしかったが、いずれにしても寮監室の前を通らねばならない。

利兵衛が考えたのは、四学寮の前をななめに炊事室の裏手にぬける方法であった。

「黒、おまえからさきに行け。炊事室の裏手についたら、四学寮の方を見ろ」

利兵衛が命じた。

「よし、きた」

黒が最初に出て行った。彼は背をかがめ、あたりに気をくばりながら、炊事室の裏手についた。建物の廊下と建物の入口にはすべてあかりがついている。したがって通路はあかるい。夜中にここを通りぬけるのは、通りぬける者が逃亡者であるだけに、はなはだスリルがともなった。

黒が炊事室の建物の陰(かげ)からわずかに手をだしてみせ、大丈夫だ、としらせてよこした。

「よし、今度は二人出ろ」

利兵衛は命じた。

二人の少年が三学寮から出て行った。これも難なく脱けだせた。

このとき、職員室の方で戸のあかる音がした。利兵衛は細目にあけていた戸を閉めた。安が洗濯室(せんたくしつ)に小走りに歩いて行き、窓から職員室の建物を見た。院長ともう一人の職員が建物から出てきたところだった。やがて二人は坂道の方に降りて行った。

「家(やさ)に帰るところだ」

と安は利兵衛のところに戻って知らせた。少年院の門の東側に職員住宅があった。院長はおそくまで仕事をしていたのだろう。

「今度は三人でろ」

そしてすぐ三人の少年が出て行った。これで残りは三人だった。利兵衛と泣虫と安だった。

「安、泣虫をつれて行け。俺は鍵をかけてから行く」

利兵衛は、泣虫と安をさきにだすと、二人が炊事室の裏についたのを見届け、それから外にでるとすばやく鍵をかけ、鍵をズボンのポケットに入れ、音がしないようにズボンの上から鍵束を押え、炊事室の裏手に走った。

こうして九人の少年達は炊事室の建物の裏で勢揃いした。

「どこから行く？」

黒が訊いた。

「運動場におりる。それから地獄坂をおりて正門から出るんだ」

利兵衛が答えた。

「門のそばに先生達の家があるじゃないか」

「大丈夫だ。ほかのところを通ったら時間がかかってしようがない」

「地獄坂から農園におり、そこから共同墓地をぬけるのはどうだ」

再び黒が言った。

「それがいい」

と数人の少年が応じた。

「だってよ、門をでても、通りにでるまでは両側に家がならんでいる。暑いからまだ起きている家もある。九人もの少年が通ってみろ。奴等に、学習院の脱走生にちがいない、とすぐ気づかれてしまうぜ」

「それも一理ある話だな。ようし、黒の言う通り、共同墓地にぬけよう」

それから九人の少年は炊事室の建物の裏伝いに運動場におりた。彼等は、建物のある場所より一段低くなっている運動場の緑地帯を、露に濡れながら歩いた。空には黒い雲が拡がっており、いまにも降りだしそうな気配だった。

運動場から坂道を横ぎるときは、やはり一人一人でよこぎった。それから少年達は農園におりた。

「地獄坂が極楽坂になればいいがな」

と一人の少年が言った。

「おい、出発早々いやなことを言うな。気分わるいぞ。極楽坂になるにきまってるじゃないか」

利兵衛が不機嫌な声で言いかえした。

「おい、ちょっと待てよ。農園と墓地とのあいだに川が流れているじゃないか」

とこのとき安が立ちどまりながら言った。

「ふかい川じゃないぜ」

黒が言いかえした。

「水はすくないが、土手から川底に簡単におりられないじゃないか」

「やはり門から出よう」

利兵衛がこのときくるっと踵を返すと、地獄坂の麓に沿って門の方に歩きだした。そして他の八人も利兵衛の後をついて行った。

「みんな、散った方がいい。駅にいちばんちかい中央線の踏切があるだろう。昼間とちがって踏切番は小屋のなかにいる。踏切小屋の裏から線路に入るんだ。ホームにあがったら、東京方面行のホームにあつまってくれ。荻窪駅のホームで俺がなんとかするから」

こういうときの利兵衛には親分肌のところがあった。

門をでたところで雨がふりはじめた。雨は前ぶれもなしにいきなり大粒のがふってきたのである。

「この雨なら踏切番の目をごまかせるぜ」

と黒が言った。

九人の少年は、三人一組になり、三組にわかれて門をでた。そして駅にむかった。

この時分、九人の少年の脱走を、少年院の職員達はまだ誰も気づいていなかった。鉄格子に縛りつけられた寮監は身動きが出来なかったのである。

九人の少年が大通りにでたとき、雨は本降りになっていた。三組にわかれた少年達はそれぞれ距離をおいて踏切小屋に向った。

「この雨なら、踏切番に見つからずに済みそうだな」

と安が言った。

「うまく行くだろう」

と利兵衛が答えている。

最初に踏切のところについたのは利兵衛と安と泣虫の組だった。

踏切では遮断機(しゃだんき)がおりていた。踏切小屋は向うがわにあり、小屋の前に踏切番が立って駅の方を見ていた。

「上(のぼ)りの電車があるんだな」

利兵衛が言いながら背後を見た。あとの二組がすぐうしろにきていた。遮断機の手前で待っているのは二台のトラックと一台の乗用車で、歩行者は九人の少年達だけだった。

やがて九人の少年達の目の前を、黒い貨物列車がゆっくりと通過しはじめた。

「いまだ!」

利兵衛は遮断機の下を背をかがめて通り抜けると、貨物列車の陰に沿って線路をホームに向って走った。八人の少年があとにつづいた。

こうして、ゆっくり通過した貨物列車のおかげで、少年達は乗車券を買わずに駅のホームに入ることが出来た。

ホームの時計が十一時十三分をさしていた。三学寮を脱出してここにつくまで四十分すこしかかったわけであった。

「やはり三人ずつ別々の電車に乗れよ。こんな時間に検札には来ないだろうが、来たらつぎの車輛に移る。そしてつぎの駅でおりて、もとの車輛に戻る。こうして荻窪まで行くんだ。西荻窪じゃないよ。荻窪はひとつ先だ。荻窪では地下道に集合する」

利兵衛がてきぱきと指図した。

少年達は、こわさ、というものを知らなかった。それが脱出に成功した原因であった。これは、少年達の生活反応が稀薄だということであった。怖いもの知らずの人間が、しばしば周囲の者が驚くほどの冒険に成功する、あの類いであった。

少年達は無事に荻窪駅で電車からおりた。

「さて、これからが問題だ」

利兵衛は電車からおりると、誰か知った奴はいないだろうか、とあたりを物色しながら地下道におりた。

荻窪駅は国電と地下鉄がいっしょになっており、地下道に立っていれば、必ず知っている者に出あうはずであった。利兵衛は、かつて少年院に入るきっかけをつくった、学生から現金をまきあげたあのおもいで深い地下道におり立ったとき、地下鉄の改札口から出てくる一人の男に目をとめた。

「あれあ、兄いじゃないか」

利兵衛は呟きながらそっちに歩いて行った。派手なチェックのシャツを着た若い男だった。

「おい、兄いよ」

利兵衛が声をかけた。

「なんだ、利兵衛か。てめえ、いつ出てきたんだ？」

男は、名を伊助といい、中央沿線のパチンコ屋で景品買いをやっていた。

「たったいま出てきたばかりだ」

利兵衛は、うしろで待っている八人の少年達をゆびさし、事情を説明した。

「乗車券をなくしたというより方法はないだろう」

伊助は財布をだし、小銭を利兵衛にあたえながら言った。

「みんな、てめえの家に帰すんだが、その金は俺が家から持ちだすからいいんだ」

利兵衛は小銭を受けとると、精算所に歩いて行った。彼は、荻窪駅の地下道でもし知人に出あえなかったら、また学生を脅迫して金をまきあげるつもりでいたのだった。

「僕達は西荻窪から乗ったのですが、乗車券をまとめて持っていた僕が、どこかでおとしてしまったのです」

利兵衛は精算所の窓口で駅員に言った。

「何枚かね」

年輩の駅員が横柄な態度で訊いた。

「九枚です」

ちくしょうッ、横柄な野郎だな、と思いながら利兵衛はおとなしく答えた。彼は、駅員で親切な男にまだ出あったことがなかった。国鉄職員はみんな横柄である、と彼は思っていた。事実その通りだろう。

「ほんとかね」

駅員が訊いた。

「ほんとです」

「西荻窪からここまでいくら払ったのかね」

「一人二十円で、百八十円払いました」

「家はどこかね」

「みんな荻窪です」

「身分証明書は?」

「そんなのありませんよ。みんな夏やすみで、そんなもの持って歩いていませんよ」

しかし窓口のなかの駅員は、疑いの目で利兵衛を見ていた。

このとき、伊助が横からくちをだした。

「駅員さんよ。この学生達は俺の家のちかくにいる者だ」

「あんたは誰だ？」

駅員が伊助にきいた。

「だから、いま言っただろう。俺はこういう者だ」

伊助はなにやら身分証明書らしきものをとりだして駅員に見せた。

すると駅員は、ちょっと伊助を見て、百八十円、と言った。

こうして九人の少年達は無事に荻窪駅から出ることができた。

「ちくしょうッ！　なんて横柄な野郎だ。国鉄職員と電力会社の職員ほど横柄な奴等は、ほかにいないだろうな」

利兵衛は舌うちした。

「行くところのない奴がいたら、俺が面倒見るぜ」

とこのとき伊助が言った。

少年達は顔を見あわせた。外は、土砂ぶりの雨だった。

「俺は帰るよ」

と安がまずくちをきった。

「俺も帰るんだ」

と泣虫が応じた。

けっきょく、二人の少年が伊助といっしょに行くことになった。この二人の少年は、家に帰っても面白(おもしろ)くない、というのであった。

「じゃあ、兄い、奴等に電車賃を貸してやってくれないか。あとで俺が兄いに返すからよ」

利兵衛が伊助に言った。

「ひとり、三百円もあればいいか？」

伊助が少年達に訊いた。少年達はうなずいてみせた。

「こまかいのがない。くずしてきてくれ」

伊助は千円札を二枚とりだし、それを利兵衛に渡(わた)した。

利兵衛は雨のなかを駅前広場を横切って走って行き、知りあいのラーメン屋で金をこまかくしてきた。

少年達は、金をもらうと、利兵衛と伊助に礼を言い、それぞれ乗車券売場に歩いて行った。

「おまえら、困ったら俺を訪ねてこい」

伊助が追いかけてきて、少年達に名刺(めいし)を渡した。名刺には、中央商事取締役社長相沢伊助と印刷されていた。彼は、中央沿線で子分をつかってパチンコの景品買いをやっているので、中央商事という名をつけたのであった。

「利兵衛、おめえ、家に帰ったら、いまにも警察が押しこんでくるんじゃないのか」

伊助が戻ってきて言った。

「だから、ちょっくら家に顔をだしてくるからよ、しばらく兄いのところに世話かけるよ。いいかな。それより兄い、煙草をくれ」

利兵衛は右手を伊助の前に差しだした。

「ちげえねえ。あそこじゃ、もくは吸えなかったろうからな」

伊助はシャツのポケットから煙草の箱をとりだし、利兵衛に渡した。

「ちくしょうッ、こんな真白な一本の煙草は久しぶりだ」

利兵衛が煙草を一本ぬくと、伊助がライターをつけてやった。一方、乗車券売場に歩いて行った六人の少年のうち、安をのこして五人の少年が、それぞれ自宅までの乗車券を買い、駅に入って行った。

安は考えていた。彼は、せっかくここまで逃げてきながら、行助の言葉が忘れられなかった。行助は、よせ、となんども言った……。彼は、一方で厚子の顔をおもいうかべ、一方で行助の顔をおもいうかべていた。安はしばらくして利兵衛のいる方を見た。利兵衛は煙草を喫みながら伊助と話していた。ほかの二人の少年は利兵衛のそばにたっていた。その利兵衛を見ているうちに、行助から言われたことが蘇ってきた。「きみね、利兵衛の言いなりになっていたら、きみは最後まで彼といっしょに歩くような運命を背負いこむかもわからないよ」

安は、行助のこの言葉をおもいだすと同時に、乗車券売場に歩いて行き、八王子、と言って窓口に金をさしだした。

一方、少年院側で九人の少年の脱走に気がついたのは、午前零時だった。第四学寮の廊下を巡視していた寮監が、ふと三学寮の方を見たとき、五号室あたりの窓辺に人が立っているのを見つけたのである。寮監は、院生がまだ睡らずに窓をあけて涼んでいるのか、と思った。雨が降っているのにこんな時間に窓をあけているのはおかしいな、と思った寮監は、こっちの窓をあけ、

「まだ寝ないのかあ。早く窓を閉めて寝ろ」

とさけんだ。

しかし人影はちょっと動いたきりだった。

「おかしいな」

寮監は呟くと、こっちの窓をしめ、それから四学寮をでて三学寮に行き、寮監室の窓を叩いた。あかりがついているのに返事がなかった。そこで彼は雨のなかを庭にでて行き、白い人影がした五号室辺の窓の前に走った。

「おや！」

彼は懐中電燈で部屋のなかを照らしてみてびっくりした。二人の少年が寝ているはずの蒲団に少年はおらず、窓の鉄格子に縛りつけられていたのは寮監だったのである。彼はいそいで三学寮の寮監の腕を縛りあげている手ぬぐいを解いた。事態を察知した彼は、三学寮の寮監が猿轡を解くのを待たずに職員室に走った。

門のわきの官舎から、院長をはじめ職員がかけつけてきたのは、ものの二十分と経たない頃だった。それから三学寮が調べられた。

「なんということだ!」

副院長の山本豊一が若い職員にむかってどなりつけるように言った。

「そう怒るな」

院長がたしなめた。

少年院では、少年の脱走を四十八時間以内に少年院の職員の手でさがしださねばならない。四十八時間以内に警察署に通報することは許されなかった。四十八時間を過ぎたときはじめて、つまり少年院の機構では逃げた少年をさがしだせない、と判ったとき、はじめて家庭裁判所に連戻状の請求をして警察署のちからを借りる。これは、せっかく少年院で更生をはかっている少年に警察のちからを加えないように、との国家のとりはからいからであった。

院長は、三学寮の寮監から事情をきき、逃亡の首謀者が天野敏雄であることを知った。もちろんすぐ八王子駅と西八王子駅、豊田駅に電話がかけられたが、駅では、九人の少年の集団脱走らしい姿は見かけなかった、という返事だった。

「すると、奴等は、まだこのあたりに潜んでいるのでしょうか。まさか民家に押し入ることはしないでしょうね」

副院長が腹だたしげにさけんだ。

「副院長、言葉を慎んでください。少年達の身元ははっきりしている。それぞれ手わけして明朝までに少年達をここに連れ戻すように。数人をのぞくと、いずれも自宅に電話があるから、いまからすぐ連絡をしてみたまえ」

院長は部下に命じた。

それから職員達は脱走した少年達の調書を棚からとりだしはじめた。

佐々原院長は、脱走した九人の少年のなかに宇野行助が加わっていないのを知って内心ほっとした。彼は、官舎で少年達の脱走のしらせをきいたとき、まさか宇野行助は入っていないだろうな、と咄嗟に考えた。彼はそのとき、知能指数一六五の頭脳の少年と脱走を結びつけたのである。

鍵を奪われていたので、三学寮の戸は合鍵であけたが、職員がさがした結果、奪われた鍵束は炊事室の裏で見つかった。

八王子駅の上り終電車は、零時十七分発が中野どまりで、零時三十三分発が三鷹どまりだった。いまから職員が駅にかけつけても、もちろんこれらの電車に間にあうはずがなかった。

「始発は何時だ？」

院長は職員の一人にきいた。

「四時三十七分です。これだと、東京駅に五時四十七分につきます」

職員が答えた。

「それでいい。自宅に帰っている者はそれで連れ戻せるはずだ」

「安坂宏一と天野敏雄が危ないですね」

副院長が言った。

「僕もそう思うが、とにかく四十八時間が経過するまではあの子達を信じることにしよう」

副院長があぶないと言っているのは、安坂宏一と天野敏雄が千葉の少年院いらいの仲間であることからして、二人とも帰るべきところに帰らず、悪い仲間のもとに走ってしまうのではないだろうか、ということだった。

院長は、脱走した少年達の身元調書をとりだしている職員達をのこして外にでた。雨は小やみになっていたが、空は暗かった。彼は雨のなかを歩いて建物を見まわった。何故あの九人は脱走したか……この少年院に不満があったからか、この少年院での生活が息苦しかったからか、たぶん、そうだろう、そうだとしても脱走はよくないことではないか。院長は自問自答しながら雨のなかを歩いた。講堂の前にきた。雨天体操場にも使われている建物である。院長はその建物を眺めあげているうち、昼間、このなかで、吹奏楽の練習をしていた少年達のことをおもいだした。あの吹奏楽の練習をしていた少年達のなかに、脱走した少年は入っていなかっただろうか……昼間、楽しく吹奏楽を練習していた少年が、何故逃げなければならなかったのか……。

院長はポケットから鍵をとりだし、講堂の戸をあけ、あかりをつけた。しめっぽい木のにおいがしているなかに入ると、院長は壁にそって歩いた。ここには、少年達の内面を表現したものがいっぱい詰っている。少年達が詠んだ俳句や短歌が壁にはってある。

今更にこの身にしみる母の日や

遠足や道行く老婆母に見ゆ

去る母の小さきせなか桜散る

これは母をよんだ俳句である。父をよんだ句はあまりない。げんに作文を書かせても、あんな酒のみは死んでしまった方がいい、と父を憎んでいる少年が多かった。

短歌にしてもそうで、やはり母をよんだのが多い。
こんな短歌がある。

面会を終えて淋しくかえる母後姿の老けて見しこと
雑草のねばり強さに似たる母母の日も知らず今日も働く
温かき師の思いやり身にしみてわが父であればとぞ思う

またつぎのような詩もある。

母の名

夕闇せまる印刷工場の
活字もだんだんかすんできた。
原稿の活字もひろわないで
母の名をひろって苦笑した。
あわててまちがいの字をかえし
原稿の活字をひろってほっとした。

これらの俳句や短歌や詩が、上手か上手でないかは別問題である。これらの稚拙な表現のなかには、少年達の母にたいする気の遠くなるような思いがこめられている。

つぎのような俳句もある。

春耕のあますところなし少年院
ある憎しみをもて春雨に対しけり

前の句はわかるが、あとの句はちょっとわかりにくい。前の句と後の句は作者がちがう。後の句をつくった少年は、四学寮におり、おとなしい性格だった。この少年の内面は、職員達の知らないところで、よほど屈折している場所があるのだろう。

このように詩歌をつくって、わずかながらも内面的に自律して行こうという少年がいるのに、なぜあの九人は逃げたのか……。院長は講堂のなかを後手を組んで歩きながら考えた。要するに、社会生活の享楽にたいする執着が少年達を脱走させたのだろう。じっさい、いまの日本は、経済的に豊かになったせいか、享楽が多すぎる、と院長は思った。やがて院長は講堂から出ると、鍵をしめ、職員室の方に歩いた。そして、職員室の建物の正面まできたとき、地獄坂を一人の少年がのぼってくるのを見た。

少年は雨のなかを坂をのぼりきり、院長の前で立ちどまり、ぴょこんと頭をさげた。

「院長先生、すみません」

安坂宏一だった。

「そうか、戻ってきたのか」

院長は戻ってきた少年をあたたかい目で見た。脱走した少年が自分の意志で戻ってきたことが院長には嬉(うれ)しかった。

「とにかく中にはいって着がえをしろ。話はそれからきこう」

院長は安をつれて建物のなかに入り、職員をよんだ。やがて着がえをすませた安は、院長の前で、脱走の一部始終を語り、相沢伊助からもらった名刺をだした。

「二人はここにおり、あとはみんな自分の家に帰りました」

「よく戻ってきたな」

院長はやはりあたたかい目で安を見ていた。

「宇野の言葉をおもいだしたからです」

「宇野の言葉？」

「宇野は、脱走するな、と言いました。途中(とちゅう)で気が変ったらすぐ戻ってこい、とも言いました」

「なるほど……」

院長は、あの子は、やはり意志の強い子だったのだ、と宇野行助の顔をおもいうかべた。

　こうして安は雨のなかを少年院に戻ってきたが、のこりの八人の少年のうち、寺西保男は、深夜に田園調布の自宅に帰りつき、玄関を叩いた。

「まあ、おまえ、どうしたの？」

　彼の母親は、びしょ濡れの息子を見てびっくりし、まあ、かわいそうに、この雨のなかを、と殆ど涙声で息子を部屋に抱え入れた。

「逃げてきた」

　と保男は答えた。

「逃げてきたの？　かわいそうに、よほどあそこがつらかったんだね」

　それから彼女は、保男が帰ってきた、といって家中の人をおこした。

　父親と弟と妹がおきてきた。

「ひとりで逃げてきたのか？」

　父親が訊いた。

「九人で逃げてきたよ」

「集団脱走だな。……しかし、明日はまた少年院に戻らねばならない」

「だって、あなた、せっかく逃げてきたのに、また戻ることはないでしょう」

　母親が抗議した。

「そうはいかんよ。法というものがある。自分の子がかわいいからといって、そんなことは出来ないだろう」

「俺、もう、あそこに戻るのはいやだ！」

保男が父親をにらみつけながら言った。

「そうですよ。あんな牢屋みたいな建物のなかに、どうして自分の子を戻すことができるのですか。あたしはいやですよ。ねえ、かわいそうに」

「ほんとに、俺、あそこに戻るのはいやだ！」

保男は泣きだした。

「ようくきけ。逃亡は罪になる。おまえは、あそこに入らねばならないことを仕出かしたのだ」

「そこを、お金でなんとか出来ないものですか。せっかくこうして逃げてきたのに、またあんなところに戻すんじゃ、かわいそうじゃありませんか」

「金で事がすむものなら、この世の中に刑務所も少年院もなくなるよ。今夜はやすんで、明日、おまえがつきそって連れ戻してやれ」

父親は不機嫌だった。

「俺、いやだいやだあ」

保男は声をあげて泣きだした。

「しようのない奴だ！」

父親は吐き捨てるように言うと、席をたち、寝室に入ってしまった。

それから、保男が寿司をたべたいと言いだしたので、母親は身支度をして息子をつれだし、自家用車を運転して六本木にでかけた。そこに暁方の四時までひらいている寿司屋があった。バーをひけたホステスがバーにきた客をつれてくる寿司屋であった。保男はここで母親といっしょに六千円分の寿司を食べた。たかい寿司であった。

保男は、腹がいっぱいになったとき、少年院での三度三度の麦飯の食事を考え、どうしてもあそこには戻りたくないと思った。

「あそこに戻るのはいやだよ」

と彼は母を見て言った。

「いいのよ。戻らないように、ママがなんとかしてあげるから」

と彼の母は答えた。

しかし、保男の母のちからで、なんとか出来るわけがなく、あくる日の朝、少年院の職員が保男を連れ戻しにきたとき、彼女はがっくりした。

「せっかく、こうやって家にいるのですから、せめて、連れ戻すのを数日のばしてもらえませんか」

と彼女は職員に頼みこんだ。

この凡庸で自分の子に盲目的な愛情しかそそげない教育ママは、すっかり理性をうしなっていた。

もちろんこんなことが通用するはずはなく、寺西保男は、母の涙に送られて少年院に戻った。

パチンコの景品買いの取締役社長である相沢伊助に連れて行かれた二人の少年も、やはり職員の手で少年院に連れ戻され、利兵衛をのぞくほかの少年も、夕方までに全員が少年院に連れ戻された。

利兵衛は、寺西保男のように、とろの寿司が食べたいから逃走した、というような単純な少年ではなかった。彼は、少年院の職員が自分を連れ戻しにくることくらいは知っていた。彼が青果商をやっている家に戻ったとき、家では店じまいしているところだった。夜おそくまで果物が売れるので、店をしめるのはいつも十二時ちかかった。

「てめえ、なんでこんなに早く戻ってきたんだ？」

彼の父は、店に入ってきた息子をみていきなりどやしつけた。

「娑婆が恋しくなったからよ」

利兵衛ははじめから反抗的だった。

「娑婆が恋しくなったあ？　おい、てめえ、逃げてきたのか？」

「うるせえな。腹がへったからおまんまを食わせてくれ」

彼はつかつかと家にあがりこみ、台所に行くと冷蔵庫をあけ、食物をとりだした。しかし、すぐ父が追ってきた。

「おい、逃げてきたのか？」

「うるせえな。めしくらいゆっくり食わせてくれよ」

「逃げてきたのかどうかと訊いているんだ」

「逃げてきたんだったらどうする」

「どうするって、てめえ、感化院を脱走してきて、ただで済むと思ってんのか」

「うるせえな」

利兵衛はふと茶簞笥の上を見た。そこに手提金庫があった。

「よし、めしは食わせてやる。めしをくったらすぐ俺と警察に行くんだ」

そう言うなり父は店に出て行った。店では母がいっしょに果物をなかに入れていた。

彼女は夫をおそれて息子を遠くから眺め、くちをきかなかった。

利兵衛が、手提金庫のダイヤルをまわしてあけ、この日の売上金八万円あまりをとりだしてポケットにつっこんだのは、両親が店の鎧戸をおろしていたときだった。そして彼は裏口からゴム草履をひっかけて家をでると、通りかかったタクシーをつかまえて乗りこんだ。

彼は、これっきり、家にも少年院にも戻らず、九月の末、殺人未遂の疑いで淀橋警察署に留置されるまで消息がわからなかった。

時雨

暮方のたかい空を、雁が渡っていった。澄江は庭でその雁の群れを眺めあげ、行助を思った。朝夕の陽の移ろいに秋がいろ濃くなってくるにつれ、澄江は、行助にあいたい気持を押えかねた。

夫の理一が少年院に行助を訪ねたのは夏のはじめであったが、その後、行助からきた手紙には、やはりここには来ないで欲しい、と書いてあった。行助が少年院のなかでなにを考えているのか、理一にも澄江にもさっぱりわからなかった。

庭では金木犀が匂い、白い萩の花がこぼれおちていた。柿の花が散る季節に、澄江は、手伝女の佐藤つる子に、行助について、あの子は独りで歩いて行ける子だから親が心配する必要はない、と言ったことがあったが、いまの澄江は、その行助にあいたい一心だった。

気持のせいか、ついさっき高い空を渡っていった雁が、澄江には、八王子の方に飛び去ったように思えた。行助が少年院に収容されたのは春の終りだった。それから半歳しか経っていないのに、澄江にはながい月日に思えた。

澄江が、暮方の空を眺めあげていたとき、うしろの廊下で足音がした。

「奥さま。旦那さまからお電話です」

つる子だった。

澄江が廊下から部屋にあがり、電話口にでたら、これから外出する元気はないかな、と夫が言った。

「なんですの?」

「たまには外でめしを食べるのも悪くはないだろう」

「そうですわね。でも、おいそがしいのに、よろしいんですか」

「ああ、今夜はひまだ」

そして理一は、銀座西五丁目のあるレストランの名を言い、そこへ来てくれ、と言った。

夫婦きりで外で食事をするなど、めったにないことであった。澄江は、暮方の空を眺めて少年院にいる行助を考えていただけに、にわかに気持があかるくなり、電話の前からはなれた。

「つるちゃん。ちょっと出かけてくるわ」

澄江は、食堂で夕飯の支度をしているつる子に声をかけ、居間に着換えに入った。

「あら、お出かけですか?」

つる子が追ってきた。

「あなた、わるいけど、今夜はひとりで食事をしてちょうだい。旦那さまが、ちょっと用があるから出てこいと言っているものですから」

澄江は簞笥をあけ、数枚の着物をとりだしてみた。あれかこれかと選った末、季節としてやはり大島がよいだろう、ということになり、そして、渋い感じのする紫の大島の袷を着て行くことにした。大島の織りの目がこまかいから、帯は単純なのがいいだろう、と純白の綸子の帯にした。厚手の地に、紅葉が浮くように織ってあった。そして帯揚げは水色の絞り、帯紐はやはり水色で、ふとく撚りあわせたのにした。こうして真珠の指輪を嵌めると、渋い好みに包まれた一人の華やかな女が出来あがった。

澄江には久しぶりの銀座であった。行き交う若い女の子達の服装が秋を彩っていた。レストランに入ったら、夫はさきに来て待っていた。

「こんなこと、久しぶりですわね」

澄江は席につきながら言った。

「ほんとに久しぶりだ。きみは、きょうは、きれいだね」

理一は妻にやさしい目を向けた。

「あら、いつもはきれいじゃないんですか」

「きょうは特にきれいだ、という意味だ」

「ありがとうございます。これでは、きょうの御食事代は、わたしがもたねばなりませんわね」

「そういうことになりそうだな」

こんな会話を交わしたことはあまりない。このとき、この夫婦はまことに幸福であった。

理一はこのレストランの蝸牛(かたつむり)料理が好きで、年に数度、ここに妻を連れてきていたが、今年はきょうがはじめてであった。

やがて註文(ちゅうもん)の料理が運ばれてきた。夫妻は白葡萄酒(ぶどうしゅ)をのみながら蝸牛料理と魚料理をたべた。

「いつかあなたに話そうはなそうと思いながら、つい、のびてしまった話ですが……」

澄江が食事の途中(とちゅう)で言った。

「なんのはなし？」

「小田原で、行助をくれと言ってきているのです」

「行助はやれないな」

理一は簡明に答えた。

「母が言うには、成城には修一郎さんがいらっしゃることだし、女の子ばかりの田屋によそから男を迎えるよりは、行助をくれれば助かる……」

「だめだ。行助には宇野電機をつがせるつもりだからね」

「あなた、そんなことを……」

「むかし、謡をやった頃に読んだ本がある。その本に、こんな言葉があった。〈たとへ一子たりと言ふとも、不器量の者には伝ふべからず。家、家にあらず。次ぐをもて家とす。人、人にあらず。知るをもて人とす〉。この言葉はいまの社会にもあてはまる。ひとり子だからといって、才能のない者に跡をつがせるわけにはいかない」

「そんなことを、四谷で承知するはずがありません」

「四谷など問題ではない。道ばたに店をかまえて雑貨を売るのとちがう。公共性のつよい事業だ。それを馬鹿な息子につがせるわけにはいかないのだ。当世では、親が築きあげた会社を、能のない息子がついでいる例が多いが、あれはいけないことだ。しかし、小田原で期待しているといけないから、行助のことはあきらめてくれと伝えてくれ」

「そうでしょうか。わたしは、あなたの考えかたが、すこし片よりすぎているように思えるのですが……」

「片よりすぎている？　そんなことはない」

　理一は、自分の妻を女中としか見ていない息子を、いまでははっきり憎んでいた。九月のはじめに、会社に修一郎が訪ねてきたことがあったが、理一は会わなかった。あんな奴に会う必要はない、と考えたのである。

その日、修一郎が会社に訪ねてきたのは暮方であった。理一は、秘書の桜田保代から修一郎の来訪をきいたとき、いそがしいから会えないと伝えてくれ、と即座に答えた。

「でも、いま、廊下までいらしているのですが……」

桜田保代が遠慮がちに言った。

「受付の者に言っておいてくれ。社長の息子だからといって勝手にあげないように。とにかく今日はいそがしいから会えない。用件は手紙にしてよこせと伝えてくれ」

理一は、秘書が、修一郎さまがおみえになりました、と伝えてきたとき、殆ど生理的といってよいくらいの不快感を覚えたのであった。

一方、修一郎は、父の秘書から、いそがしいから会えないが、用があるなら手紙に用件を書いてよこせ、と伝えられたとき、軀のなかからなにかが落下して行くものを感じた。

彼がこの日父を訪ねたのは、四谷の祖父母の家に移ってから感じはじめた、ぼんやりした不安のためだった。行助が少年院に入ってから、父と自分のあいだに距離が出来てしまったのを、彼も認めないわけにはいかなかった。彼は、自分だけが成城の家から疎外されているのではないか、と思いはじめ、ぼんやりした不安の実体がどこからきているのか、父に会えばなにかわかるのではないか、そんなことから会社に父を訪ねたのであった。

彼は、父から面会を拒絶されたとき、自分のなかからなにかが落下して行くのを感じたが、ビルを出て車を停めてある場所にきたとき、ちくしょうッ行助め！　と呟いた。すべてはあいつが原因だ！　あいつとあいつのおふくろが原因だ、奴等さえいなかったら、俺はこんな不安をおぼえることはなかったのだ。彼は車に乗りこむと、あの母子をどうしてくれようか、と考えはじめた。

そして、あくる日の午前、彼は、会社の父に電話をした。

「なんの用だ」

と父は言った。

「会いたいんです。話があるんです」

「なんの話だ」

「俺だけがなぜ四谷でくらさねばならないんですか」

「それを私に訊くのか。自分の胸に手をあてて訊いてみるがよい。おまえは、父の妻を女中だと罵った。おまえは、それをどう思っているのだね」

「あのときはたしかにそう言いました。興奮していたのです」

「興奮していたからか。……もういちど訊くが、あのとき刃物を持ちだしたのは誰かね。それをききたい」

「それは奴が持ちだしたのさ」

「おまえは嘘（うそ）を言っている！　おまえがいつまでも嘘を言う以上、私はおまえに会いたくないね」

　ここで電話が切れた。

ちくしょうッ！　親父（おやじ）はなにか知っているのだろうか……。彼は、澄江と行助だけでなく、父をも憎みはじめた。しかしどうしても親父に会ってやろう、会わないことにはおたがいの気持がわからないのだ……。

　理一は、会社に訪ねてきた修一郎を追いかえしたことをおもいかえしながら、

「昼間、成城に修一郎がくることはないか？」

　と妻を見て訊いた。

「見えませんわ。いちど、七月はじめだったかしら、いえ、六月の末だったかもしれません。わたしが外出していたときに、見えたことがありました」

　澄江は、宝石箱から消えてしまったオパールの指輪を考えながら、控（ひか）え目に答えた。

「会ったのか？」

「いいえ。つるちゃんからきいただけです」

「なにしに来たのだ？」

「知りません。なにか自分のものを取りにきたのでしょう」

　それから夫妻はしばらく黙って食事をつづけた。修一郎のはなしが出てきたために、

すこし座が白けたかたちになってしまったのである。それから夫妻は、食事を終えてレストランを出ると、七丁目の方にむかって歩いた。二人でこうして歩くのも久しぶりだった。

「にぎやかですのねえ」

「にぎやかだ。きみになにか贈りものをしようか」

「あら、なにを贈ってくださるの。誕生日でもありませんのに」

「久しぶりにこうしていっしょに歩いていると、なにか贈りものをしたい気持になるんだな。なにがいいかね」

「そうですわね。……どれくらいの額までねだっていいかしら」

澄江は、右を歩いている夫の横顔を見あげながらたずねた。

「そうだな、五万円くらいまでならいいだろう」

「それでしたら、着物をおねだりしようかしら」

「着物か。いいだろう。なにがいいかね」

「おわらいにならないで下さい。久留米絣が欲しいのです」

「いいじゃないか。きみが久留米絣を着れば似合うよ。それなら五万円はしない」

それから夫妻は七丁目にある行きつけの呉服店に足を向けた。

「久留米の袷に、赤い帯揚げをしたら、きみは二十歳くらいの娘に見えるだろうね」

「あんな御冗談を。もう四十ちかいというのに、そんなに若く見えるはずがないでしょう」

「嬉しくないのか」

「そりゃ、若く見られるのは嬉しいけど、そんなに若くなれっこはないでしょう」

「まあ、なんでもいい。久留米絣を着てみたいというのはいいことだ」

理一は嬉しそうだった。澄江は、そんな夫の横顔を見て胸がはずんできた。自分に向けられた夫の感情が若々しかったからである。

「変なことを訊くようだが、きみはいま、幸福かね……」

「あなた、わたしを疑っていらっしゃるんですか？」

「そうではない。きいてみただけだ」

「いま、わたしには、なんの不安もありません」

澄江は少年院にいる行助を考えながら、しかし晴ればれとした声で答えた。

陽の暮れるのが早くなり、厚子が働き先から子供を預けてある助産婦の梅田春江の家につく頃には、街は夜に入っている。

この日、厚子が、四谷の宇野家に働きに行き、一日の仕事を終えて宇野家から出てきたのは五時すぎであった。厚子は、宇野家からでてきたとき、この家に働きにくるのは、きょうでしまいにしよう、と心にきめた。

上野駅を降りたときはすっかり夜に入っており、厚子は、はなやかなネオンに彩られた雑沓の街を歩いて梅田春江の家にむかいながら、ひどい孤独を感じた。

この日、厚子は、宇野家からまっすぐ信濃町の白百合会に行き、生田喜久江にあって、宇野家に行くのは明日からやめたい、と話した。

「なにか、いやなことがあったのかい?」

と生田喜久江は訊いた。

厚子は、そのいやなことの一部始終は話さなかったが、とにかく明日から別の家に働きに行かせてもらいたい、とたのんだ。

「すこしくらいいやなことがあっても、がまんしなくちゃ、この仕事はつづけてやれないんだよ」

と生田喜久江は言いながらも、厚子の思いつめた表情から、別の家を指定してくれた。

「よほどいやなことがあったんだね」

「あそこの家には、若い女はだめだと思います」

と厚子はほっとしながら答えた。

厚子はそれから派出婦会をでて、いつものように国電で上野に帰ってきたのである。

厚子は、足もとを視つめて歩きながら、つい数時間前におきたことをおもいかえした。

いやなことだから思いだすまいとしても、なまなましすぎて脳裡から拭い去れなかった。

宇野悠一老夫妻が、新橋演舞場に芝居を観に行く、と言いおいて家をでて行ったのは三時すぎであった。そして、修一郎が帰ってきたのは、それから間もなくであった。

「じいさんとばあさんは？」

修一郎は、厚子がアイロンをかけている部屋に入ってくると訊いた。

「お芝居を観にいらっしゃいました」

厚子はアイロンがけの手をやすめず、顔をあげずに答えた。

「新派だな。あんなお涙ちょうだいの芝居のどこが面白いんだろう」

それから修一郎は口笛をふきながら二階にあがって行った。厚子は、またこの前のようなことがおきなければよいが、と考えながらアイロンかけをつづけた。修一郎から無理矢理に押しつけられた一万円札を、厚子は数日後に修一郎の部屋を掃除にあがったとき、そっと机のひきだしのなかに返しておいた。そして一日おいて宇野家に行ったとき、修一郎がよってきて、きみもおかしいねえ、やると言っているのにもらわないのか、と言った。それっきりで一万円札の件はけりがついていた。それ以後、いつも彼の祖母の園子がいるので、修一郎は近よってこなかったが、彼がこちらを見る目つきが厚子にはいやだった。いやな目というより、なにか怖い目だった。

やがて階段をいきおいよく踏む音がして、修一郎がおりてきた。

彼は、厚子のいる部屋に入ってくると、たいへんだね、と言った。なにをたいへんだと言っているのか、それは犒い（ねぎらい）の言葉ではなかった。それに、彼からねぎらいの言葉をかけてもらう理由がなかった。

ちょうどこのとき、乾（かわ）いた洗濯物にかける霧吹（きりふき）の壜（びん）のなかの水が切れ、厚子は壜をもって台所にたった。

ことがおきたのはこの直後である。厚子は、いきなり背後から手をかけられ抱（だ）きすくめられた。厚子はおどろいて修一郎の腕（うで）をふりほどこうとした。予想もしていなかったことだった。

「な、いいだろう。俺、きょうは金がないが、明日になればすこし入るんだ。一万円あげるよ」

修一郎は背後から抱きついたまま、乳房（ちぶさ）の上に掌（て）をあてていた。

「やめてください」

厚子は、このあいだの一万円は、このためだったのか、と考え、不意に恐怖（きょうふ）がわいてきた。いまこの家にはこの男と自分しかいない。正直のところ声がよく出なかった。

「きみはきれいだ。亭主（ていしゅ）が病気で入院しているとか言っていたな。かわいそうだと思っているんだ」

そして彼は厚子を部屋につれ戻そうとした。厚子はさからった。男の腕から上手（じょうず）に逃げるだけの機転もなければ、またその年齢でもなかった。恐怖心がさきにたっていた。なんとか男の腕をふりほどこうとしたが、相手はちからがあった。うしろから両腕ごと抱きすくめられていたのである。

「やめてください！」

しかし相手はだまって厚子をひきずるようにして部屋につれこんだ。アイロンをかけていた四畳半の部屋だった。

厚子は、いま、梅田春江の家にむかいながら、あのとき、あたしは、ありったけのちからで抵抗したはずなのに……と考え、油をのまされたような感情になってきた。相手は、厚子のなかに入ってくると、しばらくそのままの状態でいた。厚子の裡で女が目ざめたのはこのときであった。快楽がきたのがいまいましかった。しかし、厚子は、そのことを行為にはださなかったようにおもう。

「こんど来たときに一万円やるよ」

と修一郎は言いのこして部屋から出て行った。

気づいてみたら、アイロンが畳の上に倒れ、畳が焦げていた。哀しい、というより、孤独感がこのときの厚子をおそった。ぼんやり畳の焦げた個所をみつめながら、もう、ここに働きにくるのはやめよう、と思った。好きになれる相手ではなかったのに、快楽があった。それが厚子にはこわかった。

帰りぎわに、修一郎が二階からおりてきて、畳の焦げたのは俺がうまく話しておくよ、と言ってくれたが、厚子は彼の顔も見ず、返事もせずに、宇野家をでてきたのであった。厚子は、にぎやかな街のなかで孤独を感じながら、子供だけがいまの自分には唯一のすくいになるような気がしてきた。

子供が支えになっているとはいえ、厚子は、このままでは、自分がどこか思いがけないところで崩れてしまうのではないだろうか、と思わずにはいられなかった。

梅田春江の家についたら、子供はミルクをのませてもらっているところだった。

「行宏ちゃん、ただいま」

「あら、お帰り。きょうはおそいじゃないの」

春江は、子供に哺乳壜のすいくちをふくませたまま、部屋に入ってきた厚子をふりかえった。

「ちょっと会によったものですから」

厚子は子供のかたわらに坐りながら、疲れた、と思った。肉体労働による疲れは、一日あければなおったが、厚子は秋のはじめから、心の疲れを感じはじめていた。少年院にいる安から、子供の名を行宏にした、と手紙でいってきていらい、厚子は行宏と子供をよんでいたが、父親がそばにいないので、この名前にはなにか実感がともなわなかった。

「母子ともに元気でなによりよ。これで病気にでもなったら、ほんとに困るからねえ」

それから春江は子供を厚子にまかすと、茶の間に行き、茶をいれてきた。

茶をのんでから、子供を抱いて春江の家を出たときは、もう八時にちかかった。いったんアパートに戻り、それから銭湯に行かねばならなかった。疲れた日は銭湯にでかけるのもおっくうなときがあった。しかしきょうはどうしても銭湯に入らねばならなかった。銭湯で躯を洗いながして心に受けたいやなおもいが消えるはずもなかったが、せめて躯だけでも洗いきよめたかった。

厚子はアパートについて自分の部屋に入ったとき、やはり安にあいに行こうと考えた。そのうちに訪ねるから、と何度も手紙で返事をしておきながら、厚子はいまだに少年院を訪ねていなかった。ここで俺はいい友達が出来た、と安が手紙に書いてよこしたのは、夏のさかりの頃であった。その友達の名は宇野行助である旨も書いてあった。厚子はそのとき、宇野という苗字に、自分が働きに行っている家が同じ宇野であることを考え、妙な気がした。

厚子は銭湯にでかける支度をしながら、どういうわけか突然そのことをおもいだし、まさか宇野修一郎が宇野行助と兄弟ではあるまいが、……と考え、なにかいやな気持になってきた。いやな相手に犯されながら、最後に女の躯をおもい知らされたことがいまいましかった。そんなことから、宇野という苗字をおもいだし、なにかいやな気持になってきたのである。いろいろなことを想像した。宇野修一郎と宇野行助がもし兄弟であるとすれば、宇野行助はどんな罪をおかして少年院に入ったのか……。厚子は、修一郎に凌辱(りょうじょく)された事実から、そんなことを考えてみたのである。

そして、この日曜日に少年院を訪問しよう、と厚子はきめると、安あてに葉書を書いた。そして銭湯に出かける途中で葉書をポストにいれた。風がつめたかった。間もなく冬が来る、と思うと、心細かった。安がそばにいてくれたら、と厚子はこの夜ほど考えたことはなかった。

厚子が少年院の安を訪ねるために上野のアパートを出たのは、日曜日の昼すこし前だった。

厚子は、少年院の門をはいって銀杏並木(いちょうなみき)の坂道をのぼりながら、そこが地獄坂(じごくざか)とよばれているとも知らずに、ずいぶん立派なところだ、と思った。広大な敷地(しきち)に、少年院の瀟洒(しょうしゃ)な建物が見あげられたのである。

厚子は、事務所らしい部屋の前に歩いて行った。四十歳くらいの男の職員が出てきた。

「安坂宏一にあいたいんです」

厚子は言った。

「あなたは？」

職員は、厚子と厚子がおぶっている子供を等分にみながら訊きかえした。

「安坂の妻です」

「ちょっとお待ちください」

職員はすぐなかに引きかえし、しばらくして出てくると、どうぞ、と言った。

厚子は職員について廊下を歩いて行き、洋間に通された。寒々とした部屋を想像していたのに、絵などがかけてあるあかるい部屋だった。

厚子は子供をおぶったまま椅子にかけ、窓の外を見た。窓には鉄格子がはめてあり、その向うの空間で赤とんぼがとんでいた。

間もなく背のたかい痩せた人がはいってきた。院長だった。

厚子はたちあがり、だまって頭をさげた。

「あなたは、安坂くんの奥さんですか」

「はい」

「おかけなさい」

「まだ籍にははいっておりませんが……」

「そうらしいようですね。いま、よびにやりましたから、間もなく見えるでしょう。安坂くんの子ですか」

院長は背中の子供の顔をのぞきこみながら訊いた。

「はい。あのひとが、ここに入ってしまってから、間もなくうまれました」

「よく眠っていますね。なるほど、安坂くんによく似ているな」

それから院長は、厚子に腰かけるように言い、自分も椅子にかけた。

間もなく部屋に安が入ってきた。うしろに行助が立っていた。

「よく来てくれたなあ」

安は大きな声をだした。

厚子はたちあがって急に涙ぐんだきり、安の顔をまともに見なかった。

「これが宇野行助だ。子供の名をつけてくれた奴だ」

安は、行助をふりかえりながら言った。宇野という苗字に、厚子はびっくりしたように顔をあげ、行助を見た。しかし、あの宇野修一郎とはすこしも顔が似ていなかった。

厚子は、やはりちがうのだ、となにかしらほっとした気持になり、頭をさげた。

「宇野くんが赤ちゃんの名をつけたのか」

院長がきいた。

「そうです」

安は答え、厚子を見た。

「二人とも、昼食は済んだのか？」

院長がたちあがりながら訊いた。

「はい。済ませました」

行助が答えた。

「それでは、三人でこの部屋で話しあっていてよろしい。先生は、あとで、安坂くんの奥さんと話すから」

そして院長はでて行った。

「いったい、どうやって生活費を工面しているんだ？」

院長が出て行くと、すぐ安がきいた。

「家政婦をやっているのよ」

厚子は目を伏(ふ)せながら答えた。

「家政婦？　おかねになるのか？」

「なんとかやっていけるわ。……あなた、それより、子供の顔を見ないの」

「ああ、子供か。俺の子なんだなあ」

安は照れくさそうに厚子のそばによって子供の顔をのぞいてみた。

「きみにそっくりじゃないか」

と行助が言った。

「そうか。俺に似てるか」

安は右手をあげ、指で子供の頰(ほお)をついてみた。子供が目をさました。

「目などはおまえに似ているじゃないか」

安は厚子を見て言いながら、やはりてれくさそうな顔になった。

厚子は子供を背中からおろした。

「どれ」

安が子供を受けとり、抱いた。

「俺に似ているか？」

安は行助をふりかえってきいた。

「似ているよ」

「そうかい。そいつはありがたいな」

「下着をすこし持ってきたわ」

厚子は包みをだした。

「下着なら、このあいだ送ってもらったので間にあっているよ」

「でも、そろそろ寒いでしょう。長袖（ながそで）のシャツを持ってきたわ」

「それより、上野の辺で家政婦をやっているのか？」

「四谷の方よ」

「四谷？」

「この子をあずかってもらっているお産婆（さんば）さんの知りあいの家で、派出婦会をやっているの。そこの紹介で働きに行っているけど、あなたがここから出てくるまでは続けられると思うわ」

「済まないなあ。こんなことになるはずじゃなかったんだけど」

「終ってしまったことを、いまさらとやかく言って見てもはじまらないわ。このあいだ、保護司という人がきて、やはり一年は入っていなければならないだろうって、言って帰ったけど」

「一年はかかると思う。仕事はつらいか？」

「たいしたことはないわ。ただ、昼間、子供といっしょに居られないの。子供がかわいそうだけど。……そうそう、働きに行っている四谷のある家に、宇野さんという家があるわ」

「四谷のどこですか？」

行助が突然訊いた。

「大京町です」

「大京町？　宇野悠一というおじいさんとおばあさん夫婦の家ではないでしょうね」

行助の目が光ってきた。

「その宇野悠一さんというおかたのお家ですが……」

厚子はおどろいて答え、行助を見た。

「親類の家か？」

　安がきいた。

「血の繋がりはないが、いちおう、僕の祖父の家ということになっている」

　行助は安をみて答え、それから窓外に視線を逸らすと、あそこには修一郎がいるが、このひとは大丈夫だったのだろうか、と厚子の翳のある顔に母澄江の顔をかさねてみた。

「そいつは縁というやつだな」

　安がうれしそうに言った。

「縁かも知れない。しかし、あそこには働きに行かないほうがいいですよ」

　行助は視線をもどすと、厚子をまっすぐ視て言った。

「はい。あたし、五日ほど前から、あそこには行っておりません。……仕事がしにくいお家なものですから」

　厚子はあかくなり、目を伏せた。行助からまっすぐ視つめられたとき、厚子は、いきなりかくしどころをみられてしまった気がした。

「じいさんばあさんがくちうるさいのか？」

　安は行助にのんきなことを訊いた。

「まあ、そんなところだ。それで、あそこをやめて、ほかに働くところがあったのですか？」

行助は再び厚子に訊いた。五日ほど前にやめたというからには、やはりいやなことがあったにちがいない、と彼は考えていた。

「はい。ありました」

「それならよかったですが……」

行助は、修一郎に犯されかけていた母の姿をおもいかえしていた。

厚子は、するとこのひとはあの修一郎の弟だろうか、と考えてみた、血の繋がりはないが祖父の家ということになっている、とこのひとは言った……異母兄弟だろうか……。そこまで考えた厚子は、このひとが修一郎について、彼の性格について、なにかを知っているのだ、とわかってきた。ここまで考えてしまうと、目の前にいる行助に、修一郎はあなたの兄か、と訊いてみる気にはなれなかった。

「子供の名前をつけてくださったそうで、どうもありがとうございました」

厚子は、修一郎から凌辱されたいやなおもいでから逃げるように、急に話題をかえた。

「いや、あれは安と二人の合作ですよ」

「こいつは学があるんでな、こいつの名前の一字をもらったのさ」

安はどこまでものんきだった。

行助は、安と厚子を見くらべ、十八歳の安と二十歳の厚子のとしのちがいは当然としても、しかしこのひとは大人(おとな)びている、と厚子の挙措(きょそ)から、母から受けるのと同じ性質の美しさを感じとっていた。後年、彼は、このときのことを想いかえし、あれはやはり厚子との出逢いだったのだろう、と知った日があった。赤ん坊をおぶって少年院に内縁の夫を訪ねてきた厚子の翳のある挙措が、行助の裡に慥かな位置を占めはじめていたことを、行助が自分で識るまでには、この日から数年を経ねばならなかった。

厚子は、安との面会を終えてから、別室で院長と十分間ほど話をした。彼女は、院長から、安が院生の集団脱走に加わりながら途中でひきかえしてきたこと、宇野行助が現在の安には支えになっていることなどをきかされた。

厚子は、院長に、宇野悠一の家に働きに行っていた事実や、それを行助に告げたとき、行助から、あそこには働きに行かない方がよい、と言われたことなどを話し、彼はなぜここに入ってきたのか、を訊いた。

「あれはいい子です。間違って血のつながりのない兄を刺してしまったらしいのですが、彼が、その家には働きには行かない方がいい、と言うからには、きっとなにか理由があるのだろう。……ここに入っている少年の事情を他にもらすのはよくないことですが、あれはいい子です。宇野くんの家庭の事情については、私もこれ以上は話せない。しかし、宇野くんが、安坂くんの良い友人であることだけは、私が保証しておきましょう」

と院長は語ってくれた。

それから厚子は、安と行助に見送られて地獄坂をおりてきた。

「まじめにやって早くでるからよ、もうしばらく我慢してくれよな」

門のところで安はたちどまり、厚子に言った。

「あたしなら大丈夫よ。あなたこそ頑張ってちょうだい」

厚子は安に答え、安のうしろにいる行助をちらと見た。冷静というのか、落ちついているというのか、彼は動じない表情でこっちを見ていた。あの修一郎が行助の兄であることはまちがいなかった。院長の話をきいたときにそのことはすぐわかった。院長は、まちがって血の繋がっていない兄を刺したと言っていたが、それは本当だろうか、あの動じない顔は、人を刺すような顔ではない……。厚子はこんなことを考えながら、二人に別れを告げ、少年院をあとにした。

「おうい、元気でいてくれよなあ」

背後で声がした。厚子はたちどまり、うしろをふりかえった。安が手をあげてふっていた。厚子も手をあげてふった。行助はあいかわらず安のうしろに立ってこっちを見ていたが、彼は直立不動といった恰好だった。厚子は、行助が手をふってくれないかな、と心もち期待したが、彼は姿勢を崩さなかった。しかし厚子には彼の顔が見えた。すぐ目の前に彼の顔が見える気がした。

厚子は、八王子駅から東京行きの電車にのったとき、あたたかい感情になっていた。きょう、宇野行助と出逢ったことが、内縁の夫である安を通してではあったが、これからの自分の生甲斐になるような気がした。かつて安と出逢ったとき、その素朴でいつわりのない人柄に惹かれたが、宇野行助は別のかたちでいまの厚子の裡にその像を宿しはじめていた。彼が自分よりはるかに若いことは厚子にもわかった。いくつちがいだろう？　あの動じない表情はなんだろう……。ふと窓をうつ音に外を見たら、雨がぱらぱら降っていた。時雨だった。

宇野理一は、十月初旬のある日の朝の十時すこし前、いつものように社から迎えにきた車で出勤のため玄関をでたとき、郵便配達夫が郵便物をもって門を入ってくるのと出あった。

「御苦労さん。ここでもらっておくよ」

理一は何通かの郵便物を受けとった。そして、なにげなしにそれをめくってみたら、質屋からの葉書が一枚はいっていた。おや、と思って理一は葉書のあて名を見た。あて名は修一郎になっていた。裏をみた。

七月八日にお預かり致しましたオパールの指輪は、来る十月七日をもって流質となりますので御知らせ致します。

という文面だった。

「なんだ、これは？」

理一は、送りにでてきた妻に葉書を示して詰問した。

「あら！」

澄江は、葉書に目を通してから、まるで自分が悪いことをしたように顔をあからめた。

修一郎があの指輪をこんな近くの質屋にあずけることまでは澄江も考えていなかった。

「修一郎が無断で持ちだしたんだな」

「そうだと思います」

「なぜいままで黙っていた」

澄江は返事ができなかった。

「まあ、いい。今日中に指輪はだしておけ。あれは記念の指輪ではないか」

理一は妻をいたわるように言うと、それから車に乗りこんだ。

馬鹿め！　澄江がおとなしいのにつけこんでいい気になっているが……理一は心のなかで呟いた。修一郎から妻を女中と罵られていらい、理一のなかからは息子にたいしての愛情がすっかり消えていた。理一にしても、父子ではないか、それをこんなに憎んでよいのだろうか、と反省するときがあったが、いったん芽をふいた憎しみは簡単には消えなかった。

とにかく妻の誕生石として買いあたえた指輪を息子が勝手に質入れした件は不愉快だった。妻にたいしての侮辱が許せなかった。馬鹿め！　理一はなんども心のなかで呟いた。

修一郎が、父親と会って話しあいたい、と考えて会社に理一を訪ねてきたのは、ちょうどこの日であった。

「ここへ通せ」

理一は腕時計をみながら秘書の桜田保代に命じた。午後四時だった。このとき、理一には期するものがあった。

修一郎は傲然とした態度で社長室に入ってきた。理一は、息子が入ってくるところを見ていたわけではない。彼は、息子の顔をまともに見るのがいやだった。そのために、見る必要もない会社の書類をめくりながら、息子が入ってくるのを待っていたのである。書類をめくりながらも息子の傲然としている態度がわかった。

「はなしがあるんです」

修一郎はテーブルの前にきて切口上で言った。

「坐りたまえ」

理一は息子の方は見ず、煙草を一本とりあげながら答えた。

修一郎はソファの前に行き、いきおいをつけて腰かけた。自分の存在を誇示するようなふるまいかただった。

理一は煙草をつけるとひとくち吸い、腰かけたまま回転椅子を右にまわし、つまりテーブルに平行した姿勢をとった。そうすると、窓が右側にあり、息子の坐っているソファは左側にあった。

「なんのはなしだ」

理一は窓の外にひろがっているビルを見ながら訊いた。

「俺は、成城に帰りたいんだ」

「四谷とちがい、成城には、おまえが軽蔑(けいべつ)している女中がいるんだ。それを承知の上でか」

するとと修一郎はだまりこんだ。

「おまえには女中にしか見えない女でも、私にとっては大切な妻だ。私は、自分の妻を、息子から女中よばわりされた」

理一の責めかたには容赦(ようしゃ)がなかった。

「あのときは興奮していたからだ」

「興奮していたからか。そうかね。私にはそうは思えないな。ふだんから女中だと思っているから、そういう言葉がでたんだ。……なぜ成城に帰りたいんだね」

「俺は長男じゃないか」

「それだけの理由か」

「俺だけがなぜ四谷でくらさねばならないんだ」

「では、ひとつ訊くが、行助はなぜ少年院で暮さねばならなくなったのか」

「それは、奴が悪いことをしたからさ」

「なるほど。いまいちど訊くが、庖丁を持ちだしたのは誰だ」

「なんど言えばわかるのかな。あいつが持ちだしたのさ」

「なぜ持ちだした」

「そんなこと俺が知ってるかよ」

「持ちだしたからには、それなりの理由があるだろう。たとえば、おまえが行助を刺戟したとか……」

「あいつは、俺の裏口入学のことを言った」

「そうかね。しかし、私のみるところ、行助はそういうことを絶対に言わない性格だ。おまえの言葉にはひとつとして信じられる個所がないな。ついでにもうひとつ訊くが、おまえは、私の妻のオパールの指輪を勝手に持ちだしているね」

「そんなおぼえはないよ」

「おぼえがないというのか。それなら、質屋に十万円で預けたのもおぼえがないことだね」

すると俄かに修一郎の態度がかわってきた。

「あれは、お金が入用になって、ちょっと借りただけだ。だが、どうして……」

「どうして私が知っているか、ということだね。質屋からおまえあてに葉書がきた。私が今朝でがけに配達夫から受けとったのだ」

「金が都合ついたとき出すつもりでいた。ちょっと借りただけだ」

「おまえは、ちょっと借りたというが、おまえがやったことは、泥棒行為だ。他人の品物をこっそり盗むのは窃盗ではないか」

「俺は、なにも、あかの他人のものを盗んだんじゃない。ちょっと借りただけだ」

「女中はあかの他人ではないのか」

理一は、自分でも容赦がないと思った。ぬけぬけと嘘をつく息子に、生理的な憎悪をおぼえた。

「返せばいいんだろう」

「返せばそれでことが済むと思っているのか。おまえの言うことをさっきからきいていると、嘘はつく、それがばれると、こんどは自分に都合のよいことばかり並べたてる、まったく後悔の念がないんだな。悪いことをしたという考えがないんだな」

「俺はなにもいいことをしたとは思っていないよ」

これをきいたとき理一は、こいつはもう救いようがないな、と思った。

「すると、悪いことをしたとも思っていないのか？」

修一郎はだまりこんだ。

理一は席をたつと、社長室をでた。そして、秘書の桜田保代に、帰るから、と言いおいて廊下にでた。彼は会社の建物をでると、宮城前の濠端の前まで歩き、そこでしばらく濠を見おろして立っていたが、やがて濠端沿いに日比谷公園にむかって歩いた。修一郎と会っていたときには息子にたいして生理的な憎悪があったが、いまは、変な孤独感が彼の裡を占めていた。たぶんあいつはあれで駄目になるだろう、駄目にしたのは父親である自分だが、いまとなってはもう救いようがない。

理一は、息子と自分のあいだに距離がうまれ、そのために息子が駄目な人間になってしまったとしても、それは仕方がないことだと考えた。行助が少年院に入る原因となった事実を、あいつが正直に話さないかぎり、たぶん、俺は、あいつを成城の家にはいれないだろう。

彼は日比谷公園を一巡してから銀座にでた。そして行きつけの料亭に入り、酒を註文した。

一方、社長室にとりのこされた修一郎は、秘書から、社長はお帰りになられました、ときいたとき、畜生、親父の野郎！　と思った。俺から逃げていやがる！　どうするか見ていろ！

彼は荒々しい態度で社長室から出ると、見送りにでてきた桜田保代に、

「俺はもう絶対にここには来ないから、とあいつに伝えてくれ」

と捨台詞して、それから変に興奮した頭で宇野電機の建物を出てきた。

それから駐車場に入り、ムスタングに乗ると、新宿に車を向けた。トシ子に逢って鬱憤を晴らすよりほかなかった。

トシ子は、いつものジャズ喫茶店にいた。喫茶店といっても、酒や軽いサンドイッチなども売っていた。

修一郎がそこに入っていったとき、トシ子はジンジャエールをのんでいた。

「どうしたの？　不景気な顔してるじゃないの」

トシ子が煙草の箱をとりあげてなかから一本ぬきながら訊いた。

「頭にきたよ」

修一郎はトシ子のむかいの椅子にかけながら、理一に疎まれたことをおもいかえし、あの野郎！　とおもった。

「なにが頭にきたのよ。まさか、年上の女をやりそこなったんじゃないでしょう」

「そんなのならいいが……トシ子、おまえ、自分の両親から嫌われたことがあるか？」

「あるわ。いまもそうよ」

「なぜ嫌われた？」

「要するに両親が悪いのよ」

「おまえは悪くないのか」

「あたいが悪いということはないわ。なによ。あんた、親に嫌われたの？」

「そうだ。親父に嫌われてしまった。ちくしょうッ、俺の顔をみようともしなかったな、あいつは」

修一郎はまたもや頭のなかが興奮してきた。

「殴(なぐ)っちゃいなよ」

「殴る？　親を殴るのか？」

修一郎はびっくりした顔でトシ子を見た。

「気にいらない親なら、殴っちゃうのがいちばんいいのよ。それに、こっちが嫌われているんなら、なおさらじゃないの。殴ってしまえば、胸がすうっとするわ」

「おまえ、親を殴ったことがあるのか？」

「二度あるわ。もう、としだろう、殴り甲斐(がい)がなかったよ」

修一郎は、トシ子の顔をみながら、この女は自分の兄の妻を俺に強姦(ごうかん)させようと計画したくらいだから、親を殴ったというのはたぶん本当のことだろう、と思った。

「なによ。だらしのない顔をしているわねえ。自分のおふくろを姦(や)ろうとした男が、殴るなんて簡単じゃないの」

「あれは俺のほんとのおふくろじゃない」

「あたいはほんとのおふくろを殴ったわ。親父に嫌われたんだろう。それなら殴っちまえば胸がすかっとしてくるわ」

修一郎は、俺はそこまでは従いて行けない、と考えた。自分の父親を殴るなど、とうてい出来そうもなかった。

「家政婦の女はどうしたのよ」

「あれっきり来ないんだ」

修一郎は、自分が凌辱した厚子が、あれっきり現われないので、惜しいことをした、と思っていた。きれいな女だったのにな……。目の前のトシ子などとちがい、あの女には女らしさがそなわっていた……。厚子のあとに働きにきた家政婦は、五十がらみの痩せた女だった。

「義母も姦れない、いちどやっつけた家政婦には逃げられる、親父には嫌われる、それじゃ、あんた、まるで能なしじゃないの」

「うるせえッ、俺はやってみせる!」

修一郎は突如大きな声をあげた。

「なにをやって見せるのよ」

トシ子があざわらうような目つきで修一郎を見た。

「とにかく、車をぶっ飛ばそう」

「親父を殴りに行くの？」

「なぐるのはいつでも出来るさ。出かけようぜ」

「どこへ！」

「どこだっていいじゃないか。高速道路をぶっ飛ばしてこよう」

「それより、どこかで、御飯を詰めこもうよ。あたい、おなかがへってきたわ」

「高速道路をぶっ飛ばしてからにしろよ」

「いったい、どこへ行くつもりなのよ？　飛ばして追突事故をおこすのはいやよ」

「やっぱり第三から横浜新道をぬけようや。江の島あたりでめしを食えばいいじゃないか」

「いつも変り映えがしないドライブね。ぜにはあるの？」

「めしをくうくらいはあるよ」

修一郎はすこしばかり弱気になっていた。彼は、このごろ、トシ子から、妙な威圧感を受けるときがあった。とても十七歳とは思えない大きな軀で、色あくまでも黒く、修一郎の仲間が彼女の言いなりになっていた。あいつは女王蜂だ、などと男の子は言いながら、トシ子の言うことをきいていた。

二人は喫茶店をでた。

「江の島より、横浜はどうなの」

道を歩きながらトシ子が言った。

「よこはま？」

「中華料理がいいわ。江の島ではいつも栄螺(さざえ)のつぼ焼きじゃないの。あきちゃうわ」

「そうしようか」

不思議なことであったが、修一郎は、トシ子とあっていると、もろもろの劣等感(れっとうかん)から解放された。気がおけない女であることが、彼にはなにより有難(ありがた)かった。妙な威圧感を受けるときがあるにせよ、ざっくばらんに、なんでも話しあえる相手であった。

横浜の中華街は修一郎にははじめてであった。

「なんどもきたことがあるのかい」

車を駐車場に入れて中華街に入ったとき修一郎が訊いた。

「あるわ。このあいだ来たのは、十日ほど前だったかな」

「誰と来たんだ？」

「江原さんとよ」

「江原さん？」

江原というのは、もう三十歳くらいの雑誌記者だった。

「面白(おもしろ)かったわ」

「それで……寝たのか」

「なによ、その訊きかた」

「俺は、おまえがあいつと寝たのかと訊いてんだ」

「寝たんだったら、それがどうしたのよ」

「あいつ、どうもくさいと思っていたが、おまえ、とうとうひっかかっちまったのか」

「よしてよ、そんな言いかた。なによ、あんた、妬いてんの？」

「うるせえッ。妬ける相手かってんだ」

「あたいのすることにくちだししないでよ」

そしてトシ子は一軒の中華料理店にはいって行った。

しかし修一郎は、トシ子が江原と寝た事実にひっかかっていた。トシ子が、不特定多数の男と遊んでいることは知っていたが、しかし、現実に、トシ子の寝た相手が誰であるかはっきり判ってみると、嫉妬が湧いてきた。

「あいつはつまんねえ男だ」

修一郎はその中華料理店でビールを一本のみ終ったときに言った。

「誰のこと？　江原さんのこと？」

「そうだ」

「あんたよりましよ。親の臑かじりとちがい、自分で働いた金で遊んでるんですからね、あのひとは」

トシ子は、修一郎にあきらかに軽蔑のまなざしを向けた。

「あいつと、なんかい寝たんだ？」

「あんたも、あんがい、つまんない男ね。あたいが他の男となんかい寝ようと、あたいの勝手じゃないの。不愉快だわ。帰るわ」

トシ子は席をたった。目が怒っていた。

「独りで帰るつもりかい」

「そんな話をするんなら、電車でひとりで帰った方がましよ」

「わかったよ。おくるよ」

修一郎も席をたった。

気まずいドライブだった。こんな風になるはずではなかったのに、原因は親父に疎まれたことから、方向がそれてしまったのにちがいない。修一郎はこんなことを思いながら駐車場に行った。

「さっきの話、水に流してくれ」

第三京浜に入ったとき修一郎は言った。

トシ子はだまっていた。

修一郎は百三十キロの速度で何台かの車をぬいて走った。

「速度をおとしてよ」

「こわいのか」

「あたりまえじゃないの。八十キロにおとしてよ」

「八十キロじゃ、走っている感じがしないんだ」

「ビールが入っているのよ」

「ビールくらいなんでもないさ」

「あんたにはなんでもなくとも、あたいは困るわ」

「しようがねえなあ。じゃあ、九十くらいにおとすよ」

こんなことを話しながら第三京浜を走っていたときはよかった。追越線があるから、追突はまずあり得なかった。

ところが、第三京浜をぬけて上野毛（かみのげ）に入ったところで事故をおこしてしまった。もちろん速度はおとしていたが、前方の小型車を抜こうとして加速したとき、その小型車がやや右によってきた。修一郎の車が小型車に追突したのはこのときである。小型車はひとたまりもなかった。小型車は左に横転したが、ムスタングはすぐ走りだしていた。

「とうとうやったじゃないの」

トシ子が驚（おどろ）きからさめたように言った。

「かまうもんか。見つかっちゃいねえよ。こんなときは大型車の方が強味だよな」

修一郎は事故をおこしたことで、さきほどから鬱積していたものが発散したような気がした。

修一郎は、追突して小型自動車を横転させたのを、誰にも見つかっていない、と思っていた。夜の十時前後の道路では、ひとしきり車の往還のはげしいときがあり、ちょっとした間隙に車の往き来が途絶えるときがある。修一郎が小型車に追突したのは、ちょうどこんなときだった。

彼は、トシ子を新宿でおろしてから四谷の家に帰り、すぐ車を調べた。

「要するにたいしたことではなかったのだ」

彼は車を調べてから呟き、家にはいった。左側のライトのすこし後方がへこんでいる程度だったのである。彼は、しかし、内心、ほっとした。相手の車が横転したとき、自分の車がどうかなったのではないか、と思った。しかし、相手の車が横転したのを見届けたときには、彼はもう自分の車を走らせていた。本能的な行動だった。このとき、彼は、横転させた車に乗っていた人がどうなったのだろうかは考えなかった。自分の車がどれだけ破損したのか、ということしか考えていなかった。

まあ、とにかく、ことなく済んだ、と修一郎は考えながら自分の部屋に入ると、テレビをつけた。本来ならトシ子ともっと遊びまわるはずだったのに、追突事故のため早目に帰ってきたのであった。

部屋にあがってしばらくして、祖父の悠一があがってきた。

「お邪魔するよ」

「なんだ、おじいさんか」

修一郎はテレビの音量を調節して祖父を迎えた。

「きょう、会社に行ったそうだね」

「おやじから電話でもあったの?」

「電話があった。……おやじと喧嘩をしたのか」

「喧嘩はしないが……まあ、喧嘩みたいなことはしたよ。なにか言っていた?」

「当分おまえをここにおいてくれ、という話だった。なにを言い争ったのかね」

「おやじは話がわからないんだよ」

「おまえを理解しないというのか」

「理解もなんにもないよ。俺は、あのおやじが俺のほんとのおやじかと思ったよ」

「言いあらそった内容を話してみろ」

「俺はよ、成城に帰りたいと言ったのだ。ところが、おやじは、理由もなく、帰ってくるのはいかん、と言うだろう」

「理由もなく、か。ほんとに理由がないのかな」

「おやじはなんと言っていた?」

「女中のはなしをしていたな」

「だって、あいつのおふくろは女中と同じじゃないか」

「わしは、おまえにずいぶん甘いが、かりにも母親にあたる人を、女中とよぶのはいかんよ。しかもおまえのおやじの妻じゃないか」

「俺は、その件については、興奮していたから、ついくちをついて出てしまった言葉だといったよ」

「それでは、あやまったことにはならんな」

宇野悠一は、困ったことになった、といった表情で、孫を見た。

「おやじが俺を嫌っているんじゃ、成城に帰ってもしようがないんだ」

修一郎はすこしばかり感傷的になり、祖父を見て言った。

「おまえの態度もよくないと思うな」

悠一はおだやかに言った。

「どうせ俺なんかどうなったっていいんだ」

「明日、会社でおまえのおやじに会うから、もうすこしくわしく話をきいてみるが、おまえもすこし反省した方がいい」

そして悠一は部屋から出て行った。

修一郎は、祖父が二階からおりて行きしばらくして、再びテレビの画面に目を移した。

心おだやかでない一日であった。父からは疎まれる、追突事故はおこす、味方だとばかり思っていた祖父からは注意される……これでは俺は、ほんとに、トシ子から言われたように、まるで能なしではないか、しかしなぜ俺だけがこうも嫌われるのか……。
このとき、テレビの画面がかわり、ニュースをお伝えします、という声といっしょに、三十歳くらいのアナウンサーの上半身がうつしだされた。なんだ、ニュースか、と修一郎はたちあがり、番組のスイッチを他局に切りかえようとしたとき、アナウンサーの顔が消え、
上野毛で自動車追突事故
という字がうつしだされた。修一郎はスイッチから手を放しながら思わず息をのんだ。画面に追突現場がうつしだされていた。横転した小型車のまわりで数人の巡査が現場検証をしているところだった。そして画面には再びアナウンサーの上半身がうつしだされた。
「今夜十時頃、世田谷区玉川上野毛で自動車の追突事故がありました。追突された車は、世田谷区経堂町五六一番地の会社員庄野道雄さん四十四歳が運転していたもので、現場は、上野毛から玉川中町にぬける途中の道路上でした。追突した車は大型車で、第三京浜の方から走ってきて庄野さんの小型車に追突し、小型車を横転させたまま三軒茶屋方向に逃走しましたが、目撃者の証言により、この大型車は、ムスタングだとのことです。

さいわい庄野さんはかすり傷程度で済みましたが、同乗していた庄野さんの友人君島博さん三十九歳は、右腕に全治一週間の打撲傷を受けました。なお、ムスタングは、現在、日本全国で一四〇〇台ほどあり、そのうちの半分約七〇〇台が、東京都内にあるとのことです。追突したときにムスタングの車体の塗料が現場に落ちており、玉川警察署では、早速この塗料を警視庁の鑑識課にまわして分析を依頼しましたが、逃走したムスタングをさがしだすのは時間の問題だとのことでした。つぎのニュースは……」

修一郎はここでいきなりテレビのスイッチを切るとたちあがった。胸の動悸がはげしかった。車体の塗料から俺はつかまってしまうのだろうか。彼はそれから階下におりて行くと、茶の間に入り、戸棚から懐中電燈をとりだし、外に出た。そして車の前部を照らしてみた。たしかに塗料がはげていた。彼はそれを見たとき、テレビのアナウンサーの言葉をおもいかえし、絶望的な感情になってきた。

あくる日の朝、修一郎は、おきぬけに新聞に目を通したが、追突事故の記事は出ていなかった。彼はほっとし、そう簡単にムスタングの持主がわかるだろうか、と考えた。しかし、もし調べにきたらどうするか……そのときは、車を石塀にぶつけたとかなんとか言いわけが出来るだろう、それに、ムスタングが一台ごとに塗料がちがうなどはあり得ないはずだ……。彼はこんな風に考え、しかしこの日は学校に行くのに電車をつかった。トシ子さえだまっていてくれればなんでもないことだ、と彼は考えた。

ところが、この日の夕方、成城の宇野家に、玉川警察署の刑事が訪ねてきた。つる子が、刑事がきました、と言ってきたとき、澄江はなんだろうと胸さわぎがした。玄関に出て見たら、四十がらみの男が立っていた。

「お宅の車を見せて戴きたいのですが」

とその刑事は言った。

「車といいますと、会社の車でしょうか」

「いや、宇野修一郎さんが乗っているムスタングという車です」

「修一郎が乗っている車でしたら、ベンツですが……」

「いや、ベンツは売っています。現在はムスタングを乗りまわしているはずです」

「修一郎はただいまこちらにはいないもので、車もこちらにはございませんが、修一郎がなにか……」

「いいえ、ムスタングが事故をおこしたので、車を一台一台あたっているところです。して、御子息さんはいまどちらですか？」

「四谷の祖父の家ですが」

「ずうっとそちらですか？」

「はい。六月からですが」

「そうしますと、御子息さんがベンツをムスタングに買い換えたことも、御存知ないわけですか？」

「はい」

「そうですか。四谷の住所を教えてください」

「修一郎がなにか……」

「御子息さんがどうかしたというのではありません。ムスタングを調べているだけですから」

刑事は四谷の宇野家の住所を手帖に書きとめると、失礼しました、と言いのこして出て行った。

「奥さま。きっと修一郎さんが事故をおこしたにちがいないと思います」

つる子が言った。

「なにを言っているんですか」

澄江はつる子をしかりつけ、それから会社の夫に電話をした。

「夕刊に出ているよ。しかし、あいつは、いつ車を買い換えたのかな。まあ、いい。そのままにしておけ」

と理一は言った。

「四谷にお知らせした方がよいでしょうか」

「知らせる必要はない。きょうは四谷のじいさんが社にきているから、じいさんにきいてみよう」

ここで電話はきれた。

澄江は、いやな予感がした。つる子から言われたことが、もしかしたら本当かも知れない、とふっと考えたのである。

玉川署の刑事が四谷の宇野家を訪ねたとき、宇野家では園子ひとりだった。

刑事は、門をはいってすぐ、右側に停めてあるムスタングを見つけ、車体の損傷個所を調べた。

「この車にまちがいないな」

刑事は損傷個所の塗料をすこし剝がし、それをハンカチに包んでから上衣の内ポケットにしまい、それから玄関に歩いて行き案内をたのんだ。

園子は、刑事がなんの用で訪ねてきたのか、と思った。正直な女で、刑事に訊かれるままに、孫のことを話した。刑事の訊問がうまく、彼女は、まさか修一郎が事故をおこしたなどとは思っていなかったのである。

「修一郎が友達と喧嘩でもしたのでしょうか？」

と園子はきいた。彼女にはそんなことくらいしか考えおよばなかった。

「ええ、まあ、そんなところです。お孫さんがよく出入りしている喫茶店などを御存じないですか？」

「新宿の、なんとかいうお店だとか言っていましたが、さあ……」

「その店の名をおぼえていませんか」

「さあ……。修一郎がなにか悪いことをしたのではないでしょうね」

園子は自分がしゃべってしまった内容をおもいかえし、急に不安になってきて刑事に訊きかえした。

「いや、なに、友達とのちょっとした争いごとですよ。どうもお手数をかけました」

刑事は切口上で言うと玄関から出て行った。

園子はなにも知っていなかった。孫がどういう性格で、表でどんなことをしているのか、まったく知っていなかった。

刑事はいったん宇野家の門をでてからひきかえし、もういちどムスタングの前に行った。そして彼は車のなかをのぞいた。すると、運転席のフロントガラスのところに、三個のマッチ箱がおいてあるのが目についた。車の戸を引いたら簡単にあいた。刑事はマッチ箱をしらべた。新宿のジャズ喫茶店、四谷のコーヒー店、横浜の中華街の中華料理店のマッチだった。

「なるほど、横浜の帰りにやったんだな」

刑事は三個のマッチ箱を上衣のポケットにしまうと、車の戸を閉め、宇野家をでた。

宇野悠一が帰宅したのは、刑事が帰ってから間もなくだった。彼は、妻から刑事が訪ねてきた話をきくと、庭にムスタングが停めてあったのをおもいだし、庭にでてみた。そして車の前部を調べてから、どうも修一郎らしいな、と呟いた。

「なにがですか？」

園子が怪訝な表情をみせた。

「いや、なんでもない。……しかし、しようがない奴だ。早くなんとか手をうたないといかんな」

そして彼は家に入ると、電話台の前に歩いて行った。彼は電話台の前でちょっと考え、それから受話器をとりあげダイヤルをまわした。保守党のある代議士の自宅だった。

この追突事故は、宇野修一郎を立ち直らせるのにもっともよいきっかけであったが、それをだめにしてしまったのは、やはり彼の祖父母であった。宇野悠一は、保守党の代議士に電話をしてから、妻の園子と相談し、その代議士を訪ねた。代議士は、世田谷区の、やはり保守党の区会議員を紹介してくれた。この区会議員は、宇野修一郎のために、いわゆる事件のもみ消しをやったのである。

このとき、警察署側がいちばん困ったのは、追突された会社員庄野道雄が、追突されたときに、車をいきなり右によせた点であった。もしまっすぐ走っていたら宇野修一郎の車が小型車に追突するはずがなかったのである。宇野修一郎は、区会議員にそのときの事情を話し、区会議員はそれを警察官に話した。そうだとしても車を横転させて逃亡したのはけしからんではないか、と警察側では反論した。

「こっちは前途のある青年です。相手はきちんとした社会人である。車をまっすぐ走らせていれば追突されなかった。これをだいいちに考えなければならない」

と区会議員はがんばった。

追突された車の持主であり運転者である会社員庄野道雄は、車をいきなり右によせた事実を認めたので、結局これは示談という形式で解決されることになった。

「要するに、相手が悪かったのさ」

事件が解決したとき、修一郎は父と祖父の前で言った。玉川警察署から出てきたときである。

「おまえは悪くないのか」

と理一がきいた。

「俺は悪くないさ。あんなちっぽけな車をよ、いきなり右によせてきたろう。不注意運転だよ」

修一郎は得意になって答えた。

「たとえ相手が悪いにしても、相手の車が横転したのに、そのまま逃亡した事実を、おまえはどう考えているのかね」

「こっちは悪くないんだし、それに時間がなかったのさ。なにも俺が調べられることはないよ」

修一郎は、追突事故が示談で解決されたので気が大きくなっていた。

理一は息子の態度ににがにがしげな表情になり、ではここで失礼する、と警察署の前で父と息子に別れ、タクシーを拾いに歩きだした。

「父さん、会社まで送るよ」

修一郎が追って行った。

「いや、いい。きょうはこのまま家に帰るのだ」

「では、家まで送るよ」

「いや、ひとりで帰る」

理一はにべもない返事をした。そして彼はどんどん歩いた。できるだけ父と息子のそばから遠くはなれたい……。いまの理一はそんな気持になっていた。彼は、父が、孫のために保守党の政治家に事件の解決を依頼したのをにがにがしく思っていた。その政治家のところには、宇野電機から毎年政治献金をしていたのである。じつにいやな社会だ！　彼は心のなかで呟きながらタクシーをさがした。

十月末のある日の午前、多摩少年院の広大な建物と農園を時雨がよぎって行った。もうここでは秋が色濃く、暁方はすでに初冬の気配が漂いはじめていた。

　この雨の日、少年院の正面玄関に、東京鑑別所から一台の護送車が到着し、なかから四人の少年がおりてきた。その四人のなかに、利兵衛こと天野敏雄が入っていた。

「よう、利兵衛。戻ってきたのか」

　ちょうど農園に行く途中の黒川が前を通りかかり、大きな声をかけた。利兵衛はむっつりだまりこんで黒をにらみかえした。

「なんだ、農園に行くなら早く行け」

　職員の一人が黒をしかりつけた。

　黒は農園におりて行くと、利兵衛が戻ってきたことを仲間に告げた。この日は、三学寮の少年が全員で農園におり、薩摩芋を掘っていたのである。

「野郎、とうとうつかまったのか」

　と安が言った。

「いや、それが、どうも、練鑑経由らしいんだ」

「すると、またなにかやったんだな」

「そうらしい。あいつがここに入ってくるのは宿命だよな」

　黒は嘆いてみせた。

「黒、おめえ、誰のためにそうやって嘆いているんだ」

　安が訊いた。

「もちろん利兵衛のためよ」

「自分のためには嘆かないのか」

「いまさら嘆いてもはじまるまい」

「だけど、ここにはいってくるようじゃ、利兵衛もたいしたことはしていねえな」

「それはそうだろう。なにしろここは学習院だからな」

「奴は、こんどは特別少年院に入るんだと言っていたのになあ」

と誰かが言った。

「そのうちにはいれるんだろう」

と黒が答えながら掘った芋を籠に詰めはじめた。

行助は黙々と芋を掘りながら、利兵衛の精悍な顔をおもいかえした。そして、黒が、利兵衛がここに入ってきたのは宿命だと言ったのを、どういうわけか物哀しく感じた。つかまって逃走し、またつかまる。これを繰りかえしていなければならないとしたら、たしかにそれは利兵衛の宿命にちがいなかった。

「奴はまた逃亡を切るかもわからんな」

と黒が言った。

「まさか。こんどはそううまくは運ぶめえによ」

安が答えている。

いや、利兵衛はまた逃亡を計画するだろう、と行助は思った。

「今度は昼間やればいいんだ」

寺西保男が言った。

「冗談いうな、おまえ！　逃亡を切るにも掟というものがある。それに、スリルがない逃亡は面白くもねえ」

黒がどなりつけた。

再び少年院にはいってきた利兵衛は、四日間の考査課程を経るため、考査室の独居室に移された。彼は最初の日の夜半、独居室のなかで大声で歌をうたった。

寮監が廊下からそれを注意すると、うるせえッ、と利兵衛はどなりかえした。

「夜中だぞ」

「ここから出してくれ」

「四日間は出られない。知っているはずじゃないか」

「俺は仲間が恋しいんだ。三寮に移してくれ」

「四日間がすぎたら移してやる。さあ、わかったら静かにするんだ」

けっきょく利兵衛は考査室に五日間いて、六日目の朝そこから出され、第一寮に移された。そして、三寮のかつての仲間と顔をあわせることが出来たのは、日曜日の昼間だった。昼食後の自由な時間に、彼は三寮を訪ねたのである。

「こんどはなにをやったんだ？」

と安が訊いた。

「殺しをやりそこなってよ」

利兵衛はすっかりもとの利兵衛にかえっていた。そして、いささか得意気に、相手を刺しそこなったときのことを話した。

「どうしてやりそこなったんだ」

こんどは黒が訊いた。

「はずれたのさ」

利兵衛はこともなげに答えた。

「はずしたのと違うのか」

「おい、黒！　てめえ、俺に殺しが出来ないと思っているのか！」

利兵衛が気色ばんだ。

「俺はそうは言っちゃいねえ、もちろんおめえは殺しが出来るさ。俺がいってるのは、相手がかわいそうになってはずしたのではないか、ということだ」

「冗談おっぺすなよ。俺はそんな甘い男じゃねえ。だいたいよ、俺といっしょにここからずらかった奴が、みんな、ここに戻っているというのが、俺の気にくわねえ」

「それはよ、利兵衛がここに戻ってきたように、俺達がここに戻ったのは、つまり、宿命というやつさ。そう怒るなよ。それより、利兵衛、おめえ、こんど、どうして特別少年院行きにならなかったのかね」

「俺はよ、特をのぞんだのさ。たぶん特行きになるだろうと思っていた。ところが、どういうわけか、またここに連れてこられてしまった」

「だって、おめえ、ここは学習院だぜ。おめえのような箔（はく）のついた者がはいってくるのは、ちょっとおかしいと思わないか」

「黒、おめえ、俺に因縁（あや）をつけているんだな」

利兵衛が再び気色ばんだ。

「まあ、怒るなってことよ。なんにしても俺はおめえには一目（いちもく）おいているんだ。俺は、さっきから、親愛の情を示しているじゃないか。仲よくして行こうぜ」

黒は、利兵衛を持ちあげたり貶（けな）したりした。

「殺（や）りそこなった相手の話をきかせろよ」

安が二人をなだめながらあいだにはいった。

「そうだ。大事な話を先にきくのを忘れていたな。それをきかせてもらおうか」

黒がからだをのりだした。

「相手はどんな奴だった？」

こんどは安がからだを前にのりだして訊いた。

「酒場のバーテンよ」

利兵衛はやっと機嫌をとり戻して話しだした。

「じゃあ、素人じゃねえな」

黒が間をいれた。

「中途半端な野郎でよ、都合によって堅気にもなればやくざにもなる、といういいかげんな野郎で、俺は以前から野郎に腹がたっていた。ところが、ある日の夜、野郎が、勘定のことで俺に因縁をつけやがってな……」

「どんなあやをつけられたんだ」

「俺はウイスキーの水割りを三杯しかのまないのに、野郎は六杯分の勘定書を俺の前につきつけた。奴はすぐ自分のまちがいに気がついて、あらためて三杯分の勘定書をよこした。ところが、野郎、済まなかった、と言えばよいのに、威張ってやがんだな」

「それでやったわけか」

「あたりきよ。気分わるいじゃないか」

「刃物はなんだった？」

「野郎がカウンターのなかで調理につかっていた細いさしを、俺はいきなり手をのばしてつかみ、カウンター越しに野郎の心臓めがけてひと思いに突きたてた」

「そのときはずれたのか」

「野郎の腕に刺さってよ」

「じゃあ、やっぱり殺すつもりだったんだ」

「あたりきよ。これでわかったかい」

「ああ、わかったよ。それからどうしたんだ」

「俺のまわりにいた客が俺を押えたのさ。野郎、ぶるっちまってな。ところがよ、警察では、俺は野郎を殺そうとした、と言っても認めてくれないんだな。酒の上でのことだから、そういうことは信用できない、とぬかしやがってよ」

「いまどきのポリ公にしては珍しい人間もいるもんだな」

「そんなことをして貫禄をつけてもなんにもならん、まじめになれ、なんて説教されてよ、それで特の方に行くのがおじゃんになったのさ」

「おめえとしたら不名誉な話だよな。それで、逃亡きってつかまるまで、どこでなにをやっていたんだい」

「いろんなことをやったなあ。ポン引きもやったし、ブルーフィルムの運搬などもやったし、すけこましもやったな」

「すけこましって、なんだい？」

とこのとき不意に寺西保男がくちをはさんだ。

「女をだますことだ」

黒が答えた。

「鈍い女がいるものさ。いっしょになろう、なんて話を持ちかけると、たいがいの女は言いなりになってくるものな」

「それを何回もやったのか？」

「二回だけだ」

「ちくしょうッ、女とくらしていたのか。女といないときは、家はどうしていた？」

「一泊百円のホテルさ。そりゃここの方がよほどいいよ」

利兵衛は仲間を見まわしながら言った。

利兵衛は刺青をして少年院に戻ってきたのであった。彼はシャツを脱ぎそれを仲間に見せた。刺青をほどこした場所は背中で、流れ星、と青く彫ってあった。

「流れ星か。なんでそんなのを彫ったんだ」

安が首をかしげた。

「俺は所詮、流れ星のようにさあっと消えて行くだろうっていうことから彫ったのさ」

利兵衛は、どうだ、と言わんばかりに仲間の前で刺青を見せながらぐるぐるまわった。

「すると、流れ星の利兵衛、ということになるのか」

「それではながすぎるから、これからは流れ星とよんでもらいたいな」

「いよう、流れ星のあんちゃん！　なるほど、かっこいいな」

黒がひやかした。

「流れ星ではまだるっこいぜ。流星の方がいいよ」

安が言った。

「いやいや。なにも相手をよぶのに、時間をいそぐことはない。流れ星の利兵衛でいこうじゃないか。利兵衛というのは、義侠心に富んでいるからつけられた呼び名だ。これからは流れ星の利兵衛でいこう」

行助は、彼等の話をききながら、ここはやはり社会から隔離された世界だ、と感じた。刺青なら、ほかの少年もかなりやっていた。中学をでてから社会で働いていた少年に刺青をしている者が多かった。刺青の内容は、文字、花、女の名前、人形、動物などで、文字は、男一匹とか男一代などが多かった。御意見無用というのもあった。花の刺青には桜、桃、梅、牡丹などが多かった。女の名前を彫ってある者は、たいがい腕に悦子とか久子とか刺青してあった。人形は武者人形か般若で、なかに花魁の姿を彫ってある少年がいた。動物はたいがい竜だったが、なかには蜘蛛、蛇、鯉、蜥蜴を彫ってある者がいた。

行助は、浴室でそれらの刺青を見るたびに、奇妙な感情になった。男一匹とか男一代、あるいは御意見無用などと彫ってあるのは、虚栄心や自己顕示のあらわれであったが、蜘蛛や蜥蜴を彫ってある少年の内面が行助にはわからなかった。彼等は、少年院で生活するうちに、殆(ほとん)どの者が、刺青をしたのを悔(く)いていたが、動物を彫ってある者だけは、刺青を悔いていなかった。もしかしたら、あの刺青は、自己鍾愛(しょうあい)の表現だろうか、と行助は刺青を見るとき思うことがあった。蛇を彫ってある少年は、少年院に入ってくる前はやくざだったらしかった。蛇は背中から右の脇(わき)の下を通って胸の前にまたがって彫ってあり、風呂(ふろ)に入ると、蛇の舌が赤くなる仕組になっていた。

「だけど、利兵衛、みんな、刺青を後悔(こうかい)しているというのに、おまえ、また、なんだってそんなのを彫ったんだ」

安が訊いた。

「俺は、もう、大学には行けないし、ふとく短く生きようと思ってな。実は、娑婆(しゃば)にいるときに女(まぶ)ができてよ」

「へえ! 女ができたのか」

安が頓狂(とんきょう)な声をあげた。

「あんな出あいを偶然(ぐうぜん)というんだろうな……」

利兵衛は、その女の名が美佐子であると言った。

「だって、おまえ、さっき、すけこましをやったと言っていたが……」

「美佐子だけはちがうんだ。安、おまえの女も、たしか、おまえより年上だったな」

「二つ年上だ」

「俺のは三つうえでよ」

「女(すけ)はなにやってんだい？」

こんどは黒が訊いた。

「バーに勤めている。あいつ、いま頃は、俺の名を腕に刺青しているだろうな。俺は、あいつといっしょに、将来を誓(ちか)いあったしるしに、おたがいの名を腕に刺青しようと話しあった。ところが、そのあくる日に俺はつかまってしまった」

「まあ、それは、ここから出たときに、おまえが刺青すればいいってことよ。女は、入浴(ざんぶろ)のとき、腕に彫ってあるおまえの名前を見て、はるかにおまえに思いを馳(は)せる、ということになる。そんな女がいるのに、ここにはいってくるなんて、おめえも運がわるいな、特行きなど志願しない方がいいぜ」

「ま、そりゃそうだが……」

流れ星の利兵衛は、美佐子が気っぷのいい下町女であることを話した。

行助は、仲間の話をききながら、要するにここには、社会の底辺の縮図がある、と感じた。それは、社会から遮断(しゃだん)された世界では、いっそう社会の底辺の様相があからさまに見えてくる、といった点があった。行助が見たところでは、少年達の人生観は、殆どが、金や名誉(めいよ)を考えず自分の趣味(しゅみ)にあった生きかたをしたい、とのぞんでいるようであった。社会に溶(と)けこんで社会そのもののために働きたい、という考えを抱いている少年は、ごくわずかだった。

再度はいってきた利兵衛といっしょにきた少年のなかに、佐倉常治という高校生がいた。行助はいまこの少年といっしょの部屋にいた。寺西保男は別の室に移され、かわりに佐倉がはいってきたのである。

鑑別所の調書によると、佐倉常治の父は会社の重役で本年四十八歳になり、旧帝大を卒業しており、自尊心が強く自己中心的で、長男の常治に期待をかけすぎて盲愛的なしつけをしてきたが、少年がそれに耐えられずに家出をして不純異性交渉などの結果、窃盗を三回はたらき、三回目に検挙されていた。父親は、自分が旧帝大出身であることから、子供にも、官立大学以外は大学ではない、などの考えを押しつけていた。

行助はもちろん佐倉常治の家庭を知らなかったが、いっしょの部屋でくらしてみて、この少年が、そんな家庭に反抗して行きあたりばったりの生きかたをしてきたのではないか、と思った。

「俺は、うちの親父の顔を見るのもいやだよ。風まかせでその日ぐらしが出来ればいいんだ」

と佐倉は言っていた。この少年に、このような反価値的な考えを植えつけてしまったのは、もっとも価値的な生きかたをしている彼の父親であった。

行助は、仲間の話をききながら、いっしょの部屋にいる佐倉常治、再びここにはいってきた天野敏雄、別の部屋に移された寺西保男、すでに子供がいる安坂宏一などのことを考え、そして春のおわりにここに入ってきて以来のここでの生活をおもいかえし、ここでは本当の意味での少年相互間の信頼感はあり得ないのだ、と感じた。少年院に少年の収容を決定するのは家庭裁判所であった。ここでの少年達のあり方は、服従という一語に要約できた。職員は支配者であり、少年達は服従者であった。少年達のあいだで感情の繋がりがあるとすると、いま目の前にひろがっている、脱走してからことを起して再び少年院にはいってきた少年を中心に、社会でどんな悪事をやったかを語りあう、ある種の底辺意識の繋がりだけであった。窃盗をやり、人を刺してここにはいってくる以上、彼等は人生の敗残者であった。利兵衛の大言壮語も、ようく見ると、劣等感の裏返しの行為にすぎなかった。劣等感から彼は権力にたいして反撥的態度をとっているにすぎなかった。この反撥はある意味では敗残者の自己防衛術でもあった。

それにしても、安ののんきな性格は、少年院のなかではすこしばかり異色だった。のんきな性格でありながら、ともかく彼には自制力があった。少年院を脱走しながら、途中で戻ってきたのは、彼の自制力であった。行助は、こののんきな年上の少年に、いまではほっきり友情を感じていた。厚子がここに訪ねてきてから、この友情は深まってきた面があった。厚子からはよく手紙が届いた。手紙の終りには必ず宇野さんによろしく、とつけ加えてあった。返事はいつも行助が書いた。安のかわりに手紙を書き送ることが、いまの行助にはひとつの慰めになっていた。後年、彼は、この時分のことを回想し、あのとき俺は安の代筆をしながら実は俺自身が厚子に語りかけていたのではなかったか、と考えたことがあった。

「まあ、なんにしても、おまえが再びここにはいってきたことは嬉しいことだ。これで多摩学習院はひとつ名誉がふえたというものさ。仲よくやって行こうぜ」

　黒は、利兵衛をおだてた。

　このとき行助がみんなから離れてたちあがった。

「部屋に帰るのか？」

　安が訊いた。

「おもてを歩いてくるよ」

「俺も行く」

　安がたちあがった。

　やがて二人は三寮をでて運動場の方に歩いて行った。

　少年院の建物より一段ひくい運動場の手前の緑地帯が、いつの間にか行助がものを考える場所になっていた。そこには銀杏と伊吹柏槇の丈たかい木が二列にならんでおり、銀杏はすっかり葉が黄ばんで、すでに半分以上が落葉していた。

　行助は、日曜の午後になると、たいがいここにきて寝ころび、一時間か二時間をすごした。彼は、最近、ここでよく亡き父をおもった。五歳のとき死にわかれた父の記憶はさだかではなかったが、父は一冊の詩集をのこしていた。行助は、父がのこした詩集のなかの詩のひとつひとつを、殆ど諳んじていた。なかにつぎのような一節がある。

　言祝ぎの日

巨大な複眼のような空から
途方もない面積をしめ
ひかりが拡散してふってきた日
ああ 言祝ぎの日だ
妻よ これは男の子だ
途方もなくうれしい日だ

息子よ
おまえがうまれた日は
五月なかば
椎の嫩葉に光が砕け それは
見ゆるかぎりの世界を

微粒子（びりゅうし）のように充（み）たし
丘では馬が嘶（いなな）いていた
なんと広い世界だろう
なんと光の多い日だろう
なんと美しい日だろう

巨大な複眼のような空から
途方もない面積をしめ
ひかりが拡散してふるなかを
妻よ　おまえは息子をうんだ
この広大無辺の面積のなかでは
小さな粒子でしかない
おまえらが
私には
なんとやさしい存在だろう

父は、高等学校で物理を教えていたという。父の詩は、すべて、おおらかな人間讃歌の調べに溢れていた。行助は一月に生れていたのに、父は詩で五月生れにしていた。作詩の環境上、そうしたのかもしれない。行助の裡にある父の像はさだかではないが、しかし、彼のなかでは父が生きていた。母からはじめて父の詩集を見せられたのは高等学校にあがったとしてである。そして、いまでは、父の詩によって父と対話をするまでになっていた。そこには、もはや、死んだ父とのあいだに距離がなかった。行助は、ここ運動場のはしの芝生に寝ころんで、この詩をくちずさむことがあった。そこから見あげる空には、夏の頃とちがい雲が高いところにあった。銀杏の樹の向うを、雲が流れて行くのがわかる。

「雲が流れているなあ」

安が言った。

「気持のいい日だな」

行助が答えた。

二人はいまも芝生に寝ころんで、めいめい別のことを考えながら雲を見あげていた。

「俺はここを出たら、ラーメン屋をやろうと考えているが、どうだろう」

「ラーメン屋か。なにをやってもいいさ。あのひとは、いいひとだから、きみといっしょなら、なんでもやって行けるだろう」

「小さくていいから、二人で店を持ちたいよ。もし店を開いたら、宇野に最初のラーメンをたべてもらうか」

「よろこんで食べさせてもらうよ。しかし、あのひとは、きみにはもったいないくらい、いい人だな」

行助は、このとき、厚子の翳(かげ)のある顔をおもいかえしていた。

「しかしなあ、店を持つといっても、金がなくちゃ、どうにもならんな」

安がしばらくして言った。

「それはそうだ。しかし、きみがここから出て、二人でいっしょに働いて、何年か経(た)ったら、店を持てるんじゃないか。そのとき、僕(ぼく)にできることがあったら、応援(おうえん)するよ。あのひととなら、きみは、なんだってやって行けるよ」

「そう言ってくれるのは有難(ありがた)い。あいつは、俺より頭がいいからな」

「僕はね、頭がいいとかなんとかいうことより先に、あのひとの人柄(ひとがら)がいいと思っているんだ。いまどき、あんなやさしい女って、ちょっと見当らないよ」

「そうかな。俺にはわからないが」

「それに、いまの世の中では、きみらのような夫婦は、なかなかいないと思うな。きみは、あのひとを大事にしてやった方がいいと思うな」

「しかし、いつ頃ここから出れるんだろう」

「来年の五月頃にはでれるんじゃないかな」

「いっしょに出れるといいな。俺は脱走しているから、おそくなるかもわからん」

「いや、そのことなら大丈夫だという気がする。きみは途中で戻ってきたろう」

「そうかなあ。先生がそう見てくれるといいが」

「のんびり構えていろよ」

「俺はどうせのんきな性格だけど、ああして、ここに子供をつれて訪ねてきたあいつに逢ってから、俺は急にあいつが可哀想になっちまってよ、一日も早くここから出たいんだ」

「がまんするのさ。がまんしないことには、なんにも道はひらけないよ」

「あのとき、脱走のときに、おまえは逃げたいとは思わなかったのか？」

「思わなかったな。……そうだな、なんと言えばいいかな……先が見えるんだな。先が見えることをやっても仕方ないだろう。その見える先が、いいことであるなら話は別だが。たとえば利兵衛がいい証拠だとは思わないか。彼は、けっきょく、自分で自分の身をせばめている。恐喝をやっても殺人未遂でも、そこになにか理由があればいいが、彼には理由がないんだな。みんな、その場の気持いかんで事件をおこしている。感情をそのまま爆発させている」

「しかしよ、あいつはたしかに悪だが、悪なりにいいところがあるぜ」

「安、きみは、そんなところを見ちゃいかんよ。人間である以上、いい面は必ず持っているものだ。たとえば、利兵衛が、そのいい面をのばして行けばいいが、彼は、そのいい面を、社会の中でのばそうとせずに、仲間うちだけで通用する場所でしか発揮していない」

「なるほど、そういう見方があるのか」

「きみはね、子供とあのひとのことだけを考えていればいいんだ」

このような視線をそなえてきた行助は、少年院のなかでひとまわり人間が大きくなっていた。彼は、少年院という閉鎖された世界のなかで、かえって社会を見ることが出来たのかも知れなかった。

早春

としがあけた二月なかばのある寒い日のひるすぎに、成城の宇野家に、保護司が訪ねてきた。澄江はこの保護司にはすでに数度あっていた。世田谷区内のある寺の住持で、六十歳くらいの温厚な人だった。

「行助くんからなにか便りがありますか」

応接間に通された保護司は、笑顔で澄江に訊いた。

「いいえ。あいかわらず便りをよこしません。便りがないのは、無事だということだろう、と思いますが、おかしな子ですわ」

澄江は保護司の前に茶をおきながら答えた。

「この月末に、仮退院ときまりました」

「あのう……行助が出てくるのですか？」

「そうです。昨日、地方更生保護委員会から保護観察所の方に通知がありましてな」

「仮退院と申しますと……」

「いったん少年院に入ると、満二十歳までは在院しなければならないのが、一応の法律のたてまえですが、それ以前に出るのを仮退院と言います。ですから、殆どの者が仮退院ということになりますが」

「さようでございますか。ありがとうございます」

澄江は、行助が帰ってくる、ときいただけで涙ぐんでしまった。

「それで、誰方かに、少年院まで迎えに行って欲しいのですが」

「はい。それはもう、わたしが参ります」

「二月二十七日です。なるべく午前中においでになってください。もちろん、午後でもかまいませんが、退院となりますと、一時間でも早くお子さんの顔をみたいのが親心ですからな」

「はい。なるべく早く参ることにいたします」

澄江は保護司に丁重に頭をさげた。

やがて保護司が帰ってから、澄江は、窓ごしに硬く澄んだ冬空を見あげ、息子が戻ってくる、と心のなかで呟いてみた。ちょうど九ヵ月になる、と思った。

この日、夫の理一は八時前に帰ってきた。澄江は、夫が着換えをすませたところで、行助が戻ってくることを話した。

「行助が帰ってきた？　なぜ早くそれを言わないんだ」

「いいえ、あなた、帰ってくるのは月末でございますよ」

澄江はわらいながら夫を見あげた。

「なんだ、月末か。……そうか。あの子が帰ってくるのか。そうか、そうか」

理一は実にうれしそうな表情を見せた。

「それで、誰か迎えに行かねばなりませんが」

「それはもちろん僕が行く」

「でも、あなた、おいそがしいでしょうに」

「いや、僕が行く。母親が迎えに行くのが当然だろうが、いまのこの家庭と、行助にたいする僕の希望などを考えると、やはり僕が行った方がいい。そうだ、きみもいっしょに行こう」

「いいえ。わたしは家で待っております。……二月二十七日です。なるべく午前中に行って欲しいとのことでした」

「早く迎えに行ってあげよう。あの子は、僕の話相手になってくれそうな気がする」

理一は晴れやかに言った。

多摩少年院長の佐々原宏が、法務省の地方更生保護委員会に、宇野行助をふくむ八人の少年の仮退院を申請(しんせい)したのは一月なかばであった。八人の少年のうち、行助をのぞくと、いずれもこの二月で一年在院している者達であった。

地方更生保護委員会では、少年院長の申請があると、委員が少年院に出向き、仮退院を申請されている少年達に面接する。委員は、あらかじめ保護観察官あるいは保護司の調査になる環境調査調整の報告書に目を通しておき、少年と面接した結果、その少年の仮釈放(かりしゃくほう)の可否をきめる。

少年院の少年達は、ある少年が保護委員と面接したときくと、一様にその少年に羨望(せんぼう)のまなざしを向ける。保護委員と面接したということは、仮退院が間近いことを意味していたからである。

「なんせい、宇野は、学術優秀、品行方正だからな」

保護委員との面接を終えて三寮に戻った行助に、黒が羨望まじりの声をかけた。二月はじめのある日の正午で、ちょうど昼食がはじまる時間だった。

練馬の少年鑑別所(かんべつしょ)から、行助といっしょに護送車で送られてきた少年は七人だった。

そのなかで行助だけが保護委員の面接を受けたのであった。

「俺はいつになったら出れるのかなあ」

と寺西保男がやはり羨望まじりに嘆いた。

「おめえは当分だめだとよ。なにしろ、おめえが娑婆にでると、かわいい小学生の女の子が、みんなおめえのために変な風にされちまうからな」

と黒が言い、少年達がいっせいにわらいたてた。

「なんだ、きみは！」

寺西保男が顔をまっかにしてたちあがり、黒をにらみつけた。

「おや、俺の言ったことに不服なのか。俺は、ありのままを言っただけだぜ」

「なにも、むかしのことを言いださなくともいいではないか」

「むかし？　おい、みんなきいたか。奴は、てめえのやった幼女猥褻行為を、むかしやったことだと言っていやがる。おい、助平野郎、むかしというのはな、いまから、すくなくとも五百年前のことを言うんだ。おい、宇野、五百年前というと何時代だ？」

「足利時代だろう」

行助はわらいながら答えた。

「そうだ、足利時代のことなら、むかしのことと言っても差しさわりはないが、てめえみたいに、一年前のことをむかしのことだなんてぬかしやがって。へなちょこの助平野郎、歴史を勉強したのか」

「もう、いいじゃないか」

と安が黒をなだめた。

「気に入らねえ野郎だ。だいいち、小学生の女の子にいたずらをして少年院にはいってきたなんて、少年院の不名誉だ。いっちょう、焼きをいれてやろうか。この少年院の歴史のなかで、てめえみたいなことをやって入ってきたのは、まず他にいないだろう」

黒は怒っていた。

寺西保男はあいかわらず起ったまま黒をにらんでいた。

「おい、てめえ、いつまでそうやって俺をにらんでたっているつもりだ。せっかくの昼飯がまずくなるじゃないか。おい、麦飯は冷めたら食えないよ。文句があんなら、めしを食ってからにしろ。助平のとんま野郎！」

寺西保男を罵倒する黒の口調には容赦がなかった。

「そんなにまで俺を侮辱しなくともいいじゃないか」

「侮辱だと？　なんだ、この鼻糞野郎。侮辱されたならどうするのかね。金玉がぶらさがってるなら、俺にかかってこい」

「俺は喧嘩はいやだ」

「いやじゃなく、出来ないんだ。そうだろう。俺は意気地がないから喧嘩はできない、とはっきり言ってみろ。言わなきゃ、俺の方から殴りかかって行くぜ」

黒はどうあっても寺西を殴りたいらしかった。

「黒、勘弁してやれよ」

安が言った。

「気にいらねえ野郎だ。おい、廊下にでろ！」

黒は席をたつと寺西の席のうしろにまわり、いきなり襟首をつかんで廊下にひきずり出した。

「暴力はよしてくれ！」

寺西保男は黒の手から逃れようともがいたが、黒の方がちからがあった。

黒は寺西の軀を小突きまわした。相手の顔を殴るのは避けた。顔が腫れたり傷がついたりすると、職員から訊かれる。抵抗しない相手を殴ったというだけでそれは懲戒ものであった。

黒は、寺西の腕をつねったり睾丸を蹴りあげたりした。

「おい、黒、寮監だ！」

廊下から外を見ていた一人の少年がさけんだ。

「おい、席に戻るんだ。めそめそした面を見せるなよ」

黒はやっと寺西をはなすと部屋にひきかえした。

　同時に寮監がはいってきた。

「なにをさわいでいる」

　寮監は、黙々と食事をしている少年達を眺めまわした。

　誰も返事をしなかった。

「寺西、なぜ泣いている？」

「はい。なんでもありません」

「喧嘩をしたのか。宇野、誰が寺西を泣かしたのだ？」

「泣かしたのは俺ですよ」

　と黒がたちあがった。

「なぜ泣かした」

「寺西は議論に敗けて泣きだしたのですよ。寺西は、一年前を昔のことだと言い、俺は、昔というのは五百年前のことだ、と言ったのです」

　黒の答えかたは巧妙だった。

「そんなことで泣く奴があるか。冷めないうちに食事をすませろ」

　寮監は少年達に命じると部屋から出て行った。

　寮監が出て行ってから少年達は再び昼食をはじめた。

「宇野。保護委員はどんな奴だった？」

黒が、寺西をいじめたついさっきのことは忘れたように、行助に訊いた。

「いい人だったよ」

「そりゃ、宇野が成績がいいから、相手もやわらかく出たんだろう。利兵衛や俺は、そう簡単にはここから出れないだろうな」

「まあ、そんなことを言わずに、我慢した方がいいよ」

「おめえは秀才だからな」

黒をはじめ利兵衛は、行助が人を刺したということに一目おいていた。

行助は、昼食をたべながら、保護委員と交わした話をおもいかえした。

「報告書に目を通したが、きみは、こんなことをするような少年ではないね」

と保護委員は言った。

行助はそれをききながら、俺が奴を刺した行為を、役人達はいまだに疑問に思っているのだ、と知った。

「この面接が済むと、地方更生保護委員会で審理され、やがて仮退院ということになるが、家に帰ってから、兄さんとうまくやって行けると思うかね」

「表面上では大丈夫だと思います」

「世田谷区の保護司の話では、現在、きみの兄さんは、四谷にすんでおり、去年の秋に自動車事故をおこしているらしい。きみの事件のときも、警官の心証を害しているし、かなり爆発性な面がある。それに比べ、きみは始終おちついている。この点が、われわれには解らないところだが、表面上では大丈夫だというと、家に帰ったら、兄さんと仲直りが出来そうかね」

「仲直りですか。……それはたぶん出来ないと思います。ただ、母の生家が小田原にあるので、僕は、ここを出たら、そちらに引きとられることになるでしょう。ですから、仲直りが出来ないことは、そうたいして深く考える必要はないと思います」

「仲直りが出来ないというのは、なにかわけがあるのか？」

「僕の内面の問題なんです。どうしても許せないのです。でも、そのために、僕が事をおこす、などということは、絶対にありませんから、その点は御安心ください」

保護委員はそれからもいくつかの質問を試みたが、行助は、修一郎を刺した動機については、竟に語らなかった。

面接時間は約四十分だった。面接を終えてから職員室を出てきたとき、これでここから出れるのか、と思った。ここを出たら、小田原の母の生家に行こう、という考えは、かなり以前からあった。おまえ、うちの子にならないかね、と母方の祖母から言われたことが数度あった。

「それで、宇野、いつ地獄坂からおりて行くんだ？」

再び黒が訊いた。

「それはわからんな」

「委員は、おめえのような優秀な奴だと、出れる日をにおわすんだがな」

「俺はいそがないよ」

行助は箸をおきながら、自分に言いきかせるように答えた。


宇野理一は、行助が少年院から出てくる件については、やはり彼なりに悩んだ。行助についてはこちらが心配することはなかった。問題は、実子の修一郎だった。成城の家に帰ってきたいという修一郎を、理一はかなりきつい言葉でことわったが、行助が少年院から戻り、成城にすむようになれば、修一郎がだまっているはずがなかった。

このことで、理一はある日の午後、会社に顔を見せた父の悠一に相談をした。

「修一郎は長男だ。成城にひきとるのが当然だろう」

悠一は言った。

「しかし、考えてみてください。自分の妻を女中としかみていない息子を、そう簡単に家に入れるわけには参らんですよ」

理一は言いかえした。

「大学生だといってもまだ子供だ。そのうちに自分の悪かったことに気がつくよ。それよりだ、刃物をふりまわす行助の方をよほど注意する必要がある」

「あの子は刃物をふりまわすような子ではありません」

「しかし現実に修一郎は刺されているではないか」

「私は、刃物を持ちだしたのは、修一郎だと思います。そして刃物をうばいあっているうちに、あやまって刃物が刺さった、としか思えません。澄江は修一郎を庇って事実を伏せていますが、刃物を持ちだしたのは修一郎ですよ」

「おまえは、自分の子をそのように見ているのか」

悠一は不機嫌に詰問した。

「私は公平に見て、そう考えたのです。行助は落ちついている子です。お父さんに相談したいというのは、何故修一郎が刃物を持ちだしたのか、そしてどうして刺されたのか、これを修一郎からききだして欲しい、ということです。いまのままの修一郎では、成城に帰ってきても、澄江と行助とうまくやって行けないよりも、まず私と修一郎がうまくやって行けないでしょう。甘やかして育てたからあんな子になってしまったのです。いまのうちにもとに戻さないと、修一郎は人間的に一生だめな男になってしまうでしょう」

「すると、おまえは、刃物を持ちだしたのは修一郎だときめているわけか」

「そうです。上野毛の自動車事故を見てもわかるように、つまり、あの子は、卑怯にできているのです」

「あれは、おまえ、向うが右に出てきたから追突したのだ」

「それはそうですが、相手の車が横転しているのに、逃げた行為をどう思いますか」

「まだ子供だよ」

「お父さんは、そうやって、自分の孫をだめにしてしまうのですか」

「将来は宇野電機の社長になる青年に、そうこまかいことを言ってもはじまらんだろう」

「私は、修一郎がいまのままでは、いずれ禁治産者にしてしまうよりほかありません」

理一の口調はきっぱりしていた。

「禁治産者にする？」

悠一はびっくりして訊きかえした。

「そうです。お父さんは、さっき、修一郎を、将来は宇野電機の社長になる青年だとおっしゃいましたが、宇野電機は、創始期の頃とちがい、いまはもう個人のものではないですよ。公共性を帯びているのです。それを、車に追突して逃げるような者にまかせられますか」

すると悠一がソファからたちあがり、窓ぎわに歩いて行った。

悠一はガラス窓ごしにビル街を眺めおろした。たしかに息子の言う通りだ、しかし、そうだとしても、この会社はやはり宇野家個人のものだ、馬鹿でも孫は孫である、もし、あの澄江という女が連れてきた行助がこの会社を継ぐようになったら……いや、わしが絶対にそんなことはさせない。

「おまえの言うことはもっともだが、この会社はやはり宇野家個人のものだ」

悠一はビル街を眺めおろしたまま、うしろにいる息子に言った。

「それは、お父さんがそう思っているだけですよ。たしかに会社の株の半分は宇野家で持っていますが、だからといって、創始期の頃のような考えを、そういつまでも抱いているのは、よくないことです」

「修一郎にはわしからよく言いきかせてやろう。しかしおまえも、自分の息子にたいする考えをすこし改めてくれ」

悠一はやはり不機嫌に言うと、窓際からはなれ、それからせかせかと社長室から出て行った。

としをとるにしたがってだんだん自分本位の考えしか出来なくなってきたな、と理一は父がでて行った戸を視つめ、父がなんと言おうと、宇野電機を修一郎にまかせるわけにはいかない、と思った。

理一はそんなことを考えながら煙草を一本のみおえ、隣室にいる秘書を呼んだ。

「明日の朝は、九時に家に車をまわしてくれるよう手配してくれたまえ」

「はい、かしこまりました」

桜田保代は一礼して出て行った。

理一は、明日、少年院を訪ね行助とあってこようと思いたったのである。退院の日にいきなり迎えに行くより、あらかじめ行助とあって、退院後のことを話しあっておいた方がいいのではないか、と考えたのである。そして、明日、家からまっすぐ八王子に行くことにした。

理一は、あくる朝の九時、迎えにきた車にのり、成城の家を出た。

澄江は、前夜夫から、明日は一時間早く家をでる、とは言われていたが、朝、見送りにでたとき、八王子にやってくれ、と夫が運転手に命じているのをきいて、あら、と思った。

「あなた、八王子に会社の御用でいらっしゃるんですか?」

「いや、私用だ。私用に会社の車を使うのはよくないことだが、きょうは用事がいっぱいあるので、いそがねばならんのだ」

理一は車のなかに入ってから答えた。

「私用って……」

「二十七日にいきなり行ったんでは、向うも困ると思ってな」

「それならそうと、昨夜おっしゃってくだされればよろしかったのに」

「まあ、こんなことをきみにいちいち言うこともなかろうと思ってな。では、行ってくるよ」

そして運転手がドアを閉め、やがて車は門からでて行った。

「おかしなひと」

澄江は、車が出たあと、そっと呟いてから家のなかに入った。

行助が戻ってきたとき、修一郎をどうするかについては、澄江は澄江なりに悩んでいた。もし修一郎がここに帰ってくると言ったら、澄江もそれをいやだとは言えなかった。しかし彼とはいっしょの家ではくらせなかった。彼にたいする生理的嫌悪感は、ちっとやそっとでは拭いきれなかった。この件については夫の処理にまかせるよりほか方法がなかった。

二人の子がいない九ヵ月間、澄江はある面では、夫とのあいだに、かつて再婚してこの家に来た頃のような若々しい時間をもつことができた。女の盛りをきわめた、と思った夜がたびたびあった。そんなとき澄江は、ひたむきに夫に傾斜していった。二人の子がいない分だけの空間が家のなかで出来てしまい、澄江は夫に頼りきることでその空間を埋めようとした。

このように、夫とのあいだはすべての面でうまくいっていた。行助が戻れば当然修一郎も戻ってくるだろう。そのとき、行助と修一郎と自分のあいだで、またなにかことが起きないだろうか、再びあのようなことは起きないにしろ、こんどは別のかたちでなにかが起きないだろうか……。澄江は漠然とした不安を感じた。この不安感は、修一郎にたいする生理的嫌悪感につながっていた。

一方、理一は、八王子に着くと、少年院のかなり手前で車をとめさせ、ここで待っているように、と運転手に言いおいて車からおりた。そこから少年院の門までは、歩いて五分ほどの距離だった。

理一は、少年院の門の前に立ったとき、すっかり葉の落ちつくした坂道の銀杏並木のふしくれだった枝を眺めあげ、あるきびしさを感じた。あの子は、ここで生活したことによってかえって成長したかも知れない、そんな思いが湧いてきた。理一はやがてその坂道をのぼりはじめた。

坂道は日陰になっており、霜柱がたっていた。

理一は、坂道をのぼりながら、運動場からきこえてくる少年達の元気な声に、去年の夏のはじめにここを訪ねてきたときにも、少年達の元気な声がしたのをおもいだした。きびしい二月の大気のなかで少年達の声だけが暖かい感じがした。そうだ、去年ここにきたとき、暗い建物を想像していたのに、そうではなかったので救われたが、きょうも、少年達の元気な声をきき、理一はあかるい気持になった。

理一は、去年と同じ応接間に通された。そして間もなく院長が入ってきた。

「ながいこと御無沙汰いたしております」

理一は挨拶した。

「やっと出れるようになりました。もっと早くだしてあげたかったのですが、どうも法の世界ではそういうわけにもまいりませんし、九ヵ月ということになりました。行助くんは、ここをでると学校に戻るわけですが、そんなことも考え、学年が変らないうちに出してあげた方がよいと思いまして。行助くんといっしょに入ってきた少年達は、五月以降でないと出れませんが」

「ありがとうございます」

「成績がよかったのです。あれだけ落ちついた少年も珍しいですよ」

このとき、戸が叩かれ、行助が入ってきた。

「しばらくだね。元気かね」

理一は磊落な調子で話しかけた。

「予告もなしにいらしたんですか」

「いかんかね」

「おかげで、この二十七日に出れることになりました」

「そのことで来たわけだ。ひとまわり大きくなった感じがするね」

「そうですか」

行助は作業服に包まれた自分の軀を眺めまわしながらわらった。

「では、どうぞごゆっくり」

院長がたちあがった。

「みんな元気ですか」

院長が出てからしばらくして行助が訊いた。

「ああ、元気だ。手紙をよこさないのはひどいじゃないか、と母さんが言っていたよ。ところで、ここから出てからのことだが、行助にはもちろんいままで通りに成城にいてもらうが、修一郎には、これから先も四谷にすんでもらうつもりでいる。今日はそんなことで相談にきたわけだ」

「父さん。僕は、ここをでたら、小田原に行くつもりでいるのです」

行助はしばらく間をおいてから答えた。

「小田原に行く。それはいかん！」

理一はきっぱり言いきった。

「これは、僕が独りで考え、決めたことです」

「かりにも父親である私に不満があるのか？」

「不満などあろうはずがないでしょう。そういうことではないのです」

「ではなんだ？」

「兄さんと、うまくやって行けそうもないのです」

「修一郎は四谷にすませると言ったではないか」

理一は怒ったように言った。

「四谷にすんでも成城にすんでも、同じことだと思います。兄さんとうまくやって行けそうもないというのは、僕の内面的な問題なんです。表面上はうまくやって行けると思います。これは、おそらく、兄さんも、同じだと思います」

「うむ。……その内面的な問題を話してくれないかね」

理一は、とても高校生とは思えない行助の話しぶりに、ちょっと気圧されたかたちで言った。

「具体的にどうのこうのという問題ではないんです」

「私に話せないことかね。……なんども訊くようだが、あのとき、刃物を持ちだしたのは修一郎だろう」

「いえ、あれは僕です」

「それは嘘だ！　では訊くが、刃物を持ちだした原因はなんだ」

「去年、父さんがここにいらしたとき、その話はすんでいるはずです」

「私はあの日、なにもきいていないよ。女中の子と言われたくらいで、刃物を持ちだすなどとは、信じられないことだ」

「現実に僕は女中の子ではないのに、そう言われたことで刃物を持ちだしたのは、ことのなり行きで当然ではありませんか」

「それは嘘だ。刃物を持ちだした者に、そんな答えかたが出来るはずがない。正直に話してくれないかね」

するると行助は窓の方に視線を逸らし、ほんのすこしの間、焦点の定まらない目を見せた。

「もう、あのときのことを、ありのままに話してくれてもいいだろう」

理一は促すように言った。

「ありのまま、といっても、あれしかないんです。……ただ、いまいえることは、僕がここをでて、兄さんといっしょに暮した場合、僕は、こんどは、本当に兄さんを刺すときがくるような気がするんです」

「もっと詳しく話してくれ」

「これだけしか申しあげられません。これは、さっき申しあげたように、僕の内面の問題なんです」

「それでは、おまえの話は、私にはまったく解らないよ」

「内面の問題なんです」

「おまえも、おまえの母も、修一郎を庇っている。私にはそうとしか思えない。考えようによっては、母子で私を馬鹿にしている面がある。どうだ、私がいま言ったことが間違(ちが)っているか」

「父さん、それは思いすぎですよ。……僕は、母を大切にしてくれた父さんに感謝しているんです。僕自身についても、これまで、父さんから差別されたことがあった、というような記憶(きおく)がひとつもありません。それだけに、母も僕も、父さんには……」

「私はそんなことを訊いているんではない。なぜ修一郎を庇っているか、と訊いているんだ」

「庇ってなどいません」

「あのとき、なにがあったのだ。ありのまま話してくれ」

理一は再び同じ質問をくりかえした。

「あれだけのことです。ほかにはなにもありませんでした」

行助の落ちついた態度はかわらなかった。

「私は、刃物を持ちだしたのは修一郎だと思う。そして刃物をうばいあっているうちに、あやまって刃物が修一郎に刺さってしまった、と考えている。澄江もおまえも、修一郎を庇って本当のことを言っていない。推理小説ではないが、私のいま言ったことは、ほぼ間違いないと思う」

理一は問いつめるように言った。

「父さん、それでは本当に推理小説になってしまいますよ」

行助は微笑しながら答えた。そして、たしかにこのひとの言うとおりだ、しかし、あの事件は、すでに俺の内部で処理されてしまったのに、いまさら、そのことを蒸しかえす必要はないのだ、と思った。行助が考えているのは、修一郎を生涯劣等感のなかでしか生きられない男にすることだった。

「まあ、いいだろう。この件については、いずれ、もういちど、ゆっくり話しあおう。それより、小田原に行くはなしは引っこめてくれ」

「なにもすぐに小田原に行くと言うのではありません。ここを出たときに相談したいと思っていたことです」

「ところで、二十七日には、誰が迎えにこようか」

「別に迎えなどは要りませんが、そういう法の規定だそうですから、では、父さんがいらしてくださいませんか」

「そうか。では私が来るよ」

理一ははじめて笑顔を見せた。

院長が部屋に戻ってきたのは、父子が話し終えてからすこし経った時分だった。

「では、僕は、仕事場に帰ります」

行助がたちあがった。

「もう行くのか？」

理一が顔をあげ、息子をみた。

「いま、本棚をつくりかけているんですよ。ここをでるまでに仕上げてしまわないと」

そして行助は院長と父に一礼し、部屋から出て行った。

「おはなしをなさいましたか」

院長が理一に笑顔を向けた。

「話しました。……あの子は、ここから出たら、小田原の妻の生家に行くと言っているのですが、院長先生にはなにか言っていなかったでしょうか？」

「私は直接きいておりませんが、このまえ、地方更生保護委員が面接にきたとき、行助くんは、やはり、小田原に行くんだと言っていたそうです。兄さんとは表面上では仲直りが出来るかも知れないが、しかし、どうしても赦せない問題がある、とも言っていたそうです」

「赦せない問題がある……それがなにか、ということがわかればいいんですが、あの子は、それを話さない」

「しかし、御心配なさるほどのことではないと思います」

「そうだといいんですが」

理一はほんのすこしのあいだ暗い表情になった。

理一は、この日少年院から会社に行き、行助が保護委員に語った、どうしても修一郎を赦せない、という言葉について考えてみた。あれだけのことがおきたからには、よほどのことがあったにちがいない……。しかし、具体的にどんなことがあったかは、理一にわかるはずがなかった。

そこで彼はこの日帰宅したとき、少年院で院長からきいた話を妻にした。

「行助は、どうしても修一郎を赦せないと言っているそうだ。この言葉の内容を、きみは知っているんだろう」

「さあ、わたしには判りませんわ」

行助が赦せないと言っているのは、自分の母親を犯そうとした修一郎の行為だ、ということは、澄江にもわかっていた。しかし、いまさら、あのことを、夫に話すことは出来なかった。

「行助は、少年院をでたら、小田原に行く、と言っていた」

理一は妻をなじるように見ながら言った。

「わたし、あの子に、小田原のはなしをしたことはありません」

「もちろん、行助が自分で考えたことだろう。私は、あの子をどうしてもここに引きとめておくつもりだ。戸籍上でも私の子になっている。いまさら小田原に行くなど、理不尽だとは思わないか」

「それはそうですが……でも、ここで、修一郎さんとまた争うよりは、ましではありませんか」

「修一郎は四谷においておく」

「そんなことは出来ないでしょう」

「きみはどうなんだ。こんどの件では、きみは、修一郎を庇ってくれたが、行助を小田原にやったあと、修一郎とだけでうまくやって行ける自信があるのか」

「それはありません」

「そうだろう。あのとき、修一郎がなにをしたか、それが私の前ではっきりしないかぎり、私は、修一郎をここには入れないつもりでいる」

「とにかく、行助がここに帰ってきてから相談してみましょう」

澄江は、行助が少年院のなかでなにを考えていたのかが判るような気がした。修一郎を赦せない、というのは勁い表現だった。澄江は息子の性格を知っているだけに、息子の勁さが、ある面では怖い気がした。あの子の勁さが、再び修一郎と争ったときに、こんどはどのようなかたちで表現されるだろうか、と考えると、やはり小田原にやった方がいい気がした。しかし、行助のいないこの家で、再び修一郎と顔をあわせてくらすことは、もう出来そうもなかった。

「いっしょに少年院に入った者のなかで、行助の出院がいちばん早いそうだ。それだけ成績もよかったのだろうが、行助をあつかった役人がみんな、あんなことを仕出かすような少年ではない、と言っている。役人というのは、そこまでは考えないものだ。だから、この事件は、修一郎が原因でおこった、としか思えない。とにかくめしにしよう。今夜、きみに訊きたいことがひとつある」

理一は怒ったように言った。

少年院の高台から西南の方をのぞむと、小さないくつかの町や村を隔てて多摩丘陵がながく西北から東南にむかってのびている。そして丘陵の西北のはずれは、標高六〇〇メートルの高尾山につながっており、小仏峠を経て景信山、陣馬山がさらに西北にひかえている。それらの山々の向うには相模湖があるはずだった。

行助は、体育の時間に運動場からそれらの山々を眺め、俺はここを出ても、あの山々だけは俺の記憶にのこすだろう、と思った。硬く澄んだ二月の空に、山々はくっきり稜線をえがいていた。

九ヵ月で出院できる少年は、成績がきわめて優秀な者にかぎられているという。在院期間は、たいがい一年二ヵ月があたりまえで、処遇段階はいくつかにわかれており、一級の上に達した少年だけが、地方更生保護委員会の審理を経て仮退院が許可されるという。

行助は、自分が少年院のなかで、他の少年に比べてことさら成績が優秀だったとは思っていなかった。あたえられたことをやってきただけであった。あたえられた事すらきちんと出来ない少年が多かった。そのために行助の存在がよけい目立っただけにすぎなかった。

この日の体育はバレーボールだった。ボールをうつために走ると、鼻の先につめたい風があたり、風は鼻から頭の後部につうんと突きぬけて行く感じがした。

体育が終ると正午だった。きょうは木曜日だから風呂に入れるな、と行助はボールを抱えて三寮に戻りながら思った。入浴は週二回で、木曜日と日曜日の午後三時から四時までだった。

行助が三寮に入ろうとしたとき、おい、宇野、とうしろから呼びとめられた。流れ星の利兵衛だった。

「地獄坂をおりて行くんだってな」

「ああ、ひと足さきに出てわるいが」

「なあに、悪いことがあるものか。出たときにひとつ頼みたいことがあるんだ」

「なんだ？」

「美佐子にあって欲しいんだ」

「美佐子？　ああ、ここに戻ってきたときに話していた女のひとだな」

「その女だ。まだあそこのバーにいると思うが、バーをかえても、アパートはかえないはずだから、いちど、そのアパートを訪ねて欲しいんだ」

「簡単なことだ。行ってやるよ」

「東中野でおりて直ぐのところだ。あとで地図を書いてやるよ。……どうも気がかりでな」

「なにがだ？」

「葉書いちまい来ないんでな」

「きみの方からは手紙はだしているのか」

「もう四回だしている。ところが一回も返事がない。アパートにいないのなら、手紙が戻ってくるはずだろう」

「それはそうだな」

「腕に俺の名前を彫るといっていたくらいだから、大丈夫だとは思うが、どうもいやな予感がする。訪ねて行ってよ、くわしい事情を知らせてくれないか」

利兵衛はきょうはおとなしかった。

行助が利兵衛と別れて三寮に戻ったら、炊事当番の少年が弁当をくばっていた。

「きょうのおかずはなんだ。ありゃ、これは牛肉か」

黒が、配られたアルミ皿のなかをのぞきこんで訊いた。

「黒、それは鯨の煮つけだよ」

と安が応じている。

「そうだろうな。お役人さまが俺達のようなものに松阪牛などを食わせてくれるわけがないものな」

「鯨を松阪牛だと思えばいいんだ」

「ちげえねえ。では、松阪牛だと思って食いましょう」

「たまには、すきやきなどを食わせてくれないものかなあ」

これは寺西保男である。

「おい、寺西。おまえ、いま、なんと言った？」

さっそく黒がからんだ。

「すきやきを食わせてくれないかな、と言ったのさ」

「ふざけるな！　俺達はいいことをしてここに入ってきたんじゃねえ。すきやきなどを考えるのがそもそもの間違いだ」

黒は、いままではすっかり寺西を嫌っていた。弱虫で、すぐ泣きごとをならべる仲間を、黒はいちばん嫌っていた。悪者(わる)には悪者(わる)の掟(おきて)がある、というのが黒の考えかただった。これは流れ星の利兵衛も同じで、彼等(かれら)の頭のなかでは、悪の秩序(ちつじょ)のようなものが出来ていた。

寺西は、黒に殴られたことをおもいだし、おとなしく席についた。この少年は、ときたま、周囲の雰囲気から浮きでたようなことを突飛に言いだすことが多かった。

「宇野はいよいよ出て行くんだなあ」

黒が席につきながら言った。

「二十七日だろう」

安が間をいれた。

「二十七日か。あと三日だな。宇野の出院祝いをやりたいが、ここじゃ、なんにも出来ねえな」

黒が言った。

「きみ達の気持だけで充分だよ」

行助は、仲間の気持をありがたいと思った。どんなに内面が荒んでいる少年にも、心のあたたかい一面があり、そんな一面を見せるときの彼等の表情は、純真そのものであった。

「宇野が出て行くと、俺はこんどは誰といっしょになるのかな」

行助といっしょの室にいる佐倉常治が言った。

「そんなことは心配するなってことよ。お役人さまが決めてくれるよ」

黒が麦飯をぼろぼろこぼしながら応じた。

「独りでいるのもいいじゃないか」

これは安である。

「そうだ、お役人さまに頼んで、俺はこんどは寺西といっしょの部屋に入れてもらおうか」

黒が仲間を見まわしてわらいながら言った。

「僕はいやだよ」

寺西が小さな声で拒否した。

「俺といっしょにいれば、寺西、おまえもすこしは人間らしくなれるよ」

黒はやはりわらいながら言った。

「人間らしく、はよかったな」

安がわらった。

「このなかでは、人間らしく生きるなんて、できないことだ」

佐倉常治が自嘲するように言った。

「乞食よりはましだろう」

黒が応じた。

「乞食には自由がある」

「乞食には自由があるか。それは言えるな」

「乞食よりましだというのは、あたえられたものを食べられる身分だからさ」

こんなことを言う佐倉を、行助は目がさめるような思いで見かえした。いっしょの部屋で起居をともにしながら、佐倉からこんなことをきかされるのは、ついぞなかったことである。

「おい、おい。そんな哲学的なはなしはよそうや」

黒がほがらかな声をあげた。

昼食のあとは自由な時間である。作業がはじまる一時まで三十分はある。この間に、めいめいの部屋に帰って睡る少年もいれば、建物のまわりを散歩する少年もいる。

行助は、冬にはいってからは、雨の日以外はこの時間に運動場を歩くことにしていた。寒いので枯草の上に寝そべってものを考えることはできなかった。この日も行助は食事をすますと運動場にでた。ポケットには小型の英和辞典がはいっており、彼は運動場を歩きながら単語を暗記していた。高等学校に戻って、みんなに従いて行けるかどうかが心配だった。おくれはとっていない、という自信はあったが、しかし、この閉鎖された世界のなかでは、自習にも限度があった。まず時間がないこと、つぎに、教科書と参考書いがいには助言者がいないこと、したがって自習は狭い世界になり、視野がひらけなかった。高校に戻って一ヵ月もすれば取り戻せるだろう、という自信はあった。

行助が運動場にでたとき、うしろから安が追ってきた。

「寒いなあ。どこかで日向ぼっこをしようよ。調理室の裏に行かないか」

「いいだろう」

行助は安に同意し、二人で調理室の裏に歩いて行き、そこの枯草の上に腰をおろした。

「もう、春だな」

行助は、足もとの地面に芽をだしている名もない草をみおろし、それから左にいる安を見て言った。

「ほんとだ。緑色をしているな」

安は、足もとの草をみて、やさしい目になった。

「人間、どんな環境にいても、なにを食ってでも、生きられるものだ。そんなことを、俺はここで学んだよ」

「もうじき、おまえとはお別れだな。出たら、厚子を訪ねてくれるかい」

「訪ねよう」

「俺は、おまえから、いろいろなことを学んだな。早くラーメン屋をひらき、おまえにラーメンをたべさせてやりたいよ」

「ありがとう」

行助は、こんなやさしい心をもっている少年が、こんなところに入らねばならない社会機構に、ふっと疑問を抱いた。

「きみも、ここを出たら、俺のところを訪ねてこいよ。俺は、ここを出たら、小田原に行くと思うが」

行助もやさしい感情になった。

「小田原？」

「ああ、いろいろ事情があってなあ。きみは小田原に行ったことがあるかい？」

「ないよ。いいところかい」

「城のある街だ。おふくろの実家が小田原にあるんだ。一昨年の夏、俺は、小田原で二週間くらしたが、城が公園になっているんでな、よく公園に行って寝そべり、空を眺めあげたものだ」

行助は、小田原で夏をすごしたことをおもいかえし、俺の少年時代は、もしかしたら、この少年院に入ったときに終ったのかも知れない、と漠然と考えた。この前、ここに訪ねてきた父から、ひとまわり大きくなった感じがするね、と言われたが、それは自分でも感じていた。社会から隔絶されているために、かえって社会が見えてきた、という点もあった。俺はここでいろいろなことを知った、同年輩の学友が知らないことまで知ってしまった、知ってしまったことが、俺にとってよかったのか悪かったのかは別としても、なにかを学んだことだけは事実だ……。

「城のある街か。おまえが小田原にすむんなら、俺も小田原でラーメン屋をひらけるといいなあ」

「小田原でラーメン屋をひらくか。いいだろうね。とにかく、ここから出ても、文通だけはしよう」

「俺は字が下手だからなあ」

「きみの字が下手だということは俺が知っていることじゃないか」

「うん、それはそうだが。俺の手紙を読んでわらわないなら、手紙をだすよ」

「わらうはずがないじゃないか」

「やはり、一年二ヵ月経たないと、俺は出れないんだろうな」

「我慢だよ。すめば都という言葉があるが、なんでもよいから自分のものにしてしまえば、そう辛いことはないと思うな」

二人がここまで話しあったとき、午後の作業開始のベルが鳴った。

「じゃあ、厚子のことは頼むよ」

「わかった、訪ねてみよう」

それから二人は並んで工作室の方に向った。

行助は、父が訪ねてきたとき、本棚をつくりかけている、と父に言ったが、彼はいま、ラワン材で六段組の本棚をこしらえていた。かつて実社会にいた頃には、本棚は買うものとばかり思っていたのに、ここで自分の手でこしらえてみると、そこにひとつの楽しみがうまれてきた。木を削り、ながさをはかって切り、穴をあけ、板と板を組みあわせてひとつの形をつくりあげる過程には、楽しみがあった。他の少年のことは知らなかったが、行助は、ここで、ものをつくることに慰藉を見出していた。

少年達が仕上げた製品は、倉庫にしまっておき、一定の数に達すると、それを売りにだす。売出し日にはたくさんの人達が少年院にやってくる。製品は一般の店の品物より格安だった。倉庫は炊事室の東側にある。そこをのぞいてみよう。

いま倉庫には、かなりの数の製品が詰っている。

まず、倉庫の出入口ちかくには、流し台がいくつか並べてある。ステンレスの高級品ではなく、ブリキを張ったごく庶民的な流し台である。ブリキを折りまげた角は半田づけで熔接してあるが、半田になる錫と鉛の合金が、熔接個所からはみでている製品もある。不手際なのではなく、少年達がまだなれていないからである。この流し台は、すくなくとも六、七年は保つだろう。

新聞や雑誌を入れる木製の置物もある。彫物がしてあり、ニスが塗ってある。彫物は薔薇で、たしかに薔薇の花には見えるが、彫刻的な格調は見えない。おそらく、この新聞入れをこしらえた少年は、彫りものなどはじめてやったのだろう。この少年が、社会でどんな非行をかさねて少年院に送りこまれたにしろ、この稚拙な作品を嗤える大人はいないはずである。

やはり木製の四角い紙屑籠も見える。これにも菊の花が彫ってある。たぶん新聞入れをこしらえた少年が、こんどは視野をかえてこれを造ったのだろう。
鉄製の傘入れもある。水を受ける台にはステンレスが張ってある作品である。そして鉄製の新聞雑誌入れもある。これは、鉄の棒と棒の熔接が実に上手で、まるで一本の鉄で出来ているように見える。こういうことに才能のある少年なのだろう。
奥にはいって行くと、洋服箪笥や整理箪笥も見える。
それから、バケツなども積みかさねてある。分厚い板を上手に火熱で折りまげてこしらえた塵取もある。それから、鳥籠もあれば、アルミ製の灰皿もある。椅子、机もあれば、鉄製の鉢植置などもある。鉢植置というのは、部屋のなかに飾るもので、鉄は白く塗ってある。

これらの製品には、すべて、少年達のおもいがこめられている。これらの品を造るときの少年達の目ほど純粋なものはなかった。彼等は、造ることに精神を集中させているあいだ、自分の過去の経歴からはなれることが出来る。

佐々原院長は、こんなときの少年達の姿を見るたびに、なぜこの子達はここにはいってきたのか、とふっと不思議な感情になることがあった。けっきょくは社会の歪みからはみ出た少年がここにはいってくることになっているわけであったが、なぜ社会に歪みが生じるのか、と院長はときおり殆ど青年のような疑問を抱くこともあった。

このようなこともあった。東京鑑別所長の平山亮が、前年の秋のある日の暮方、中野駅ちかくをタクシーで通りかかり、信号で車がとまったとき、タクシーの後部の窓をこつこつ叩く者がいるので、ふりかえると、かつて所長が面倒を見た少年であった。少年は自転車で牛乳を配達している途中だった。役人にこうして話しかけられる少年は、すっかり立ち直った者であった。少年はにこにこ笑っていたという。間もなく車が走りだしたので所長は少年と話ができなかったが、所長はこの日から数日、実に気持がよかったという。佐々原院長はこの正月に平山所長からこの話をきかされたのであった。

宇野行助が少年院を出た二月二十七日は、よく晴れた寒い日であった。

理一は朝の九時に車で少年院に行助を迎えに行ったが、この前きたときのように車は少年院のかなり手前でとめ、それから歩いて少年院に行った。行助はなんとしても成城におく、という理一の意志は固かった。彼はその後も悠一と話しあったが、悠一はやはり孫かわいさの余りに、理一の前で自分本位の主張ばかりして、二人の話はもの別れに終っていた。

理一は、この前少年院を訪ねた日の夜、妻の澄江に、今夜きみに訊きたいことがある、と言って、あの事件のあった日、きみは修一郎から凌辱されそうになったのとちがうか、と詰めよった。

「そんなことを、あなた！」

澄江は、夫の質問があまりにも肯綮（こうけい）にあたっていたので、びっくりした。

「そうだろう」

「いいえ、そんなことはありませんでした」

行助があのことのために少年院に入ってしまったのに、いまさら本当のことが言えるわけがなかった。

「あいつは、きみを女中としか見ていない。必ずあり得ることだ。行助が、修一郎を赦（ゆる）せないといったのは、そのことだ。それしか考えられないではないか」

理一の詰めよりかたははげしかった。

「行助は、自分の母を、女中だと言われて、あんなことを仕出かしたのでした」

「それはちがう！　自分の母を女中だと言われたくらいで刃物（はもの）を持ちだす子ではない」

けっきょく理一は妻からはなにもひきだせなかった。

しかし彼は、自分の妻が、自分の息子に凌辱されそうになって、行助がその現場をみた、といまでは信じてしまっていた。行助は学校から帰ってきて現場を目撃（もくげき）したのだろう。事件がおきたのはちょうどそんな時間だ、それに、修一郎があの日一日家にいたこともはっきりしている……。しかし、澄江と行助が話してくれないかぎり、このことは俺の推理だけで終るかもしれない。

理一は、こんなことを思いめぐらしながら少年院の坂道をのぼった。

一方、少年院では、三寮の少年達が、行助を見送らせて欲しい、と院長にたのんで許可してもらった。

「坂道の上からなら見送ってもよろしい」

と院長は少年達に許可をあたえた。

「門まで見送ってはいかんですか？」

安が訊(き)いた。

「いかん。宇野は、坂道をおりながらいろいろなことを考えるだろう。きみ達がいっしょでは、考えることができない」

「しかし、帰りは極楽坂(ごくらくざか)ですよ」

黒が言った。

「なんでもよい。きみ達が見送るのは坂の上だ」

出院する少年をたくさんの仲間が見送るなど、前例のないことであった。そんなことが矯正(きょうせい)管区長に知れたら、また叱(しか)りを受けるかも知れなかった。

行助はこの日、出院するぎりぎりまで木工科の室(へや)にいた。職員が行助をよびにきたのは九時半頃だった。

「じゃあ、諸君、これでさようなら」

行助は木工科の仲間を見て手をあげ、建物から出た。行助が、父親が待っている応接室にはいってから間もなく、三寮の少年達が坂の上に整列した。

見送る少年達の方には感傷があったが、行助の方には感傷がなかった。彼は、淡々とした気持で仲間に別れを告げたのである。院長は、これだけ強い少年もいなかったな、と九ヵ月間をふりかえっていた。少年達の処遇段階は、一級上、一級下、二級上、二級下の四つにわかれており、一級上の少年は、外出や帰省を許されていたが、行助は、院長がすすめたにもかかわらず、きょうまで、家に帰ってくるなどとは一度も言わなかった。

「諸君、さようなら」

行助は、整列している仲間を見て言った。

「宇野、もうこんなところに入ってくるなよ」

これは黒である。

「俺のラーメンを食いにきてくれ」

これは安である。

「僕は、三寮と、そこでいっしょに暮した仲間を忘れないだろう。きみ達は、みんな、心のやさしい仲間だった」

このとき、整列した少年達のあいだからすすり泣きがきこえた。寺西保男だった。

「では、諸君、もういちどさようなら」

行助は手をあげると、地面においたボストンバッグを持ちあげ、理一とならんで坂をおりだした。

坂道には霜柱（しもばしら）がたっていた。

「感想はどうだ」

理一が訊いた。

「感想ですか。……いい勉強をしました」

「おまえは、なにごとによらず、自分のなかにとりいれて自分のものにしてしまうらしいな」

「そうかも知れません」

行助が答えたとき、背後から、おうい、宇野、とよぶ声がした。ふりかえったら、三寮の仲間が手をふっていた。行助も手をふった。そして彼は再び坂道をおりた。

多摩少年院の敷地（しきち）は三万三千坪（つぼ）あまりある。そのうち農耕地が七千坪余、運動場が三千坪あまりある。

行助は、少年院の門をでるとき、それら広大な敷地を眺めあげ、別れを告げた。年があけて満十七歳になった行助は、ここで九ヵ月間くらしてきて心象（しんしょう）に刻みこまれた風景が、自分の将来になにほどかの影響（えいきょう）をあたえるにちがいない、と思った。

そしてこの日から、二年五ヵ月の日が流れた七月なかばのある日、行助が、今度は自分の意志で修一郎を刺すことになるとは、このとき、誰も予測できなかった。すくなくとも行助を知るほどの者なら、それは考えられないことであった。行助は、父が面会にきた日、兄さんといっしょに暮した場合、僕は、こんどは、本当に兄さんを刺すときがくるような気がするんです、と父に言ったが、これが本当になるわけである。

とにかく、行助が多摩少年院をでたこの早春の日から、二年五か月の日々が流れて行った。

夏のことぶれ

新宿区戸塚二丁目のある路地を入ったところに、飲食店が数軒ならんでいる。そのなかの一軒に〈安の店〉というのがあった。二年前の八月、多摩少年院をでてきた安坂宏一が、妻の厚子と働いて金をため、ことしの三月に開店したラーメン屋である。店の入口は一間しかない。奥に細ながく続いている店である。店はスタンド式になっており、五人も客が掛ければもう満員である。

こんな店でも、権利金と敷金とあわせて六十万円は要る。家賃は四万円であった。この店をひらくとき、安の持金は三十万円だった。不足分を出してやったのは宇野理一である。返せるときに返してくれればいいんだよ、と理一は言ってくれた。

店は繁盛していた。客は学生が多かった。そして、多摩少年院時代の仲間もたまにはよってくれた。行助は週に二度くらいここに立ちよった。彼はちかくの西北大学の理工学部の二年生で、学校の帰りにここにより、安がこしらえてくれるラーメンを食べて成城の家に帰る。

六月はじめの月曜日の夕方、行助がれいによってカバンをさげて学校の帰りにラーメンをたべに立ちよった。

「どうしたんだい。先週の火曜いらいはじめてだろう。病気でもしていたのかと心配していたところだった」

安が威勢のよい声をかけた。

「御病気じゃなかったんですか?」

厚子がいっしょになって訊いた。

「病気じゃないですよ。それより、安、腹がへっている。一丁つくってくれ」

「よしきた」

安は手際よく生そばを釜のなかの湯にいれ、厚子は丼を棚からおろした。ほかに三人の学生がやはりラーメンをたべている。

「一週間もお見えにならないと、あのひと、たいへんなんですよ。病気じゃないだろうか、交通事故にでもあったんではないだろうかって」

厚子が話しかけた。

「金曜日から日曜日にかけて、学校の仲間と小さな旅行をしてきたのですよ」

行助は煙草をだして火をつけながら答えた。

「それはよかったですわね」

「それならいいが、一週間も音沙汰がないと、つい、つまんねえことを考えちまうんでな」

安が釜のなかをかきまわしながら言った。

安夫婦は、店のちかくにアパートを借りており、店にでているあいだ、四歳になる行宏は託児所に預けておく。店をひらくのは朝の十一時で、閉めるのも夜の十一時だが、厚子だけは七時になるとアパートに帰り、それから託児所に行って子供をつれて戻りながら、夕飯の菜などを買ってくる。

この年若い夫婦が、このようなささやかな店を持てたのは、行助のおかげであった。店をひらきたいが金が足らないんでな、と安から話をきいたとき、行助は父にそれを話した。

「少年院からでるとき、俺のラーメンを食いにきてくれ、と言っていた奴ですよ」

と行助は父に話した。

「お願いがあるんですが、彼のために、すこし、お金を貸してくださるわけにはまいらんでしょうか」

「行助がいいというのなら貸してあげてもいいが、いくらあれば足りるのかね？」

「三十万円くらいあれば、あと手持ちが三十万円あるから、なんとか店がひらけるそうですが……」

「すると、自己資金が半分ということになるな。よろしい。貸してあげよう」

ということで、日曜日の午後、安夫婦が成城の宇野家によばれ、理一は不足分を貸しあたえた。

「独立できるというのはいいことだ。しっかりやりたまえ」

理一は二人を激励した。

二人の出発を祝ってやったこの日に、ひとつの不愉快な事件がおきた。それは事件といえるほどのことではなかったが、安夫婦にとってはすくなくとも不愉快な出来事であった。というのは、安夫婦がきていたこの日曜日に、宇野悠一が、孫の修一郎をともなって成城を訪ねてきたのである。修一郎はいまも四谷の祖父母の家にいた。理一が、成城に戻るのを許さなかったからである。もちろん行助の小田原行きの希望も、理一の説得で実現しなかった。実子の修一郎を家に入れず、行助を手もとにとめておきたいという理一の考えは、なにか理一の執念を思わせた。このひとがそれほど俺を望むのなら、小田原に行く考えは抛棄すべきかも知れない、と行助は考え、理一の希望にそうことにした。

この日、修一郎は横柄(おうへい)な態度で成城の家の敷居(しきい)をまたいだ。

「二人とも応接間に通せ」

と理一がいうので、女中のつる子が悠一と修一郎を応接間に通した。ここで修一郎と厚子があってしまったのである。

「なんだ、おまえ、四谷にきていた女中じゃないか」

と修一郎が無遠慮(ぶえんりょ)な声をかけたのである。

厚子は目をふせた。

「畳(たたみ)をアイロンで焦(こ)がして逃げた家政婦か」

と悠一も言った。

悠一と修一郎の言いかたが、理一の癇(かん)にさわった。

「この二人は真面目(まじめ)な人達で、行助の客だから、お父さんと修一郎には、茶の間に行ってもらいましょうか」

と理一はにこりともせず息子(むすこ)を見て言った。

「行助の客なら、少年院時代の仲間というところだな」

修一郎がせせらわらった。

「修一郎。そういう言いかたはよくないぞ!」

「なんでよ。俺は、行助の客だというから、てっきりそう思っただけさ。俺はここには来れないのに、感化院出身者はここに自由に出はいりできるのかよ」

理一が目の前にあった灰皿を修一郎に投げつけたのはこのときである。

「なにするんだよ！」

「なんだ、いまの言いかたは！」

「俺はあたりまえのことを言っただけじゃないか」

修一郎は目をむいた。

「あたりまえとはどういうことだ。部屋にはいってくるなり、おまえは四谷にきていた女中だとか」

「しかしだな、あの女は、わしの家の畳を焦がして逃げたのだ」

と悠一が間をいれた。

「かりにそうだとしても、会う早々いきなりそんな言いかたはないでしょう」

「お祖父(じい)さん、よそうよ。言ったたって話のわからない連中なんだからさ。ちくしょうッ、その女のことをひとつだけ教えてやろう。その女はな、俺と関係があったんだ」

修一郎は言うなり応接間から出て行った。

「恥(はじ)知らずな奴め！」

理一は激怒(げきど)した。

「修一郎を誘惑したというところだな」

悠一も捨台詞して応接間から出て行った。

このとき、やはりそうか、と行助は思った。ひどいことをしたのだろう、と行助はかたわらにいる厚子を意識しながら、母が犯されそうになった日のことをおもいかえした。

「父さん、このひとは、修一郎がいうようなひとではありません」

行助は父を視て言った。

「わたしもそう思います」

澄江は息子の言葉を支えるように言った。

「私も、たぶん、そうだろうと思う。二人にはそれが言えるのだ。二人がいまこのひとを庇った理由が、私にはわかるのだ。だから、私は、行助が少年院に入らねばならなかった原因を、このさい、はっきりさせておきたい。二人とも、そういつまでも修一郎を庇えないぞ」

それから安夫婦には帰ってもらってから、理一はあらためて父と修一郎と行助と澄江を前において、三年前の事件の原因を糺した。

しかし澄江も行助も、くちをつぐんで語らなかった。

「いつまでもそんな昔のことを持ちだしたってしようがねえよ。俺はもうあのときのことは忘れているんだからよ」

と修一郎が言った。

「おまえには忘れられても、行助には忘れられない事件だ。いや、修一郎、おまえにも忘れられないはずだ。忘れられるはずがないだろう。どうだ、修一郎」

「俺はもう忘れちまったよ。それよりよ、今日きたのは、俺も来年は大学をでるだろう。だからよ、どこかに勤めなければならないだろう。その相談できたんだ」

「修一郎、おまえ、すっかり言葉が悪くなったな」

「これがいまの学生の言葉だよ。上品な言葉をつかえるのは行助のような秀才だけさ」

「修一郎。おまえは、いま、あのときのことは忘れたと言ったが、もういちど、ようく、自分の胸にきいてみろ。さっき、おまえは、その女は俺と関係があった、と言ったな……」

理一の目が燃えていた。

「お祖父さん、帰ろうよ。俺は、きょう、こんな話をするために来たんじゃないのに、むかしのことが持ちだされちまってよ、ぜんぜん面白(おもしろ)くないんだ」

「ああ、帰ろう。その前に、澄江さん、あんたにひとつ訊きたいことがある」

悠一は澄江を見た。

「はい、なんでしょうか」

澄江も悠一の方に顔を向けた。

「実の子である修一郎がこうして家を追いだされ、あんたが連れてきた子は、こうしてここで暮している。これを、あんた、どう思いますかね」

「澄江にそういう質問はやめてください」理一が遮った。「修一郎をここにいれないのは私の意志であり、澄江には関係のないことです。あのときの事件の原因がはっきりしないかぎり、私は、修一郎をここにはいれない、と行助が少年院から出てきたときに、四谷に行って話してあるはずです。正直に言って、私は、修一郎には、わが子ながら愛想がつきたというところです。このさい、はっきり言っておきますが、駄目な者はそれでもいい、救いようのない者はそれでもいい、と私は考えています。ですから、お祖父さんおばあさんに甘やかされている修一郎に、私も、もう文句は言わないことにしますから、修一郎のことで私に相談を持ちこむのは、やめてほしいですね。修一郎も、もう二十一歳だから、父親がとやかく言うこともないだろう。……ただし、あのときの事件の真相を、修一郎が正直に話してくれた場合には、父と子のあいだで和解の道もあると思う」

「お祖父さん、帰ろうよ。考えてみても、実のおふくろでない女がいる家で、俺が自由に暮せるはずがねえものな。さ、帰ろうよ」

　修一郎が悠一をせきたてた。

「馬鹿！　宇野家はおまえが継ぐんだぞ。それを忘れたのか！」

「それはなにも心配することはないだろう。おやじが死ねば宇野家の財産は当然俺のものになる。そんなことをいまから心配したってはじまらんじゃないか」

「おまえには、なんにもわかっていないんだ！」

「わかってるよ。……俺は、暴力団を使ってでも宇野家の財産は自分のものにするさ。そんなことは心配するなってことよ。さ、お祖父さん、帰ろう」

修一郎は悠一のそばに歩いて行き、手をかして悠一を起たせた。

祖父と孫のあいだで、わかちがたい愛情がうまれている、と理一はこのとき思った。しかし理一は冷酷（れいこく）な感情になっていた。もし祖父と孫が、そのわかちがたい愛情の絆（きずな）の故（ゆえ）に、なんらかのかたちで滅（ほろ）んでしまったとしても、それはそれで致（いた）しかたのないことである、と考えたのである。もはや、悠一も修一郎も、こちらが手を貸して立ち直れる人間ではなかった。

どうしてこんな溝（みぞ）が出来てしまったのだろう、と理一は三年前の事件以来の日々をふりかえってみた。いちばん大きな原因は、澄江と再婚（さいこん）するまで、悠一といっしょに四谷にすんでいたことではないか、と理一はかなり以前から考えていた。澄江を迎えたとき修一郎は十一歳であった。この年頃（としごろ）まで祖父母に甘やかされて育ったのが、今日の修一郎をつくった原因であることは、ほぼ間違いないように思えた。先妻に死別したとき、修一郎は六歳だった。

修一郎にたいする祖父母の溺愛があらわになったのは、このときからであったのだろう、といまの理一には思える。当時、彼は、子供を母にまかせきりであった。それに、多忙な働きざかりの男が子供にまで心をくばれる余裕はなかった。澄江を迎えて成城に移ったとき、修一郎を叩き直すべきであった、と理一は最近になって考えたことがあるが、もう手のほどこしようがなかった。

「理一。自分の実子をこんな目にあわせておいて、おまえは、きっと後悔するよ。罰があたるよ。澄江さん、あんたもそうだ。いまに罰があたるよ。わしがいま言ったことは、よくおぼえておいた方がいい」

悠一は憎々しげに息子夫妻を見おろして言うと、孫にうながされ、部屋を出て行った。

このとき澄江がたちあがった。

「よせ！　見送る必要はない」

理一が制した。

「おまえら、おぼえておれッ！」

玄関から悠一の声がした。

「そっとしておけ。気ちがいだ」

理一の心のなかでは、もう、父と息子にたいして容赦がなかった。

行助はいま、安がラーメンをこしらえているのを見ながら、その日のことをおもいかえしていた。悠一と修一郎が悪態をついて帰ってしまってから、俺は、父から単刀直入に話をきりだされたが……。

「行助。……さっき、修一郎が、厚子さんを見て、俺と関係があった女だ、と言ったのを、父さんは本当にあったことだと思う。おまえももう大学二年生だ。すでに大人だ。だからこんな話をするが、……修一郎がお母さんを犯そうとしたので、おまえが怒った。怒ったというより、現場を見ておまえがなかに入った。修一郎は現場を見られ、逆上して庖丁を持ちだした。庖丁をうばいあっているうちに、庖丁は修一郎に刺さってしまった。……私は、ながいあいだ考え、これがまちがいない当時の真実だと思う。どうだ、もう、少年院を出て二年もすぎていることだし、正直に話してくれてもいいだろう」

「父さん、そんなことはなかったのですよ」

行助は笑顔で答えた。

「では澄江にきくが、私は、行助があそこからでるちょっと前に、これと同じことを訊いたことがある。澄江はそのとき否定した。いまなら正直に話してくれてもいいだろう。どうだ」

「あなたは、済んでしまったことを、どうしてそんなにほじくり返すのですか」

澄江は、こまった、といった表情で答えた。

「ほじくりかえしているのではない。私は真実を知りたいのだ！」

「父さん。もう、この話は、やめてくださいませんか。それより、ひとつ、相談があるんです」

行助がさっきと同じ笑顔で言った。

「相談？」

「まじめな話なんです」

行助はこう言ってから、ちょっと間をおいた。

「なんの話だ？」

理一は殆ど詰問にちかい口調で訊きかえした。

「僕は、少年院から帰ってきたとき、父さんに説得され、小田原に行くのをやめました。……あのとき、小田原に行きたいと考えたのは、小田原の子になるということではなかったのです……」

行助はここで言葉を切り、母を見た。

「母さん。僕が、こんな話をしても、怒らないでしょうね」

行助はちょっと間をおいて母に言った。

「わたし、あなたを信じていますから、自由に話してください」

澄江は答えた。

「話してみろ」

理一がうながした。

「僕は、宇野理一の子です。これは、僕が九つのときにこの家にきてから、いままで、ずうっと渝らない事実です。ですから、僕は、いつかも申しあげたように、母さんを大事にしてくれた父さんも大事にしているのです。これは信じてください。信じてくれないと困るのです」

「待て、行助。私がおまえを疑ったことがあるか！」

「ありません。僕が父さんを疑ったことがないのも事実です」

「話をつづけろ」

「僕は、自分の母を、美しいひとだと思っております。父さんが、母の美しさを愛しているかぎり、僕も父さんからは離れないでしょう。これは、父さんと母さんと僕だけの世界なんです。……しかし、……うまく言えませんが、修一郎が、宇野家の嫡出であることは、この三人の関係とは別のことなんです。僕は、少年院をでてきてから二年、父さんが、宇野家を、嫡出ではない僕に継がせたがっているのを、うすうす感じとりました。……僕が大学にはいったとしの春、父さんは、僕の机の上に、そっと一冊の本をおいてくれました。入学祝いでしたね。世阿弥の〈花伝書〉という本でした。理工学部にはいった者に、なぜこんな本を贈ってくださったのか、僕は、はじめはわからなかったのです。僕は、その本を半歳かかって読みました。そして、あの本の最後に達したとき、父さんの真意を理解したのです。僕はいまも、あの本の最後の一節をおぼえております。〈たとへ一子たりと言ふとも、不器量の者には伝ふべからず。家、家にあらず。次ぐをもて家とす。人、人にあらず。知るをもて人とす〉。僕は、ここを読んだとき、宇野理一というひとりの社会人を、完全に理解したと思いました。……でも、父さん、あの本は、能という芸の世界だけで通用するのです。僕は大学にはいってから、矢来町や水道橋の能楽堂に能をなんどか観にでかけました。僕が母といっしょにこの家にきたとき、父さんはよく謡をやっていました。子供の頃のそんな記憶が、僕を能楽堂に行かせたのかも知れません。そして僕が能役者の舞うのを見ながら、〈花伝書〉の最後の一節をおもいかえしたのは、自然のなり行きでした」

　行助はここで話をきり、茶をのんだ。

「はなしをつづけてくれ」

　理一は煙草をつけながら言った。

「僕は、役者が舞うのをみながら、ああ、これは、芸のちからだ、上手な芸や下手な芸がある、と思いました。芸が下手なら、役者の子だからといって必ずしも後を継ぐことはできないだろう、とも思いました。……ほんとにうまく言えませんが、僕が宇野家を継ぐのは、ちょっと筋がちがう、という気がします。僕はいま建築を学びながら、ささやかな夢を育てています。軽井沢に別荘がありますが、僕は学校をでたら、あの古い別荘をこわし、もっとしゃれた造りの別荘を設計してあげたい……。父さん、わかってください。いま僕が考えているのは、そんなことだけなんです。きょうのように、この家のあとつぎ問題が、あんなあからさまなかたちで出てしまうと、僕はなおのこと、自分の夢の世界に帰ってしまうのです」

「待て。おまえはさっき、社会人としての父を理解した、と言ったな」

「はい。言いました」

「宇野電機は、もう個人会社ではない。公共性のつよい会社だ。そこら辺にある酒屋や八百屋とはちがう。酒屋や八百屋が一軒つぶれたって社会にはなんの影響もない。しかしだ、宇野電機がつぶれたら、これはすぐ社会に影響する。社会に影響するということは、その会社が公共性をそなえているということだ。おまえは、そんな公共性のつよい会社を器量のない者にまかせられるか」

「それはまかせられないでしょう。だからといって、修一郎のかわりに僕が宇野電機を継がねばならない理由も見あたりません。これを理解してくださいませんか。クラスの者は、もうみんな、学校を出たらどこに就職するかを考えております。たぶん、みんな、一流会社に就職できるでしょう。僕は、学校をでたら、ささやかな建築事務所をひらき、人々のために住みごこちのよい家を設計してあげたい、というようなことしか考えておりません。そして、安のような奴とつきあい、たまには彼の店にラーメンを食べに行きたい、僕は、そんなことしか考えておりません」

「けっきょく、おまえは、宇野家からは離れたいと言っているのだな」

「離れたいというのではありません」

「そういうことになるではないか。建築を学んだからといって電機会社で働けないと思っているのか。それはまちがいだ。おまえは学校をでたら宇野電機に入社する。これは私の命令だ。父としての命令だ。そして将来、宇野電機を継ぐ。しゃれた家を設計することは、宇野電機にいても出来ることだ。ばかなことを言うものではない。私は宇野電機のためにおまえが欲しいから小田原に行くというのをとめたのだ」

あの人が、俺に抱いている愛情はわかるが……。行助は、厚子が運んでくれたラーメンを前にして、父と話しあった日のことをおもいかえし、要するになるようにしかならないだろう、と思った。

行助のためにラーメンをつくりおえた安が、煙草をつけながら話しかけた。

「旅行はどこへ行ったんだい」

「伊勢と志摩に行ってきた」

行助は箸をとめ、きみも、奥さんと子供をつれて一泊旅行ぐらいしてくるといいよ、とすすめた。

「いやいや。借金を返すまではとてもじゃないが、旅行なんて駄目だな」

「うちの親父の借金なら、ゆっくりでいいんだ。一泊旅行をしたからといってどうということはないだろう」

「うん、まあ、そのうちに行ってこよう。そうそう、このあいだ、黒が泣虫といっしょにやってきたよ」

「黒と泣虫が？　よくここがわかったね、連中に」

「おい、奴等がきたのは金曜日だったたな」

安は厚子を見て訊いた。

「そうよ。金曜日の昼だったわ」

「その前の日の木曜日に、俺はちょっと新宿まで用がありでかけた。そのとき、新宿駅で黒にあったのさ。ここを教えたら、明日、泣虫をつれて行くよ、と言われてな、そしたら、黒の奴、ほんとに泣虫をつれてきた。あんなに仲の悪かった黒と泣虫が、仲がいいんでびっくりしちまってな」

「それで、黒川と寺西はいまなにをしているんだ？」

「黒は新宿のキャバレーでバンドマンをやっていると言っていた。泣虫は神田のある大学に行っている」

「それはよかったなあ。寺西は、バーテンになりたいとか言っていたが、そうか、あの二人は仲がよくなったのか」

「おまえのことを話してやったら、二人ともおまえにあいたがっていたよ。俺にはよくわからないが、あの頃、おまえがそなえていた、厳しさというのかな、それに連中はいまでも惹かれていたよ。泣虫の奴、おまえの言葉をおもいだして大学にすすむ勉強をしたとか言っていたよ」

「ここを出たらバーテンになりたいと言っていたから、学校に戻った方がいい、とすすめたことはあるが」

「黒の奴、同窓会をやろうと言っていたよ」

「いいだろう」

「そしたら、泣虫が、宇野は秀才だから同窓会には出てこないだろう、なんてぬかしたから、馬鹿野郎、宇野はそんな奴じゃない、と怒ってやったがね」

「黒川と寺西の仲がよくなったのはいいことだ。同窓会といったって、ほかに誰がいるかな」

「佐倉がいる。奴は新劇をやっているらしい。黒がよく知っていたよ。それから、これも黒のはなしだが、利兵衛はまた入っちまったらしいな。もちろん、刑務所だ。どうもこれは利兵衛の宿命じゃないかと俺は思っているが」

「やはりそうだったのか。ときどき連中のことを思いだすとき、俺も天野のことは考えていたが……」

行助は、少年院から出るとき、利兵衛にたのまれ、彼の女である美佐子を東中野のアパートに訪ねた日をおもいかえした。

それは、二年前の三月はじめの日曜日の午後だった。行助は、流れ星の利兵衛こと天野敏雄が描いてくれた略図をもって、美佐子がいるという東中野のアパートを訪ねた。アパートは小滝町にあり、すぐさがしあてられた。ブロックの二階建で、美佐子は二階の部屋を借りていた。

行助が部屋の戸を叩いたら、しばらくして戸があき、女が戸のあいだから顔をだした。行助はその女の顔をみたとき、これはいかん、と思った。なにがいけないのか自分にもわからなかったが、利兵衛のためにこの女はいけない、と感じたのである。

「僕は、天野くんのことづてをたのまれてきたのですが……」

「天野って誰よ?」

と女は言った。

「流れ星の利兵衛です」

「なんだ、あいつのことか。じゃ、あんた、刑務所から出てきたの?」

「いいえ。少年院です」

「同じことじゃないの。流れ星がなんと言ったのよ」

「手紙をだしても返事がないから、返事をくれということでした」

このとき、誰がきたんだ、と部屋のなかからふとい男の声がした。

「なんでもないわよ。あんたは黙って」

女は部屋のなかをふりかえって言うと、それからこっちを向き、

「あいつに言ってちょうだい。迷惑だから手紙をよこすなって」

そして戸が閉められた。

このとき行助は、安の女の厚子といまの女を思いくらべた。

行助は少年院にいる利兵衛に、女とあったときのことをそのまま書きおくり、女とは別れた方がいいのではないか、とつけ加えた。利兵衛からは返事がなかった。

「利兵衛はなんではいったんだ？」

行助は安に訊いた。

「女を殺してしまったらしい。なんでも、あそこをでてからすぐ、奴は、女をさがしまわったらしい。女のことは知ってるだろう？」

「知っている」

「女は中野から四谷に越していたそうだ。そこをさがしあてた利兵衛は、真昼間、女の首をしめてしまったらしい」

「出てからすぐか？」

「いや。ついこの三月だとか言っていたな、黒は」

安の言うのをききながら、行助は、俺があのときあんな手紙を書きおくったのがいけなかったのかな、と思った。利兵衛は、少年院のなかで、信じていた女に裏切られたと知ったとき、女を殺す決心をつけたのかもわからない、くる日もくる日も単調な少年院の生活のなかで、利兵衛は暗いおもいを燃やしていたにちがいない。行助には当時の利兵衛の感情がわかる気がした。それは、行助が少年院のなかで、奴を生涯劣等感のなかでしか生きられない男にしてやろう、と修一郎のことを考えたことと同じかたちであった。結果は異なっても暗い情念の発想は同じであった。行助にはこのちがいがわかっていた。

「ごちそうさま。帰るよ」

行助はラーメン代をおき、たちあがった。

「もう帰るのか」

安が新しい客のためのラーメンをこしらえながら行助を見た。

「また来るよ」

「明日来るか?」

「わからん。いつでもあえるじゃないか」

「お父さんによろしく言ってくれ」

「言っておこう」

それから行助は店をでた。厚子が追ってきて、おつりですよ、と言いながら行助に小銭を渡した。

「あ、そうか。おつりがあったんですね」

行助は小銭を受けとりながら厚子に笑顔をむけた。

「またいらしてくださいね」

「ちかいうちに来ますよ。お子さんは元気ですか」

「はい。とても元気です。……大きくなって、宇野さんのようなひとになればいいんですが」

「いや。安のような男にした方がいいですよ。じゃ、また」

行助はそれから路地をでて、高田馬場駅にむかった。彼は、歩きながら、あのことであの夫婦は争わなかったのだろうか、と修一郎からこの女は俺と関係があった、と言われた日のことをおもいかえした。あのことがどういう風に夫婦のあいだで話しあわれたのか、俺は知らないが、仲よくやっているところをみると、たいした争いはなかったのかも知れない。

厚子は店に戻ってからも胸をはずませていた。行助が現われるのを待ちのぞんでいるのは、夫の安よりも厚子の方であった。かつて少年院を訪ねたとき厚子は、行助の像を胸に宿して帰ってきたが、その像は年々大きくなり、いまでは厚子のなかで動かない場所を占めていた。彼女は、その場所を持てあましていた。

修一郎と関係があった件については、安はなにも言わなかった。厚子も弁明をしなかった。性格なのか、それとも自分が少年院にはいっていたあいだ女に働かせていたのを済まないと思っているためなのか、とにかく安はその件に関してはまったく沈黙を守っていた。厚子は、それをありがたいと思いながらも、夫がいつかはそのことを持ちだすときが来るのではないか、とおそれていた。ただ、ときたま酒をのんだときなどに、

「いやな奴だ！」

と吐き捨てるような口調で呟くことがあった。

「誰がいやな奴なの？」

と厚子がきくと、

「いや、なんでもない」

と夫は慌てて酒のコップをとりあげるのであった。彼が誰のことをいやな奴だと言っているのか、厚子としたら修一郎を考えるよりほかなかった。もし少年院時代にいやな奴がいたとしたら、行助がラーメンをたべにきたときなどに、自然と話題にのぼるはずであった。ただ、店は順調にいっているので、安としたら、いまのところ満足しているのかも知れなかった。

ラグビー場をとり囲んでいる樹木の葉が、初夏の午後の陽をうけ、風が立つと陽の光が砕け散っている。

ここは西武新宿線の郊外にある西北大学のラグビー場である。場内では若者たちが球を追って俊敏に動きまわっており、ときどき鋭いさけび声があがっている。

行助がこの若者たちのなかにいた。彼は、高校時代にサッカー部に籍をおいていたが、大学に入ってからは、理工学部のなかだけでつくっているサッカー部に入った。大学全体でつくっている運動部に入部すると、運動が主となり勉学は従となるので、行助は理工学部内だけでつくっている部に入ったのである。

きょうは法学部サッカー部との試合であった。行助はレフトインナーをつとめている。ボールを左右の足でドリブルしながら小刻みに走っている者、それを追ってタックルにかかっている者、場内は活気に充ちている。両足でボールをドリブルしながら小刻みに走っていた若者が、三人の若者がタックルしようと殺到したとき、右足の内側でボールを蹴った。ながい脚が鋭角にのび、正確なキックがきまると、ボールはもう別の若者の足に捉えられていた。

ラグビー場は使用時間がきまっていた。法学部対理工学部の試合のあとすぐ、別の部の試合が控えていたからである。

この日曜日の試合結果は、法学部が勝った。

「敗けた、敗けた」

理工学部の若者たちはくちぐちに言い、汗をふきながら控室にひきあげた。

勝っても敗けてもよかった。これはスポーツであった。

「おうい、宇野」

とうしろから追ってきた者がいる。法学部の山村だった。高校時代の同級生でいっしょにサッカーをやってきた若者だった。

「敗けたよ」

行助はわらって見せた。

「このつぎは勝つさ。きょうはまっすぐ帰るのか」

「高田馬場にでて、ラーメンでも食ってから帰ろうと思っている」

「れいのラーメン屋か。俺も行っていいか」

「かまわんよ。おかしな奴だな、ラーメンを食いに行くのにいちいち俺にことわる奴があるか」

「いや、あそこはおまえ専用の店だという評判がたっているからさ」

「誰がそんなことを……」

行助がいた高校から西北大学にいっしょに入ったのは十六人で、この十六人はなにかと言っては集まっていた。噂はそこから流れているのだろう、と行助は思った。

「気にしない気にしない。しかし、あのラーメン屋の細君は美人だな。宇野は細君に気があるんじゃないかと言っているぜ」

「そんな馬鹿な……」

行助は強く否定した。否定しながらも、しかし連中はよく見ているな、と思った。行助は、自分を見る厚子の目を知っていたのである。

若者達はそれぞれラグビー場からひきあげた。

行助は山村とつれだってラグビー場をでると、私鉄の駅にむかった。

「それでな、宇野、細君の方もおまえに気があるんではないか、とまあ、これは俺達の推測だよ」

「しようがない連中だな」

行助は苦笑した。みんな悪気のない高校以来の仲間だった。しかし、学友仲間にそんな風に思われているとすると、気をつけねばならなかった。

「山村。少年院中で、あのラーメン屋の安のような素直な男は珍しかったんだ。いつかも言ったと思うが、それ以来の友人だよ。それに、これは言っていいかどうか、あまりほかへ言ってもらうと安に悪いが、あの店をひらくのに、うちの親父がすこし資金をだしてやったのだ。そんな関係で、あの店がすこしでも繁盛すればと思い連中をつれて行ったのに、まったくしようがない連中だな」

「わかった。おまえの言うことを理解して信用するとしよう。もうれつに腹がへってきたな。あの店まで保つかなあ」

「保たせろよ」

「ときに、おまえの兄貴はどうしている？　うちの兄貴がときどき噂しているが」

「そう言えば、おまえの兄貴と同級だったな。……いまも四谷にいるよ」

「あいかわらず良くないのか？」

「なにがだ？」

「仲だよ」

「ここのところ、はなれて住んでいるだろう。顔を合わせていないからな」

行助は言葉をにごした。

修一郎を生涯劣等感のなかでしか生きられない男にしてやろう、とひそかに考えた行助の目的は、殆ど達せられたも同じだった。行助は、悠一と修一郎が成城に現われ理一と言いあらそった日、悠一と修一郎を視ていた。二人を視る行助の目には容赦がなかった。悠一は老醜をさらし、修一郎は暴力団を使ってでも宇野家の財産を自分のものにする、などとくち走っているのを見て、理一の言うように、この二人はもう救いようがないな、と思った。暴力団を使ってでも、と言っている修一郎が行助にはちょっと恐かった。理一の会社に修一郎が暴力団をつれて現われる日を想像したのである。しかし修一郎が暴力団を使って相手にしようとしているのは、理一ではなくこの俺のことだろう。

「そろそろ同窓会をやろうという話がもちあがっているが」

山村が言った。

「去年の秋のが流れてしまったからな」

「やるか」

「いいよ。高校をでてはじめての同窓会だろう。みんな集まるだろう」

「二浪が数人いるが、奴等はたぶんこないだろう」

山村は、二年浪人しているかつての級友の名を数人あげた。

「それはちょっと気の毒だな」

「彼等に通知をだすのはよそうか」

「それはいかん。だした方がいいよ」

行助が答えた。

修一郎はあいかわらず遊びまわっていた。ムスタングをボルボに乗りかえたのは今年の二月で、この金は祖父の悠一からだしてもらった。祖父とはわかちがたい愛情でつながっていた。父の理一が息子を疎んずればするほど、孫にたいする悠一の愛情が深まっていったのである。もちろん悠一は、孫にかける愛情を至極正当な性質のものであると考えていた。

都電停留所の四谷三丁目のちかくに、舟町という小さな町がある。ここは、宇野悠一の家がある大京町から歩いてすぐの場所である。この舟町の一角に、〈フール〉というスナックバーがあった。フールとはもちろん英語で馬鹿という意味である。物好きな男が洒落のつもりでつけた名前だったろうが、この店には本当に馬鹿な人間があつまっていた。店がひらくのは午後六時で、閉店は暁方の四時である。この間にこの店にあつまる人種は、テレビタレント、流行歌手、映画俳優の卵などである。彼等の頭が本当に悪いわけではない。タレントや流行歌手になれた以上、人並以上の才能を持っていたし、映画俳優の卵であるからには、これまた人並以上の美貌をそなえていた。つまり彼等は馬鹿げた遊びしか出来ない連中だったのである。この店にはルーレット、麻雀が出来るよう場所が設けてあった。

ここにあつまってくる前記の人種は、ひまさえあると賭博をやっていた。殊に麻雀がさかんだった。全国麻雀大会などという会があちこちで催されているくらいだから、現在の日本に麻雀人口がどれくらいいるのか、たぶんそれはたいへんな数にのぼるだろう。

修一郎はこの店に去年の夏頃から通っていた。ウイスキーを一本買ってそこに自分の名前を書き、棚においておく。好きなときに好きなだけウイスキーをのむ仕掛である。

修一郎は麻雀が強かった。まず敗けるということがなかった。この店にくる流行歌手や映画俳優のなかで、麻雀が強いものがいないのもひとつの理由だったが、彼はここでけっこう小遣いかせぎをやっていた。

夜一時をすぎると、店をひけたバーのマダムなどもやってくる。客につれられたバーのホステスもくるし、なかにはホステスが独りでのみにくることもある。

つまり修一郎はこの店にきているかぎり、金と女には不自由しないわけだった。独りでくるバーのホステスは、口説けばたいがいものになった。数年前に比べて彼の遊びもいくらか高級になったわけであった。

ホステスのなかには、おたがいに遊びだから、といってホテル代を半分もつのもいた。

この〈フール〉に、ある夜、タイガーレコード会社の専務のひとりが、歌手といっしょに現われた。そして、どういうきっかけからか、歌手が自分の得意としている流行歌をうたった。すると、店にいた者のうち、素人でも歌のうたえる者が、つぎつぎに立って歌をうたった。そして修一郎も一曲うたったのである。浪花節調の流行歌だった。

そして修一郎がうたい終ったとき、一人の男がそばによってきた。タイガーレコードの専務だった。

「あなたは、テレビののど自慢コンクールに出たことありますか？」

と専務は訊いた。

「そんなのないですよ」

と修一郎は答えた。事実そんなことはなかったのである。

「私はこういうものですが、もう一曲、なにか、こんどは別の曲をうたってもらえませんでしょうか」

専務は名刺をだして手渡しながら言った。名刺には、タイガーレコード専務青葉初太郎とあった。

そこで修一郎は、こんどは別の浪曲調の流行歌をうたった。そして、彼がうたいおわったとき、青葉初太郎がよってきて、

「明日、うちの会社に来て戴けますでしょうか。私は、あなたを、相当な歌手になれる声だと見込んだのですが」

と言った。

「え？　俺が歌手に」

「歌手になりたいと思ったことはありませんか？」

「そんなのないですよ」

「私達は、テレビののど自慢コンクールから出る新人よりも、あなたのように、自分の才能に気づいていない人を発掘したいのです」

そして青葉初太郎は、自分がこれまで発掘した歌手の名前を幾人かあげた。

「歌手か。……それも悪かないな」

「明日、うちの社に来てテストを受けてみませんか」

青葉初太郎は熱心だった。

「じゃあ、行ってみようか」

「十時にいらしてください。私の目に狂(くる)いはないはずです」

専務は自信ありげに微笑(びしょう)した。

人間の運は妙(みょう)なところで方向を変えるもので、修一郎は、おまえは歌がうまいぞ、とまわりから言われたことはあるが、自分に歌手の素質があろうなどとは、考えてみたこともなかった。

こうして修一郎はあくる日の朝の十時、西銀座にあるタイガーレコード会社を訪ねた。

この日は、歌手志望者の声のテストがあると見え、十人あまりの若い男女が来ていた。要するに修一郎はこの日テストに合格し、タイガーレコード専属の歌手として基礎を勉強してみないか、とさそわれたのである。

修一郎は考えさせてくれ、と答えてこの日は帰ってきた。

来年、大学をでたら、祖父のコネでどこか一流の会社に入るつもりでいたところへ、急に降って湧(わ)いたように歌手になれる才能がある、と言われてみても、実感がともなわなかった。

彼はこれを悠一と園子に相談してみたのである。

「おまえが歌手に？」

悠一はびっくりして妻と顔を見合せた。

「レコード会社の重役が、そう言うんだよ。きみには才能があるって」

修一郎も実感がともなわないので、ごくあたりまえに答えた。

「宇野家の長男が歌手になるのか。わしはあまり気がすすまんな。おかしな身ぶりで歌うあれだろう」

悠一はいい顔をしなかった。

「俺にもぴんとこないんだ」

「自分でも気がすすまないのに、そんなことを相談する奴があるか。わしは歌手になるのは反対だ」

「よし、これできまった。明日歌手志望はやめる、と電話で返事をしておこう」

そして彼はあくる日の朝十時、学校にでる前にタイガーレコード会社に電話でこの旨を伝えた。青葉専務はまだ来社していなかったので、女事務員が修一郎の伝言を後で専務に伝えるということだった。

そして修一郎は神田の学校に行ったが、なにか気持がさっぱりしなかった。ここのところ彼は怏々とした日を送っていたのである。父から疎んじられているのを考えると、自己嫌悪がさきにたった。そして、自己嫌悪と並行して劣等感が彼を苛めていた。行助にたいする劣等感はなんとしても拭いきれなかった。前年の春、行助が西北大学の理工学部に合格したとき、修一郎の劣等感は決定的なものとなった。宇野電機を継ぐのはあいつになるのか、という思いが湧き、父への憾みと、澄江母子にたいする憎悪が際限もなく湧いてきた。以来、彼は、決定的になった自分の劣等感を、ある意味では育ててきたとも言えた。つまり彼は、行助にたいして抱いている劣等感のなかに、自己鍾愛の極を見出していたのである。

祖父のコネで一流会社に入れるかどうかはわからなかった。入れたとしても、大学も裏口入学し、それもやっとの成績で卒業し、そして勤めさきの会社にも裏口入社をしなければならない、と考えると、いつもの劣等感に苛まれるのであった。俺は一生こうして裏口ばかりを歩かねばならないのだろうか、という思いも湧いて来ようものであった。

こうした情況が修一郎を孤独におとしいれた。彼はこの孤独に耐えられなかった。もし孤独に耐えられるほどの青年だったら、裏口入社など考えなかっただろうし、また義母を犯そうなどという行動にも出なかっただろう。つまり、才能がないのに自尊心ばかりが高い人間になっていたのである。彼の自尊心を裏づけるものがなにもなかった。

こうして修一郎は劣等感と自尊心が綯いまぜになった自分だけの世界に安住しきれなくなると、外に出て事故をおこすのであった。

この日、修一郎は、学校からまっすぐ家に帰った。すると、そこへタイガーレコードの青葉専務が訪ねてきた。

「せっかくのチャンスを見のがすのはどうでしょうかね」

と青葉専務は言った。

「俺、歌手になるなど、あまり気がすすまないんだ」

修一郎はしかし意外に自分があかるい感情になっていることに気づきながら答えた。

「あなたね、いま全国に歌手志望の男女がどれくらいいると思いますか。十万人ですよ。常時十万人の歌手志望者がいるのです。そのなかから毎年歌手としてスタートできるのが二十人そこそこです。そしてさらにその二十人がふるいおとされ、歌手として残るのはせいぜい五人か六人というところです。この五人の歌手は、つまり才能があるということですよ。私は、あなたを、この五人のなかにはいれる才能をもっている人だと思う。考えなおしませんか。あなたのその匕首のきいた声で歌いまくってごらんなさい。若い女の子がきゃあきゃあ騒ぎたてますよ。歌手とプロ野球の選手は、あなた、現代の英雄ですよ。英雄になれるチャンスを見逃すのは、なんとしても惜しいじゃありませんか」

青年の自尊心や虚栄心をくすぐる上手な勧誘であった。

「じゃあ、もう一日考えてみるよ」

「あなたはいまスマートな車に乗っている。ところが、あなたがいま売れっ子の歌手だとしたらどうでしょう。考えてみただけでもカッコいいではありませんか。現代の英雄がいちばんスマートな車に乗っているわけです。ようく考えてくださいよ。歌手になりたくてもなれない人が多いのに、あなたはレコード会社の重役から見込まれたのですよ。こんな例はそうざらにはないですよ」

そして青葉専務は、明日といわず、心がきまったら今夜にでも自宅に電話をくれ、と言いおいて帰って行った。

青葉専務が帰ったあと、修一郎はいい気持になっていた。自尊心と虚栄心をこれだけ充たしてくれた話は最近にないことだった。

そして彼はこの日の夜十時すぎに〈フール〉に出かけてみた。店にはれいによって売れっ子の歌手が数人きていた。そして彼等のまわりをファンがとりかこんでいた。歌手はまるで王様のようにふるまっていた。

修一郎はこのとき、もし俺に歌手の才能があるとすれば、あの青葉専務の言うように、十万人のなかから選ばれた一人になれたとすれば、俺は、行助を見返してやれるだろうか、劣等感のなかで生きている現在から脱けでれるだろうか、と考えてみた。

この夜、修一郎は麻雀をやらなかった。麻雀をやるかわりに酒をのみ、ファンにとりまかれている歌手を眺めていたのである。そうして時間が経過していったとき、修一郎は、頭のなかでひとつの夢を組みたてていた。それは実にたのしい夢であった。

修一郎は、女性週刊誌などで流行歌手の生活、彼等の住居の大きさ、はては彼等の女性関係などについて書かれた記事を読んだことが何度かある。彼等は二十歳そこそこで莫大な収入があり、大きな洒落れた家に住み、愛玩用の一頭十万円もする犬を飼い、そして車は何台も持っている、そんな生活をしていた。

もし俺があのようになれるとしたら……と修一郎は考えたのである。すると、酔いのまわった頭のなかで、ひとつの夢が組みたてられた。流行歌手として売りだした宇野修一郎は、年収五千万円、歌手になってから三年目には、彼を疎んじた父の屋敷の正面に、父の屋敷より倍も大きな家を構え、自家用車は五台、召使は三人、そして連日ファンからの手紙が百通は届くような身分になっている……。こんな夢を組みたててみたのである。

もし青葉専務の言うことが事実なら、俺も年収五千万円の男になれるはずだ、と修一郎は考えたのである。人が一生かかっても得られない金を、俺は一年で稼げるではないか……。

彼は席をたち電話台の前に歩いて行った。そして青葉専務の自宅にダイヤルをまわした。

「宇野です」

と修一郎が言ったら、待っていましたよ、と青葉専務の弾んだ声がした。修一郎は、青葉専務のはずんだ声をきいたとき、彼がいかに自分に期待をかけているのかを知った。俺はいままでどうして自分に歌手の才能があることに気がつかなかったのだろう……ちくしょうッ！　俺は売れっ子の歌手になって行助を見返してやろう……。

青葉専務とはあくる日の正午に再びタイガーレコード会社で会うことになった。

青葉専務との約束がきまると、修一郎はいい気持になって店をでた。そして、大京町の祖父母の家に歩いて戻りながら、これで俺にも運がひらけてくる、なにも宇野電機のあととりとなり朝から晩まで働く必要はないのだ、だいたい俺にはサラリーマンなど似合うはずがない、と考えた。

あくる日、修一郎は、自慢のボルボを運転してタイガーレコード会社にでかけた。会社につき、受付で来意を告げ、しばらく待っていたら、青葉専務がでてきた。

「昼めしをいっしょにしませんか」

と青葉専務は言い、修一郎の返事もきかずに先に歩きだした。

行ったところはちかくの寿司屋だった。

「ほんとに歌手になれるんですか？」

修一郎は前夜とちがい半信半疑だった。

「なれますよ。声がいいんだし、あなたの努力次第で一流歌手になれますよ。私の会社と契約しますと、わずかですが月に小遣い程度の金はでます。そして向う半歳は、歌手になるための基礎を勉強してもらいます」

「半歳もかかるんですか？」

修一郎はすぐ歌手になれると思っていたのである。

「なにごとによらず基本が大事ですよ。いきなり歌手にはなれませんよ」

青葉専務はじろっと修一郎を見た。

修一郎には意外だった。三ヵ月ほど前のことだったが、十七歳のある娘が、タイガーレコードから歌をふきこんで売りだし、それがすごい当りをとり、その娘はいまではあちこちのテレビ局でひっぱりだこだった。すると、あの娘も、基礎を勉強したのだろうか……。

「どうです、あなた、日に一回、午後からでいいが、発声練習にこれますか？　熱心な人は、会社で基礎を勉強するほかに、夜は個人レッスンを受けていますよ。勉強しなければ歌手になれませんからね」

青葉専務は言った。

「個人レッスンというと……」

「授業料をはらって個人の先生について習うのですよ。たとえば、宝塚歌劇団でいま名を売っている女の子達ですが、あの子達があそこまでなるには、たいへんな時間と金がかかっているのですよ。彼女達は音楽学校に通いながら、一方で、週のうち二日は歌の個人レッスンを受け、二日は踊りのレッスン、というような勉強をしてきているのです。あなた、宝塚音楽学校というのを知っていますか？」

「知りませんね」

「努力してはじめて世に出れるんですよ。私がこんなことを言ったからといって恐れをなしちゃいけません。とにかく、あなたには、天稟の才能がそなわっているんだから、六ヵ月みっちりやれば大丈夫だ。私の目に狂いはない。まあ、私にまかせておきなさい。六ヵ月間、基本を勉強して、それでよいとなったら、作曲家と作詞家にたのみ、今年の暮あたりは吹きこみですよ」

修一郎には、青葉という男がわからなくなってきた。彼の話をきいていると、すぐ歌手になれる錯覚をおこさせた。そして、もうすこし話をきいていると、そう簡単には歌手になれない気がした。どちらをとってよいのか、わからなかった。

「しかし、日に一回は発声練習にこなければならないとなると……」

秋までに卒業論文を仕上げねばならなかった。それを考えると、毎日、発声練習に通うなど、ちょっと出来そうもなかった。

「日に一時間でいいんですよ」

青葉専務はもういちど修一郎をじろっと見た。

「俺は来年卒業だからなあ」

「学校に通いながら出来ますよ。夕方でいいんです」

青葉専務の話しかたは、宥めたり賺したり、といった調子だった。

修一郎は、寿司をたべおわったとき、とにかくしばらく発声練習に通ってみようと考えた。もし短期間で流行歌手になれるのなら、それに越したことはなかった。だいいち修一郎には、将来なんになろう、という目的がなかった。宇野電機は将来俺のものになる、という考えだけが彼のなかを占めており、人間としてどう生きるべきか、などと思いめぐらしたことがなかった。

「では、明日から通いますよ」

修一郎は青葉専務を見て言った。

「そうしてください。これはたのしみだな」

青葉専務はにこにこしていた。

成城の宇野家の庭では、躑躅の花が盛りだった。

行助は自分の部屋から庭の躑躅を眺め、少年院に護送車で送られたとき、新緑にまじって家々の庭に赤い躑躅の花が護送車の金網ごしに見えたことをおもいだした。家の庭の躑躅の花を特別に美しいと思って眺めたことはなかったのに、護送車の金網ごしに見た躑躅は美しかった。あれから何年経つのか、と行助が考えていたとき、

「行助さん」

と廊下から声がして外出の支度をした母が入ってきた。

「あなた、きょうは家にいるんでしょう」

「いますよ。酒田先生が休講ですから。それに、昨日、サッカーをやりすぎて、からだが痛いんですよ」

「それでは留守をたのみますよ」

「どこかへ出かけるんですか」

「夕方までには帰ってきますから」

「まだ十時じゃないですか。いまから出かけて夕方に帰ってくるんですか?」

「小田原ですよ」

澄江はちょっと間をおいてから答えた。

「小田原ですか。小田原なら僕も行きたいな」

「では、いっしょにいらっしゃる?」

「連れていってください」

「でも、母さん、小田原に行く前に、ちょっと寄るところがあるんだけど……」

「どこですか?」

「鎌倉の円覚寺」

「ああ、墓詣りですね。僕もいっしょに行きましょう」

「あなた、母さんが墓詣りしていたことを知っていたの？」

「知っていましたよ。なにも僕に隠すことはないでしょう」

行助はわらいながらたちあがった。

行助の支度は簡単である。着ているスポーツシャツの上にコールテンの上衣をひっかければよかった。

母子は、つる子に留守をたのみ、家をでた。

「母さんとこうして歩くのは、じつに久しぶりだな」

行助は母と並んで歩きながら、母を見て言った。澄江は行助よりずうっと背がひくい。ひくい方ではないのに、行助の背が高すぎたのである。

二人は、小田急の下北沢で乗りかえ、渋谷から東横線の横浜にでて、さらにそこから横須賀線に乗って北鎌倉でおりた。

「車で田園調布まで出れば早かったな。ずいぶん時間がかかっていますよ」

北鎌倉駅からおりたとき行助が腕時計をみながら言った。十二時半だった。

「いいじゃないの。遠足だと思えば」

「それはそうですね。墓詣りをすませたら、どこかで、めしを食わせてくださいよ」

「ところで、あなた、どうして母さんが墓詣りしていることを知ったの？」

「僕が墓詣りをしているからですよ。去年のいま頃、母さん、墓の前にマッチをおき忘れて行きましたね。そのマッチが、成城の薬屋のマッチだったのですよ」

行助は花屋の前で立ちどまりながらわらっていた。

「そうだったの。では、去年、知ったというわけね」

澄江もわらった。

「去年は、母さんがきた日と僕がきた日は、そう違わなかったな。まだ花が新しかったから。一昨年は、かなり開きがあった。というのは、僕が行ったとき、花はすっかり枯(か)れていたから」

「いやな子ね。だまってお墓詣りをするなんて」

「自分のことは棚(たな)にあげているんですか」

それから二人は花を買って再び駅前に戻り、そこから電車線路を横断して円覚寺の山門をくぐった。

「それで、あなた、ことしはきょうがはじめてなの？」

「先週の水曜日にきましたよ。命日でしたからね」

「いやな子ねえ」

澄江は、先夫の墓にまいねん詣っている事実を息子に知られ、なにか隠しどころを見られてしまった気がしていたが、息子がだまって墓詣りをしているときかされ、なおのことそんな気がしてきた。そして、亡夫がこの子のなかでどのように生きているのだろうか、と思いめぐらした。

「あなたは、亡くなった父さんをどんな風に考えているのかしら」

「どんな風に考えているのか、と言われても、ちょっと答に困りますが、あの詩集ですよ、あの詩集を通して、僕は、親父を理解したのですよ。……いまでは、すっかり暗誦してしまったな」

「生きていらしたら、いまのあなたの成長を見て、よろこんで……」

「母さん。そんな考えはいかんですな。げんに宇野理一の妻であり子である者が、そこまで考えてはいかんですよ。墓詣りをするのは、母さんと僕だけの内面の問題じゃありませんか。あの人は、立派な社会人です」

「それはそうですが……」

澄江は、息子の語気にすこしばかりたじろいだ。

「母さん、ことし四十でしょう」

「そうよ。……あなた、そんな風に、他の女にむかって、としをずばり言ってはだめよ」

澄江はわらいながら息子を窘めた。

「大丈夫ですよ。だいいち、そんなことを言う相手の女がいない」

行助は空を見あげてわらい、それから澄江を見ると、母さんはしかし若いなあ、と言った。

「なにを言っているんですよ、この子は」

「三十五、六歳というところだな。山村の奴が、おまえのおふくろはいま三十歳くらいか、だなんて言っていましたからね」

円覚寺の境内は一面の嫩葉で、樹木のあいだを小鳥の鋭い啼声がよぎっていった。

「そんなことを言っても、昼飯しか出ませんよ」

「昼飯にもいろいろありますからね。百円のカレーライスもあれば千円のビフテキもある」

行助がこのように母親と冗談を言いあうのは珍しいことだった。澄江は澄江で、息子とつれだって亡夫の墓詣りが出来るのをすっかり喜んでいた。宇野家に嫁していらいはじめてのことであった。

澄江と行助が墓参をすませて円覚寺を辞し、大船で湘南電車に乗りかえ小田原にむかったのは一時半だった。時間がなかったので二人は大船で駅弁を買い、空いた一等車のなかでそれをひろげた。

「母さん、駅弁がたべたかったのよ」

澄江が箸を割りながら言った。

「案外、庶民的なんだな」

行助はこう言いながらも、母と二人きりで電車のなかで駅弁をたべるのがうれしかった。

「母さんは庶民的ですよ」

「さあ、それはどうかな。日本人はみんな駅弁が好きだから、駅弁を食べるときだけ庶民的になるのかも知れませんよ」

駅弁は出来立てらしくまだ温かかった。澄江には幸福な時間だった。こんな初夏の緑の美しい季節に、こんな小さな旅をしたことが、むかしもあったような気がしたが、それが、いつ誰（だれ）とどこへ行ったのか、おもいだせなかった。

二宮を過ぎて国府津（こうづ）に入るあたりから左側に海が見えてきた。

「僕は出来たら小田原に越してきたいな」

行助が窓をいっぱいにあけはなし、海を見て言った。海は陽（ひ）を受けて光っていた。

「小田原に越してきたいって、どういうことなの？」

「わずらわしいんですよ」

「母さん、知らないけど、またなにかあったの？」

「いまのところなにもありませんが……なにか起るような気がしてなりません」

「なにかおこるって……行助さん、くわしく話してください」

「四谷の連中がまたやってきますよ。あの連中は、僕が宇野家を継（つ）ぐものだと思っているんですよ」

「あの話は、あれっきりでおしまいになったけど、あなた、やはり、父さんの会社に入る気持はないの？」

「ありませんね。僕は技術家ですよ。人を引っぱって行くなど、性に合わないのです。父さんが四谷と和解してくれれば、いちばんいいんですが」

「でも、あなたは、社会人としての宇野理一を理解したとあのとき言っていたじゃないの」

「そうです。理解はしています。しかし、理解しただけじゃ、解決はつきません。宇野理一と宇野修一郎、そして宇野悠一の血の問題が残るでしょう。この三人のなかに僕をいれてごらんなさい。僕はいわばあかの他人ですよ。これは、宇野電機を背負って立っている社会人としての宇野理一が考えているほどには、簡単な問題ではない」

「あなたが宇野電機に入らないとなると、どうなるのかしら……」

「卒業までまだ二年以上ありますから、もうすこし考えますが……どうも、いやな予感がする」

「行助さん、変なことを言わないで」

澄江は足かけ三年前の事件をおもいおこし、やはりいやな気持になった。そして、夫の理一のいないところで、息子とこんな話をしていいのだろうか、と考えた。

行助が母といっしょに円覚寺に墓参をし、小田原の母の生家に行った日から数日後の夜、戸塚の安の店で、少年院時代の同窓会があった。この日は日曜日で、学生をおもな客にしている安の店は週日よりひまで、夕方五時に安は店を閉め、同窓会の準備をした。あつまった者は、黒ちゃんこと黒川誠、泣虫こと寺西保男、佐倉常治、そして店のあるじの安坂宏一に行助の五人だった。

「ここで、ラーメンをたべながら同窓会をひらくなんて、思いがけなかったな」

と黒が言った。

「ラーメンは最後にだすよ。あまりおいしくないだろうが、中華料理をこしらえるから、ゆっくりしていってくれ」

安が肉をきりながら応じている。厚子はそばで野菜をきざんでいた。

「俺(おれ)は、宇野はこないだろうと言ったんだ。そしたら安に馬鹿野郎とどなりつけられてよ」

泣虫が行助を見て言った。

「俺はあそこをでる日に、三寮(りょう)と、そこでいっしょに暮した仲間を忘れないだろう、と言ったよ」

行助が答えている。

「宇野。こいつはよ、おまえのその言葉を忘れていたらしい。こいつの取柄(とりえ)は、泣かなくなったことだけだ」

これは黒である。

「おまえ、また俺をいじめるのか」

泣虫がわらいながら黒を見た。

「ばか。俺は、おまえが泣かなくなったとほめているんじゃないか」

「あの時分、宇野は、三寮の支えだったよ」

佐倉が言った。

「俺が大学に行く気をおこしたのも宇野のおかげだった」

泣虫が応じている。

「利兵衛がいないのがさびしいな」

安が庖丁(ほうちょう)をつかいながら言った。

「あいつは、自分の宿命から逃れられないんだ」

黒が答えた。

「利兵衛の話をしてくれないか」

行助が黒を見て言った。

「あいつが出てきたのは、俺達よりおそく、去年の五月だったよ。出てきてすぐ俺を訪ねてきた。女をさがしているというんだな。俺はその頃、もう、新宿にでていたから、もし女が店にくるようだったら知らせてくれとたのんできたわけだ。けっきょく、利兵衛は、ことしの三月、銀座のバーで女を見つけた。女が以前つとめていた新宿のバーをふりだしに、女のかつての仲間をしらみつぶしに調べて歩いたんだな。そうしたら、銀座にいるということがわかった。利兵衛は銀座のその店にでかけた。ところが、女の方では、利兵衛など問題にしていなかったんだな。反対に、利兵衛は、あそこにいるあいだ、くる日もくる日も女のことばかり考えていた」

「黒川。利兵衛は、俺からきた手紙のことを話していなかったか？」

行助が訊いた。

「それはきいた。手紙は見せてもらえなかったが」

そして黒は話をつづけた。

「ちょっと待ってくれ。利兵衛は、俺の手紙の内容を語らなかったか？」

行助が訊いた。

「話してくれなかったな。ただ、ここを出たら女を殺してやる、と言っていた」

黒が答えた。

「やはりそうだったのか……」

「手紙になにを書いたんだ？」

「女とは別れた方がいい、と書きおくったのだ。女が他の男といっしょにいることは伏せておいたのに、利兵衛は感づいたのだな」

「利兵衛が俺達に自慢したようには、女は利兵衛をおもっていなかったのだな」

「そうだ。それで、利兵衛は女に再会してどうしたのだ？」

「四谷の女の家をさがしあてたのさ。マンションの五階の部屋だった」

「黒もいっしょに行ったのか？」

「行った。……」

黒はちょっと間をおいてから、その日のことを語りだした。

黒と流れ星の利兵衛が、四谷のそのマンションの五階についたのは正午をすこしまわった頃だった。

「黒。廊下で見張をたのむよ」

と利兵衛が言った。

「おい。どうするつもりなんだ？」

黒が訊いた。

「殺らしてくる」

利兵衛は低い声で答えた。

「利兵衛。よした方がいいよ」

「俺はもう走りだしてしまった。走りだしたら俺はとまれない質なんだ」

「なにか他に解決方法はないか」

黒は、利兵衛は殺らすといった以上必ず実行するだろう、と思いながら、やはり止めようと試みた。

「解決方法はこれしかない。奴は俺を裏切った。おまんまが食えなくなり、銭っこのために裏切ったのならわかるが、奴は、こんなばんとした家にすみ、指には光った石をはめている。俺は許せねえよ」

「そうか。……仕方がないな。出来たら殺らさない方がいい」

「では、行ってくるよ」

利兵衛は思いきりよく廊下を歩いて行き、女の室の前でたちどまった。そして間をおいてからブザーを押した。

黒が廊下のはしから見ていると、すぐ戸があいた。利兵衛はなにか女と二言ほどしゃべっていたが、やがて中に姿が消えた。

利兵衛が部屋から出てきたのは七分後だった。黒は腕時計を見ていたのである。

「きちっと殺らしてきたよ」

利兵衛は黒の前に歩いてくると、こともなげに言った。

「刃物をつかったのか？」

「手で首をしめた」

「いきなりしめたのか？」

「いや。奴は金で解決するつもりだったらしい。お金ならいくらかある、とぬかしやがった」

それから利兵衛と黒はエレベーターを使わず、階段をつかっておりた。その方が人に顔をみられる率がすくなかった。

「それで、どうした？」

黒が階段をおりながら訊いた。

「これだけ持って行ってちょうだい、と女は二万円だした。ふざけるなッ、と俺は答えてやった。俺はな、くさいめしを食いながら、夢にまでおまえのことをおもい、しまいにはそのために頭が破裂しそうになったことがある。二万円でかたがつくと思ってんのか。では、どうすればいいのよ、と奴が言うから、俺は、まず昔に還る方法としていっしょにベッドに入ろうと言ってやった。女はすぐ言うことをきいた。……そして、俺は、女を有頂天にさせ、奴が声をあげているときに首をしめた。かんたんだった。銭っこはハンドバッグをあけて中にあったのを全部持ってきた。それに、品物もいただいてきた」

「金はいいが、品物はやくじゃないか」

「まわりにダイヤが入っている時計だ。見逃すことはねえさ」

そして二人は階段をおりきり一階にでると、左右に別れた。

「俺は見張り賃としてそのとき利兵衛から一万円もらったが、どうもその金を使ったときは後味がよくなかったな」

黒は行助を見て言った。

「マンションの前で別れたきりか？」

「そうだ。そして一週間ほどすぎた頃、俺は、新聞で利兵衛がつかまったのを知った。俺は、マンションの前で利兵衛と別れてからというもの、まいにち、新聞を見ていたよ。殺された女の記事がでたのはあくる日の夕刊だった。発見されたのが、俺達がマンションに行ったあくる日の昼間だったんだよ。しかし利兵衛は、自分ひとりの犯行だといって俺の名はついに出さなかったらしい」

「そこが利兵衛のいいところだろう」

安が間を入れた。

「女は、あるタクシー会社の社長に囲われていたらしい」

「やはり利兵衛の宿命というやつかなあ」

行助が誰にともなく言った。

「あいつはまったく流れ星みたいな奴だよ。たった七分間で女とことを済ませ、女をしめ殺し、金と時計を持って悠々とでてきたからな」

「利兵衛の宿命は認めるとしても、そんなことに感心するのはどうかな。利兵衛もこんどはちょっと出てこれないだろう」

「奴は、中途半端なことをやっていないだけに、すぐは出てこれないだろう」

黒が答えた。

「さあ、料理を食べようや。安が腕によりをかけてこしらえてくれたらしい」

行助がまず箸をとりあげた。

「食ってくれ。すぐあとをこしらえるから」

安が台の前に並んで腰かけているかつての仲間を見て言った。

「ラーメンはいつ出るんだい？」

泣虫が安に訊いた。

「ラーメンはいちばん最後だ」

「おめえはラーメンしか食べたことがないのかよ」

黒がひやかした。行助は黒と泣虫のやりとりを眺め、この二人が仲がよくなったのはまったくおかしなことだ、と苦笑した。

少年院時代の同窓会は九時に終った。

「佐々原院長を招待するんだったな」

と黒がいったのは、散会しようとしたときである。

「ラーメン屋でひらくんじゃ、ちょっと招待できないよ」

佐倉が応じた。

「いや、俺も院長を招待することは考えた。ラーメン屋だってかまわないさ。安がこれだけの店を持ったことを見てもらえばいい。院長はいちばんよろこぶよ。やはり招待するんだったな」

行助が言った。

「では、秋にもういちど同窓会をひらくか」

泣虫が行助を見て相談するように言った。

「それはいいかも知れないな」

行助はみんなを見まわした。

「この店ならいつでも提供するよ」

安が言った。

「では、寺西にまかせるか。俺は、少年院出だということを引け目に思っていないみんなを見て、すっかり安心したよ。院長はこんな場を見たら、きっと喜んでくれるだろう。十月頃に、もういちど、ここで、同窓会をひらく。これでいいかい」

行助がみんなに訊いた。

「じゃあ連絡は俺がやる」

泣虫が応じた。

「よし、きまった。ところで、勘定はいくらだ？」

黒が安に訊いた。

「ひとり五百円でいい」

「五百円？　そんな廉い値で商売になるのか」

「原価提供だ。おまえ達相手に儲けても仕方ないだろう。みんながあつまってくれただけでも俺にはうれしいんだ」

安は厚子をかえりみながら答えた。

「まあ、安の好意を受けておこうよ」

行助が財布をだしながら言った。

「ああ、ああ、よく食べたなあ」

泣虫が腹を撫でさすりながらたちあがった。

「おまえ、ラーメンを二杯たべただろう。なにしろ、食べざかりの餓鬼だからなあ」

黒がからかった。

「おまえ、また俺をいじめるのか」

「よせよせ。二人とも仲がいいのか悪いのか、俺にはさっぱりわからん」

行助がわらった。

それから一同は安の店をでた。

「みんな、また寄ってくれよな」

安が大通りまで見送ってきて言った。

「来るなと言っても来るよ」

黒が答えている。

「宇野。いちど俺の芝居を観にきてくれないかな」

佐倉が行助のそばに寄ってきて言った。

「芝居か」

「芝居はきらいか？」

「きらいじゃない。なんだ、新人公演か？」

「そうだ。六月末になるが、いちど観てもらいたいんだ」

「観に行こう」

行助は、佐倉が新劇に志したわけをまだきいていなかった。

佐倉の家は小田急線の豪徳寺のちかくにあり、行助は帰る方向が同じでいっしょに電車にのった。

「宇野。豪徳寺で降りてお茶をのんで行かないか」

梅ヶ丘をすぎたとき佐倉が言った。

「ちょっと時間がおそいな。きみの家の人達に迷惑だよ」

行助は腕時計を見て答えた。

「俺はいま家をでているんだ。家からちかい場所の安アパートを借りてな」

「家をでたのか」

「親父と竟に衝突しちまってな。なにがなんでも国立大学に入れというんで、俺は家を逃げだした。それで、いま、いろんなアルバイトをしながら芝居をやっているが、コーヒーくらいはあるよ」

「では、きみのアパートにより、コーヒーをのみながら、芝居の話でもきこうか」

行助は、佐倉といっしょに豪徳寺でおりた。

佐倉が借りているアパートは、小田急線に沿って経堂の方に五分ばかり歩いた場所にあった。四畳半一間の部屋で、五段組の本棚が壁によせてあり、そこには芝居に関する本がびっしり並んでいた。行助は部屋にはいったとき、ああ、ここにはたしかにひとつの青春がある、と感じた。

「考えていたよりいい部屋だ」

と行助は言った。

「どういう風に考えていたの?」

「本が並んでいるのを見て、新劇をやっているきみの日常が判るような気がした。豊かなものを感じたんだな。心がまずしいということはいやだからな」

「コーヒーを淹れるよ」

佐倉は部屋のすみにあるガス台に薬缶をかけてから戻ってきた。

「劇団はどこにあるの？」

「実験小劇場といって、渋谷の鶯谷町にある。知らないだろうな」

「実験小劇場というと、たしか、脚のわるい人がやっている劇団じゃなかったかな」

「そうだよ」

「たしか、早原とかいう名前の……」

「早原寿一さんだ」

「それなら知っているよ」

「新劇の舞台をみたことがあるのか？」

「いや、ない。ないが興味はもっている」

「去年から、舞台の可能性への試み、という題で、いろいろ実験的な芝居をやっているんだが、たとえば日本の古典演劇の能、歌舞伎、そして落語から講談にいたるまで、これらを新劇の舞台にとりいれ、古典劇と現代劇の交流というのかな、まあ、そんなものを試みているわけだ。この試みはこんどで四回目だが、六月の二十日から三十日まで、赤坂の乃木会館でやる。観にきてくれるかい」

「観に行こう。きみは、いわば、親父に反抗して家を出てきたようなものだな」

「役者になるなどとんでもない、と叱られてな。東大の法学部出身だろう、まったく頭がわるいんだ。好きな芝居をやらせてくれれば、俺だって孝行くらい出来るのに」

佐倉は壁にたてかけてあったテーブルを畳に立てながら言った。

「東大の法学部といったら秀才じゃないか」

行助はわらいながら佐倉を見た。

「あれは、きみ、役人を製造するところだよ。これは俺の偏見かも知れないが、権力意志のつよい人間が行くところが東大の法学部だよ」

「しかし、そうした人間がいないと国家は成り立っていかない、ということも言えるよ。きみの親父は、しかし、民間会社の重役じゃなかったのか？」

「いまはそうだが、むかしは通産省の役人だったよ。役人から天下りしたのさ。俺がいちばん嫌いな生きかたをしているのが、うちの親父だよ。いやだねえ、むかしは役人で、いまは民間会社でむかしの地位を利用しているなんて、ほんとにいやだよ」

「潔癖なんだな」

「いまさら親父に反抗してみてもはじまるまい、と考え、家をでてきたのさ」

「アルバイトはなにをやっているの？」

「いろんなことをやっているよ。どうやら食って行ける程度だが」

佐倉はおいしいコーヒーをいれてくれた。

「なにかひとつ目標があるというのはいいことだ」

そして二人はコーヒーをのみながら、青年らしい夢や抱負を語りあった。

二人は十二時ちかくまで語りあい、行助が帰るとき、佐倉は駅まで送ってくれた。

あそこには、佐倉のあの部屋には、たしかな青春がある、と行助は帰りの電車のなかでおもった。芝居によせている佐倉の熱っぽい情念が、粗けずりのまま出ている、そんな感じのする部屋だった。ときどきあそこによってやろう、と行助は思った。

あくる日の朝、行助が学校にでかけようとしたとき、玄関で父によびとめられた。

「昨夜は帰りがだいぶおそかったらしいな」

「同窓会があったのです」

「高校時代のか」

「いや、それが、少年院時代の同窓会だったのです」

「面白いじゃないか。何人あつまった？」

「僕を入れて五人でした。安の店でやったのです。ラーメンを食べながらやったのです」

「ふん、ラーメンを食べながらか。安くんは元気かね」

「元気ですよ。よろしくと言っていました」

「どうだったね、むかしの仲間は？」

「みんな、いい奴等ですよ。少年院のなかでは泣いてばかりいた奴が、大学生になっているし、新劇をやっている者、キャバレーでバンドマンをやっている者、とにかくさまざまなことをやっていますが、みんないい奴等です。この秋に、院長を招いてもう一回やろうということになっていますが」

「なるほど。それはいいことだな。きょうは帰りが何時になる？」

「五時頃です」

「銀座にでてこれないかね。母さんといっしょに食事をしたいんだが」

「それはいいですね」

「では、五時に会社にきてくれ。そうだ、午後になったら、電話で打ちあわせてみろ」

理一はこれだけ言うと、では行っておいで、と行助を送りだした。

この日行助は正午に学校のちかくの公衆電話から家に電話をし、母と話し、五時に銀座の喫茶店で待ちあわせることにした。

行助は授業を終え、銀座に行った。喫茶店についたら母はすでに来ており、間もなく父がくるはずだと言った。

理一は五時十五分すぎに現われた。

「なにを食べるかね」

理一が席につきながら二人に訊いた。

「僕はなんでもいいですよ。しかし、お二人とも、日本料理がいいんでしょう」

「では日本料理にするか」

三人は紅茶をのんでから表にでた。

「もう夏だな」

理一が言った。道を歩いている人々の服装はすでに夏のいろどりだった。

「僕は邪魔じゃなかったかな」

行助はわらいながら父を見た。

「親をからかうものではない」

理一は厳粛な表情で答えた。

三人が五丁目の交差点を新橋の方向に渡ろうとしたとき、赤信号でとまっている車の列のなかの一台から、こっちを見ている者があった。気づいたのは理一である。修一郎だった。理一が気づくと殆ど同時に澄江も修一郎に気づいた。

「見るんじゃない。学生の分際で高級車をのりまわしやがって！」

理一は吐き捨てるように言うと妻をうながした。

理一がこう言ったときには行助も修一郎に気づいていた。どうもこんな出あいはよくないな、と行助はおもった。

ついたところは高級割烹料亭だった。

「これから楽しくめしを食うというのに、途中であんな奴と出あうとは」

部屋にはいるなり理一は言った。

「あなた、そんなことを……。偶然に出あっただけじゃありませんか」

澄江が夫を宥めた。

「とにかく不愉快なことにかわりはない。酒をのもう。行助、ビールにするか？」

「僕も日本酒でいいですよ」

行助は、理一が途中で修一郎に出あってしまったのは不愉快なことにちがいないだろう、と思った。行助にしても、修一郎に出あったのは不愉快だった。

やがて酒が運ばれ、料理が運ばれた。

「夏はどこに行こうか」

かなり酒がはいったところで理一がきりだした。

「成城でいいですよ」

澄江が答えた。

「軽井沢はどうせ四谷の連中が使うだろうし、箱根あたりに一軒つくるか」

「僕は、学校の仲間と北海道に行く約束をしたので、別荘をこしらえても、行かれませんよ」

「どのくらい行っているつもりだ？」

「半月ですが……」

「半月はながいな。二人きりじゃさびしい。一週間にしろ」

「そんな無茶な……」

行助はわらった。

「一週間にしろ」

理一はゆずらなかった。

「別荘は、僕が学校を出てから設計してあげますよ。なにもいますぐ造らなくともいいですよ」

「ふむ、それもそうだが……」

理一は、行助の二週間の旅がやはり不満らしかった。しかし、二週間の北海道の旅行は、すでに乗車日と宿泊地まできめてあり、いまさら予定を変更するわけにはいかなかった。理一と行助は、おのれを律していることで共通点があった。理一が行助をそばからはなしたがらないのは、この共通点に立脚していたからである。行助はこの理一の心情を知っていた。しかし彼はどうしても学校を出てから宇野電機に入る気にはなれなかった。亡くなった父が遺した一冊の詩集が、いまでは彼の裡で動かぬ場をしめていたのである。高等学校で物理を教えながら、自然を愛し、妻子を愛し、詩をつくり、若くして逝った一人の男の生涯が、彼のなかでたしかな場をしめたとき、彼は、矢部隆の短い生涯に透明なものを視た。

行助が詩作をはじめたのは大学にはいった年からである。これは瞭らかに亡父の詩集から受けた影響であった。学校をでたら、小さな建築事務所をひらき、ひまをみて詩をつくる。彼はその頃そんなことを漠然と考えた。

「二週間もどこをまわるんだね」

理一は酒を酌みながらきいた。

「北海道一周をするんですよ」

「一周か。夏の北海道はいいだろうな。私も行きたいくらいだ」

「休暇をとり、母さんをつれていらっしゃればいいでしょう」

「そうもいかんのだ。一週間ひまがとれればいいが、社長といっても、なかなか思うようにはまいらんものだ」

「三、四日でもいいではありませんか。飛行機で往復すれば、ちょっと見物できますよ」

「そういう方法もあるな。ま、考えておこう」

理一は機嫌が直っていた。修一郎とであったときの不愉快さがそのまま酒にあらわれ、理一はコップで酒をのみ、早く酔おうとしていた。

「そのくらいの日数なら、行ってもいいと思いますわ」

澄江がくちをはさんだ。

「行きたいのか」

「そりゃ、行きたいですわ。ここしばらく、旅行らしい旅行もしておりませんもの」

「では、行助といっしょに行くか」

「いや、僕は学校の仲間といっしょでしょう。僕が戻ってきたら二人でごいっしょしなさいよ」

「邪魔か」

理一はわらっていた。

こうして親子は再びもとのなごやかな雰囲気にかえり、食事を終えてから料亭をでてきた。しかし、行助は、修一郎とであったことにひっかかっていた。実の子である修一郎が父から疎んじられ、実の子でない俺が、彼の父とこうして仲むつまじく夜の街を歩いている、そこを修一郎に見られてしまった……修一郎はこれをどう見ているのだろう……。

旅だち

タイガーレコード会社のレコード吹込所は世田谷の喜多見町にある。そこに、新人の発声基礎を教える、いわば養成所のような施設がついていた。この養成所は、一ヵ月前までは中央区の本社にあったが、本社の機構が膨脹しせまくなったのでここに移転したのであった。

修一郎は、いつも学校が退けると、ボルボを運転してまっすぐこの養成所にかけつけ、発声の基礎を勉強していた。彼に発声を教えている教師は、筋がいい、と言っていた。タイガーレコード会社の専務青葉初太郎が見込んだ通りらしかった。

ところが、修一郎は半月ここに通って、そろそろ厭きがきていた。つまり、発声練習が彼にとっては退屈きわまりなかったのである。

「いやんなっちゃうなあ。いつまでこんなことをやらされるんだろう」

と彼はいっしょに練習にきている仲間に言った。

そして彼はある日のこと、喜多見のタイガーレコード吹込所から帰るとき、仲間の女の子を一人さそった。女の子はすぐ彼に従いてきた。

「カッコいい車じゃないの」

と女の子は車に乗るときに言った。

「きみはどれくらいここに通っているんだ?」

修一郎は運転席に入ると訊いた。

「これで三ヵ月目よ」

「三ヵ月か」

「一年通っているひともいるわ」

「一年？　そういう奴は才能がねえんだろうな」

「わかんないわ」

「きみはどうなんだ？　才能があると言われたのか」

「あると言われたけど、わかんないわ」

「俺は宇野修一郎という。神田大学経済学部の四年生だ」

車が走りだしたとき修一郎が言った。

「あたしは辰野福子。銀座の楽器店に勤めているわ」

「としは？」

「ことし高校をでたばかりよ」

「遊ぶのは好きかい？」

「好きよ」

「俺も好きだ。俺はなにも歌手など志望していなかったのに、あそこの青葉専務に口説かれてよ。俺は、来年の春学校をでれば、だまって親父の会社に入れるんだ」

「なんの会社なの？」

「宇野電機といってよ……」

「宇野電機なら知ってるわ。あなた、あの会社の社長の息子なの。だからこんなカッコいい車を持ってるのね」

「どこへ行く？」

「どこでもいいわ。六本木はどう」

「よし、きまった。六本木にしよう」

辰野福子はなかなか美人だった。それにいいからだをしていた。修一郎は停止信号で車を停めるたびに横の辰野福子をみて、こりゃいいかもがひっかかってきたものだ、と思った。女を鴨としか見ていない彼の内面は、かなり荒んでいた。

修一郎は、先日、銀座で父と澄江と行助を見かけたとき、俺をここまで劣等感に苛まれる男にしてしまったのは、あいつら三人だ、と憎悪が噴きあげてくるのを押えることが出来なかった。その日の夕方は発声練習がやすみで、修一郎は銀座へ踊りに行こうと家を出てきて、駐車場に車を走らせている途中だった。奴等はああして仲よく銀ブラをしているのに、俺はひとりでいつも孤独をかみしめている、と思うと、理屈ぬきに三人が憎かった。以前は、三人にたいする憎悪を、どこか外で爆発させ、それで済んでいたが、最近の修一郎は、憎悪を自分の内部に蓄積させている面があった。銀座で三人を見かけたとき、修一郎は、羨望と憎悪を同時におぼえた。そして日が経つにつれ、内部にたまっている憎悪に別の憎悪がかさなっていったのである。そして、蓄積されたこの憎悪が、なんらかのかたちで屈折しているのならよかったが、彼のは一直線に積みかさなっていたのである。

「六本木のどの辺なの?」

辰野福子が訊いた。

「もうすぐだ。すこしはのめるのかい?」

「あら、バーなの?」

「バーにはちがいないが踊れるよ」

「ジンジャエールならのめるわ」

「俺も車を運転するから、強い酒は控えているんだ」

「強い酒が好きなの?」

「好きだね。ところで、きみ、家はどこだい?」

「杉並の和田本町よ。あなたは?」

「成城だが、いまは四谷のお祖父さんの家にいる」

「気ままに行ったり来たりしているのね」

「まあ、そんなところだ」

やがて二人は目的地につくと、道に車をとめておき、店に入った。

父と澄江と行助にたいする憎悪が一直線に積みかさなってきている現在、修一郎はこんな場所で鬱積をはらしていた。それから四谷の〈フール〉にもよく行った。〈フール〉は家から近かったから、車を使わずに出かけ、強い酒をのんだ。しかし、そんなことをしても、結局どうにもならなかった。鬱積がすこしばかり晴れたとしても、劣等感だけは払いのけられなかったのである。

辰野福子は踊りがうまかった。

「こういうところが好きかい」

修一郎は福子とゴーゴーを踊ってから席についたとき訊いた。

「好きよ。でも、いつも男の子につれてきてもらうの」

福子はジンジャエールをのみながら、きわめて楽しそうだった。

「こんどから俺がつれてきてやるよ。おそく帰っても大丈夫かい？」

「大丈夫よ」

「銀座の店の場所を教えてくれ」

「六丁目よ。友野楽器といって……」

「ああ、知ってる。訪ねて行っていいだろう」

「おひるか夕方でないとだめよ」

「明日の夕方行くよ」

こんなたわいもない話をしながらも修一郎はやはり鴨について考えていた。

六本木で辰野福子と遊んだ夜、修一郎は福子を杉並の自宅まで送った。そして、あくる日の夕方、彼は、銀座六丁目の友野楽器に福子を訪ねたが、福子はいなかった。やすみだとのことであった。

やすみじゃ喜多見に行ってもしようがないな、と思ったが、もしかしたら発声練習には出かけているかも知れない、と思いなおし、喜多見に車を向けた。

喜多見に行くにはどうしても成城を通らねばならない。成城の家の前を通るわけではなかったが、かつて俺はこの町にすんでいた、というおもいが彼を孤独におとしいれた。あそこは俺の家なのに、俺は四谷に追われ、俺の家には他人がすんでいる……。こんなことを考えるときの修一郎の心のなかでは、孤独と憎悪が縺れあっていた。

福子は喜多見にも来ていなかった。からだの具合が悪くなりやすんだのかも知れない、と考えた修一郎は、発声練習をする気になれず、吹込所を出てきた。そして杉並の福子の自宅を訪ねてみようか、と考えたが、しかし具合が悪くてやすんでいる女の子とあうのも気がすすまなかった。

そしてけっきょく、四谷に帰ることにした。すでに流行歌手になる興味をうしなっていたのである。

そして、彼は、どういうわけか、吹込所からの帰りに、父の家の前を徐行しながら走りぬけてしまった。喜多見の行きかえりに彼はいつも父の家の前は避けていたのに、俺はなぜ今日はあそこを通ったのか、と彼は夜になり考えてみた。現在の彼には、成城の家にすんでいる三人にたいする憎悪しかなかった。すると、俺は、あいつらが憎いためにあの前を通ったのか……。これは自分でもわからなかった。しかし、憎いからあの前を通った……やはりそれしか考えられなかった。

そして修一郎は、あくる日の夕方も喜多見に行き、福子が来ていなかったのでやはり発声練習をやめ、成城の家の前を走りぬけた。

俺はなぜこんなことをするのか？　そして彼はそのあくる日も前日と同じ行動をとった。福子は盲腸を切って入院しているという話だった。

あそこは俺の家だ！　俺がなぜあそこにすめないのか。

修一郎は、もう歌手になるのをあきらめ、喜多見には行かなかった。つまり、喜多見からの帰りに三回成城の家の前を通ったが、そのあくる日の夜、彼は、雨のなかを車を走らせて成城に行くと父の家の門のかなり手前でとめ、車のなかから父の家を見たのである。時刻は八時だった。彼の意識の暗部を、数年前に遊んだトシ子の顔がよぎって去った。自分の兄の妻を修一郎に強姦させようと計画したり、自分の実の母を殴った経験のある女だった。そして修一郎にも、気にいらない親なら殴っちまいなよ、と教唆した女である。トシ子はいま新宿のバーにでているという噂をきいていたが、修一郎は会ったことはない。トシ子と手が切れたのは一年半ほど前であった。

雨のなかを、一人の男が門を入って行くのが見えた。行助であった。

あの野郎(やろう)、こんなおそくまで学校で勉強していたのかな……。修一郎は呟(つぶや)いた。それから十分ほど過ぎた頃(ころ)、大型車が家の前にとまった。車からおりてきたのは父だった。

理一は運転手がさしだした傘(かさ)を持って門のなかに消え、車はすぐ走りだした。

あれはなんだろう……いま門をはいって行ったのはたしかに俺の親だ、そしてその前に門をはいって行ったのは、俺とは血のつながっていないあかの他人だ、ところがあの二人は親子である、そしてこの俺は、奴等から疎(うと)んじられている……いったい、これはなんだろう……。憎悪と羨望と嫉妬(しっと)が渦(うず)をまいて修一郎のなかを駈(か)けめぐった。彼のなかで、三人にたいする殺意が芽ばえたのはこのときである。

四谷に帰ってきたのは十時すぎだった。彼は車を庭にいれると、傘をもって再び家をでた。そして〈フール〉に出かけた。

〈フール〉にはいつものように芸能人があつまっており、店内はにぎやかだったが、修一郎はひどい孤独感を味わいながらウイスキーをのんだ。そして酔いがまわってくるにつれ、殺意は昂(たか)まってきた。

十一時頃、入口から三人連れの男がはいってきて、なかのひとりが修一郎のそばによってきた。タイガーレコードの青葉専務だった。

「宇野くん、やすんでいるそうだね」

青葉初太郎は修一郎のそばに掛けながら言った。

「ああ、興味ないんでね」

「いままで熱心に通っていたではないか」

「やめにした」

「やめにした？　歌手になるのをあきらめるということか」

「ああ、やめた」

「何故だね？」

「一年も通っている奴がいるじゃないか。面白くもない」

「しかし、きみは一年通う必要はないんだ。いますこし続けてくれたまえよ」

「とにかくね、歌手になりたくないんだ、俺は」

修一郎はすこし声を荒らげた。

「まあ、仕方ないだろうな。せっかくの才能をそのまま埋めてしまうのは惜しいはなしだが……」

青葉初太郎は席をたち、はなれて行った。

どうしたら奴等三人をいっしょに殺せるだろうか……。青葉専務がそばからはなれて行ったとき、修一郎は考えた。やはり夜がいいだろう……眠っているときに襲おうか、失敗は許されないだろう、まず父と澄江を刺し、つぎに行助を刺す、のどか心臓を一突きにすればいいだろう。

修一郎はここまで考え、簡単に実行できる気がした。失敗することは考えられなかった。

酔いがふかまってくるにつれ、修一郎の暗いおもいは決定的となった。彼は、三人を刺殺する日時を考えた。そして、今夜の雨を考え、雨の日に決行しよう、ときめた。雨の音が部屋のさわぎを消してくれるだろう。あの三人を消してしまえば、宇野家の財産はすべて俺ひとりのものになる……。

いや、財産が俺ひとりのものになるだけでなく、俺が奴等の前でいつも感じている劣等意識、この劣等感からも解放されるだろう……。修一郎は酔うほどに考えが大胆になっていった。

修一郎が〈フール〉を出て家に戻ったのは午前二時すぎだった。このとき、泥酔した彼の頭のなかにあったのは、流行歌手になることでもなければ、宇野家の財産をひとりじめにすることでもなかった。殺意だけが彼の頭のなかを領していたのである。彼は二階の自分の部屋にあがると、服のまま蒲団に倒れ、殺してやる！　と呟きながら睡ってしまった。

あくる日、彼は学校に行かなかった。十時すぎに目をさました彼は、台所におりて行きコップで水を何杯ものみ、それから部屋に戻って、再び蒲団に入り、ねむってしまった。

そして一時すぎに、こんどははっきり目をさました。洗顔をすませると彼は財布をもって家をでた。そして四谷三丁目に出ると、中華料理屋に入り、ラーメンをとった。彼は汁だけのみ蕎麦は半分以上のこした。それから表にでると、ゆっくり歩いて家に戻り、車をだして新宿に走らせた。

彼は新宿のあるスポーツ用具店の前で車を停めた。車からおりるとスポーツ用具店にはいり、

「登山ナイフを見せてくれ」

と若い女店員に磊落に話しかけた。

「はい。ナイフならあちらにございます」

女店員は手をあげ店の奥の方をさし示した。

修一郎はそっちに歩いて行った。登山ナイフはウインドウのなかに並べてあった。いずれも皮革製のサックにはいっており、柄が握りよいようにつくられていた。彼はそれを数本だしてもらい、皮サックから抜きだしてみた。

「これは切れそうだな」

「よくきれますよ。ステンレスですから、刃こぼれもめったにありません」

中年の男の店員が答えた。

「これをくれ」

修一郎は、刃渡り二十五センチほどのナイフをとりあげた。二千七百円の正札がついていた。

彼は金をはらってナイフを受けとると車に戻り、それから大久保の方に向けて走らせた。以前遊んだトシ子が、大久保の辺のアパートにすんでいることはきいていたが、場所は知っていなかった。ただ、トシ子といっしょにバーで働いている女の子のアパートを知っていたので、彼女にきけばトシ子のアパートがわかるはずだった。

そのアパートの前で車をとめたら、二階の洗濯乾場にその子らしい後姿が見えた。

「よう」

と修一郎はその女の子に声をかけた。

「あら、宇野さんじゃない」

女の子が色物の洗濯物を右手にしたまま乾場のすみに歩いてきた。

「トシ子の家を教えてくれ」

「トシ坊なら、ここから二百メートルほど先の冨士見荘というアパートよ」

女の子は気軽に教えてくれた。

「ありがとう」

修一郎は車の窓から顔をひっこめた。

「トシ子に用があるの？」

「いや。用というほどのことではないが、とにかく行ってみるよ」

修一郎は再び窓から顔をだして答え、それから顔をひっこめると、車を走らせた。

冨士見荘はすぐわかった。トシ子の部屋は階下にあり、彼女は店屋物の天丼をたべているところだった。

「朝めしかい」

「朝と昼がいっしょよ。よくここがわかったわね」

「大久保荘にいる、名前は忘れたが、くちの大きい子がいるだろう、あの子からきいてきた」

「ああ、まりちゃんか。でも、何の風の吹きまわしなの、あたいを訪ねてくるなんて」

「ちょっと相談したいことがあってよ」

「あたいに相談？」

「おまえ、いつか、自分の親をなぐったことがあると言ったな」

「それがどうしたのよ」

「俺もそれを実行しようと思うんだ」

「なんだ、そんなことか」

「相手は一人じゃない、三人だ」

「なんであたいに相談にきたのよ」

「手伝って欲しいんだ」

「あたいに？」

「そうだ」

「ひとりでやればいいじゃないの。あたいは自分のおふくろを殴ったけど、女のあたいが、他人の親を殴るなんて、それはおかしいわよ」

「殴る、というより、……」

「どうするの？」

「いくらかゼニをだすよ。手伝ってくれないか」

「あんた、親を殺らすつもりなのね！」

「はっきり言ってそうだ」

「帰ってよ。そんな相談にくるなど、お門ちがいだわ。そりゃ、むかしはぐれてあんたと遊んだけど、いまは真面目に勤めているのよ。人を殺らす相談に乗るなど、まっぴらだわ」

「そうかい。悪かったな」

修一郎はたちあがった。そしてトシ子の部屋から出ながら、たしかにこの女の言う通りだ、ひとりでやりゃいいんだ、と思った。独りでやって出来ないことはない。俺はひとりでやろう……。そう考え、妙な自信が湧いてきた。

　彼は家に帰ると、部屋の戸を閉めきって登山ナイフを点検した。刀身には油が塗ってあった。これで一突きに殺らせるだろう……。三人にたいする彼の憎悪はあまりにも烈しく、そして一直線だったので、彼は、いまさら自分を鼓舞する必要がなかった。いまの彼には、積みかさねられた憎悪しか見えなかったのである。

　成城の家の間どりはわかりすぎるほどわかっていた。台所の戸を二枚とも持ちあげれば外れることも知っていた。

　こうして修一郎は殺意を固め、雨のふる日がくるのを待った。

　行助は、七月にはいってから間もなく北海道行の準備にとりかかった。大学が休暇にはいるのは七月十日だった。しかし梅雨があけるのは七月なかば頃だろう、ということで、北海道への出発は七月十八日ときめてあった。同行は八人、いずれも建築科で学んでいる仲間であった。

　ある日の夜、行助は、夕食が済んでから、自室でルックサックに詰めてある荷物をとりだして点検した。出発まであと十日だった。列車を利用するだけでは面白くないから、すこしは歩いてまわろう、というみんなの意見で、缶詰類を用意したのだった。

「たのしそうだな」

父が煙草(たばこ)をくゆらせながら部屋にはいってきた。

「そりゃたのしいですよ」

「若いというのはいいものだ。若者の特権を有効に活(い)かすことだな。一歩あやまると取りかえしがつかない道に踏(ふ)みこんでしまうが、有効に活かしたら、道はいくらでもひらけてくる。しかし、行助は、旅行が好きだな。この春もどこかへ行っただろう」

「いけませんか。やすい費用ですよ」

「費用はいいさ。いくら使ってもよいが……」

理一はここで言葉をきった。行助が旅行好きなのは、なにかわけがあるのかも知れない、と思ったのである。少年院から戻ったときもすぐ二泊三日の旅行にでたし、休暇には必ずどこかを旅していた。理一はいまになってそれらのことを思いだしたのである。

「考えてみたら、ずいぶんあちこちに行っているな」

理一は何気ない調子で言った。

「社会にでたら、こんな旅もできなくなりますから、いまのうちに、と思っているんですよ」

行助はルックサックに品物を詰めながら答えた。

「それもそうだな。出発は十八日だったな」

「そうです」

「それまでには梅雨もあがるだろう。北海道から絵葉書をくれるかい」

「もちろん差しあげますよ。僕が帰ってきたら、母さんをつれて北海道にいらっしゃるでしょう?」

「いや、それがな、行けないのだ。その頃には大阪に行かねばならないし、秋に京都につれて行ってやろう、ということで、北海道行はかんべんしてもらったよ」

「そりゃ残念だな」

外は雨だった。一週間前から降ったりやんだりの天気だったが、夜になるとひとしきり本降りになる日がこれで三日つづいていた。

「あとでお茶をのみにこい」

父はたちあがりながら言った。

「行きます」

行助は、父が出てから、ルックサックを押入にしまい、それから煙草をつけた。雨の音がしていた。いやな雨だなあ、と考えながら行助はたちあがると、窓をあけて庭を見た。このとき、庭の植込のあいだを、人が動いた気がした。この土砂降りのなかを誰だろう……。腕時計を見たら九時半だった。錯覚だったのかな、と行助は考え直し、雨戸と窓をしめると錠をかけた。それから茶の間に行った。

行助が庭の植込のあいだに人影を見たのは錯覚ではなかった。人影は修一郎だったのである。

修一郎は前夜もここに来た。時刻は十一時すぎであった。彼は、三人を刺殺するのに雨の日をえらんだが、前夜ここに来たのは、下調べのためだった。台所の戸が簡単にはずれるとばかり思っていたのに、前夜、戸を持ちあげてみたら、まんなかの錠のほかに上下にも錠がかかっていた。いつのまにか上下にも錠を施したらしかった。彼は舌打ちすると、戸や窓のはずれそうな個所をさがして家のまわりをぐるぐる歩いた。しかし、戸じまりはどこも厳重で、これでは蟻のはいりこむ余地もないな、と感じた。

それで今日は前夜より早目に来たのであった。とにかく、深夜に家のなかに侵入する個所を見つけないことには、目的を達することは出来なかった。早目に来てそんな個所を見つけようとしたのである。

しかし、今夜も、侵入できるような個所は見つからなかった。そして、行助の部屋にはまだ雨戸がしまっておらず、あかるい窓に二つの人影がうつっているのを見たとき、修一郎はきき耳をたてた。父と行助の話し声がした。北海道旅行の話だった。出発は十八日だったな、と父が言っているのがきこえた。十八日に奴は北海道に行くのか……するとその前に決行しなければならない……。やがて父が部屋から出て行く気配がした。十八日というと、あと十日しかない……。修一郎はにわかに焦りを感じた。ちくしょうっ、奴が北海道に行く前に、北海道よりもっといいところへ旅立たせなくちゃ、……とにかく四谷に帰ってから考えよう……。こうして修一郎は窓の前をはなれ、庭を出てきたのである。

行助が庭の植込のなかに人影をみたのは、修一郎が植込をぬけて門に向って歩いていたときだった。

修一郎は車に戻ると、タオルで頭と顔をふき、それから煙草をつけると、車を走らせた。あと十日しかない。やはり焦りを感じた。

彼は四谷の自分の部屋に戻ると、登山ナイフをとりだし、しばらく眺めていたが、いきなり畳に突きたてた。鋭い切っ先は畳を刺しつらぬき板のところでとまった。これなら、まちがいなく一突きで殺らせる……。修一郎はナイフを皮ケースにしまうと、どこから侵入すべきか、と成城の家の間取りをおもいかえし、どこか一ヵ所はあるはずだ、と考えた。便所の窓はどうだろう……しかし、あそこには、鉄の桟がとりつけてある。浴室の窓にも鉄の桟がとりつけてあった。あの鉄の桟がなかったら、ガラスを焼き切って窓をあけられるが……そうだ、浴室の戸はどうだろうか……。浴室には、窓のほかに外から出入できる板戸があった。あの戸を外から上手に開けられないだろうか。その戸には、いわゆる錠はなかった。かわりに、木組みの錠になっていた。戸にとりつけてある木組みの棒を押せば、それが柱の穴にはいってあからない仕組みになっていた。そうだ、あれなら、なんとかして外からあかるかも知れない。

修一郎はここまで考え、いますぐ浴室の戸を調べに行きたくなった。

彼は階下におりて戸棚から懐中電燈をおろしてレインコートのポケットに入れ、それから外に出ると、縁の下から道具箱をとりだし、細い釘を一本つまみだしてポケットにいれた。

雨はいくらか小降りになっていた。彼は再び雨のなかを成城にむけて車を走らせた。

彼は成城につくと、父の家のかなり手前で車をとめ、車からおりて歩いた。そして庭にはいると裏口にむかった。浴室の戸の前まできたとき、便所の窓があかるくなった。

修一郎はしばらく軒下に立って様子をみた。やがて便所のあかりが消え、廊下を足音がして消えて行った。修一郎は懐中電燈をとりだして浴室の戸を照らしてみた。木組みの鍵がかかっているのが、戸と柱のすきまから見えた。そこに釘をさしこんでみた。釘はすっぽりすきまに入ったが、木組みの鍵までは届かなかった。

しかし、これで戸は開けられる、と思った。細い千枚通しを使えば木組みの鍵ははずれそうだった。

「ようし、これできまった」

修一郎は闇のなかで呟くと、庭を出てきた。自動車に戻り、煙草をつけると、ラジオのスイッチをひねった。流行歌がながれてきた。

「ちくしょう！　俺はやってやる」

彼はさけぶと車を走らせた。周到な用意が必要だった。靴を変えること。指紋をのこさないこと。万がいち生きのこる奴がいると困るから、顔を見られないようにすること……。こんなことを考えながら修一郎は四谷に戻った。

彼はこの夜ねむれなかった。三人を刺殺できる、という決心が出来たとき、彼はある種の興奮状態におちたのである。父に肉親としてのあたたかさを感じなくなったのは、行助が少年院から出てきたときだった。もしかしたら殺意はすでにその頃に芽ばえていたのかもしれない。したがっていまの修一郎のなかでは、父と仲よく暮してきた懐かしいおもい出のようなものが蘇ってこなかった。そうした感情は行助が少年院から出てきたときに死に絶えてしまっていた。考えられるのは、亡くなった母と、現在いっしょに暮している祖父母だけであった。親類縁者もいたが、彼等と深いつきあいはしてこなかったし、母の生家ではすでに祖父母はなく、母の弟夫婦だけがいた。

どっちから先に殺すべきか……。やはり父から先にやろう、つぎが澄江だ、そして最後に行助を殺す、ぐっすり睡っているときに心臓かのどを一突きにすれば、声をあげる間もなく死ぬだろう……。

修一郎はこのように考え、ますます頭が冴えてきて睡れなかった。

彼が睡りだしたのは暁方だった。ウイスキーの酔いをかりてやっと睡りについたが、十時にはもう目がさめてしまった。目がさめたとき彼は、自分の殺意がすこしも渝っていないのを見た。これで殺れる、と彼は決意を新たにした。

修一郎が、父と澄江と行助を刺殺するため成城の家に侵入したのは、七月十二日の夜半だった。雨の日で、彼は車を家のかなり手前でとめると、千枚通しと登山ナイフ、それに懐中電燈を持って父の家の庭に入った。

彼は、まず、懐中電燈をつけて浴室の板戸のすきまを照らし、千枚通しの先をすきまに差しこみ、木組みの鍵をはずしにかかった。鍵は右から左に戻せばよかった。ところが、これがなかなか戻らなかった。おかしいな、必ずはずれるはずだが、と彼は根気よく千枚通しの先で戻した。そして、結局、十分ほどで鍵は戻り、板戸が開いた。

彼は浴室に入ると戸を閉め、ポケットから風呂敷をだして顔が相手にわからないように包み、手袋をはめた。それから靴をぬぎ、音をたてないように、浴室と廊下とのさかいの戸をあけにかかった。戸をあけるまでにはかなりの時間がかかった。戸をあけ終ると、登山ナイフの皮サックと千枚通しは浴室におき、それから廊下にでた。そして足音をしのばせて父と澄江の寝室の前まで行った。

彼は寝室の前で息をとめ、中の気配をうかがった。ひっそりしていた。そうっと戸をあけて入るべきか、それともいきなり戸をあけて入るべきか、と決めかねていたとき、

「誰だ！」

と部屋の中から思いがけないほどの大きな声がした。修一郎は驚いた。ちくしょう、

起きていたのか！　口惜しさがこみあげてきたとき、彼は、いきなり戸をあけて中に踏みこんだ。と同時に部屋にあかりがついた。修一郎は一瞬まぶしさで目がくらんだ。

「殺してやる！」

修一郎は登山ナイフを握り直すと相手が父なのか澄江なのかはっきり見定めないで突き刺して行った。

「馬鹿者！」

という声と同時に顔になにかが当り、鼻柱にずしんと痛みを感じたが、登山ナイフは確実に相手を刺していた。

「修一郎！　おまえ、ここまで堕ちてしまったのか。行助、行助はいるか」

父だった。

修一郎は遮二無二刺して行った。たしかにもう一度父を刺したと思ったとき、いきなり誰かから羽交締にされて廊下に引きずりだされた。

「はなせっ、この野郎！」

修一郎はふり切ろうとしたが、背後から組みついた行助はびくともしなかった。行助が、あかりのついた廊下に修一郎をひきずりだしたとき、理一は澄江に抱きかかえられて茶の間に行き、そのときにはすでに佐藤つる子が一一〇番に電話をしていた。

理一は左腕と右肩を刺されていた。

廊下では修一郎と行助が組みあっていた。

「自分の父親を刺すとは、なんという野郎だ！」

行助は廊下に落ちている登山ナイフを摑むと、修一郎を足でタックルして倒し、ナイフを修一郎の胸につきつけた。

「俺はもう容赦しない！」

行助はナイフを修一郎の喉もとにつきつけた。修一郎はなにか言おうとしていたが、恐怖で目がゆがみ、声にならなかった。行助は、修一郎のこの目をみたとき、

「おまえは生きていてもしようがないんだ。こんなに堕落してまで生きる必要があるのか！」

と修一郎の目をのぞきこんで低い声で言うと、ナイフを修一郎の胸に突きたてた。

この行助の行為は、茶の間で澄江とつる子が警察署や病院に電話をしていたちょっとの隙におきたのである。

行助は突きたてたナイフを抜きとると、

「殺したいところだが助けてやる。以後俺の前に現われるな、下衆野郎！」

とやはり低い声で言い、ナイフを修一郎のそばに投げると、茶の間に行った。

警官が車で駈けつけてきたのは、つる子が電話をしてものの三分と経たない頃で、ちょうど行助が茶の間にはいったときだった。

「事情はあとで説明しますから、とにかくこの二人を病院に運んで戴けませんか」

行助は警官を見て言った。理一は澄江に抱えられてタオルで肩の刺された個所をおさえており、修一郎は廊下で呻いていた。

このとき家の前に救急車がつき、理一と修一郎は救急車に運びこまれた。澄江は行助にあとを頼むといっしょに救急車にのりこんだ。そして救急車が出た頃、さらに一台の車が門の前でとまり、三人の刑事が入ってきた。

行助はそのなかの一人を見て、

「徳山さん」

と声をかけた。三年前の事件のとき行助を調べた徳山政男刑事だった。

「どうしたんだよ」

と徳山刑事は廊下に流れ落ちている血を見て言った。

「三年前と同じことが起きたのです」

「お父さんが刺されたそうじゃないか」

「修一郎も刺されました」

「お父さんが刺したのか？」

「いいえ。僕です」

「きみが刺した？　嘘だろう？」

「徳山さん。こんなことを嘘を言ってもはじまりません。父を刺したのは修一郎ですが、修一郎を刺したのは僕です」

「ちょっと、こっちの部屋にきてくれ」

徳山刑事は、現場検証を制服の警官と二人の若い刑事にまかせると、行助を応接間につれて行った。

「不思議なことです。僕は、多摩の少年院をでるとき、今日を予感していたのです。少年院に父が訪ねてくれた日、ここを出て兄さんといっしょに暮した場合、こんどは本当に兄さんを刺すときがくるような気がする、と父に言ったことがありました。それが本当になったわけです。少年院を出ても、再び少年院に入る、という一種の宿命のようなものを背負っていた少年が数人いましたが、僕もどうやらその仲間にはいりそうです」

「行助くん。きみは、本当に修一郎を刺したのか？」

「刺しました」

「なぜ」

徳山刑事はたたみこむように訊いた。

「取りしらべのときに委しく話します。僕は逃げも隠れもしませんから、母が戻るまで、この家にいたいのです。たぶん、この家に棲むのは、今日が最後でしょう。留置されるのを朝まで待って戴けませんか」

「いま一時すぎだろう。現場検証は朝までかかるよ。刺したと自白しているきみを一人でここにおいておくわけにはいかんが、現場検証に立ちあったことにしておこう。しかし、信じられないことだ。きみのような意志の強い者が、なぜこんなことを仕出かしたのか」

「僕はいまきわめて冷静です。これは信じてください」

「そうだろう。しかし、何故、刺さねばならなかったのか……」

「徳山さん。……自分の意志で刺す場合もあることを認めてください」

「自分の意志で刺した？」

「取りしらべの時に述べます。それより、現場検証に立ちあいましょう」

「修一郎はいまここに棲んでいないんだろう」

「四谷です。今夜、しのびこんできたのです」

このとき、さらに数人の刑事が家のなかにはいってきた。

「風呂場にナイフのケースと千枚通しがある」

と廊下の方でさけんでいる警官がいた。

「風呂場から侵入したんだな。まあ、きみはここでちょっとやすんでおれ」

徳山刑事は行助の肩をたたくと、応接間から出て行った。

「足跡（そくせき）をとれ」

と徳山刑事がさけんでいるのがきこえてきた。

「石膏(せっこう)は持ってきたか」

と誰かが言っている。

行助は、応接間の白い壁を視つめ、警官達(たち)の声を遠くにききながら、少年院での生活をおもいかえしていた。彼は、そこに、日向臭(ひなたくさ)い懐かしさを感じた。そして、これで、宇野理一にたいする俺の義理も済んだことにはならないだろうか、と考えた。小田原に行って暮したいという俺を引きとめ、実の子を追いだした理一は、実の子が義理の子に刺されたいま、親子で仲直りが出来ないだろうか……。それにしても、俺はなぜこんな場所にまで追いこまれねばならなかったのか……俺は、建築家になるという望みしか抱いていなかったのに……。このとき、行助の裡(うち)を領してきたのは、寒ざむとした寂寞感(せきばくかん)だった。彼はすでに少年院のあの孤独(こどく)な生活をおもいえがいていたのである。

理一の傷は、左腕の上膊(じょうはく)の筋肉に深さ三センチ、右肩は肩胛骨(けんこうこつ)に達する深さで、全治一ヵ月は要する、ということであった。

修一郎の受けた傷は、右胸の肋骨(ろっこつ)に沿って腋(わき)にナイフが流れ、ながさ十六センチにわたって分厚く皮が切り裂(さ)かれていた。これも全治一ヵ月はかかるとの話であった。

病院は、三年前の事件のときと同じ木下病院で、父と子は別々の部屋に寝かされていた。今日で入院十二日目で、つきそいの看護婦をやとってあったが、澄江は、朝十時には病院にかけつける。修一郎の部屋には四谷の祖母が詰めており、澄江をたちいらせなかったので、澄江はいつも夫の身のまわりだけを見て家に戻った。行助はすでに少年鑑別所に送致されていたが、澄江は鑑別所には二日前に一度行ったきりだった。

「母さん。ここには来なくともいいですよ」

と行助は言った。

「でも、父さん、あなたのことを心配しているのですよ」

澄江は窶れた顔に涙をうかべた。一夜のうちに何故こんなにも家が毀れてしまったのか、そんなことを考えてみるひまもない十日間であった。

「母さん。泣くのはおよしなさいよ。……これで修一郎もすこしは反省するでしょう。ここまで来ないと立ち直れない男だったのです。どうですか、病院で二人は仲直りをしましたか」

「父さんが頑として受けつけないのですよ」

「そりゃいかんな。二人とも被害者だから、和解のチャンスなのに。でも、いずれ、あの二人は和解するでしょう」

いったい、この子は、なにを考えているのか、とこのとき澄江は息子を見て思った。

今日も、澄江は朝の十時に木下病院にでかけた。病室にはいったら園子が来ていた。

「澄江さんはどうお思いですかねえ」

と園子は澄江を見ずに言った。

「はい、なんでございましょうか？」

「修一郎が父親に会いたがっているんですよ。それを、この子は会いたくないと言っている」

「自分の親を殺そうとした奴に会えますか！」

理一の調子は強かった。

「あの子は、悪かった、と悔い改めているんですよ」

「あなた。そんなことをおっしゃらずに、会っておあげになったら」

澄江がおだやかに言った。

「いずれ公判廷で会える」

「あなたも頑固ですねえ。あの子はね、父親に謝りたいから会いたいと言っているんですよ。泣いているんですよ」

「もし、それが事実なら、公判廷での態度でわかるでしょう。行助がいなかったら、私はあの夜殺されていた」

すると園子は不愉快そうな顔で澄江を一瞥し、それからたちあがると病室を出て行った。

「行助のところに行ってやれ」

園子の足音が廊下から遠ざかったときに理一が言った。

「でも、あの子は、こちらがたいへんだろうから、来なくてもいいと言っていました」

「行助を少年院に送らないで済ませる方法はないものだろうか」

理一の声はいくらか沈痛だった。

「それはだめでしょう」

「なんだか、行助が、だんだん私から離れて行くような気がして仕方がない」

「そんなことはありませんよ」

「どうもそんな気がして仕方がない」

「あなたの思いすごしですよ」

澄江は、しかし夫の言っていることは本当かも知れない、と考えた。二日前に行助とあったとき、二人とも被害者だから和解のチャンスなのに、と行助が言っていたのをおもいかえしたのである。

「とにかく、行助のところに行ってやれ。行助を少年院送りにしないためには、何等か方法を講じなければならない。たとえば、三年前の事件のとき、本当はなにがあったのか、そのことを公判廷で述べてくれれば、ずいぶん助かると思う」

澄江にしても、息子を再び少年院になど送りたくなかった。たしかに、三年前の事件の真相を述べれば、情状酌量の余地があるかも知れない。そう考えると、急に、今日これから行助に会いに行こう、という気になった。

「午後から行助にあいにまいります」

「そうしてくれ……。行助がかわいそうだ」

理一は目を閉じながら言った。

澄江は正午に木下病院から家に戻ると、支度（したく）をして鑑別所に出かけた。しかし、行助が、三年前の事件の真相を述べてくれるだろうか……。澄江には危惧（きぐ）があった。

「来なくともいいと言ったでしょうに」

面会室に現われた行助はわらっていた。

「きょうはね、父さんから頼（たの）まれてきたのですよ」

「なんですか」

「三年前のことです……」澄江はちょっと言葉を切り「父さんがおっしゃるには、三年前の事件の真相を公判廷で述べてくれれば、情状酌量であるいは少年院送りにならないかも……」

「はっはっは、母さん、いまさら、なにを言っているのです。あれはあれ、これはこれです。僕はね、宇野理一という社会人を尊敬しているのです。その人の名誉（めいよ）のためにも、あれはあれで終らせたいのです。それからもうひとつ、美しい母のためにも。どうです、それより、病院の二人は和解しそうですか」

「父さんがやはり受けつけないのよ。行助さん、そんなことより、いまの話、真面目(まじめ)に考えてちょうだい」

「僕はいつも真面目でした。これ以上真面目になれと言われても無理ですよ。母さん、ほんとに僕のことは心配しないでください。ここまで来るのはたいへんですから」

行助はこのように三年前の真相については、まったく取りあわなかった。

澄江は、息子に教えられたかたちで鑑別所から戻ってきた。しかし、夫に言われるまでもなく、行助を少年院に送らなければならない、と思うと、気持が沈(しず)んできた。あのような社会から遮断(しゃだん)された場所で、あのように人を笑顔(えがお)で迎えることが、あの子にはどうして出来るのだろうか。もし、あのとき、行助を小田原にやってあったら、こんなことは起きなかったはずだ、と澄江は、とりかえしのつかないものを感じた。

鑑別所での行助は、行動の自由を制約されてはいたが、態度は社会にいたときとかわらなかった。三年前ここに入ってきたときはどうだったろう、と行助は三年前をおもいかえし、二度まで鑑別所送りとなった自分の青春に不思議な気がした。こんどはどこへ送致されるのだろう? やはり多摩だろうか、それとも特別少年院だろうか……。多摩少年院のおもいでは暗くはなかった。暗くなかったのは、罪なくして罰(ばつ)を受けていた、というおもいがあったためであった。しかし、こんどばかりは、暗いおもい出として自分の心にのこるのではないか、という気がした。はっきり自分の意志で修一郎を刺したことがそう考えた原因であった。

鑑別所には、三年前の行助の鑑別書が保存されていた。今度も新たに綿密な鑑別がおこなわれたが、結果は前回と大差がなかった。殊に、性格に爆発性がまったく認められない点は前回と同じであった。

成城警察署でも、一夜のうちに実子が実父を刺し、さらに義理の子が義理の兄を刺した、この複雑な事件を、どう処理すべきかで迷った。修一郎は満二十一歳だったから地方裁判所でさばかれるが、十九歳の行助をどうするか。行助だけを家庭裁判所に送るとなると、審理が分断されるわけだった。

それで、結局、修一郎と理一が退院する八月なかばに、東京地方裁判所でいっしょに審理されることになった。理一は被害者であり、修一郎は加害者であると同時に被害者であった。そして行助は加害者であった。修一郎は尊属殺人未遂罪で起訴されることになっていた。

行助は、地方裁判所で審理されると徳山刑事からきかされたとき、もしかしたら俺は刑務所行きになるかもわからない、と思った。すでに修一郎には弁護士がついていた。行助は弁護士をことわった。

「お父さんがせっかくいい弁護士を世話してくれたのに、ことわるのはどうかね」

と徳山刑事は言った。

「弁護士をことわるなんて、おかしなことを言うものではありません」

徳山刑事といっしょに鑑別所に来た澄江も言った。

「弁護士がいなければならないほどの複雑な事件ではありません。自分のやったことは自分で処理したいのです」

と行助は答えた。

「修一郎の方には、四谷のおじいさんが、有能な弁護士をつけている。弁護士がいないと困るよ」

と徳山刑事は行助のために言っていた。

「みんなの親切な心遣いはありがたいと思います。しかし、やはり、自分で処理します」

行助は、修一郎にたいする殺意が自分にあった以上、他人の弁護は要らないと思っていた。

母と徳山刑事が帰ってから、行助は勾留室に戻り、北海道へ旅に行く予定が、妙な旅に変ってしまった、と思った。勾留室は暑かった。彼は、多摩少年院の広い運動場や畑をおもいかえし、早くここから出たい、と思った。

光と風と雲

神奈川県の真鶴と根府川のあいだに、美ヶ崎とよばれている小さな岬がある。美ヶ崎の西南には真鶴岬が横たわっており、それはすぐ目前に望める近さである。この二つの岬は野鳥の宝庫で、季節に応じて実にさまざまな鳥が棲みついている。

この美ヶ崎の麓に約五万坪のローム層の平地がある。すなわち、美ヶ崎特別少年院のある場所である。現在、日本全国に少年院は六十二個所あるが、なかでも美ヶ崎特別少年院は歴史が浅く、歴史が浅いわりには、少年院の終着駅とよばれている栄光を背負っている。ここは、かつて昭和二十三年に美ヶ崎刑務所が創立されたのがはじまりである。風光明媚なこの場所に、なぜ犯罪人を収容する刑務所を創立したのか、いまとなっては詳らかに出来ないが、もしかしたら当時の法務省には雅やかな心の役人がいたのかも知れない。

ともあれこの刑務所は、創立後三年を経て、特別少年院を附置し、やがて刑務所は廃庁され、今日にいたっている。

国道をそれて岬の中腹をぬっている道を海岸にむかっておりて行くと、やがて松林ごしに少年院の建物が見おろせる。建物の山よりの方は、高さ四メートルのコンクリートの塀によって遮断されている。この塀はかつての刑務所の名残である。そしてこの塀のほぼ中央に、鉄の門があり、門の両側には番人小屋がある。これも刑務所の名残である。この塀と鉄門が、かつての刑務所の名残であるとは言え、現在では、この少年院を象徴する遺物になっている。遺物がなお生命を保っているよい例である。

このほか、かつての刑務所のおもかげはいたる所に残っている。たとえば二階建の獄舎がそうである。二階と一階の廊下のまんなかに、鉄柵があり、獄吏が上からも下からも囚人を見張れるようになっている造りがそうである。

山側は塀で遮断されているが、片側は海岸である。もちろん海側にも金網の塀があるが、海が見えることが、ここに棲んでいる少年達にとってはなによりの慰めである。

そしてこの特別少年院を一言に要約すると、風光明媚な場所にある苛酷な建物、ということになろうか。五万坪の敷地のなかに六千坪の建物があり、収容定員は五百名だが、現在は二百五十名の少年が収容されている。

宇野行助がここにはいってきたのは九月なかばであった。彼は、この美ヶ崎少年院の門の前で護送車からおりたとき、高さ四メートルのコンクリートの塀を見あげ、俺の青春はこの塀のなかで過ぎて行くのかもしれない、とある覚悟をきめた。少年院の事務所が塀の外にあり、行助は入院の手続きをすませるため外でおろされたのであった。九月なかばというと、まだ日中は暑く、行助は、潮の香が鼻をついてくる少年院の門の前で、かるい眩暈をおぼえた。目前には相模灘が拡がっており、午前の陽光が海上を照らしてまばゆく光っていた。行助は、このとき、自分がどこか夢幻の世界にいるような気がした。この日からすでに一ヵ月が過ぎている。

行助は、九月なかばに入院してから、二週間の考査期間を経て、とりあえず技能訓練種目の建築科をえらんで学びはじめた。少年院側でも、西北大学理工学部の優秀な学生であったこの青年に、職業訓練としてなにを学ばせてよいのか判断に迷ったが、行助の希望で、建築科に入らせたのであった。建築科といっても、大工仕事である。大工の技術の初歩を教えるのである。鉋をかけるのを教える初等科から家を建てる本科まであり、行助は、多摩少年院時代には木工科で家具をこしらえたが、ここでは家を建てることに興味を見出していた。

よく晴れた日であった。食堂で昼食をすませたのち、行助は庭の花壇のかたわらの芝生に腰をおろし、目前に咲き乱れているコスモスの花々を眺め、東京地方裁判所での裁判をおもいかえしていた。からだを動かしていないときに、いつも、裁判所でのことが断片的におもいかえされるのであった。

裁判廷で、理一ははじめから終りまで修一郎に殺意があった事実を主張し、行助を庇った。奇妙な法廷光景であった。行助は自分に弁護士がつくのをことわったので、理一が証人として弁護士の役割を果したのであった。

「修一郎は、実父である私に疎まれて事をおこしたと言いますが、私に疎まれた理由を、彼は知っているはずです。すなわち、三年前の事件です。三年前、行助は修一郎を刺して少年院に送られた、ということになっておりますが、真実は別のところにあると思います。行助が、刃物を持ちだすような性格でないことは、鑑別所の鑑別結果を見てもあきらかです。今度も刃物を持って侵入してきたのは修一郎です。彼は登山ナイフを握って、殺してやる！　と言いざま、いきなり刺してきた。三年前の事件が、これと同じでないと言えますか。澄江も行助も、修一郎に遠慮をして、当時なにひとつ真実をあかさなかった。真実をあかさなかったのをいいことに、修一郎はこれまで勝手なことをしてきた。自動車で追突事故をおこしては逃亡する、家政婦は強姦する。……三年前になにがあったか……修一郎は私の妻を犯そうとしたのではなかったか、そこを行助に見られ、逆上して出刃庖丁を持ち出し、行助と争っているうちにあやまって刺された……。これ以外に考えようがないのです。彼は当時私の妻を女中とよんでいた。若い家政婦を強姦したように、女中なら犯してもよいと考えた。そうです。これ以外にあの事件の真相はほかにない。三年前のあの事件をもういちど審理してください。そうすれば、私を殺そうとした修一郎を、行助がなぜ刺したかが、はっきりするはずです」

理一はある日の法廷でこのように述べた。

これに対して澄江も行助も沈黙をもって応えたが、理一は、なぜおまえ達はあの当時の本当のことを話してくれないのだ、と二人に詰めよった。裁判官は、今回の事件も前の事件も似たようなかたちであるから、前回の事件を、参考として、簡単に取りしらべたいと言った。そして澄江が、まず訊問(じんもん)された。

しかし、澄江は、当時のことは、あのままでいい、と答えた。

「あのままでいい、とはどういうことですか」

裁判官が訊いた。

「終ってしまったことです。そして、行助は刑を受けてきました。それでいいのだ、ということでございます」

「では、宇野行助に訊くが、あなたは、宇野理一が申しのべた点をどう思うかね。たしかに別の真実があるのかね？」

これに対して行助はつぎのように答えた。

「私は、自分の母を美しいひとだと思っております。そして、宇野理一を尊敬すべき社会人だと見ております。この二人は夫婦として立派にやっているし、なにひとつ欠点の見あたらない日常を送っております。私が美しいと思い、そして敬愛している母を、宇野理一という立派な社会人が愛している。私はこれを大切にしたいと思います。したがって、この二人の不名誉(ふめいよ)になるようなことは、なにひとつ申しあげられません」

「すると、三年前の事件のとき、別の真実があったということだね」

「いえ。別の真実があったかどうか、それは判りません。ただ、私は、敬愛する二人の不名誉になるようなことは申しあげられない、と述べているのです。これは私の内面の問題であり、裁判でとやかく論議されるべき性質のものではないと思います」

あのとき、俺は、なぜ、あんな抽象的なことを述べたのか、修一郎が三年前の真実を告白することを期待したからか……そうかも知れない、しかし、俺は、父を殺そうとしたことを悔いあらためている奴を、それ以上は追及できなかった、修一郎が告白すれば、修一郎はあのとき人間として救われたはずだが……結局俺が真実を話さないことには、修一郎はいままでと同じく、生涯、劣等感のなかでしか生きられないだろう、俺はあのとき、修一郎に最後の機会をあたえた、しかし修一郎は、裁判官の訊問にたいして、三年前と同じことを答えた。

また別の審理日にはつぎのようなこともあった。この日は、修一郎側の弁護士から行助に質問があった。

「あなたは、修一郎が父親を刺したときに修一郎の背後から組みついて止めたのですね」

「そうです」

行助が答えた。

「そして修一郎を廊下に引きずりだしたのですね」

「そうです」

「そのとき修一郎は握っていた登山ナイフを廊下におとしたのですね」

「そうです」

「それから後にあったことを話してください」

「私は修一郎の足を自分の足でタックルして廊下に倒しました。このタックルの仕方は、サッカーで身につけたものです。それから修一郎を上から押えつけ、拾ったナイフを彼の胸につきつけました。そして私はつぎのように言ったと憶えております。おまえは生きていてもしようがないんだ、こんなに堕落してまで生きる必要があるのか、と」

「それからどうしました」

弁護士が訊いた。

「それから私は修一郎の目をのぞきこみ、彼の胸にナイフを突きたてました。そして私はナイフを抜くと、つぎのように言ったのです。殺したいところだが助けてやる、以後俺の前に現われるな、下衆野郎、と。そしてナイフを修一郎のそばに投げ、茶の間に行きました」

行助は答えてから腰をおろした。

「これで質問を終ります」

弁護士も席についた。

「発言を許可してください」

行助がたちあがり裁判長を見あげて申しでた。

「被告の発言を許可する」

「ただいまの弁護士の御質問は完璧とは申せません。したがって、いまひとつ、私が補足したいと思います。それは、私が修一郎を組み伏せてナイフを突きたてたとき、修一郎は恐怖のためまったく無抵抗状態だったということです」

「行助！」

とこのとき理一がさけびながらたちあがった。

「許可のない発言は禁止する」

裁判長が制した。

「発言を許可してください」そして理一は行助を見て言った。「なぜ自分に不利な発言をするのだ」

「父さん。私は、このような生きかたを、あなたから学んだのだと思います。この法廷で、修一郎が、弁護士にまもられながら、終始あいまいな態度で処しているのと対蹠的に、私は、私がなしてきたことを、明確にしたいのです。私は、あなたから、いろいろなことを学びました。とりわけ、公私の別についてや、いついかなるときでも自分の立場をはっきりさせることや、嘘をつかないことなどでした。その意味でも、私は、あの夜のことは、はっきりさせておいた方がよいと思います。私が修一郎に、おまえは生きていてもしようがないんだ、と言ったとき、私には殺意がありました。しかし私は彼を殺さなかった。何故か。それは、修一郎があなたの子だからでした。私は、敬愛しているあなたの子を、殺すわけにはいかなかったのです。あなたがどれほど疎んじようと、彼はあなたの子でした。同時に、彼を殺さなかったのは、あなたのためではなく、あなたを敬愛している私の内面を私が大切にしたいためだったのです。しかし、なんにしても、私の殺意だけは動かせません。そして、私が彼を刺したとき、彼が無抵抗状態にあったということも事実です」

「行助。おまえをここまで追いこんでしまったのは、この私だ。小田原に行って暮したいというおまえを私がひきとめたのが原因だ、ということが私にはいまになりわかってきた」

「同時に、修一郎をここまで追いこんでしまったのも、あなたなのです」

このとき、理一が、驚いた表情でこっちを見たのを、行助はいまでもはっきり憶えている。

やがて午後の実習がはじまるのを告げる鐘の音がきこえてきた。行助は芝生から腰をあげると、建築科の建物にむかって歩いた。歩いて行く正面に海が見えた。

建築科の実習室は海よりの方にある。門を入ると左に倉庫があり、そこから海よりに順に食堂、浴場、塗装科、鈑金科、印刷科、タイルと配管科、木工と建築科の実習のための建物が並んでいる。建築科の実習室のとなりは農芸畜産科で、そこには養豚場もある。そしてこれらの建物の前の庭をはさんで院生達の居室がある建物が数棟ならんでおり、ほかに医務室と資格試験を目標とする職業補導の建物がある。

たとえば理容学校がそうである。これは厚生省の認可を受けており、一般の理容学校と同一内容の資格がある。ここでは、全国の少年院から生徒を募集し、十月に入学、あくる年の九月に卒業、という規則になっている。ここを卒業した者は、同じ建物のなかにある理容科インターン室で、理容師国家試験を受ける目的で更に実習を積む。

電気工事科は、電気工事士の資格試験を受けるのを目的とし、毎年十一月に開始して翌年の五月に終了する。

自動車運転科は、普通免許証の取得を目的とし、三ヵ月間、実習と学科を学ぶ。ほかにボイラー科、クリーニング科があり、それぞれ資格試験を受けるのを目的として実習する。熔接、配管、鈑金科も、やはり資格をとるために実習をさせる。

ほかに園芸科があり、これは主として精薄少年を対象としている。また印刷科とクリーニング科は、少年院をはじめて経験する者を対象とする場合が多い。つまり、この特別少年院にはいってくる少年のうち六五パーセントが、中等少年院を経験しており、なかには中等少年院で持てあました少年を移送してくることもある。この場合、中等少年院で暴れ者だった少年が、特別少年院に入ってくるとおとなしくなる例が多い。これは、中等少年院に比べ特別少年院がそなえている機構のきびしさにもよるが、特別少年院にはいってくる少年達の性格、知能指数が似通っているからでもある。つまり、中等少年院で持てあまして特別少年院に移送されてきた少年は、その兇暴な性格からしてはじめから特別少年院に送致されるべきであったのである。このような少年は、特別少年院に移ってくると、敏感に院全体の機構のきびしさを感じとり、ここで暴れても損だ、真面目にやって早く出院しよう、という気になってくる。

建築科の実習生は二十二人で、そのうち初等科が十三人、あとは本科生である。本科生は家の組みたて、棟あげが出来る。初等科と本科のあいだに中等科があっていいわけだが、ここにはそれがない。つまり、初等科を卒業する者と本科に入ったばかりの者が、中等科を兼ねて実習するわけである。

建築科の二十二人の実習生のうち、三人が風邪をひいて医務室に入院していた。実習室の建物の前にあつまったのは十九人である。十九人がそろったところで点呼がおこなわれ、教官が戸の鍵をあけ、院生をなかに入れた。

建物のなかにはいると、戸に錠がおろされる。刃物をあつかう以上、これは仕方のないことであった。

建築科でつかう大工の道具、つまり鋸、鑿、鉋は、道具箱にしまわれて鍵がかけられ、この道具箱はさらに金網戸のついた室のなかにしまわれて鍵をかけられる。中等少年院とことなり、特別少年院にはいってくる少年は、なにごとによらず徹底した性格の者が多かった。したがって刃物類は、使うとき、使い終ったときに、必ず数を点検する。

行助は、鋸で木を挽く、鉋のかけかた、鑿のつかいかた、鑿と鋸と鉋の刃の手入方法から学んでいた。行助にとり、これはこれで楽しい仕事であった。大学で高等建築学をまなぶより遥かにたのしい仕事であった。これらの実習には順序があり、ひとつの工程があり、行助はまず鋸ひきから学びはじめたのである。木を正確に挽くのは難かしかった。木に定規をあてて鉛筆で線をひき、線にそって正確に木を挽く。注意しないと、いつのまにか鋸は線をはずれ、切口がななめになるのであった。考えようによってはまことに単調な仕事である。げんに、これらの実習の単調さに参っている少年がいた。行助がこの仕事に単調さを感じなかったのは、大学で建築学をまなんでいたからにほかならない。大工仕事は建築学の第一歩であった。すくなくとも行助にとってはそうであった。紙の上で、高層建築物を設計するよりもたのしい仕事であった。これは、一本の木を伐って削り、それを組みたてる。いわば極めて素朴な作業であった。

東京地方裁判所における行助にたいする判決は、行助を家庭裁判所にまわすべきだとの裁判長の判断で、行助はただちに家庭裁判所に移され、そして特別少年院送致ときまったのであった。したがって行助は、修一郎がどのような判決を受けたのか知らなかった。理一にも澄江にも、出院するまで面会には来ないで欲しい、と言ってあったので、いわゆる娑婆のことは行助はなにひとつきいていなかった。理一と澄江からそれぞれ手紙がきたが、修一郎については一言もふれていなかった。下着、日用品、本などは郵送して欲しい、と行助はあらかじめ母に言ってあった。入院生への面会は別に制限がなく、常時午前九時から午後四時までならいつでもよいようにきめられていたが、行助には面会人がなかった。ある日、行助は、木場院長によばれたことがある。

「お父さんから私あてに手紙がきたが、きみは、両親に面会には来ないで欲しい、と言っているそうだが、なにか理由があるのかね」

と行助は院長から訊かれた。

「別に理由はありませんが、ただ私は、もう、子供ではないということです。あやまって相手を刺したとか、思わずかっとなって相手を刺したとか、そんなことなら、まわりから同情を受ける余地はありましょうが、私は、自分の意志で相手を刺したのですから、ここでの生活も、自分だけで処理したいのです」

「なるほど……」

院長はしばらく行助を視つめ、では、そのようにお父さんに返事をだしておこう、と言った。いまから五日前のことである。

宇野理一が、木場院長からの返事を受けとったのは、二日前の午前だった。返事は会社あてに届いたのであった。

理一は院長の手紙を読みおえ、やはりそうだったのか、と思った。理一のなかをよぎって行くものがあった。法廷で、理一が行助に、小田原に行って暮したいというおまえを私がひきとめたのが、この事件をひきおこした原因だ、ということが、いまになって私にはわかってきた、と言ったとき、行助から、同時に修一郎をここまで追いこんでしまったのもあなたです、と言われたが、この行助の一言が、修一郎を救ったのであった。

修一郎にたいする判決は寛大(かんだい)なものであった。

理一は行助が家庭裁判所から特別少年院に送致されてから三日後の、修一郎にたいしての判決があった日の法廷をおもいかえした。

「修一郎は、再三あなたを会社に訪ねている。父親と和解をしようと努力をしている。ところが、あなたは、実子である修一郎と親身になって話しあったことが一度もない。あなたはこれを認めますか」

修一郎について弁護士が訊いた。

「それは認めましょう」

理一は答えた。

「義理の子である行助がいかによく出来ていたにせよ、実子である修一郎を、実父であるあなたが、そこまで拒む必要があったのかどうか、かりにあったとしても、修一郎はあなたを求めて会社に何度も訪ねて行っている。しかし、あなたは会おうとはしなかった。いちどは会ったが、しかし相談どころか烈しい叱責のもとに追いかえされている」弁護士はここで理一にたいする質問を打ちきると、裁判長にむかって修一郎の弁護をはじめた。

「ただいまおききの通りです。幼いときに母をなくした修一郎は、心のよりどころとして常に父を求めていました。これは、宇野理一が新しい妻を迎え、その妻と連れ子がよく出来た人間であったこととは無関係です。新しく迎えた妻とその連れ子がよく出来ていたことから、宇野理一はかえって実子を疎んじています。これは常識では考えられないことです。馬鹿な子ほどかわいい、という言葉がありますが、これは親子関係におけるー面の真理を表現している言葉かと思います。ところが宇野理一は馬鹿な子を疎んじた。彼の厳格な主義主張にしたがって。修一郎が理一から疎んじられたのは十八歳のときです。修一郎は現在二十一歳です。この間の月日の流れをお考えください。足かけ四年というもの、修一郎は、実の父と親身になって語りあったことがない。これは、行助がよく出来た子であったこととはまったく無関係です。修一郎にしてみれば、実の子である自分が父から拒まれ、義理の子である行助が父の愛を一身にあつめておることが、納得できなかった。血をわけた子としてこれは当然のことです。さらに、宇野家の財産を行助がひとりじめにするのではないか、という不安も修一郎にはあった。このような思春期にある子供が父から拒まれた場合、その子がなにをどう考えるか、この点を御考慮ください」

弁護士はここで言葉をきると、ちょっと間をおいて話しつづけた。

「足かけ四年間です。足かけ四年間、修一郎はずうっと父から拒まれ通しであった。これはたいへんなことです。足かけ四年間、修一郎はずうっと父を求めていた。本弁護士が申しあげたいのはこの一点です。修一郎は、宇野理一が再婚して迎えた妻の連れ子の行助のような秀才ではない。秀才ではないが、父を求める心は常に渝りがなかった。ところが宇野理一は、実子の出来がよくないからという理由で拒みつづけてきた。出来がよくないからといって実子を拒む権利は父親にはない。さらに本弁護士が申しあげたい重要なことは、行助の発言です。行助は、修一郎をここまで追いこんでしまったのもあなたです、とこの法廷で宇野理一を見てはっきり述べた。行助は宇野理一の義理の子です。その義理の子が、このようにはっきり述べている……」

弁護士の話はながながと続いた。

このとき理一は法廷で行助のことを考えていた。弁護士がいかに父と子の血のつながりを弁護の足がかりにしようと、理一にはもはや修一郎にたいするおもいは失せていた。

それより、行助を失ってしまった事実の方が理一には哀しかった。

彼は、法廷で行助から、
「同時に、修一郎をここまで追いこんでしまったのもあなたです」
と言われたとき、まことに目がさめた思いがした。それは思いがけない言葉であった。不意を衝かれた言葉であった。自分のやっていることはすべて正しい、と思いこんでいる男の虚を衝いた言葉であった。

結局、行助の一言が決手となり、修一郎は、尊属殺人未遂罪で懲役二年、執行猶予四年の判決を受けた。理一は、この判決をきいたとき、修一郎が実刑を受けずに済むようになったよろこびは感じなかった。まったくよろこびを感じなかった、と言えば嘘になるが、とにかくそれほどのよろこびは感じなかった。それよりも、行助を失ったかなしみの方が大きかった。あの子は、ここまでこの父子の面倒をみてくれた、というような思いがともなったのである。

「同時に、修一郎をここまで追いこんでしまったのもあなたです」

理一は、法廷での行助のこの陳述を、義理の父である自分にたいしての訣別の言葉と受けとったのである。四十七年のこれまでの生涯で、これだけ明確で、これだけ妥協のない、それでいてこれだけあたたかい言葉をきいたことがあっただろうか……。

木場少年院長からの返事は次のように結ばれていた。

抽象的な言いかたですが、少年院は精神病院と同じです。ここにはいってきた少年達の巨大なエネルギーをどうやって正常な社会ルールに復帰できるよう導いて行くかを考えているうちに、われわれ職員も、どこかで、ある意味では精神病患者になっていることを発見することがあります。ここにはいってくる少年達の資質鑑別をしますと、精神状況が正常と診断される者の割合は一五パーセント程度です。したがってあとの八五パーセントの少年が、なんらかの意味で精神病患者といえます。

こうしたなかで、あなたの御子息は、もっとも正常な少年かと思われます。多摩少年院での御子息の資料がここにありますが、当院においても、あなたの御子息は当時とまったく同じです。人間生活の現象と道徳の本質を、これだけ明確につかみ、そして実践している少年に、私はながい法務官生活のなかではじめて出あったのです。これは法務官という職制をはなれての私個人の考えですが、このような少年を特別少年院に送致しなければならなかった社会機構そのものが、大きな意味での精神病にかかっているのではないか、という気がいたします。

御子息が、面会には来ないで欲しい、と言っているのが、私には解ります。彼はすでに少年ではなく、人間の本質を知りつくしている大人です。私は、彼の言っていることを守ってあげた方がよいかと思います。ただし、彼の言葉をここにつけ加えておきます。

この辺の景色(けしき)を見物にくるついでにここにおたちよりくださるのならかまいません。しかし景色を見物にくるとしましても、自家用車などでは来ないで欲しい。
これが御子息の伝言です。
十月二十六日
美ヶ崎少年院長
木場秀三
宇野理一様

木場院長は、人間生活の現象と道徳の本質をこれだけ明確につかみ、それを実践している少年にはじめて出あった、と書いていた。理一の行助にたいするおもいもこれと同じであった。そこに黙って坐(すわ)っているだけで暖かいものを感じさせてくれた子であった。殊(こと)に行助が多摩少年院を出てきてから理一はそれを強く感じていた。その行助がいま身辺にいない、と思うと、理一は寂寞(せきばく)としたものを感じた。不思議な子だった、というおもいが理一の裡(うち)を領していた。

修一郎はいまも四谷にすんでいた。彼はもう成城に戻(もど)る気はなくしたらしかった。

「あの裁判がおまえにとってなんであったか、おまえはようく考えてみろ」

と理一は修一郎に言ったことがある。修一郎は黙(もく)して答えず、四谷に帰って行った。

懲役二年、執行猶予四年の刑を受けた身であってみれば、学校を出ても就職はまず無理だった。理一は、来春、息子が大学を出たら、宇野電機に入社させるつもりでいた。それ以外に道がないような気がした。行助のためにも、俺は修一郎と和解しなければならないだろう。理一はとにかく来年修一郎が入社したら、平社員として人間を叩き直すつもりでいた。

それにしても、行助を特別少年院に送ってから、澄江の窶れかたがひどかった。理一はそんな妻をかわいそうだと思いながら、しかし、どうにもしてやれなかった。気晴らしに旅行でも、と考えたが、行助が刑を受けていると思うと、旅行が気晴らしになるはずもなかった。

理一は、木場院長の手紙を封筒に戻しながら、行助に会いたいと思った。

美ヶ崎特別少年院の朝の起床は、平日は六時半だが、日曜日は七時である。

十一月はじめの日曜日の朝、行助は七時におきると、廊下で点呼を受け、それから身のまわりを整理し、顔を洗い、出寮準備をした。八時三十分に朝食である。これも平日より三十分おそい。

行助が入っている寮は、すべて独房になっている。これはかつての刑務所の名残であった。独房は淋しくてやりきれない、といっている仲間がいたが、行助は独房の方がよかった。夜は八時から自由時間になるが、十時までは自習をすることが出来る。仲間はみんな定められた九時には就寝するが、行助はたいがい本を読んですごした。

宇野理一から手紙が届いたのは、前日の午後だった。水曜日と土曜日は入浴日で、午後一時から二時半までのあいだに、院生達は交替で入浴する。行助が理一からの手紙を受けとったのは、浴場からでてきた一時四十分頃だった。しかし行助はその手紙を読まなかった。自室の机の上に手紙をおき、なにが書いてあるかを考えた。不思議なことであったが、彼は、この少年院にはいってきてから日が経つにつれ、理一とのあいだがまったく断ちきれてしまったような気がしてきた。理一がいくら修一郎を疎んじていたにせよ、理一の子を刺した事実が、理一にどう受けとめられているかを考えたとき、行助は後悔をおぼえた。しかし、後悔はこちらの感情であった。これは自分なりに処理ができた。問題は、理一と母のあいだがどうなっているか、ということであった。あの事件のために、二人のあいだがまずくなっていないだろうか。修一郎を刺した日、行助は徳山刑事に、この家に棲むのは今日が最後でしょう、と言ったが、そのとき行助は、刑を終えてから行くところは小田原しかないと思っていた。行助はそのときのことをおもいかえし、しかしあのときは理一との距離は感じていなかったのに、現在のこの距離感はどうしたことだろう、と考えてみた。

そんなことから、行助は、理一からの手紙を読まなかった。それともうひとつ、自分を律している点で共通の場をもっていた理一はよかった。しかし、理一がいま感傷的になっているとしたら、これは行助には迷惑だった。もし手紙が感傷的な内容だったら、と考え、読むのをためらったのである。

行助は出寮の準備をすると廊下にでた。そこで二列に整列する。それから寮長に引率されて寮をでると、食堂にむかった。行助は歩きながら、午後になったら手紙を読もう、と思った。日曜の午後は自由時間だった。

食堂の入口の壁には、つぎのように書かれた札がかけてある。

食事心得

一、一列励行
一、公平な配食
一、床に食物を落さぬこと

食堂のなかの壁にも、公平に分配しつまみ食いをよそう、と書かれた紙がはってある。これは調理科生にたいする心得のなかの一章である。

調理科生は院生が交替で勤める。多摩少年院では、弁当箱で炊きあげた麦飯だったから、誰にも公平に行きわたったが、ここでは、大きな釜で炊きあげた麦飯をめいめいの食器に盛るから、めしを盛る当番の院生の手加減如何では、量が多くなったりすくなくなったりする。このめしの盛りぐあいで、ときたま院生のあいだで喧嘩がおきた。食堂の入口の壁に、よいことば、と標題をつけた言葉の使いかたの見本を示す例を書いた額がかけてある。

一、おはようございます
一、いただきます
一、ごちそうさま
一、いってまいります
一、ただいま
一、おねがいします
一、すみません
一、おやすみなさい
一、ありがとうございます

しかしこうした言葉を使っている院生はまずいない。教官の前でならいざしらず、仲間同士ではやくざな言葉を使っている。

「おい！てめえのしゃりの盛りかたが気にくわねえな。因縁（あや）をつけるのか」

というような言葉で喧嘩がはじまる。しかしその場では喧嘩はしない。夜の自由時間か日曜日の自由時間に彼等は教官の目をぬすんで決着をつける。前日の夕食のとき、やはり、めしのことで小さな争いがあり、その二人の少年は、日曜日の午後、話をつけよう、と言っていた。

行助は仲間といっしょに食卓についた。一汁一菜（いちじゅういっさい）に麦飯は多摩少年院と変らない。

「奴等（やつら）、きょうはやるんだろうな」

と行助の右どなりの席についた河豚（ふぐ）が面白そうに言った。少年のくせに下腹が突（つ）きでていたので、河豚とあだ名がついている院生だった。河豚は、前日の夕食のときのめしの盛りぐあいのことで争った二人の院生のことを言っていた。

「やるだろう」

と河豚のむかい側の少年が答えた。

「ここしばらく静かだったからな。きょうは見物としゃれこもうか」

少年達はいつもなにか事が起きるのを待っていた。日々が単調すぎたのである。

前日、めしのことで争ったのは刃物（やっぱ）と鉄の鎖（メリケン）だった。ともに行助といっしょの一寮にいる二十歳の院生であった。いずれも少年院にはいってきたときは十九歳だった。はいって三日目に二十歳になったとしても、院長の判断でその少年を少年院におくことが出来る。これは、少年院と刑務所の機構のちがいを考慮した上で、院長が、この者は刑務所に送致する必要はないだろう、と判断するのである。この特別少年院には、こうした二十歳すぎの者がかなりいた。

「やっぱの方が強いだろうな」

河豚が言った。

「わからんよ。メリケンだってかなりやるって話じゃないか」

行助は仲間の話をききながら箸をとりあげた。

この日の午前は、十時から十一時半まで、講堂で、ある宗教家の話をきく予定になっていた。月はじめに一度、宗教家、教育者その他各界の著名人を招いて話をきくのがこの少年院の慣例であった。

きょうは日蓮宗の僧侶が招かれていた。僧侶や教育者の話を真面目にきく少年もいれば茶化してしまう少年もいた。きいても理解できない院生もいた。先月はじめの講話は、ある教育者の〈善行について〉という題目だった。行助にとってこれらの講話はまことに無味だった。話の内容が軽すぎたのである。小学生や中学生向けの話だったのである。しかし、少年院にはいっている者としてこの講話をきく義務があった。

きょうの僧侶はなにを話すのかわからなかったが、行助は、講堂で一時間半別のことを考えねばならないだろう、と思った。先月もそうだった。

朝食を終えると一寮の少年達は整列して寮に戻った。講話の時間がくるまでは環境整理の時間で、別にやることはない。

行助は部屋に戻ると、理一からきた手紙をとってみた。このなかに、あの人の感傷が述べてあるとしたら……読んだあとがいやになる気がした。しかし、読まねばならないだろう。しばらく考えてから行助は封を切った。

元気ですごしていることと思います。おまえがこの家を出て行ってからというもの、家のなかは火の気のない場所と同じになりました。しかし、ここに火の気がないのはいい。これから少年院で冬を迎えるおまえのことを思うと涙がでます。おまえはこんな私を嫌うでしょうが、いままでのおまえとの関係を考えると、やはり涙がでます。小田原に行って暮すというおまえを引きとめた私の心情を、いまとなって理解してくれとは言いますまい。

私は、あの裁判所で、おまえから、修一郎をここまで追いこんでしまったのもあなたです、と言われたとき、おまえがはっきり私から別れて行くのを感じた。その後なんどか、そんなことがあり得るはずがない、と私は自分を納得させてみたが、あれだけ明確な言葉は、やはり他の方法では分析のしようがありませんでした。

私は、もう、おまえを引きとめようとは思いません。おまえが私から別れて行くといっても、私とまったく縁を切るということではないと信じています。おまえの言うように、十一月なかばの日曜日に、あの辺の景色を見物に行きがてら、おまえのところに寄ってみましょう。

ここでやめましょう。どうも感傷的になっていけません。からだに充分気をつけてください。

十一月二日

理一

行助殿

行助は手紙を封筒にしまうと、これは困る、と思った。それから彼は便箋と封筒をとりだし、理一あての手紙を書きだした。

手紙の内容は簡単だった。やはり来ないで欲しい、という一行だった。一行だけ書いた行助のなかでは、ここに来る時間があったら修一郎と打ちとけあう時間をつくった方がよい、という考えがあった。しかしそこまでは書けなかった。修一郎をここまで追いこんでしまったのもあなたです、と裁判所で述べた一言で、俺の考えは尽きているはずではないか、それなのに……。感傷的な手紙をよこした理一が、行助には腹だたしかった。

鉄格子のはまった窓の向うに海と空が見える。そこに光と風が交錯していた。行助はこの独房にはいってきて鉄格子ごしに光と風を目前にしたとき、夢と現実とが交錯しているのを見た。夢は、理工学部の建築科を出て小さな建築事務所をひらき、生活に困らないだけの金をかせぎながら詩を書くことであった。しかし、理一と修一郎親子にかかずらったために二度までも少年院の経験をしなければならなかったこの現実が、彼にはすこしばかり腹だたしかった。

行助はまわり道をしたと思っていた。人生にはまわり道があってよいわけだった。

行助が理一あての手紙を認めおわったとき、

「廊下に整列」

という教官の声がきこえてきた。もう講話の時間か、と行助は封筒を持ってたちあがった。郵便物は教官に手渡せばよかった。

やがて廊下に仲間が整列し、一寮を出て講堂にむかった。

「死んだようなもんだ」

と行助と並んで歩いていた少年が言った。死んだようなもんだ、とは、どうせ俺はなにをやっても駄目で死んだような人間だ、という意味であった。一種の虚無感から発した言葉であった。ここには抵抗も逃避もなく、仕方がないさ、という少年達の気持があった。

やがて講堂に全院の少年があつまった。きょうの講師は、色白の肥(ふと)った五十年輩(ねんぱい)の男だった。

行助ははじめから話をきいていなかった。講堂の両側は窓である。行助は窓ごしの空を見ていた。硬(かた)く澄(す)んだ空にちぎれ雲が浮いていた。雲は窓枠(まどわく)の左から右に移っており、ああ、雲が流れている、と行助はおもった。

「奴等、どこでやりあうのかな」

と行助のとなりに掛けている河豚がささやいた。

「庭だろう」

と河豚のとなりにいる少年が答えた。

「刃物(やっぱ)とメリケンじゃ、ちょっとした見物(みもの)だぜ」

「どっちが勝つか、賭(か)けようか」

「なにを賭ける？」

「めしだ」

「めしか。一食分全部賭けるのか？」

「返しは半食でいい。二回返せばいいだろう」

「月賦(げっぷ)か。いいだろう」

「俺はメリケンに賭ける」

「では俺はやっぱだ」

行助は仲間の話をききながら、しようがない連中だな、とおもった。めしを賭けるのが流行(はや)っていた。仲間が喧嘩をやり、どっちが勝つか、などに賭けるのはいい方であった。明日は雨が降るか降らないかに賭ける者がいた。院長の顔色が良いか悪いかに賭ける者もいた。顔色の良い悪いは仲間がきめるのである。これは多数決できめる。少年院のなかでめしを賭けるのは、ある意味ではきわめて残酷(ざんこく)な賭博(とばく)であった。彼等は例外なしに少年院のなかで炊きたての麦飯のうまさを知る。あたえられた食物をまずいなどと言っていられない世界であった。少年院のおやつ代として国家が少年達に支給する額は年に百二十円であった。月に十円である。ところが、同じ非行少年を収容している教護院は年に一万八百円が支給されていた。月に九百円、日に三十円である。つまり少年院は犯罪者を収容し、教護院は単なる不良児を収容しているちがいから、こんな差別が生じていた。教護院の少年達に支給されている一万八百円には、情緒(じょうちょ)安定費という名目がついていた。犯罪少年には情緒安定費をあたえる必要がない、月に十円もあたえれば充分(じゅうぶん)だろう、という役人の考えからであった。月に十円でどんなおやつを少年達にあたえられるか。

少年院に収容されるべき者が教護院に収容され、教護院にはいるべき少年が少年院に送致(そうち)される場合もある。これは役人の手心いかんによる結果である。

木場院長は、月に十円と日に三十円のちがいの格差を是正すべく、幾度も法務省に申しでたが、意見が容れられたことがなかった。木場院長だけでなく全国の少年院の教官がこのことを真剣に考えていた。

しかし法務省は検事で組みたてられている役所である。このなかで少年院を監督する矯正局長だけが検事ではない。したがって矯正局長一人がおやつ代の値あげを主張してもどうにもならない仕組になっていた。おやつ代はほんの一例にすぎない。少年院を維持して行くための予算そのものがすくなかった。たとえば、美ヶ崎少年院に塀ひとつで隣接したところに、防衛庁の研究所が建っているが、防衛庁に如何に多くの金があたえられているかを示す好個の見本がある。少年院の庭つづきの海岸は浸蝕されっぱなしで、台風のときは庭はいちめんの海水である。げんに十月はじめの台風のとき、潮が引いたあとの庭の溝に、魚がうじゃうじゃ泳いでいた例がある。海岸をコンクリートで固める金がなかった。

これに対し、となりの防衛庁研究所は、厚さ二メートルの岸壁で守られていた。長さ三百メートル厚さ二メートルの岸壁を築いてもまだ予算があまっていたと見え、波のたたない入江になっている海に、テトラポットを沈めていた。つまり、犯罪少年を収容している建物は潮に押し流されてもよい、と役人は考えているのである。

少年院の教官達は、台風のたびに、となりの防衛庁の岸壁に羨望の目を向けた。第一線で少年達を導いている教官は、少年達のことだけを考えていた。少年達を矯正するのに、上にいくらえらい人がいてもだめであった。

少年院の教官の資格は高専卒以上となっているが、現実には高校をでたばかりの若い教官がいる。もちろんこれは補助教官であるが、少年達と同じ年齢である。資格をもった教官が不足しているから補助教官を採用するしかない。

教官になった者は三ヵ月間の研修を受けねばならないのに、現実には予算が不足しているので一ヵ月しか受けられない。一ヵ月のあいだに、法律全般を学ぶ。ところが、一ヵ月といっても、法律だけを学ぶわけにはいかず、たとえば少年院が火事になったときの消火訓練などもやらねばならないし、その他教官になるためのいろいろなことを研修しなければならない。こんな研修で臨床的にちからのある教官をつくるのはとうてい無理であった。たとえば警察官になった者は一年の研修期間があった。何故こんな差が生じたか。犯罪者は鉄格子のなかに押しこめておけばよい、という権力者の考えからであった。

こんなわけで、少年院の教官達は例外なしに、少年院を法務省から厚生省の管轄に移した方がよい、と考えていた。少年院は少年を罰するところではなく更生させる場所である、と現場の教官達は考えていた。法務省管轄下に青少年問題対策協議会というのがある。ここにいる人達がなにをやっているか、彼等は会議と調査と出張だけをやっていた。

このようにきびしく酷薄な建物のなかで、少年達は一食分の麦飯を賭けていた。彼等は一食分の麦飯を賭けるのに真剣であった。

行助は、波の音をきいていた。講師がさっきからなにを話しているのか、彼はまったくきいていなかった。安から手紙がきたのは十日ほど前であった。手紙は厚子の筆蹟で、黒や泣虫や佐倉の消息が伝えてあった。行助はまだ返事をだしていなかった。

やがて講話が終り、少年達は講堂から出た。昼食の時間がきていた。

行助は仲間といっしょに食堂にむかいながら、ここ美ヶ崎特別少年院を考えた。風光明媚な海と山をひかえているとはいえ、建物がある五万坪のローム層の土地そのものは荒涼としていた。高さ四メートルのコンクリートの塀、そのなかにあるかつての刑務所の古びた建物……。これをどう受けとめるべきかを行助は考えていた。多摩少年院とはすべての点でちがっていた。多摩に送致されたとき彼は十六歳であった。行助の誕生日は一月三日で、年をこえれば彼はもう二十歳である。彼は、多摩を出てからここに入ってくるまでの歳月を考えることが多かった。母と暮すこともうあるまい、といまの彼は思う。青春の何年間かを少年院で暮さねばならない息子の心情を、母がどのように見ているか、行助はこのことも考えた。

ここには慰めがなかった。私立大学の学生達がバンドをつくって音楽をきかせにきてくれたり、映画が上映されることもあったが、それらは行助にとり慰めにはならなかった。詩をつくることだけがいまの行助の唯一（ゆいいつ）の慰めであった。

この空間の拡（ひろ）がり
光が貫（つらぬ）いて行く。
浪（なみ）がたち風がさわぎ
だが
ここでは時間が停止している。
単調すぎる日々に
時間は流れないのか。
この荒涼としたローム層に
太陽が
美しい縞（しま）模様を描（えが）く日もあるが
やはり時間は停止したままだ。
ここでは
明け暮れの陽（ひ）の移ろいに
微（かす）かな色彩（しきさい）さえ見当らない。

これは〈ローム層〉と題する行助の詩である。彼が詩を誌しているノートの表紙には習作帖と書いてあった。

おびただしい風の波だ
そこに光が帆を張っている
陽はたかく
夢は雲にのっている
この透明な青春
だが
なんと厚い壁だろう

これは〈光と風と雲〉と題する習作である。図書室には本があったが、行助が読むのに耐える本がなかった。つまり、毒にも薬にもならない本ばかりが並んでいたのである。少年院が彼にとってどのような形象をとるか、これは少年院を出て見なければわからなかった。彼は、多摩のときとはあきらかに異なるものを美ヶ崎特別少年院に見ていたのである。

刃物とメリケンは、昼食後に対峙した。場所は一寮の裏庭であった。

「てめえ、なんで俺にだけ焦げ飯を盛ったのだ。とっくりとわけをきかせてもらおうじゃないか」

やっぱがまずくちをきった。

「冗談おっぺすなよ。たまたま焦げ飯があっただけのことじゃないか」

メリケンが応じた。

「それに納豆も俺のはすくなかった」

「じゃあ、きくがよ、やっぱ、てめえ、このあいだ当番のとき、竹輪のおかずを俺にすくなく盛ったのは、どういうわけだ」

「あれは俺が盛ったんじゃねえ」

「嘘こきやがれ」

「理屈はよそう。一対一の喧嘩で勝負をきめよう」

やっぱが構えた。

「おう、望むところだ」

メリケンも構えた。

二人とも細くしなやかで、いかにも喧嘩なれしている躯つきである。身構えた二人の表情は急激に残酷な顔になった。やっぱもメリケンも、ともに鋼が構えているように他の少年達には映った。敗ければ自分の威信にかかわるから、二人は全力をふりしぼって相手の隙をねらっていた。

この少年院のなかで、もし相手を死なない程度に殴りつけることが出来たら、それだけで殴った者は英雄になれるのであった。いつ教官が見まわりに来るかもわからなかった。そのなかのわずかな時間を見つけて殴りあうのである。この殴りあいには、社会で、たとえば酔っぱらいが殴りあうとか、保守党と革新党の政治家がくちで汚なくやりあうとかに見られる卑しさがなかった。めしの盛りかたが多かったかすくなかったか、ただそれだけで殴りあうのである。単純明快な殴りあいであった。

やっぱが右手を突きだしメリケンの顎をねらったが、これは空をきり、こんどはメリケンがやっぱの顔面をねらったが、これも空をきった。

「なかなかやるじゃないか」

とやっぱが言った。

「おまえもなかなかやるじゃないか」

メリケンが応じた。

「しかし俺は勝つ！」

「それはこっちの言うことだ」

「俺は場数を踏んでいる」

　やっぱが言った。

「何人はり倒した？」

「二十人はくだらない」

「俺は三十人だ」

　二人のこの示威(じい)もきわめて単純明快であった。

「すると、俺がお前を殪(たお)せば、一度に十人を殪したことになるな」

「それで三十人にするつもりか。俺を殪せるかよ」

　少年院のなかで或(あ)る者にとっては、自分を示威することがすなわち自分を信頼している証拠(しょうこ)である、と信じている者がいる。やっぱとメリケンがそうであった。なかには卑(ひ)劣(れっ)な者もいる。劣等感(れっとうかん)のかたまりのような者もいる。こうした者にかぎって性格が尊大で傲慢(ごうまん)につくられている。やっぱとメリケンの示威は、ほんものであった。事実この二人は喧嘩が強かった。

　二人はまだ身構えていた。おたがいに相手に隙を見せなかった。そのうちに、メリケンが身を屈(かが)めたと思ったら、やっぱの鳩尾(みぞおち)に一発いれた。しかし同時にやっぱの右手がメリケンの顎をすくいあげていた。

「俺のがさきにはいった」

　とメリケンが言った。

「同時だ」

とやっぱが応じた。

「どっちがさきにはいったっていいじゃないか。さきに殪れた方が敗けだ」

と河豚が言った。

「てめえ、そばで煽動をするな！」

とやっぱがメリケンから目をはなし河豚をにらみつけた。

「めしがかかっているからよ」

「河豚。てめえ、誰に賭けた！」

やっぱが再びにらみつけた。

「どっちだっていいだろう。早くやれよ」

河豚はわらっていた。

「おい、教官がきたからよせよ」

とこのとき行助が言った。そして行助は仲間からはなれ、一寮の入口にむかった。

木枯

十一月初旬の土曜日の午後三時すぎ、戸塚の安の店で、西北大学法学部の学生の山村が、ラーメンをたべていた。

「山村さん。宇野から便りはありませんかね」

安が煙草をつけながら訊いた。

「ないね」

山村はちょっと箸をとめて安を見て答え、再びラーメンを食べだした。

「私も手紙をやったのですが、返事がないんですよ」

「あいつのことだ。なにか考えているんだろう」

「だけどねえ、なんで宇野はあんなことを仕出かしたんでしょうね」

「俺にはわからんよ。とにかく、宇野の兄貴はしようがない奴だったのだ」

「多摩時代の仲間がよくここにきますが、いちど宇野を見舞いに行こうと相談しているところですよ」

「見舞い？　おいおい、宇野は病人じゃないんだぜ」

「それはそうですが……」

安が宇野理一を訪ねたのは九月末であった。安は、行助から夏は北海道に行く話をきいていたので、八月いっぱい現われなかった彼を別段気にとめていなかった。やがて秋風がたちはじめ、学生達が店にくるようになったが、行助は現われなかった。おかしな奴だな、と考えているうち、九月末に山村が店にきた。そのとき安は山村のくちから行助の少年院送致をきかされたのである。あくる日、安は、宇野理一を会社に訪ねた。しかし理一は多くを語らなかった。そして、美ヶ崎特別少年院にはいっていることを教えてくれたのである。

その日、安は理一のもとを辞して店に戻りながら、宇野のやつ、なんてことを仕出かしたのだろう、と少年院の生活を考え、涙がこぼれそうになった。安は店に戻ると、黒と泣虫と佐倉にすぐ連絡をとり、店にあつまってもらった。

「その兄貴という野郎（やろう）を殺らし（ば）てやろうか」

と黒が言った。

「とにかく、いちど美ヶ崎に行ってみようよ。宇野は、理由なくこの事件をおこしたのではないと思う」

佐倉が言った。

「少年院を訪問するのか。俺は気がすすまないなあ」

これは泣虫である。

「俺はね、手紙をだしてみた方がよいと思うが、どうだろう」

安が言った。

「それがいいな」

佐倉が応じた。

こうして安は厚子に命じて手紙を書かせたが、厚子が、どうもうまく書けないと言った。厚子にしてみれば、あのひとがなぜ人を刺して少年院にはいってしまったのか、見当がつかなく、どういう風に手紙を書いてよいかわからなかったのである。そして、結局、なんとか手紙を書きあげたのが十月中旬すぎであった。しかし、行助からはなんの返事もなかった。

「どうして返事がこないのかな。山村さん、手紙をだしましたか？」

安は山村に訊いた。

「いや。出していない」

山村はラーメンをたべ終ると煙草をとりだしながら答えた。

「山村さんから手紙をだしてみてくれませんか」

「それはかまわないが、しかし、返事がこないというのは、やはりなにか理由があるのかな」

「病気じゃないでしょうね」

「そんなことはないだろう。からだは丈夫（じょうぶ）な方だから」

「学校の方はどうなっているんですか？」

「それは心配ない。休学届が出ているから、戻ってくればまた以前のように学校に通えるわけだ。しかし、いつ出てくるのかな。そうだ、手紙をだしてみよう」

「山村さん。宇野が少年院にはいってしまったのを、学校の友達はどう見ているんですか？　宇野は、あんなところにはいるような男じゃないんですよ」

「学校の仲間は宇野があそこにはいっていることを知らんよ。ただ、高校時代の仲間は知っているがね」

「その高校時代の仲間の方達はどう見ているんですか？」

「同情している奴もいるし、無関心なのもいる」

「同情ですか。……みんな、宇野を理解していないようですね」

「そんなことを言っても仕方ないよ。現代人はみんな要領がいいようにつくられているからね」

「山村さんはどうなんですか」

「俺か。まあね、宇野は損な性分にうまれついている、と思っているだけさ。あいつは、正義漢じゃないんだ。正義漢ならまわりから同情をよせられるが、あいつの性格には、こちらがはいりこむ余地がないんだな。なんといえばいいかな、あいつは倫理(りんり)そのものだよ」

「りんりってなんですか。むずかしい言葉をいわれてもわかりませんよ」

「人間がおこなうべき道、といえばいいかな」

「そうしますと、宇野は、まちがったことはしていないわけですね」

「そうそう、そういうことだ」

「それならいいんですが。……宇野はいい奴ですよ」

「とにかく宇野に手紙をだしてみよう」

山村はラーメン代をおくとたちあがった。

「もし宇野から返事があったら、知らせてくださいよ」

「よし、わかった」

山村はいきおいよく返事をすると、カバンをさげ店を出て行った。

「一回、成城に行って、宇野のおふくろにあってこようかな」

安は、山村が出ていってからしばらくして厚子を見て言った。

「お母さんのところには便りがあったかも知れないわね」

「そうだと思うが」

安は答えながら新しくはいってきた客のためにラーメンを釜（かま）にいれた。

成城の宇野家では、理一夫妻が、行助から届いた手紙を前にして考えこんでいた。すでに夜も更（ふ）け、茶の間では置時計の秒を刻む音だけがしていた。

やはりここにはいらっしゃらないでください。

封筒から出てきたのは、これだけの字を書いた一枚の紙だった。

「なんていう子でしょうね」

澄江が申しわけなさそうに言った。

「しかたがないではないか。あの子は、もう、この家から離れて行ってしまったのだ」

理一の失望感は大きかった。たった一行しか書かれていない手紙、しかもそこには、来るな、と書いてあった。文面の冷徹さよりも、来るな、と言われたことの方が理一には衝撃だった。私はあの子から拒絶されている。理一はそう思ったのである。

「ほんとに、あの子は、もう、ここには戻ってこないんでしょうか」

「そうだと思う。すでに大人だ。とやかく言ってもはじまるまい。しかし、まったくここから離れていってしまうわけじゃないだろう。これからとしをとって行く夫婦に、あの子が絶望だけを残して行くとは思えない。そうだ、行助は、安くんに手紙をだしているかも知れんな」

「それは考えられますわね。わたし、安坂さんのお店を訪ねてみましょうか」

「そうしてくれ。信頼しあっている仲の友人だから、なにか言ってきているはずだと思う」

「では、わたし、明日にでも訪ねてみますわ」

そして澄江は、あくる日の午前、夫を会社に送りだすと、戸塚の安の店に出かけた。店の場所は以前に行助からきいていたが、澄江は高田馬場駅からおりると、念のために安の店に電話をした。

店はすぐさがしあてられた。

「なんにも言ってこないんですよ。お母さんのところはどうですか。じつは、明日にでも伺おうかと考えていたところです」

安は澄江のためにラーメンをつくりはじめながら言った。

澄江は、たった一行しか書かれていない行助の手紙のことを話した。

「山村さんに、手紙をだしてみてくれと頼んだのですが、そのうちに返事があると思います。しかし、御両親にたった一行しか書いていない手紙をよこすとは、宇野はなにを考えているんですかねえ」

澄江は、安が真心をこめてこしらえてくれたラーメンをたべながら、控え目な動作で立ちはたらいている厚子にそれとなく目をむけた。成城の家に夫婦で訪ねてきたとき、整った目鼻立ちの子だと思ったが、いま澄江の眼前にいる厚子は、女の目から見ても美しかった。安より二つとしうえだと言っていたから、二十三歳になっているわけだ……そして澄江はふっと箸をとめ、もしかしたら……と思った。行助はこの厚子に好意をよせているのではないだろうか……。

「お子さんはお元気？」

澄江は厚子をみて訊いた。

「はい、おかげさまでとても丈夫です」

厚子はぽっと頬を染めて答えた。

澄江が、行助は厚子に好意をよせているのではないだろうか、と思ったのは、母親としての直感からだった。挙措がたおやかで、そのなかに一点つよいものを感じさせる女であった。澄江は母親として息子の内面を知りすぎていた。息子がどんな像の女に目を向けるかを知っていた。

「お子さんは男のお子さんだったわね」

「はい。宇野さんが名前をつけてくださいました」

「あら、それは初耳だわ」

「行宏というんです。うちのひとが、宇野さんに、おまえの名を一字くれないか、というような話になり、そういう名前になりました。いま満で四つになりますから、来年あたり、幼稚園にいれようかと考えております」

「それはおたのしみね。それで、あとは出来ないの？」

「こんな商売でしょう。とてもあとはつくれませんわ」

厚子はやはり頬を染めながら答えた。そして厚子は、自分の子に行宏という名がつくまでの経緯を語った。

澄江は、安の店から出たとき、息子はいまあんな場所にはいっているが、しかし息子はかつての仲間のあいだで生きている、と感じた。それがいまの澄江にはなぐさめとなった。かつて、息子の勁さに応じられるだけの母親にならなければ、と考えた時代があった。いまの澄江は、もう、息子には従いて行けなかった。彼はあの裁判をさかいにして独りで歩いていた。そんな息子を追って行くだけのちからが、いまの澄江にはなかった。これはこれで仕方のないことだろう、と思いながらも、やはりあきらめきれなかった。

澄江は新宿で小田急電車にのりかえたとき、どういうわけか特急電車に乗ってしまった。電車に乗ってから、ああ、この電車は成城には停らないな、と思ったが、降りようとしなかった。

そして澄江は小田原に行ってしまったのである。安の店から出たときすでに、澄江のなかでは、生家の田屋のことがおもいうかんでいた。小田原ではこんどの事件を知っていなかった。夏やすみだというのに行助をよこさないのか、と生家の母から電話があったのは八月初旬であった。そのとき澄江は、行助は北海道に行っているから、と答えたが、いまの澄江には、親しい人達になにもかもを話してしまいたい、という衝動があった。堪えていることがつらすぎたのである。

澄江は、生家の店の前にたったとき、ああ、ここはいつ来てもあたたかい場所だ、と思った。

「おや、澄江じゃないか。なにをこんなところにたっているんだ」

と背後から声をかけられたとき、澄江は不覚にも涙ぐんでしまった。兄の英太郎だったのである。

「みなさんお元気」

澄江は兄に顔を見られないようにしながら訊いた。

「みんな元気だよ。さあ、なかにはいれ」

英太郎は妹をうながすと先に店にはいって行った。

澄江はこの日小田原の生家に泊った。両親と兄夫婦に行助の話をしてしまったら、にわかに張りつめていた気持がゆるみ、これまでの疲れが一時に出てきたような感じがした。そこで澄江は会社の夫に電話をかけ、小田原で泊る旨を告げた。気晴らしになるなら数日泊ってきてもよい、と理一は言ってくれた。

「美ヶ崎ならここからすぐではありませんか。どうして行ってやらないのかね」

と老母は怒っていた。

「だって、あの子が、来てはいけないと言うんですもの」

澄江は弁解するように答えた。

「いくらしっかりしている子だといっても、まだ二十歳前じゃないの。かわいそうに。一流大学にいい成績ではいり、これから楽しいさかりだという子を、なんでそんなところに送りこんでしまったの。これは理一さんの責任ですよ」

「まあ、そう言いなさんな。澄江の話では、理一さんは行助の方を実の子よりかわいがっていたそうだし、理一さんを責めちゃいかんよ」

父が母をたしなめた。そして父は、しかし、おかしな子だねえ、と行助を評した。

「明日、美ヶ崎に行きなさい。わたしも行きますから」

母が言った。

「でもね、来るなと言っているのに……」

「なにを言っているんです。自分の子じゃないの」

「そんなことで喧嘩をしてもはじまらんよ。それより、美ヶ崎に電話をいれてみたらよいだろう。小田原まできたが、ちょっとそちらによっていいか、と言えば、まさか来るなとは言うまい」

父が言った。

澄江は、あくる日の朝、小田原の生家から美ヶ崎特別少年院に電話をいれてみた。電話はすぐ通じ、澄江は、息子と話せないだろうか、とたのんでみた。

「ちょっとお待ちください。建築科の実習室につなぎますから」

と交換台の男が言い、電話がつながるまでちょっと間があった。そして、

「宇野行助ですが……」

という行助の声をきいたとき、澄江は涙ぐんでしまった。

「母さんよ」

「母さんですか。お元気ですか」

「あなたはどうなの。からだは丈夫なの。風邪はひかなかったの」

「なんの用ですか?」

「母さん、いま、小田原に来ているのよ。ここからそこまではすぐだし、ちょっと立ちよろうかと思うけど……」

「そんなことで電話をするのはよくないなあ。手紙が届いたでしょうに」

「あんな味もそっけもない手紙がありますか」

「ここに来てはいけません。いいですか、来てはいけないというのは、私の内面の問題なんです。電話をきりますよ」

そして本当に電話がきれてしまった。

なんという子だろう、と澄江は受話器をにぎったまま本当に泣きだしてしまった。理一は、行助が自分から離れて行く、と言ったが、澄江はいまはじめて理一と同じ感情を味わった。あの子は、わたしの知らないところで大きくかわっていっている……。

澄江が小田原の生家を出てきたのは正午だった。湘南の空は底ぬけにあかるかったが、風のつよい日だった。澄江は、自分のなかを吹きぬけて行く風を視た。もし、夫の言うように、あの子が離れて行ってしまったら、と思うと、さびしい感情に落ちていった。

澄江は成城の家につくとすぐ夫に電話をし、電話で行助と話しあったことをしらせた。

「あきらめるより仕方ないだろう。しかし、内面の問題というのはなんだろうね。まさか、私を憾んでいるわけではないだろうが」

「そんなことはないと思いますわ。きょうはお帰りは？」

「まだわからん」

「なるべく早く帰っていらして」

そして電話をきってから、澄江は、さびしい感情をどう処理してよいのかわからなくなってきた。

理一は、前日、小田原の妻から電話があったとき、修一郎とあってみよう、という気になっていた。修一郎と和解して欲しい、という行助の希望にそってやりたいと思いながら、しかしなかなか修一郎を赦せなかった。修一郎から刺された左腕と右肩には、疵あとがあり、急激にからだを動かしたときなど、皮が吊れるような軽い痛みをおぼえることがあった。修一郎を赦すとか赦さないとかの感情よりも、実の父子がこうまで争わねばならなかった事実が、理一には暗いおもいでとなってのこっていた。その暗さが彼にはやりきれなかった。かりに修一郎と和解したところで、それは表面だけの和解だろう、本当に父子が打ちとけて語りあうなど、とうてい出来ないだろう、と理一は考えていた。

そして、行助には済まないことをした、というおもいが日ましに深くなっていった。行助は、「少年院にこないでくれというのは自分の内面の問題だと言ったそうだが、どういうことだろうか……。小田原まで行った母親の訪問をことわった行助の内面が、理一にはどうしても解らなかった。

そんなことをあれこれ考えていたとき、秘書の桜田保代が部屋にはいってきて、修一郎さまからお電話です、と告げた。

「こちらへ電話をまわしてくれ」

理一はちょっと考えてから秘書に命じた。

受話器を手にとった理一にほんのすこしためらいがあった。

「修一郎です」

と声がつたわってきた。理一はすぐ応答が出来なかった。かつて修一郎から電話があったとき、理一は、なんの用だ！といきなり応答したものだが、いまの理一にはそれが出来なかった。かといって、やさしい返事もできなかった。白々しさがさきにたち、応答のしようがなかったのである。

「もしもし。修一郎です」

「わかっている」

理一はやっと答えた。

「俺ね、いちど、成城に遊びに行きたいと思っているが……」

「ああ、いいだろう」

理一はぶっきらぼうに答えた。

「ほんとうに行っていいのかな」

「それはおまえの気持次第だ」

理一は急に怒りがこみあげてきた。あんな事件をおこしておきながら、こうもぬけぬけと電話をかけてよこす息子の神経に腹がたってきたのである。

「じゃあ、そのうちに行くよ」

理一はこれをきいてから自分からさきに電話をきった。そして、これでは和解は不可能だと思った。あんな恥知らずな奴がほかにいるだろうか……。

しかし、一方の修一郎も、父に電話をかけた後、妙に白々しい感情になっていた。父と和解したい、と思いながら、いままで彼にはそのきっかけがつかめなかった。休日に成城の家を訪ねるべきか、それとも会社に父を訪ねるべきか、彼は思い迷った。裁判が終ってから、修一郎も彼なりに悩んできたのである。どうすれば父と和解できるだろうか……。成城の木下病院にはいっていたとき、彼は祖母を通じて父に詫びをいれたが、父にきいれてもらえなかった。和解できたとすればあのときだった、といまの修一郎はおもう。裁判廷での父の態度にはすこしも妥協がなかった。行助を庇っている父に、修一郎はそれほど腹がたたなかった。父を刺した、という負い目があったから、腹のたてようがなかったのである。そして、やがて行助は少年院に送られ、自分には懲役二年、執行猶予四年の判決がくだされたとき、修一郎はほっとした。なんにしても、いまとなっては、もう、成城には帰れない、と判決を受けた日に思った。

以来、彼は、父を刺したことで思い悩んできた。彼は、自分の行為をはっきり悔いていたのである。とにかく父に会って一言あやまりたかったが、きっかけがつかめなかった。

そして彼はある日こころを決め、父に電話をしたのである。深刻にならないように話そうと思った。

しかし父の返事は冷淡だった。殊更に冷淡というのではなかったが、あたたかさがなかった。俺は親父を刺したのだから仕方がねえだろうな、と彼は電話台の前からはなれながらさびしくなってきた。来年の春、学校をでたら、宇野電機に入れてくれるという、親父と和解するのはそれからでもいいだろう……。修一郎はこう考えながら、やはりさびしかった。

澄江、理一、修一郎が、めいめい自分なりの悩みを抱いて生活しているのに比べ、行助は社会から遮断された場所で、ひたすら自分を視つめていた。

母から電話がかかってきた日、美ヶ崎では強い風が吹いており、建築科の実習室から窓ごしに見える海面では、波が白くたっていた。彼は自分から電話をきってから、おふくろもとしをとったのかな、と思った。多摩にはいっていたときには愚痴ひとつこぼさなかったのに、と行助は母の年を数えてみた。たしか四十歳のはずだ……。女が四十をこすとかわってくるものかどうか、彼は知らなかったが、電話で母の涙声をきいたとき、これはいかん、と感じた。母の涙を無理もないことだと理解しながら、しかし一方では、なぜあの三人だけでうまくやって行けないのだろう、という腹だたしさがあった。修一郎にしても、あれだけの事件をおこし、自分も刺されているからには、どこかで転換して行ってよいはずだのに、理一のあの手紙はなんだろう……。

行助は、つい数日前、山村から手紙をもらっていた。それによると、修一郎は懲役二年、執行猶予四年の寛大な判決を受け、現在学校に通っている、とのことであった。山村の兄が修一郎と同じ私大に通っているから、山村は自分の兄から話をきいたのだろう、修一郎が実刑を受けていないのであってみれば、あの裁判以後、理一と修一郎は和解しあう機会があったはずだ、しかし、あの理一の手紙の調子では、理一はあいかわらず修一郎には強い態度でのぞんでいるのかもしれない……三年前と情況はかなりちがってきている、かりに修一郎が成城に戻ってきたとしても、三年前のようなことはしないだろう、奴のなかでなんらかのかたちで転換がおこなわれているのなら、奴は自分の父を刺した手前、自分の父には頭があがらないはずだ、それに、俺が再び成城には戻らないことを理一は知っている、それなのにあの父子はなぜ仲直りをしないのか……修一郎はまだ四谷にいるのだろう、しかし、いずれにしても、俺が再びあの父子にかかわりあうこともあるまい。

「えらい風だな」

誰かが言った。

「木枯だ」

と河豚が木に鉋をかけながら応じた。

「河豚、でたらめこくな。木枯は陸上で吹くものだ」

別の者が言った。

「では、ここの風はなんと言うんだ」

「海風よ」

「十一月の海風か。海風なら年中ふいている。十一月だから木枯だろう」

「屁理屈こねるなよ」

この建築科の実習室は意外にあかるかった。河豚のように屈託のない者が多かったからである。メリケンは電気工事科におり、やっぱは鈑金科にいた。二人はまだけりをつけていなかった。二人がいつけりをつけるか、他の少年達はその時を待っていたが、教官の監視がきびしくて殴り合うおりがなかった。行助はいつも見物人だった。彼は、見物人としての自分を視ていた。

美ヶ崎特別少年院には約六千坪の畑があり、ここでは野菜がつくられている。人参、大根、菠薐草、キャベツ、小松菜、玉葱などである。少年院で必要とする野菜類のうち約三〇パーセントをこの畑からの収穫で自給している。

野菜をつくるのは農芸科の者だが、いそがしいときには他の科の者も畑に出て手助ける。

十一月も末にちかいある日の午後、一寮の者が全員この畑仕事にかりだされた。大根掘りのためであった。例年、大根は十一月はじめに扱ぐのに、ことしは種まきがおくれたので収穫もおくれたのであった。扱いだ大根は水で泥を洗いおとし、天日に乾す。約半月乾しあげたのを塩と糠をまぜて樽に詰めて漬ける。この沢庵は少年達の毎朝の食卓にのる。

「俺は前から気になっていたが、宇野、おめえ、なんでここにはいってきたのよ」

河豚が大根に手をかけながら訊いた。

「そいつは思想犯だ。俺達とはちがうらしいぜ」

やっぱがくちをはさんだ。

「思想犯か」

ここで思想犯というのは、いわゆる戦前の政治思想犯のことではない。やくざでもなければ愚連隊でもなく、明確な理由のもとに人を刺してはいってきた、ふだんは真面目であった者を、ここでは思想犯とよんでいた。

「相手はどんな奴だ？」

メリケンがよってきて訊いた。

「たいした事件ではない。ほら、教官がきたよ」

行助は苦笑いしながら答えた。教官が目の前を通りすぎて行った。

「おい、やっぱにメリケン。いつけりをつけるんだ」

河豚がささやいた。

「てめえ、いまもめしを賭けているのか？」

メリケンが詰めよった。

「あたりきよ」

「俺が勝つ方に賭けた方がいいぜ」

「で、いつやるんだ」

「こう教官の目が光っていたんじゃ、けりをつけるおりがねえよ。おい、やっぱ、そろそろけりをつけなくちゃいかんな」

「明後日のひるめし後はどうだろう」

河豚が言った。

「日曜日だな。ちょうどいい。おい、やっぱ、それでいいか?」

「よかろう」

やっぱはこっちを見ずに答えた。

ときどき海からつめたい風が吹きあげてくる畑には、冬の気配がみなぎっていた。行助は、ここで冬を越すことによってある種の転換が訪れてくるだろう、と漠然と考えていた。多摩でも冬を越したが、ここ美ヶ崎の冬は行助の裡で多摩とはちがった像で近づいてきた。ちがっている像を一言に要約すると、ここの冬は荒涼としている点だった。親や友人からの手紙に返事もださず、彼はひたすら孤独に馴れ、自分だけの世界に沈潜して行った。澄江が小田原で自分のなかを吹きすぎて行く風を視たように、行助もここで冬の風を視ていた。

いつ、ここから出れるのかはわからなかった。ここでの行助のなぐさめは詩作であり、そして亡父の詩集が支えになっていた。父の詩の一節に、

この広大無辺の面積のなかでは
小さな粒子でしかない
おまえらが
私には
なんとやさしい存在だろう

というのがあったが、行助はここにはいってきてから、父を求めている自分を見出していた。多摩にいたときもどこかで父を求めていたが、ここでのようにはっきりしたかたちはとっていなかった。亡父は、自分の妻と子を、なんとやさしい存在だろう、と詞華にしているが、行助は父の詩から父のやさしさを見出していた。多摩にいたとき、詩集を通して亡父と語りあい、亡父とのあいだに距離がないと考えたことがあったが、自分が詩作をはじめてからは、亡父が大きな存在に見えてきた。これは、死んでしまった人間が、言葉によって子を支配しているかたちである、とも言えた。

掘りあげた大根は別の一隊が調理室に運んで行き、そこで水洗いする。畑仕事を終えたのは四時だった。夕食は四時半からで、食事が済むとすぐ寮にはいる。朝食が八時だから、この間が十五時間あり、少年達は夜の八時をすぎると例外なしに空腹をおぼえた。しかし、ここでは、空腹感を訴えに行くところがない。教官に訴えたところで、もういちど夕食がでるわけではなかった。多摩のときには、空腹をおぼえたのは数度しかなかったのに、行助はここでは殆どまいにち夜の八時をすぎると空腹をおぼえた。殊にきょうのように畑仕事をやった日の夜がひどかった。院生に一日にあたえられる食事の量は三〇〇〇カロリーで、うち主食が二四〇〇カロリー、副食が六〇〇カロリーである。米が三九六グラム、麦が三〇三グラムで、副食費は一日に三十八円四十銭である。一回の副食費が十二円ちょっとである。小さな人参一本を買っても二十円はするのに、十二円ちょっとでどんな副食を少年達にあたえられるのか。だから院生達はときたま教官の目を盗んで畑から人参や大根をひきぬき、それをわけあってなまで齧った。行助も大根をかじったことがある。娑婆にいた時分、大根おろしや刺身の具の大根を別段おいしいとも感じなかったのに、ここではじめて大根をなまでかじったとき、奇妙な悲哀感がともなったのを、行助はいまもはっきり憶えていた。

院生達は食堂の前の洗い場で手を洗いながら、きょうの副食はなんだろう、と話しあっていた。なにが出ようと、どうせたいした期待はもてなかった。副食物がよけい出るのは祝祭日だけである。

「ちくしょうッ、ラーメンを食いてえなあ」

と誰かがどなった。彼の声には切実な響きがあった。行助は安の店のラーメンをおもいうかべ、そうだ、ほんとうにラーメンを食べたいな、と思った。

夕食をすませて寮に戻ると、五時に点呼がある。そして五時四十分から六時十分までの三十分間、教科書を勉強する。これは教室でおこなわれる。というのは、中学卒の学力もそなえていない院生がおり、少年院では月、水、金の三日間、それらの少年達に国語と算数を教えていた。火、木、土の三日間は専門学科を教えていた。つまり建築、鈑金などの専門学科である。

行助がここで学ぶべきものはなにもなかった。少年院でも行助のこの点を認め、十時の消灯時間まで特に自由時間にしてくれた。彼はこの時間に詩をつくるか数学をやった。いま彼が独りで学んでいる数学は、解析概論のなかの無限級数と一様収束の項目のところである。解析概論といっても他の院生にはわからない。しかしこれは大学の理工学部に学んでいた者としてあたりまえの勉強であった。

この日、行助は、昼間の畑仕事の疲れから、九時の就寝時間がきたときすぐ蒲団にはいった。

鉄格子のはまった窓にはカーテンがない。したがって夜になるとそこから月や星が見えた。行助はこの日疲れていながらなかなか眠れなかった。疲れすぎかな、と思った。なんとなくからだがだるく、頭が重かった。風邪かな、と額に手をあててみたが、熱があるようには思えなかった。火の気のない部屋に月の光が流れこんでいた。光は蒼白く、夢幻の世界をおもわせた。

行助はやがて眠りにさそわれていった。

彼はこの夜夢(ゆめ)を見た。五月の新緑の季節に、着流しの若い男が子供を抱いて丘(おか)を歩いており、そばでは二頭の馬が嘶(いなな)いていた。若い男は矢部隆で、抱かれている子供は行助であった。そして丘は微粒子のような光に包まれていた。

行助が夢からさめたのは、二頭の馬が丘から駈(か)けおりて走り去ったときである。部屋にはもう月の光はささず、冷えびえとした夜気だけがみなぎっていた。不思議な夢だった。亡父が自分を抱いて庭にたっている写真を行助は何度か見ていた。その写真と亡父の詩が結びついて、この夢を見たのであった。

気がついたら軀(からだ)が熱かった。時間がわからなかった。外では木枯が吹いていた。波の音がしている。昼間ははっきりきこえてこないのに、夜は岸を打つ波の音がきこえてくる。

行助は再びまどろんでいった。そして目をさましたら、窓がうすあかるかった。寒気がした。ああ、熱があるな、と思いながら便所に行くため蒲団から出てたちあがったら、頭がふらふらした。吐気(はきけ)がした。どうもいかんな、と思った行助は、出入口の戸ににじりより、戸を叩(たた)いた。

間もなく教官が廊下を歩いてくる音がして、戸の上方についている蓋(ふた)をあけてこっちをのぞいた。

「すみませんが体温計があったら貸してください」

行助はのぞき窓の教官を見あげて言った。

「熱があるのか？」

「そうらしいのです」

「ちょっと待っておれ」

教官は蓋をおろすと歩き去った。

教官が戻ってきたのは十分ほどしてからだった。鍵があけられ、教官と保健助手がはいってきた。まいにち医務課につとめている医者が官舎からくるのは七時すぎで、医務課に寝泊りしているのは保健助手である。

行助は保健助手から体温計を手渡され、それを腋にはさんだ。保健助手は行助の額に手をあててみて、これはだいぶある、と言った。

行助はしばらくして体温計を腋からとりだし、保健助手に渡した。

「三九度五分か。これはだいぶある。ここで寝ていろ。いますぐ先生をよぶから」

保健助手がたちあがりながら言った。

「いま、なんじですか？」

行助はきいた。

「五時十分だ」

教官が答えた。

「こんな早い時間に、先生がきてくれるでしょうか」

「心配するな。先生はすぐ来る」

そして教官と保健助手は部屋を出て行った。

医者がきたのはそれから四十分ほど経った頃だった。

「流感だな」

医者は行助のからだを診察してから言った。

行助はすぐ病舎に移され、病室をあてがわれた。病室といっても、寮の独房と変らない。部屋のなかに洗面所があり便所がある。ただちがう個所は、薬をのんで一日寝ていられる点である。行助は注射をうたれ、薬をもらってのんだ。氷がなかったので手拭を水にぬらして絞り額にのせた。からだが熱く寒気がとまらなかった。しかし、注射のせいか薬のせいかわからなかったが、病室の蒲団にはいってから間もなく眠気がおそってきた。このまま眠ってしまい生きかえらないのではないだろうか、と行助は思った。なぜそんなことを考えたのかわからなかった。

行助は、眠ったと思ったらもう目がさめ、夢と現実のあいだを往還している数刻をすごした。眠っているあいだにいろいろな夢を見たが、それはすべてとりとめのない内容であった。夢が枯野を駈けめぐっているような情態であった。

「宇野、どうだね」

という声に戸の方を見あげたら、教官がこっちをのぞいていた。

「わかりません」

「熱をはかってみろ」

そして教官が去り、しばらくして医者がはいってきた。熱をはかったら、体温計の目盛りは依然三九度五分だった。

「先生、大丈夫でしょうか？」

教官が医者に訊いた。

「大丈夫でしょう。夕方になっても熱がさがらないようだったら考えましょう」

医者は答えた。医者が、考えましょう、と言ったのは、重病人は外の病院に入院させることをさしていた。すでに昼すぎだった。教官が食事をはこんできてくれたが、行助は食欲がなかった。吐気がして食べものがのどを通りそうもなかった。そして薬をのんでから行助は再びまどろんで行き、夢と現実のあいだを往還して行った。

春の草

年が明けた一月二日の午前、修一郎は成城の家に年賀に出かけた。彼は、あらかじめ祖父から言いふくめられていたので、成城では、それまでとちがいきちっとした言葉をつかった。

「ことしは、社にいれてもらって、真面目にやりますから、よろしくおねがいします」

と修一郎は父に挨拶した。

理一は、そうか、と答えたきりだまって酒をのんでいた。重役連中が年賀に来て同座していたので、父子対面の白けた場面は避けられたが、理一はやはり修一郎を赦せそうもなかった。寒くなってからというもの、疵あとが痛むことがあった。理一は、前年の暮あたりから、息子を赦せないにしても、人間としてたち直れるように面倒だけは見てやらねばなるまい、という心境に達していた。彼は、年があけて数えで五十歳になる。不惑の年から十年もすぎていた。それがいま頃になっていろいろと思い惑うとは、予測もしていなかったことだった。

修一郎は三十分ほど居て成城の家を出てきた。父だけでなく澄江もつる子も彼には口をきかなかった。澄江と、つる子はこわいものを見るように修一郎を避けた。それが修一郎にはわかった。刃物を握ってしのびこみ父を刺した以上、みんなから避けられても仕方のないことだ、と修一郎は考え、三十分ほどで出てきたのである。

彼はボルボを運転して友人の家にむかったが、思い直して四谷に戻った。前年の事件以後、彼は、友人からも遠ざかっていた。友人の方から遠ざかっていったのである。

四谷に戻ったら、早かったじゃないか、と祖母が心配そうな顔で言った。

「客がきていたんで、すぐ出てきた」

「きちっと挨拶をしたか？」

祖父が訊いた。

「したよ。そうしたら、そうか、と言っていた。俺はあんなことをしてきたんだし、みんなからいやな目で見られても仕方ないんだ。とにかく親父の会社にいれてもらえれば、俺は真面目にやるよ」

「考えてみたら、わしは、おまえを甘やかしすぎてきた。しかし、おまえの親父も悪い。おまえがあんなことを仕出かしたのは、おまえの親父に半分の責任があると思う」

「お祖父さん。もうその話はよそうよ」

「あの行助という子は、当分は出てこれないんだろうね」

祖母が言った。

「一年ほどで出てくるんじゃないかな」

祖父が答えた。

「五年くらいいれておけばよいのに！」

園子は感情を剝きだしにしていた。

「これは理一からきいたが、あの子は、多摩少年院から出てきたとき、小田原に行くと言ったそうだ。それを理一が無理にひきとめたらしい」

「こんどは出てきても、成城には戻らないんでしょうね」

「そうだと思う」

悠一はなにかほっとしたような表情で妻と孫の顔を見た。

修一郎は、いったん四谷の祖父の家に戻ってはみたものの、正月だというのにひっそりしている家では退屈きわまりなかった。そこで再び家をでると、車を運転して杉並の辰野福子の家にでかけた。辰野福子はあいかわらずタイガーレコード会社の新人養成所に通っていた。いまでは惰性で養成所に通っているようなものだった。よしゃいいのに、と修一郎は福子に言ったことがある。しかし福子は養成所通いを続けていた。

福子の家では若い者が大勢あつまって歌留多をやっていた。

「紹介するわ」

福子が修一郎を一座の者に紹介した。

「こちらは宇野電機の社長の長男の宇野修一郎さん。ここにいるのは、みんなあたしの仲間。左から名倉洋子さん、皆川静江さん、つぎが黒川さん、通称を黒ちゃんと言っているわ……」

福子は七人の男女を順次に紹介した。修一郎は、黒川という若者がこっちを異様な目で視つめていることに気がついたとき、福子は、この男と関係があるのかな、と思った。

黒川が行助といっしょに多摩少年院ですごしたことなど、修一郎が知る由もなかった。

「黒川さんはなにをやっているんですか」

修一郎は、あまりにも黒川がこっちをじろじろ視つめるので、つい訊いてしまった。

「俺か。俺は新宿のキャバレーでバンドマンをやっている」

黒はぶっきらぼうに答えた。修一郎は、福子が新宿のキャバレーでアルバイトに歌をうたっているのを知っていた。その仲間だったのか、たいした野郎ではないな、と考えながら歌留多遊びに加わったとき、

「ひとのことをきいて自分のことは話さないのか」

と黒川が言った。

「あ、そうだった。失礼。僕は学生だ。ことし卒業して親父の会社にはいるんだ」

修一郎はいくらか得意気に答えた。

「どうせ親父の会社にしかはいれないんだろう」

黒川が言った。修一郎ははっとした。こいつは俺のことを知っている……。

「きみは誰だ？」

修一郎は相手を見据えた。

「さっき福ちゃんが紹介した黒だよ。それに、新宿のキャバレーでバンドマンをやっているると言ったばかしだろう。おまえ、つんぼか」

あきらかに黒が絡んでいることが一座の者にもわかった。

「親父の会社にはいろうがどこにはいろうが、俺の勝手だろう」

修一郎が言いかえした。

「てめえの親父を刺し殺しそこなって、懲役二年、執行猶予四年、これでは大学を出ても、親父の会社にしかいれてもらえねえだろう。なにを威張っているんだ」

「なんだ、おまえは！」

修一郎は蒼白になった。

「俺のことが知りたけりゃ、表にでてもらおうか」

黒は歌留多を捨てると起ちあがり、部屋から出て行った。

誰も黒をとめなかった。そして修一郎をじろじろ視ていた。

「おい、学生さん。黒が表で待ってるぜ」

と君塚という青年が言った。

「きみはなんだ！」

修一郎は声をふるわせて訊いた。

「黒の仲間だよ」

「俺をどうするつもりだ！」

「そんなこと俺が知ってるかよ。黒がおめえに用があると言っているだけの話じゃないか。早く出て行ってやれよ」

君塚はまっすぐ修一郎をみていた。

修一郎は部屋をでた。玄関をでながら、そうだ、奴は行助の仲間だ！　と思った。

黒川は門の内側で待っていた。

「なんの用だ？」

修一郎は、通せん坊をしているような恰好で立っている黒川に怖気づいていた。

「もっとそばにこいよ。なんの用だ、というのはおかしいぜ。俺のことを知りたいと言ったのはてめえの方じゃないか。もっとそばに来い。来なけりゃ俺の方から行く」

黒川はこっちに歩いてきた。

「なんだ、おまえは！」

「うるせえな。すこしだまっていろッ、乞食野郎め」

黒川は歩いてくると修一郎の正面に立った。修一郎は一歩退いた。

「俺が誰かをおまえは知りたいと言ったな。俺はな、おまえのために二度までも少年院にはいらねばならなかった行助の親友だよ」

同時に修一郎は自分の目から火花が散ったのを感じた。あっ！　と思ったときに更に一発やられていた。顔に三発、鳩尾に二発、修一郎はからだの重心をうしなって土の上に倒れた。

「俺がこういうことをやるのを、行助はよろこばないだろう。しかしな、俺はな、ほんとはおまえを殺らすつもりでいたんだ。おまえの四谷の家も知ってるぜ。しかし、これでかんべんしてやろう。ボルボかなんかを乗りまわしやがっているくせに頭のなかは空っぽじゃないか。高級車をのりまわすのが悪いと言っているんじゃねえ。乗りまわすだけの人間になれと言うことだ。用があるならいつでも来てくれ。俺の住所は福ちゃんが知っている」

そして黒川は玄関の戸をあけてなかにはいって行った。

修一郎はおきあがってハンカチで鼻から噴きでている血をぬぐった。それから洋服についた土をはらうと、ハンカチで鼻を押え、門をでた。そして、車に乗ってからヒーターをつけ、からだを横にして鼻血がとまるのを待った。

みじめだった。女の家に遊びにきて行助の仲間に殴られたことがみじめだった。黒川が少年院出身であることはまちがいないように思えた。

やがて鼻血がとまった。修一郎は車を運転して四谷に戻った。そして、祖父母に見つからないように二階にあがると、ウイスキーをらっぱのみし、蒲団にもぐりこんだ。涙が出てきた。前年の裁判以後、彼は何事につけ気が弱くなっていた。親父の会社にはいり、親父の死後、財産を継げればそれで充分ではないか、と彼は考えていた。

正月二日の午後、杉並の辰野福子の家の庭で修一郎を殴った黒が、戸塚の安の店に現われたのは、一月末であった。前年の十一月から、これから毎月、月末にいちどここに集まろう、と言いだしたのは佐倉であった。

「宇野の兄貴という野郎を殴っちまったよ」

と黒は仲間を見まわして言った。そして、辰野福子の家での出来事を語った。

「そいつは面白い話だが、しかし、そのために宇野が迷惑を被ることはないかな」

佐倉が首をかしげた。

「相手が喧嘩を売ってきたのとちがうから、おい、黒、おめえ、まずいことをしたなあ。宇野が少年院のなかから指図をしたように考えられたら、佐倉の言ったように、宇野が困るよ」

安が相槌を打った。

「奴ののっぺりした面をみていたら、どうにも我慢が出来なくなってよ」

黒はまだ怒っているような口調だった。

「気持はわかるが、そいつはまずかったな。かりに、黒に殴られた兄貴が、警察に訴えでたとする……」

安がくちをきった。

「安、よせよ。もう終ったことだ。黒の気持も察してやれ。俺だって黒の立場にたったら殴ったかも知れない。それで、警察からなにも言ってこないのか?」

佐倉が黒を見て訊いた。

「言ってこないな」

「それじゃ相手は泣寝入り（なきねいり）しているんだ。おそらく相手は黒を少年院出身だと思い、怖気づいたんだろう。しかし、黒、もうよせよ。宇野のためによくないからな。現実に悪いことをしているのは宇野の兄貴のような奴で、黒のようにかあっとする奴は、実際には悪いことはしていない。しかし、法は黒を罰するよ」

「どんな野郎だ？」

泣虫が黒に訊いた。

「派手な服装の野郎さ。ボルボかなんかを乗りまわしやがってる野郎だ」

「何発くらわした？」

「なんだ、てめえ、多摩で俺にやられたことをおもいだしているのか」

「おめえに殴られると痛いからな。俺は宇野の兄貴という野郎に同情するよ」

「この野郎ッ」

「まあ、ラーメンを食おうよ」

「そうそう、宇野から手紙が来ている」

安が厚子に手紙を持ってこいと言った。

「なんだ、それから先に話せよ」

黒が言った。

「おまえがいきなり宇野の兄貴を殴った話をするからよ」

安はわらっていた。厚子は店を出てアパートに行助から届いた手紙をとりに行った。

「なんと書いてあったかね」

やはり黒が訊いた。

「なんか難かしいことが書いてあったよ。厚子にはわかったらしいが、俺にはさっぱりわからん」

そして安は釜にラーメンをいれた。

厚子は五分ほどでアパートから戻ってくると、分厚い封筒を佐倉の前においた。

「佐倉、読めよ」

黒が言った。

「では、俺が読もう」

佐倉は封筒から手紙をとりだした。

山村君、佐倉君、そして安坂君から、なんども便りを戴きながら、返事が遅れたことを、おわび申しあげます。

なにから書いてよいのか判りません。一口に言うと、ここは多摩少年院とはちがっている事実が、私をして返事を遅らせた理由かと思います。私にはまだこの特別少年院の存在がよく摑めませんが、強いて言えば、ここは刑務所と同じだと言うことです。もちろん私は刑務所を知りませんが、ここはかつて刑務所であったのです。私はここに入ってきてしばらく経ってからそれを知りました。刑務所だった建物が、そのまま少年達を収容する場所に使用されているのです。この事実は特にしるしておかねばなりません。ですから、建物自体がまず私を圧迫しました。練馬の鑑別所から護送車でこの建物の前につき、車からおろされたとき、私の目に最初にとびこんできたのは、高いコンクリートの塀と鉄の門でした。私はこの塀と門を目前にして、犯罪人とはなにか、について考えました。それほどこの塀と鉄の門は私に印象的でした。

これもここに入ってからしばらくして知ったことですが、東京管区内には少年刑務所が三つあり、長野県の松本、茨城県の水戸、埼玉県の川越がそれです。とにかく私は人間を殺そうとしたのですから、当然この三つの刑務所のうちのどれかに入るべき運命を背負っていたのですが、役人の寛大な処置でここに送致されました。

この辺一帯は風光明媚な土地ですが、その土地にあるこの特別少年院だけは、何故か荒涼としています。それは、建物自体が具えている苛酷な性質のためばかりではなく、ここで生活している者達の心情のためかと思われます。晴れた日はよいのですが、曇りの日、雨の日、霧がたちこめた日になると、こちらの気持までが黯然としてきます。どんよりした冬空の下では、海も暗く、湿った潮風が、少年達の気持を沈ませます。霧のたちこめた夕暮に、沖を通る汽船の汽笛をきくことがあります。私は、ここにきてはじめて、汽笛の響きがじつにもの哀しいものであることを知りました。そんな日に、浸蝕された海岸で労働をしたことがあります。前日の大波で海岸に材木が打ちあげられており、それをかたづけるためでした。材木を片づけながら、霧のむこうからきこえてくる汽笛の音に、ふと、ここは流人島ではないか、と錯覚におちいったものです……。

佐倉はここでいったん手紙を読むのをやめ、コップの水をのんだ。

「それでおしまいか」

と泣虫がきいた。

「まだある。そういそぐな。宇野は、たいへんな経験をしているらしい」

そして佐倉は再び行助の手紙を読みだした。

ことしにはいってから、私にとってはすくなからず感動的だったできごとがひとつあります。それをここにお伝えしましょう。

一月三日は私の誕生日でした。誕生日を祝うならわしが、厚い塀に囲まれているここにもあったことが、私にとってどれほどのなぐさめとなったか、御想像ください。私のはいっている第一寮の者全員と院長が、私の誕生を祝ってくれました。娑婆でのような祝いはできませんが、とにかく、みんなから、誕生日おめでとう、と言われたときに、私は、私をうんでくれた父と母に感謝しました。

ここでは、いま、死んだようなものだ、という言葉が流行っています。娑婆にでてなにをやっても駄目だから俺は死んだような人間だ、という意味です。この少年院のなかには、うまれてこなかった方がよかったのだ、と自暴自棄になっている者もおります。そんな少年がひとり、ことしの一月のなかば、自殺をはかったことがあります。彼はつねづね自分の出生を呪っていました。彼がどのような生を享けて自己の出生を呪っていたのか、私には判るすべもなかったのですが、私は、彼の自殺未遂をきいたとき、夜の暗い海を視たように思いました。彼が自殺をはかった日は、ちょうど成人の日で、このなかで成人式を迎えた者は、八人おりました。私もそのなかにはいっていました。彼はこの八人のなかのひとりだったのです。私達は院長室によばれ、成人になったお祝いに、院長から言葉を受けました。彼が自殺をはかったのは、この日の夜で、私がこれを知ったのはあくる日の朝でした。寒さの酷しいよく晴れた日でした。朝食のときに私はとなりの席にいる少年から自殺未遂を知らされたのです。どんな自殺をはかったのかは、ここに書きませんが、とにかく私はこの日、滅入った気持で一日をすごしました。

はじめに書いたように、ここは刑務所と同じです。多摩時代には稀にしか感じなかった空腹感、これを殆ど毎日のように切実に感じています。麦飯に副食物がすくないのが原因です。しかし、死ぬような空腹感ではありません。いくら罪人だからといって、まさか、国家が、少年達を空腹で死なせるようなことはしますまい。

ところで、安坂くんにひとつお願いがありますが、ききいれてもらえるでしょうか。それは、私がいつここから出れるかは判りませんが、安坂くん夫婦に、私の引取人になって戴きたいということです。なぜ安坂くん夫婦に引取人になってもらいたいかのくわしい事情はいずれ話しますが、決して迷惑はかけませんから、おねがい申しあげます。もしききいれてもらえるようでしたら、当院の分類保護課あてに御連絡をして下さると有難いのですが。

行助の手紙はここで終っていた。

「安に引取人になってくれというのはどういうことだろう」

泣虫が首をかしげた。

「成城には帰れないんだよ。帰れないというより、宇野は、あそこには帰りたくないんだ。そうとしか考えられない」

佐倉が答えた。

「小田原には帰れないのかな」

黒が言った。

「事情があるんだろう。安、どうする？」

佐倉が安を見て訊いた。

「もちろん引きうけるよ。そんなことはきくまでもないことだ。あいつ、腹をすかせているんだよ。なあ、みんな、なんとかしてやれないものかな」

「どうにもしようがないだろう。まあ、そのうちに出てくるさ」

佐倉は手紙を封筒にしまい、それを厚子の前に押しやった。

「へんな同情をすると宇野のやつ怒るぞ」

これは黒である。

「おまえは変な同情をして宇野の兄貴を殴っちまったじゃないか」

安が反駁した。

「あれはしようがなかったのだ」

「おい、喧嘩はよせ。それより、この手紙を、宇野のおふくろに見せるべきか、それとも見せない方がいいだろうか……」

佐倉が一同を見まわした。

「俺は見せた方がいいと思う」

黒が応じた。

「俺もその方がいいと思うな」

安も言った。

「そうだろうか。俺は、見せない方がいいと思う。宇野のおふくろを哀しませることになるぜ」

「それもそうだな。宇野のおふくろをかなしませるようなら、手紙は見せない方がいい。厚子はどう思うかね」

安は釜からラーメンをあげて丼(どんぶり)に盛りながら妻を見た。

「佐倉さんのおっしゃるとおりだと思いますわ」

厚子はラーメンのはいった丼に支那竹(しなちく)と焼豚(やきぶた)をいれながら答えた。

「山村さんにも相談してみるとよいだろう」

泣虫が言った。

「宇野は、あんなところにはいっていながら、考えることをやめていない」

佐倉が、ラーメンの丼を自分の前に引きよせながら言った。

考えることをやめないひと……厚子は、佐倉の言葉をきいたとき、たしかにそうだと思った。しかし、あれだけ冷静で、考えるひとが、なぜ人を刺したのだろうか……。

「どうだい、きょうの味は？」

安がみんなを見まわして訊いた。

「いいよ、おまえのつくるラーメンは、東京中をさがしてもざらにはねえよ」

黒が答えた。

「宇野に熱いラーメンを食わせてやりてえな。店に学生がはいってくると、どうもあいつをおもいだしていけねえ」

安はしんみりした口調になった。

このように、安の店にあつまる多摩少年院時代の同窓生のみんなが、そこにいない行助をおもいかえし、彼を語ることで、めいめいになぐさめを見出していた。

安の仲間は、行助から届いた手紙を、行助の母には見せない方がよい、と相談したが、それから数日後に店に現われた山村にも安は手紙を見せて相談した。手紙を読んだ山村は、やはり見せない方がいいな、と言った。

ところが、二月八日の午後、店に澄江が現われた。そして、行助からなにか言ってこなかったでしょうか、と訊かれたとき、安はうっかり手紙が来ている、と答えてしまった。答えてからはっとしたが、すでに手遅れで、

「差しつかえなかったらその手紙を見せてくださいませんか」

と澄江から言われてしまった。

安は助けを求めるように厚子を見たが、厚子はだまって丼を洗っていた。安は仕方なく、棚(たな)から手紙をとりおろし、澄江の前においた。そして安はもういちど妻を見たが、厚子はさっきと同じ姿勢で丼を洗っていた。安は、えらいことをやっちまったなあ、と考えながらラーメンをこしらえはじめた。そして、手紙を読んでいる澄江をときどき見たが、澄江の表情はかわらなかった。

「どうもありがとう」

澄江は手紙を読みおわると、それを安の前に返した。

「じつは、お母さんには、お見せしない方がいいと言っていたのですが、つい、うっかりしてしまいまして」

安は弁解するように言った。

「いいえ、かまいませんのよ。……あの子は、成城には戻らないつもりなんです。これは前からわかっていましたが」

「引取人になってくれと言っているのですが、こんなことをしていいでしょうか」

「安坂さん。わたしからもお願いしますから、そうしてください。あなたとは仲のよいお友達だし、それに、こうして立派にお店をやっているんですから、引取人の資格は充分あると思います」

澄江は常と渝(かわ)らぬ調子で話した。

「それは喜んで引きうけますが、なにか、お母さんに悪い気がしましてね」

「そんなことはありません。……あの子は、わたし達からはなれて行ってしまったのです。ことの成りゆきで、これは仕方のないことでした」

そして澄江は、安夫婦がすすめるラーメンを、きょうは欲しくないから、とことわり、店から出て行った。

「あなたが慌て者だからいけないのよ」

澄江が出て行ってから厚子が言った。

「どうも俺はそそっかしい」

「お母さん、くちではああ言っても、ひどいショックを受けたと思うわ。とにかく、引取人変更の届けを早くださないことには」

「どうやって届けるのかな」

「いちど美ケ崎に行ってみなさいよ」

「そうするか。明日でも行ってみようか」

「そうしなさいよ」

「おまえもいっしょに行くか？」

「行ってもいいわ」

厚子は答えながら、あのひとにあえる、と思った。厚子のこの感情は、安の知らない個所で育まれてきたものだった。

　安夫婦が美ヶ崎に訪ねてきたとき、行助は建築科の実習室にいた。十時をすぎたばかりの頃で、行助は、教官から、面会所に行け、と言われたとき、母が来たのだろう、と思った。

　面会所は、二寮のちかくの教官詰所の建物のなかにあった。行助は、ときたま、その前を通りすがりに、窓ごしに父兄がきて院生と話しあっているのを見かけたことはあるが、なかにはいったことはない。

　行助がその面会所についたら、誰もいなかった。行助は椅子にかけ、壁にはってある面会人心得の条文を読んだ。条文は五章からなっており、そのなかに、面会時間は多くの生徒の教育にも支障を来たしますので三十分以内に切上げるようにして下さい、というのがあった。

「三十分以内か。三十分も話しあうことはないだろうに」

　行助は独りごとを呟くと、室内を見まわした。テーブルの上にはガラスの花瓶があり、そこに菊の花が無造作に活けてあった。妙なものだな、と行助は菊の花を眺めて思った。その菊の花が部屋の彩りにはなっていないことを発見したのである。つまり、部屋のつくりと調度品が、菊の花とつりあいがとれていなかったのである。名もないささやかな花の方がここには似合いそうだった。しかし、母はなにしに来たのだろう、いや、来るなと言った俺の方が無理だが……と考えていたとき、戸があかり、院長がはいってきた。院長のうしろに安夫婦がたっていた。

「宇野」

安がくちをきった。

「そうか、安だったのか」

行助は顔を綻ばせた。引取人の変更については、行助はすでに院長に話してあった。

「引取人変更については、いま分類保護課に正式に届けをだしてもらったところだ。安坂さん御夫婦からきみのむかしの話もきいた。ゆっくり話しあっていい」

院長はこれだけ言うと面会室から出て行った。

「きてくれてありがとう。無理なことをおねがいしてしまったなあ」

「なにを言っているんだ。病気をしなかったかい」

安は涙ぐんでいた。

「去年の暮に、流感で十日ほど寝たが、たいしたことはなかった。どうだい、店は繁盛しているかい」

「ああ、繁盛しているよ。黒も泣虫も佐倉も月に一回はくるよ。山村さんもくる。きのうは、お母さんがいらしたよ」

「うちのおふくろが？」

「あとで、失敗した、と思ったが、おまえの手紙をお母さんに見せてしまったよ」

「このひと、とてもそそっかしいんです」

厚子がくちをはさんだ。

「いや、手紙をおふくろに見せたことなら、かえってその方がよかったのです。それより、行宏ちゃんは元気ですか」

「はい」

厚子は、行助からまっすぐ視つめられ、足もとに視線をおとした。

去年の七月からこの夫婦とは会っていないわけだが、このひとはまたきれいになったな、と行助は考えながら厚子から目を逸らし、安を見た。

「引取人をおねがいした件ね、僕はここをでても、行くところがないんだ。行くところがないといっちゃおかしいが、成城には戻りたくないし、かといって小田原に行くのも気がすすまないんだ。学校のちかくにアパートを見つけ、アルバイトをやりながら学校を卒業したい、と考えているんだ。たとえば、安の店で人手が要るようだったら、ラーメンつくりをやってもいいし、げんに自分の家から金をもらわずにやっている学生がたくさんいるんだな。だから、なんとかやっていけると思うんだ」

「俺に出来ることならなんでもやるよ」

安は手で自分の胸をたたきながら言った。

「それで、いつ、ここから出れるんですか？」

厚子が訊いた。

「それはわかりませんが、ことしいっぱいはここに居ることになるだろうと思います」

「ながいですわ」

厚子のこの言葉に安は気づいていなかった。行助は慌てて厚子から目を逸らし、

「佐倉の芝居はどうなっているのかな。店にきて芝居の話をしないかい」

と話題を転じた。

「俺に芝居がわかんないだろう。だから、芝居のはなしはしないな」

安は、黒が修一郎を殴ったことを行助に話すべきかどうかで迷っていた。安は迷ったあげく、行助にそれを話した。

「黒の気持はわかるが、それはいかんな」

行助はべつに驚いた様子も見せなかった。

「俺はそう言ったんだ。かえって宇野に迷惑がかかるんではないかと……」

「修一郎だってかわいそうな男なんだ。実の父親から拒まれたら、ああなるよ。……多摩にはいったとき、俺に罪はなかった。あれは、はっきりしている。しかし、こんどの件については、俺は彼を刺す必要はなかったのだ。刺す必要がないのに、あるいは理由

がないのに、何故刺したか……。しかし、これは、いまだから言えるんであって、あのときは刺す必要があった。まあ、これは僕の内面の問題だが」

行助はここで言葉をきり、安、煙草をもっているか、と訊いた。

「煙草か。そういえば、ここでは煙草が喫めないんだったな」

安は上衣のポケットから煙草の箱とマッチをとりだし、行助の前においた。

行助は、練馬の鑑別所いらい煙草をのんでいなかった。はじめはつらいと感じたが、日常の生活から煙草が消えてしまったいまでは、つらいというより、煙草にある懐かしさをおぼえた。

「これ、おいて行こうか」

安が言った。

「いや。いいよ。いずれにしてもここにいるあいだは煙草とは縁がないんだから」

行助は煙草をひとくち喫んだとき眩暈がして目を閉じた。そして、ああ、これは娑婆のにおいと味だ、と思った。

安夫婦は四十分ほどで帰って行った。

行助は、二人を門まで見送った。そして実習室に戻りながら、母のことを考えた。引取人を変更した件について母はなにも言わなかったという。というより、仕方がないことだとあきらめていたという。行助には母の心情が痛いほどにわかっていた。行助にしても、母から離れるのはさびしいことであったが、母が、仕方がないことだ、とあきらめてくれれば、それにこしたことはなかった。成城の家があのように毀れてしまったのは、ある意味では俺にも責任がある、と彼は考えていた。理一が、実子の修一郎を疎んじたのは、実子でない俺を軸にして動いていたからではないか、その意味で、俺は多摩から出てきたとき、理一の希望は希望として受けとめておき、小田原に行くべきだったのだ……。

つめたい海風が吹きぬけていった。広い道が海にまっすぐ突きぬけており、そこを吹きぬけて行く風はいつも酷薄な感じがした。行助は風にさらされて歩きながら、きょうは暖かいものに出あった、と思った。安の気持もありがたかったが、厚子にあえたことが慰めとなった。面会室で厚子の顔を見たとき、厚子の美しさがこちらの胸に流れるようにはいってきたのを、行助は受けとめかねた。こちらの感情までが染めあがるような厚子の居ずまいだった。

実習室に戻ったら、

「面会人は母親だったのか？」

と河豚から訊かれた。

「いや。友人だった」

行助は持場で鋸をとりあげながら答えた。

「友人ならここにたくさんいるというのに。どうして母親がこないんだい。それともいないのか？」

「病気でこられないのさ」

行助は面倒くさげに答えた。

「父親はいるのか？」

「これも病気だ」

「婆婆では病気が流行っているのか」

「そうらしい」

「おめえ、思想犯にしてはユーモアがわかると見えるな。メリケンがおめえのことを、奴はなにを考えているのか、さっぱりわからない、と言っていたよ」

「みんなと同じことしか考えていないよ」

「じゃあ、おめえ、ここから脱走しようと考えたことがあるかよ？」

「あるね」

「教官を殴り殺してやろうと考えたことがあるか？」

「あるね」

「それでは俺達と同じだ。しかし誰もそれを実行しない。なぜか？」

「何故か、それは自分の胸にきいてみろよ」

「おめえ、うめえ答えかたを知ってるな。ちくしょうッ、思いっきり食べたいものを食べ、思いっきり、なにかをぶち毀してやりてえな。刑務所ではそう考えるのがひとつの夢さ。けっきょくは、死んだようなもんさ」

河豚はどういうわけか最近荒れていた。荒れかたが尋常でない個所があり、仲間はみんな彼を避けていた。

河豚が荒れているのは、成人式の日に自殺をはかった大塚菊雄の日常やものの考えかたが投影しているためではないだろうか、と行助は考えていた。やっぱやメリケンのようにちからを持てあましている者がいるかと思うと、大塚菊雄のように暗い翳をひいて無気力な日常を送っている者もいた。大塚菊雄は、成人式の日の夜、窓の桟の上の釘に電線のコードを結びつけ、縊死をはかったのであった。コードは実習室から持ちこんだ品らしかった。見まわりの教官に発見されるのが数分おそかったら、彼は目的を遂げていたはずだった。

「生きていたってしようがないんだ」

と彼は教官に見つかったときに言ったそうである。生きていてもしようがないなら死んだ方がよい、と彼は考えたにちがいない。彼は自分の死になんの感動も抱いていなかった。

「生きていたってしようがないのは、なにもあいつばかりではない。俺だって同じさ」

と河豚は言っていた。

院長室に保管している彼等の身上調書をのぞいてみよう。

大塚菊雄は両親が健在である。父親は銀座でレストランを経営している。菊雄の下に弟と妹がおり、表むきは一応きちんとした中産階級の家庭であった。

美ヶ崎では二ヵ月に一回父兄会をひらいているが、この父兄会に、大塚菊雄の両親は必ず自家用車を運転してきて出席した。木場秀三院長は、菊雄の両親をみているうちに、あ、この夫婦は毀れている、と感じた。父兄会は一時間ひらくが、最初の三十分間は必ずといってよいくらい父兄からの発言がない。院長がさそい水をかけているうちにやっと後の三十分間に父兄からの発言がある。そして夫婦同時に発言することはまずなかった。父親が発言すると、母親はだまり、父親の発言が終ってから母親がこんどは反対の発言をする。つまりこの夫婦は家庭で話しあっていない証拠であった。院長をなかだちにしてわずかの時間にめいめいの意見を述べるのであった。大塚菊雄の両親がこのいい例であった。

木場院長のみたところ、毀れている夫婦には三通りあった。ひとつは、男と女の段階で毀れている夫婦、ふたつ目は、夫婦となってから毀れたもの、三つ目は、親の段階で毀れたものであった。男と女の段階で毀れた夫婦は、二人がいっしょになる前に人間として毀れている者が多かった。いっしょになってからも、たとえば性生活がうまくいかなかったとかで毀れてしまった夫婦がいた。夫婦となってから毀れた組は、夫と妻のどちらかが配偶者以外の異性と関係が生じたとかで毀れてしまっていた。大塚菊雄の両親がこれであった。いっしょの車で来ながら、この夫婦はくちをきかなかった。いつも院長を通して話すのであった。話すといっても話しあいではない。めいめいの考えを述べるだけであった。親の段階で毀れた夫婦は、父親がたとえば勤めさきや役所で汚職をしたとかの例が多かった。彼等は自分の子を導くだけの権威を失墜していたのである。

この三つ目の親の段階で毀れてしまった夫婦に、河豚の両親がいた。

この二つの家庭をのぞいてみよう。

大塚菊雄の父親が、自分の店の女の子に手をつけたのは、いまから十五年前である。彼はその女の子に家を持たせた。菊雄がまだ幼稚園に通っていた頃である。それを知った菊雄の母親がさわぎだした。店は銀座で、住居は下北沢にあった。夫婦喧嘩が続いた。それは夫婦喧嘩というより雄と雌の醜い争いであった。菊雄は、両親の争いが三年は続いたのではないかとおぼろげに記憶していた。そしてある年のある日から、両親の争いがとまった。母親の方も男をこしらえたのであった。化粧品のセールスマンであった。現在、この夫婦は、夫婦とは名ばかりで、ひとつ家に棲みながらめいめい別々に生活をしている。夫は週に二度は帰宅するが、泊ったことはない。女の方にすでに三人の子がいた。妻の方は夫から生活費をもらうだけである。化粧品のセールスマン以後、彼女は男を三人かえていた。

この夫婦は、食いものさえ与えておけば子は育つ、と思っているらしかった。菊雄は自分より年上の女を犯して鑑別所送りになったのであった。夫婦は、菊雄がこうなったのは、おまえのせいだ、いや、あなたのせいだ、とめいめい責任を転嫁していた。

木場院長は、この夫婦を見ているうちに、この二人は救いようがない、と思った。河豚の父親は、やはり十四年ほど前に、勤めていた区役所の公金を横領し、懲役三年の刑をつとめて社会に戻り、以来、月賦建築会社のセールスマンとして働いていた。父親が公金を横領したときは新聞をにぎわした。河豚はそれをおぼえていた。河豚は高校をでてある紙工会社に勤めていたが、父親と同じく会社の金を横領したのであった。

菊雄も河豚も、いずれも学齢期以前にこのような疵を受けたのであった。木場院長のみたところでは、学齢期以前に受けた疵は殆どといってよいくらい直らないのが普通であった。学齢期前に人間性が出来あがってしまう例が多かったのである。

「きょうは入浴日だな」

河豚が言った。

「ちげえねえ」

と一人が応じた。

「またメリケンの彫物が見物できるぜ」

メリケンは、下腹と太股と生殖器に女の名を刺青してあった。下腹のはちょうど臍の真下で、そこには綾子という名が彫ってあった。太股は、左右いずれも股の内側で、右の方に照子、左に幸江と彫ってあった。そして生殖器は、亀頭につる子と彫ってあった。いずれもかかわりのあった女の名で、それらの名が、風呂に入ると、桜色に浮きでるのであった。つまり彼の下半身は女の名で美しく飾られていたのである。

「じつにみやびた彫物だ」

と河豚は入浴のたびにメリケンの下半身に羨望のまなざしを向けていた。

「最後に相手にした女はどれだい？」

と河豚はメリケンに訊いたことがある。

「そりゃ、この女だ」

とメリケンは生殖器をさし示した。

「つる子か。いい女か？」

「もちろん」

「鶴のように痩せた女か」

「いや、反対だ。安定感のある女だった。しかし、俺は、この女を刺しちまったのさ」

「なぜ刺した？」

「浮気をしたからさ」

「それで、死んだのか？」

「全治三ヵ月の傷、というところさ。しかし奴は俺にあやまったよ。俺が出てくるまで待っていると言ってくれたからな」

「メリケン。てめえも甘えな。そのつる子という女は、いまごろ他の男とおねんねしてるとよ」

と水をさしたのはやっぱであった。

「やっぱ、因縁をつけるのか！」

メリケンは気色ばんだ。同時に、大きな浴槽のなかで院生達が左右に散る。メリケンとやっぱが喧嘩をしやすいようにするためであった。そして浴槽のなかでしぶきをあげて取っくみあいの喧嘩がはじまった。これは教官によってすぐとめられたが、つまり、やっぱは、メリケンの刺青の方が仲間からはやしたてられているのが気にいらなかったのである。やっぱも背中と両腕に刺青を彫ってあったが、下半身を女の名で華麗にちりばめたメリケンの刺青に比べると、それはまことにまずしい彫物であった。

そのやっぱとメリケンがまだ決着をつけていなかった。何度もけりをつけようとしながら、いつも引きわけになっていたのである。

「やっぱは刺青をとるとか言っていたな」

と河豚が鑿を木にあてながら言った。

「医務課を訪ねたのか？」

そばにいた者が訊いた。

「そうらしい」

「すると、やっぱは、ここから出て別の刺青をするつもりかな」

「そんなところだろう。刺青に限っていえば、やっぱはメリケンにはかなわんからな」

医務課には、刺青をとってくれと言ってくる者がかなりいた。いったん皮下に染みた色は全部はとれないが、ある程度までは除去できた。

行助は仲間の話をききながら、やっぱとメリケンの生きかたは、あれはひとつの掟に適った生きかただろう、と考えた。多摩いらい、彼は、さまざまな非行少年に接してきたが、たいがいの少年が抑鬱的で気分が変りやすく、そして劣等感を抱いていた。考えかたが主観的で協調性に欠けた者が多かった。そして活動性と支配性がとぼしかった。したがって、多摩時代の流れ星の利兵衛こと天野敏雄、そしてここ美ヶ崎のやっぱとメリケンが、ある程度支配性をそなえているのは、珍しい例であった。しかし、これもよく考えてみれば、彼等の劣等感の裏返しにすぎない面があった。

統計表によると、ある年の特別少年院生一、六一一人についての精神障害者の割合を見ると、つぎのようになっている。

精神の正常者が一〇人で〇・六パーセント、準正常者が一、一五一人で七一・五パーセント、障害者が四五〇人で二七・九パーセントとなっている。この二七・九パーセントは、初等少年院、中等少年院に比べて極めて率がたかい。その年の初等少年院の障害者は一八・九パーセント、中等少年院は一七・五パーセントである。医療少年院の七四・八パーセントは別であるが、しかし、医療少年院の正常者の〇・五パーセントと特別少年院の正常者が〇・六パーセントはわずか〇・一パーセントのちがいしかない。

行助は、成人式の日に院長室で、練馬鑑別所長の平山亮の書いた本を見た。平山亮は以前は美ヶ崎特別少年院の院長であった。実習室には、院生達の作業にたいしてあたえられた表彰状が掲げてあり、そこに院長の平山亮の名があった。院長室で見た本は『非行と回復』という題であった。

行助は木場院長にあの本を読ませてくれませんか、と頼んだ。院長は、きみならいいだろう、ということでその本を貸してくれた。行助はこの本で少年院生の精神障害者のことを知ったのである。

行助はこの本を読み終えたとき、多摩少年院から出て、東中野のあるアパートに利兵衛の情婦の美佐子を訪ねたときのことをおもいかえし、そして後年美佐子が利兵衛に絞殺されたことをおもいかえした。そして、利兵衛はあきらかに精神障害者だったのだ、と思った。だが……修一郎を刺した俺はどうだろう……人間が人間を殺そうとしたのは、やはり精神障害者のすることではなかっただろうか……。成人式の日の夜、自殺をはかった大塚菊雄も、ある意味では精神障害者である、と行助は考えていた。しかしあれは高等な障害者だ、利兵衛やメリケン、やっぱは、大塚とはちがう障害者である……。

行助は木場院長に本を返しに行ったとき、

「僕もある意味では精神障害者ではないかと思います」

と言った。

「きみがそう考えているだけだ。鑑別書によればきみは正常この上ないがね」

と木場院長は答えた。

「鑑別書を信頼してもよいのでしょうか？」

「きみは信頼していないのか、自分自身を？」

「自分のことはわからないと思います、誰（だれ）でも」

「それは言えるが、しかし、きみの裁判記録に目を通したが、あれは正常そのものではないか。正常というより、人間として明晰（めいせき）そのものではないか」

「僕は建築学をまなんでいたのに、こうして横道にそれてしまいました。逸れたこと自体が、どうも僕には疑問なんです」

「その疑問はきみらしくないね。きみは、自分を分析（ぶんせき）しすぎるようだな」

「そうかもしれませんが……」

行助は木場院長とこんな話をしたことなどをおもいかえしながら、河豚と仲間のやりとりをきいていた。

行助は、安あての手紙に、この特別少年院の存在がよく摑めない、と書いたことがあったが、少年院はある意味では精神障害者を収容している建物である、という風に思えてきた。行助は、多摩時代と現在をおもいあわせてみて、この塀のなかにはいっている者の知能度の割合を知ることができた。見ていると、彼等の殆どが手先が器用であった。つまりそういう仕事に向くように頭がつくられていたのであった。熟練のいらない視覚的検査の仕事が彼等は得意であった。したがって、ここにはいってくる前の彼等の職業は、製靴工、各種の照合係などが多かった。それから、撚糸工、機械による縫合工、打ちぬき工、研磨工、ロール工なども多かった。左官や石工などもいた。これと対蹠的に、高い知能を要する数的、言語的、空間的適性を要する職業の者は殆どいなかった。多摩時代の仲間の殆どは学生だったので、行助はそれほど感じなかったが、しかし、たとえば寺西保男が、少年院をでたらバーテンになる、と言ったなどは、よい例であった。彼はさいわいにして親の希望にそって大学にはいったが、ここ美ヶ崎では、ここにはいってくる前にすでに職についていた者が多かったので、多摩の院生達とはいろいろな面で截然としていた。

行助は、やっぱやメリケンを、掟のなかで生きている、と見ていたが、彼等の守っている掟そのものがすでに単純な反復にすぎなかった。

そんな仲間をみているうちに、行助は、俺も彼等のようにどこか精神に障害があるのではないだろうか、と考えることがあった。

正午をつげる鐘が鳴った。

「やれやれ。これでお昼のおまんまにありつけるのか」

と誰かが言った。

「だけどよ、おまんまを詰めて入浴はよくねえな。すぐ腹がすくんだ。浴びてからおまんまの方がいいのに」

別の者が言った。

これは本当のことであった。食後に入浴すると、血のめぐりがよくなるせいかすぐ空腹をおぼえた。行助も例外ではなかった。しかし週二度の入浴はなにより楽しみであった。風邪をひいて入浴できないときが彼等にはいちばんつらかった。

行助は、仲間とつれだって実習室をでると、食堂にむかった。広い道ではつめたい風が吹きぬけていた。陽ざしは寒々としていた。ずうっと雨がふらなかったので、陽ざしまでが埃っぽい感じがした。

なんと侘しい人生だろう、と行助は足もとを視つめて歩きながら思った。この塀と鉄の門に囲まれた中では、すべてが侘しすぎた。すべてが非人間的であった。そして、そのことを知らずに過している殆どの院生が、行助には侘しすぎた。行助は、多摩を経てここでくらしているあいだに、視る目をそなえてきた、と自分でも思っていた。物事を視すぎ知りすぎると、感動がなくなるのではないだろうか、と思ったこともあったが、とにかく彼は自分が視る目をそなえてきたような気がした。

昼食がすんでから入浴するまでにはすこし時間があった。きょうは二寮生がさきに入浴する順番であった。多摩少年院では寮ごとに小浴場がついていたが、かつて刑務所であったここ美ヶ崎には大浴場しかない。

一寮生は寮に戻り、入浴の時間がくるまで各自の部屋にいた。寮には集会につかわれている広い室があり、そこに集まって話しあっている者もいれば、部屋にはいっている者もいた。集まって話しあったにしても、話題はきまりきっていた。部屋にひとりで居ればなおのこと孤独であった。いずれにしても侘しい光景であった。つまり、なにをどう考えても、厚いコンクリートの塀がすべてを遮っていたのである。三度の食事がなぐさめになっているとはいえ、ここでの食事は院生にある種の諦観を植えつけた。来る日もくる日も麦飯をたべているうちに、院生達はやがて麦飯のうまさを知るが、たとえば一日の副食物を考えるとき、院生達は、しようがない、というあきらめの感情を抱く。麦五割米五割のめしといっても、米は外米が三割で内地米二割である。朝は味噌汁に昆布の佃煮、昼は煮豆と鰯の乾物小一本、夜はおでん、といった副食物である。たまに沢庵が二切れくらいつく程度で、冬は野菜がつくことがあまりない。

行助は集会室の窓ぎわに立ち、海を眺めていた。金網越しに相模灘がひろがっている。そして窓の下の地面では緑色の草が芽をふいていた。春の草であった。いつかもこんな一刻があったな、と行助は来し方をふりかえってみた。多摩時代に、やはり昼食後、安と調理室の裏で日向ぼっこをしていたときに、足もとに春の草を見つけたことがあった。二度までもこのようなかたちで春の草を見るとは……行助はかつて黒が、利兵衛のことを、あいつは自分の宿命から逃れられないんだ、と言っていたことをおもいかえした。俺が二度までこうして春の草を見るのは、やはり宿命だろうか……。

「おおい、入浴だとよ」

と廊下の方で誰かがさけんだ。

それをきいた院生達は集会室から廊下に出て行った。

庭のあちこちで雑草が芽をふいていた。なかには小さな花をつけているのもあった。それは、枯れずに冬を越した草らしかった。

「よう。メリケン。刺青の女達は元気かい」

と河豚が歩きながらメリケンに話しかけている。

「元気だな」

「おまえは幸福だよ。いつも女にとりまかれているからな。刺青をするときは痛いのか?」

「そりゃ痛いさ」

「どのくらい痛い？」

「汗が出るくらいだな」

「俺もここを出たら下腹か太股に女の名を刻もうかと考えている」

「女がいるのか」

「出てからつくるのさ」

河豚は午前中と反対に陽気になっていた。

のんきな奴等だ、と行助は足もとの雑草を視つめて歩きながら、仲間の話をきいた。

転身の賦

暖冬異変のせいか、春ひらく花が前年の暮に狂い咲きしたのがあった。連翹がそうで、玄関わきの竹垣の前で黄色い花がいくつか開いた。それは年があけてからも咲いていたが、ある寒い朝、澄江が夫を送りだしながら、まだ咲いているかしら、と竹垣の方を見たら、花は枯れていた。澄江はそのとき、枯れてよかった、と思った。花がみんな狂い咲きして、春に花を見られないのは、やはりさびしいことであった。

そんなわけで、梅がひらいたのも早かった。例年より半月も早かったのである。その梅がガラス戸ごしに見える茶の間で、澄江は安夫婦と会っていた。

「おかしな子ですわ」

澄江は、美ヶ崎を訪ねてきた話を安夫婦からきいてから庭の梅に目を移し、ぽつんと言った。梅は午後の陽の光のなかで白く浮いていた。

「おさびしいでしょう」

厚子がなぐさめた。

「いまさら愚痴を言ってもはじまりませんが、多摩から出てきたときに、やはり小田原にやるべきだったのです。小田原に行っておれば、こんなことにはならなかったのです」

「面会に来てはいけないなんて、ちょっとひどいではないか、と言ってやったのですがね」

安が言った。

「あの子は、勁すぎるのです。はじめの頃はあの子のそんな面がわたし好きで、いっしょに歩いていたのですが、もう従いて行けなくなりました。……あの子は、親を捨てて行ってしまったようなものですが、でも、その方が、あの子のためには良いのかも知れません」

「お父さんはなんとおっしゃっているのですか？」

「わたしと同じに諦めてしまいました。……でも、あなた方にはお世話になりましたわね」

「いいえ、こんなことくらい……」

厚子が答え、澄江と同じく庭の梅に視線を移した。

澄江は、おかしな子だ、と言ったが、厚子も、行助をおかしなひとだ、と思っていた。あんな厚いコンクリートの塀（へい）に囲まれた中にいながら、あのひとはすこしも動じない顔をしていたが、あの淡々（たんたん）とした語りぐちは、あのひとの勁さのあらわれだったのだろうか……。

「あなた方におねがいして申しわけないのですが、おりを見てまた美ヶ崎に行ってくださいますか」

澄江は梅の花から視線を戻し、安夫婦を見て訊（き）いた。

「それは喜んで行きますよ」

安がにこにこしながら答えた。こんなとき安は童顔になる。

「面会にきてはいけないというし、手紙もよこさないんですから、あの子のことを知りようがないんですよ。おいそがしいでしょうが、よろしくお願いします」

澄江は二人に頭をさげた。

安夫婦が成城に澄江を訪ねた日の午後、理一の会社に修一郎が来ていた。彼はまがりなりにも学校を卒業できそうだった。そして宇野電機に入社することがきまったので、この日、父に挨拶に行ったのである。

「いろいろ御面倒をおかけしました」

修一郎は神妙に挨拶した。

「いままでとちがい、こんどは、自分で働いて得た金で生活するわけだ。月給だけでやって行くわけだ」

理一はにこりともしないで息子に言った。

「はい。やって見ます」

「最初は営業部にまわす。得意先まわりだ。歩く商売だ。自家用車やタクシーは使えない。電車とバスを使って一日得意先をまわる。おまえにそれが出来るか」

「やってみます」

「それから、やはり、しばらくは四谷で暮してもらう。おまえと私の間は、そう簡単にはもとに戻れない。戻るまで時間がかかると思う。私も努力するが、おまえも努力してもらいたい」

「はい」

「加能くんにおまえの監督をたのんでおいた。若い社員には容赦のない男だ。社長の息子だということを意識していたら、ぴしゃっとやられる」

「はい」

「それからもうひとつ、これがいちばん大事なことだが、宇野電機は個人会社ではない。したがって、社長の息子が将来社長になれるとはきまっていない。すべては本人の能力次第だ。これをよくおぼえておけ」

「はい」

「あとで加能くんのところに挨拶に行け」

「はい」

修一郎はどこまでも神妙だった。祖父の悠一から、挨拶のしかた、答えかたについて、くちが酸っぱくなるほど言いきかされてきたのであった。

修一郎は加能重役に挨拶をしてから宇野電機を出たとき、これで希望が持てる、とあかるい感情になってきた。このあかるい感情には手放しで浸ることが出来た。そして反面、彼の意識の暗部に、一ヵ所だけ黒い染みがこびりついているのを、どうしても拭えなかった。澄江を犯そうとしたことであった。俺はなぜあんなことをしたのか、かりにも自分の母ではないか、どうしてあんなことをしたのか……。彼はこう考えながらも、澄江にたいして済まないことをした、という気持はなかった。父にたいして済まないことをしたという気持はあった。この暗部の染みは、彼のなかのいちばん汚ない面であった。彼はその汚なさを見るのがいやで、そのことを忘れようとしたが、忘れられるものではなかった。正月に成城に行き、そこで平気な顔で澄江とあった自分が、いまになってみると、実に恥知らずな男に思えた。澄江と顔をあわせることは、自分のなかに染みついている汚ない面を見せつけられるようなものであった。そんなことから、彼は、父に言われるまでもなく、再び成城には行くまい、とひそかに決めていた。自分の醜い面は、出来れば見たくなかったのである。

このような修一郎の自己省察は、もちろん、にわかに生じたものではない。きっかけは、正月、杉並の辰野福子の家に遊びに行ったとき、そこで黒に殴られたのがはじまりだった。あの日、俺は四谷に帰ってきて、ウイスキーをらっぱのみして蒲団にもぐりこんで泣いたが……。

修一郎の転身がはじまったのはこのときであった。そして彼はある日突然、あれほど憎んでいた行助を懐かしくおもいかえした。俺はなにをやってもあいつには敵わなかったが、しかし、俺がこうして反省できるようになったのは、やはり、あいつのおかげではないか……多摩少年院から出てきたとき、あいつは小田原に行くと言ったそうだ、それをとめたのが親父である、という、俺は、あいつに成城の家と宇野家の財産をのっとられるとばかり思いこんでいた、それが裁判所でそうでないとわかったとき、俺は妙な気がしたが……。

修一郎は宇野電機を出て四谷に向けて車を走らせながら、俺があいつを訪ねて行くのはかまわないだろうか、と考えてみた。会えばなにもかも理解しあえるような気がしてきたのである。

四谷に帰ったら、祖父と祖母から、どうだったかね、と訊かれた。

「うまくいったよ。加能さんが俺を監督してくれるそうだ」

「加能くんか。あれはこわい男だ。おまえのためにはいいかも知れない。営業部だな」

悠一がほっとしたように言った。

「うん。得意先まわりからはじめるらしい」

「社長の息子が得意先まわりをやるのかい？」

園子が眉をひそめた。

「うん。電車とバスを利用して、自家用車やタクシーを使うのはだめだと言われた」

「加能さんがそう言ったのかい？」

「いや、社長から言われた」

「それはしようがないんだ。誰でも入社当時はやらされる。婆さんは修一郎にあまりくちだししない方がいい。まあ、修一郎、しっかりやれ。おまえの親父だって鬼ではない。しっかりした男になれば、おまえを見るまわりの者の目もちがってくる。なんにしても、これで一安心というものだ」

宇野悠一は真実ほっとしていた。

修一郎は、茶をのみながら、さっきから考えている、行助を訪ねるべきか、についてもういちど考えてみた。そして、やはり訪ねてみよう、ときめると、炬燵からたちあがり、二階の自分の部屋に行った。

修一郎が美ヶ崎に行助を訪ねたのは、あくる日の午前である。彼は自慢のボルボを使わず、湘南電車で行った。

彼は根府川で湘南電車をおり、そこから国道を歩いて美ヶ崎にむかった。東京をでるときに求めた白いフリージアの花を抱えて少年院にむかう修一郎は、もはや以前の修一郎ではなかった。早春の陽ざしにフリージアの花が淡く匂っていた。

修一郎は、岬をおりて少年院の鉄の門と高い塀を見たとき、すこし怯んだかたちになった。閉ざした鉄の門と高い塀が、なんとも異様だったのである。

彼は事務所の受付の窓口に歩いて行き、面会したい旨を告げた。すると女事務員が面会申込用紙と鉛筆を手渡してくれた。修一郎はそこに必要事項を書きこみ、窓口の事務員に手渡した。

それから長椅子にかけて十五分ほど待たされた。

「どうぞ」

とさっきの事務員が声をかけてくれた。修一郎が窓口に歩いて行くと、事務員がさっきの面会用紙を手渡してくれた。

「お帰りにこの用紙をここに提出してください」

と事務員が言った。

修一郎は面会用紙を受けとると事務所の建物を出て鉄の門の前に歩いて行った。門の中に紺の制服をきた一人の中年の男が立っており、修一郎は鉄の棒と棒のあいだから面会用紙を男に手渡した。やがて男は鉄の門の錠に鍵をさしこみ、門をあけた。そして修一郎がなかに入ると再び門が閉められた。修一郎は閉ざされた門を見て妙な気持になった。

「こちらです」

制服の男が修一郎を案内してくれた。面会所の建物の前を、紺の作業衣姿の少年達が歩いていた。修一郎はそのなかに行助がいないかとさがしたが、行助らしい者は見当らなかった。

「ここです。このとなりに職員室がありますから、面会を終えたら、その用紙に判をもらってください」

制服の男は面会室の前でこれだけ言うと職員室の方にたち去った。

修一郎は面会室の戸をあけた。同時にはっ！　とした。目の前に行助がいたのである。

行助もびっくりしたらしかった。

修一郎はなかにはいり、戸を閉めた。

「花を持ってきたが……」

修一郎はセロファン紙に包まれている花束をテーブルの上においた。

「ありがとう」

行助はしかし手は出さず、花束を見ていた。

「来て悪かったかな……」

しばらくして修一郎は遠慮がちに訊いた。

「いや。来てくれてありがとう」

行助が顔をあげた。

「家の者には内緒できたが」

「みんな元気かい」

「元気だ」

修一郎は答えながら、行助の紺色の作業衣から目を逸らしたくなった。

修一郎は、行助が着ている作業衣に、かつて彼を多摩少年院に送る原因をつくった自分の内面を視た気がしたのである。

「いつ頃ここから出れるんだい？」

「わからん」

「俺は、なんとか、学校を卒業できそうだ。親父のおなさけで会社にいれてもらえたが、まじめにやってみるつもりだ」

「そうか。それはよかったな。月給とりになるわけじゃないか」

「うん、そういうわけだが……なにか、俺だけがいい目を見ている気がしてな」

「なんのことだ？」

「俺は執行猶予になっている」

「そんなことか」

「俺は、おまえと、和解できれば、と思う。俺の勝手な言い草かもしれないが」

これにたいして行助は返事をしなかった。彼は花を見ていた。

「悪いことを言ってしまったかな」

「いや、そんなことはない。和解はすでに出来ているよ。こうして花をもって訪ねてきてくれたことで和解はうまれている。……ただ、二人とも、もとに戻れないだけのはなしだ」

「それはそうだな」

こんどは修一郎が花を見た。行助は、こうして花をもって訪ねてきたことで和解はうまれたと言っている……。

「ここから出たら、成城には戻らんのか？」

しばらく間をおいて修一郎が訊いた。

「その話はよそう」

こういう話になると、行助は白々しい感情になってくる。俺が成城に戻らないことは、すでにみんなが知っているはずではないか……しかし、修一郎がこうして訪ねてきたことは認めてやらねばならないだろう……。

花をもって訪ねてきた修一郎の行為は、見方によってはいろいろに解釈が出来た。恥知らずな行為にも解釈できたし、感傷的な行為にも解釈できた。しかし行助は、和解したいという彼の誠意だけは認めることにした。それを認めてやらなかったら、いま目の前にいるこの男からはなんにもなくなってしまう。

「そろそろ時間だな。……これで帰るよ」

「そうかい」

「来るときの電車のなかで、会ったらいろいろ話そう、と思っていたが、なかなかうまく話が出てこなかった。またの機会に話そう」

「俺達のあいだでは、話しあいの場というものが、とうの昔に消えてしまったよ。だから、今後も、話しあわねばならないことはなにひとつないと思う。しかし、今日、こうしてきてくれたことにたいしては、有難う、と礼を言いたい。花は仲間にもわけてやり、部屋に飾っておくよ」

行助からさきに起ちあがった。

「おまえからどう思われようと、俺は、きょうはここに来ただけの成果はあったと思う」

「俺もそう思うよ」

「では、これで失敬するよ」

修一郎がたちあがった。彼は、もっとなにか話さねばならないことがあると思ったが、話のきっかけが見つからなかった。

行助は門まで修一郎を見送ってから、実習室に戻るべく広い道を足もとを視つめて歩いた。もうすこし打ちとけあうべきだったかな、と彼はいま別れたばかりの修一郎のことを考えた。しかし、二人とも元に戻ることは出来ないわけだから、あれでよかったのかもしれない、と一方では考えた。

「宇野」

よびとめられて行助は顔をあげながらたちどまった。印刷科実習室の前に木場院長が立っていた。

「兄さんは帰ったのか」

「はい。いま帰りました」

「間もなく春だな。ここには桜がないが、きみはどこの桜をいちばんよく憶(おぼ)えているかね」

「桜ですか。……鎌倉の桜をおぼえています。幼い時分のことですが」

「成城にも桜があったかな」

「ありました」

「成城に戻らないで、どうするつもりだ。いや、私が訊いているのは、友人の安坂という夫婦に引取人になってもらった外面的なことではないが……」

「僕は、矢部隆の息子に戻るつもりでいるのです。……これは、もしかしたら、ずいぶん以前から僕のなかにうまれていた考えだったかもしれません」

「ふむ。……それがいちばんよい方法かもわからん。兄さんが花をいっぱい持ってきたそうだな」

「フリージアです。職員室にあずけてあります」

「それをすこしもらっていいかな」

「どうぞ」

「私の前にここで院長をつとめた川村さんは、よく花をつくって院内を美しくしていたが、どうも私には花造りがうまくできない」

「前の院長は平山さんでしょう?」

「平山さんのあとが川村さんという人だ。いま大阪の方の少年院に行っているがね。もうお昼だな。行きたまえ」

行助は、木場院長に一礼してから実習室にむかった。

なぜ修一郎はここに俺を訪ねてくる気になったのか……いや、なんにしても、これで修一郎と理一のあいだが正常に戻ったことはわかった。これでいいのだろう、思えば、俺は、あの父子(おやこ)のためにずいぶんと高価な時間を費やしてきたものだ、いま、院長から訊かれたとき、俺は、矢部隆の息子に戻るつもりだ、とすらすらと答えてしまったが、あの父子のためにも、そうするのがいちばんよい方法だろう……。

この日の夕方、点呼が済んで各自の室(へや)にはいったとき行助は、理一に手紙を書いた。

永いあいだ御無沙汰(ごぶさた)いたしました。お変りもないことと思います。いつかは小田原までいらした母から電話を戴(いただ)いたにもかかわらず、訪問をことわりましたが、あの頃は、私の内部でいろいろな問題があり、そのためにあんなことをしましたが、どうか御容赦(ごようしゃ)ください。今日、このような手紙を差しあげるのは、あるお願いがあってのことです。

今日の昼前、修一郎が、花をいっぱい抱えて私を訪ねてくれました。お願いしたいことというのは、修一郎もかかわりのあることですので、これをお読みになられた上、どうか公正で冷静な御判断をくださるよう、おねがい申しあげます。

私の二十年の短い経験から申しあげて、それこそとるにたらない経験かも知れませんが、人間、一生のうち、なにかの機会に、転身することが幾度(いくど)もあるような気がいたします。もってうまれた性格は変らないにしても、転身することによってその人間はある程度変って行くのではないか、と思います。私は、きょうここに私を訪ねてきた修一郎にそれを見たように思います。彼は、とても遠慮がちに私を訪ねてきました。話しながらも、いちいち私に気をつかい、それこそささやかなことにも気を遣う男に変っていたのです。彼の話しかたはあまり上手ではありませんでした。上手ではないが、私は、彼の話をきいているうちに、彼のなかで、これまでとは異なる別の状態、情況に移るきっかけが生じているのを知り得ました。この転機のきっかけが、いつ彼のなかで生じたのか、私は、あの裁判以後ではないかと思います。

私達は、彼が抱えてきた花を真中において話しあいました。彼は、和解できるだろうか、とやはり遠慮がちに言いました。それにたいして私は、花を持って訪ねてきたこと自体がすでに和解になっている、と答え、しかし二人は元には戻れないだろう、とつけ加えました。

彼の裡でどのような転換がおこなわれているのか、私にはだいたい解る気がいたします。そして、彼のなかで、十全とまでは行かなくとも、ある程度の転換がおこなわれたとき、彼は父に受けいれられるのではないか、と私は考えました。私は、彼が花を抱えてここを訪ねてきた行為を、彼の思いつきにすぎない行為だとは思いません。私の中また、感傷的な行為だとも思いません。私は彼の誠意を認めたいと思います。

しあげたいことは、これでおわかりになって戴けたと思います。

そして、つぎに述べさせてもらうことは、もっとも申しあげにくい話ですが、いま述べたことに関連しているので、これもどうか冷静な御判断をおねがい申しあげます。

かつて私が小田原に移りたいと申しあげたのを、御記憶にとどめていらっしゃると思います。そして、そのときの私の内面がどのようであったかも、よく御存じのことと思います。私は、ここでくらしているうちに、どうしてもあるひとつのことに思いを馳せなければならない状態にたちいたりました。それは、宇野電機を継ぐのは修一郎であり私ではない、と私がかねてから考えていることを、あなたが知っていられる、ということです。あの時分、あなたは私のこの考えに同意してくださらなかったのでした。私は、きょう、修一郎が訪ねてきてくれたことから、かねてからのこの私の考えを実行に移したいと心にきめました。

私が修一郎の転機を見ているのに、父であるあなたにそれが見えないはずはありません。私は、あなたのきびしすぎる視線を知りすぎるほど知っております。ところで、きびしすぎるために、他人には公平であっても、肉親には公平ではない、といった面がこれまでなかったでしょうか。つまり、あなたのきびしすぎる視線が、修一郎にたいしては更にきびしすぎた、ということです。

すこし結論をいそがせてください。私はここを出たとき、成城には戻らないつもりでおります。といって小田原の母の生家に行く気持もありません。出来れば独りになりたいのです。そして、これがいちばん申しあげにくいことですが、もし、あなたのお許しが得られたら、私は、亡くなった矢部隆の息子に戻りたいのです。私を実子以上に育ててくださった人に、このようなことをお願いするのは、あるいは悖徳的行為かも知れません。ただ、どうか、理解してほしいのです。将来、ささやかな建築事務所をひらくのが私の夢であり希望であったことを。私のこのおねがいは、修一郎の転機をこの目で見たときに心にきまったのです。

しかし、これは、私があなたから去るということではありません。あなたと母が、美しくとしを重ねて行き、静かに老年をおくるときが来たときにも、私はあなた方のおそばにいるでしょう。

どうか、この私のねがいをおきき届けください。

なお、ここには、去年おねがい申しあげたように、やはり、おいでにならないでください。多摩とちがってここは荒涼としすぎているのです。ここにはいらねばならなかった原因も、そしてここでの生活も、すべては私自身のものであり、それをお見せするのが、私には辛いのです。どうか御理解ください。

行助は、この手紙を認め終ると、ほっと息をついた。ながいあいだ考えていたことを、理一にどのように話すべきか、彼はかなり迷ったが、修一郎が来てくれたことが彼の心をきめさせたのである。彼は修一郎を心から赦(ゆる)したわけではない。安がきたとき、彼は、修一郎もかわいそうな男だ、と言ったが、かわいそうだと思うことと、相手を赦すこととは性質がちがっていた。ただ、きょうの修一郎を見たとき、この男も完全に転換をおこなったとき、社会的に赦されるだろう、と思ったのである。社会的に赦されれば修一郎も救われるはずだった。

「おい、宇野」

廊下から戸があき、河豚(ふぐ)が顔をのぞかせた。集会室にテレビを観(み)に行こうというのであった。

「テレビか」

「チャンバラだ。たまにはいいだろう」

「行くか」

行助は書いた手紙の上に本をのせておさえ、それから部屋をでた。集会室に入ったら、そこに一寮の殆どの者があつまっていた。

修一郎は、美ヶ崎に行助を訪ねての帰り、湘南電車のなかで、なんとなく自分の足が地についていないのを感じていた。彼は、小田原駅で、急行電車の通過を待ちあわせるため乗っている電車が四分間停車したとき、駅弁を買って席に戻り、弁当をたべながら、自分と行助との距離を感じた。あの高い塀と鉄の門に囲まれた建物のなかにいながら、行助はすこしも澁っていなかった。もちろん、修一郎は、行助が特別少年院のなかで澁っただろうなどと考えていたわけではない。彼は、行助と面会を終えて鉄の門から出てきたとき、大人と子供のちがいを感じたのであった。とてもあいつには敵わない、ということをあらためて知らされたのである。行助はけっして冷たくなかった。つめたくはなかったが、こっちに近よって来ようとはしなかった。修一郎は、行助に近よったつもりでいた。それが拒まれたのであった。修一郎が行助から拒まれたと感じたのは、行助から、これで和解は成ったが二人とも元には戻れない、と言われたときだった。それはたしかにそうだ、と修一郎は思いながら、やはり拒まれたという感じが消えなかった。

弁当を半分ほど食べたとき、電車が動きだした。……あいつは、あんなところに入りながら、なお矜りを捨てないでいる、いったい奴の矜りというのはなんだろうか……。

電車が国府津をすぎ二宮を出発した頃、修一郎は、行助にたいして、いままでとはちがったかたちの憎悪を抱きはじめた。ちくしょうッ、てめえだけひとりいい子になりやがって！　俺は卑屈になってまで奴を訪ねる必要がなかったのだ、しかし俺は自分をいやしめてまで奴を訪ねた、それだのに、奴のあの動かぬつらはどうだ、くさいめしを食っていながら奴はびくともしていなかったではないか、どうだ、あのいやらしさは！

しかし、修一郎のこの思いは、ささやかな自己格闘にしかすぎなかった。電車が横浜をすぎたあたりで、彼はこの自己格闘に疲れはて、自己嫌悪におちいった。俺はなんのために奴を訪ねたのだ、それは、俺が、あいつに、妙な懐かしさをおぼえたからだ、俺は虚心坦懐になって奴を訪ねて行ったのに、奴のあの構えた態度はどうだ……。

電車が東京駅についたとき、彼はすっかり疲れはて、行助を訪ねたことを後悔した。彼は四谷の祖父の家に帰りつくと、自室にはいり、畳に寝ころんで、ひどい徒労を感じた。俺がどう動いても行助は動いていない、ということを知ったのである。俺は、流行歌手になろうとしたこともあった、あのときは父を恨んでいた、しかし、いまは、父ともある程度は和解ができている、学校も卒業できる、そして父の会社に就職もきまった、だから俺は行助に会いに行った……だが、会いに行ったこの結果はどうだ、俺は惨めな思いをして戻ってきただけではないか、出来たら俺は行助のあの動じないつらをいちど殴りつけてやりたい、しかし、俺にそれが出来るだろうか……。

修一郎は頭をかかえて考えこんだ。

理一が行助からの手紙を受けとったのは寒い朝だった。彼は簡単な食事をすませ、会社にでるべく茶の間で着がえをしていたとき、つる子が郵便物を持ってきて入口においいた。

「行助からあなたにです」

澄江が郵便物をとりあげ、なかから封書を一通ぬくと、それを夫の前に持っていった。

「あの子は、もう、私には手紙をくれないのかと思っていたが……」

理一は封書を受けとり、裏と表を見ていたが、澄江が鋏を持ってきて封を切った。

理一が机の前にすわって手紙を読んでいるあいだ、澄江は庭の梅の花を眺めた。どんなことを言ってきたのだろうか……。

理一は手紙を読みおわると封筒に戻し、妻に手渡した。

「どんなことが書いてあるんですか?」

「あとで読め。……仕方のないことだ」

理一は起ちあがると部屋をでて行った。澄江は手紙を机の上におき、夫の外套を持って玄関にでた。なにかいやなことが書いてあるのだろうか……。

澄江は夫を見送ってから茶の間に戻り、手紙をひらいた。そして読み進んで行くうちに、矢部隆の字がとびこんできて、あっ! と思った。

澄江は息子の手紙を読み終えてから、あの子は間違ったことを言っているわけではない、筋道は通っている、しかし、なにかがおかしい、と思った。行助をおかしいと思っているわけではなく、ここまで来なければならなかった母と子のあいだが、なにか納得できなかったのである。

澄江は、夫が会社についた頃を見はからって夫に電話をした。

「手紙、読みました。あの子は、ひどいことを言ってきているのですね」

「そうかね。私はそうは思わない。あれは情理を尽した内容だ」

夫は答えた。

「そうでしょうか」

「あの手紙は出来すぎている。欠点をあげればそんなところかな。彼の希望をかなえてやるべきだ」

「そうでしょうか」

「腹のたつことだが、仕方がないだろう。もっとも、私はいま自分に腹をたてているだけの話だが。そうだ、あの子に返事を出してやりたまえ。承知したとな」

「わたしが返事をするんですか？」

「その方がいいだろう」

「あなたが直接おだしになった方がいいと思いますが」

「よろしい。なにもいますぐ返事をしなくともよいわけだ。今夜、すこし話しあってからにしよう」

理一は電話をきると、四谷をよびだしてくれ、と秘書に命じた。

しばらくして四谷に電話が通じた。電話口にでてきたのは母だった。

「修一郎はおりますか」

「修一郎ならまだ寝ていますよ」

「おこしてください。会社に電話をするようにと伝えてくださいませんか」

理一は奇妙な感情のもとにこの電話をしたのである。

理一は、夕方、修一郎をよびだし、夕食をともにしよう、と考えたのである。彼は、電話を切ってから、自分のなかに生じた奇妙な感情を分析してみた。修一郎と夕食をともにしたい、という考えが突如(とつじょ)湧いたのは、これは父親としての愛情からだろうか……それとも、行助が離れて行ってしまったとはっきりわかったいま、私は、私のあとつぎを別に考えだしたのだろうか……いや、どうも、そんなことではなさそうだ、失ってしまったものは余りにも大きい、いますぐ、それに代るべきなにかが見つかるわけはない……行助を失い、修一郎とのあいだでは父子の愛情を見失い、いや、ほかにもいろいろと取りおとしたものがあるに違いない……。わけても行助を失ったことは痛恨(つうこん)にちかかった。むかし、澄江母子を迎えたとき、清潔な母子だと思ったが……あの子は、はじめから、実の父しか考えていなかったのか……いや、いや、これは私のおもいすごしだ、行助を失ったのは私のあやまちからだ……。

理一が、修一郎と夕食の席をともにしたのは夕方の六時である。場所は銀座六丁目のある割烹料亭だった。

「よんでくれてどうも有難う。うれしいなあ、俺、こんな風によんでもらえるなんて、夢にも思っていなかったよ」

こんな修一郎を目の前にして、理一は、ああ、こんな単純な奴を、俺はもっと単純にあつかうべきだったのだ、と臍をかんだ。ことはそんな難かしいかたちではなかったのに、俺はそれを難かしく考えすぎていたのだ……。

「行助を訪ねたんだってね」

「え!」

修一郎は一瞬顔をこわばらせた。

「おまえが花をたくさん持ってきたと知らせてきたよ」

「花は持って行った。……ほかに、なんと言ってきたのですか?」

「行助は、もう成城には帰ってこない。それだけでなく、宇野家からは出て行く。つまり、もう、戸籍上でも私の子ではなくなるし、おまえの弟でもなくなる。そうしてもらいたい、と手紙に書いてよこしたのだ。……おまえのことについては、よく書いてあった」

「よく書いてあった? それはでたらめだ! 俺は、和解をしにあいつを訪ねたのだ。……だが、あいつは、びくともしていなかった。考えてみてくれ、傷を受けたのはパパと俺だけじゃないか。現実にも傷を受けているじゃないか。……これまで俺が悪かったことは、俺も認めるよ。でも、あいつは、二度もくさいめしを食いながら、かすり傷ひとつ受けていないじゃないか。あいつは神さまか裁判官みたいな奴なんだ」

「修一郎。おちつけ。私は、おまえと喧嘩をするために、おまえを夕食によんだのではない。たしかに、おまえの言うように、傷を受けたのは私とおまえだけだ。私もそう思う。しかし、行助も傷を受けているはずだ。彼は、傷をうけてはじめて宇野家から出て行く決心をしたのだ。それを考えてやってくれ」

「パパはいまも行助に味方しているのか？」

修一郎は父をまともに視た。

「修一郎。味方するとかしないとかの問題ではないだろう。……私は、おまえがよく行助を訪ねて行く気になれた、と、おまえの変りかたに感心していたのだ。はっきり言おう。行助の手紙を読んだとき、私は、はじめからあの子は私の子にはなれない子だった、ということを感じたのだ。修一郎、自分を知ることは大切なことだ。おまえも私も、どこか間が抜けた父子だったとは思わないか……」

「俺ははじめから間がぬけていたよ」

「父である私も間がぬけていた。これは認めてくれ。しかし、行助が、間がぬけた父子のあいだにはいって、自分だけいい子になろうとしたことはなかった。もし、いい子になろうとしたのなら、二度も少年院にはいる必要はなかった。修一郎、そこを間違って考えたらいかんよ。……どうだろう、こう言えばわかってもらえるかな。行助は、私たち父子が仲直りするものと見定めてから、宇野家から別れて行く気になった。どうだ、修一郎、あの裁判のことをおもいかえしてみてくれ。行助は、私にも容赦がなかった。修一郎をここまで追いこんだのは理一の責任であると言ったではないか」

「それは知っている」

「修一郎。私はね、宇野家から別れて行くと言う行助を、暖かい目で見てやりたいのだ。……おまえは、行助とは、いい兄弟になれたんだ。それが、もう、だめになった。……むかしのことだ、おまえが中学生の頃だ、私は、将来の宇野電機は、修一郎が社長で副社長は行助、などというたわいもないことを考えたことがあった。しかし、すべては夢だったよ。……私はね、少年院に花を持って行ったおまえに、いま、宇野電機の将来をすべて託しているのかも知れない……」

夕食が済んだのは八時すぎであった。

理一は料亭の前で息子と別れた。料亭でよんでもらったハイヤーで成城の自宅に帰りついたとき、理一は、もう元の理一に帰っていた。宇野電機はとうていあんな奴には任せられない、俺は、行助を失った感傷であんな奴といっしょに夕食をともにしたのか……。理一は、要するに自分自身に腹をたてていた。修一郎とのあいだに横たわっている溝が、そう簡単に埋まるはずがないのをいちばんよく知っているのは、ほかならぬ理一であった。

「酒をくれ」

理一は着物にきかえると妻に言った。

「お風呂は？」

「疲れた。きょうはやめる」

理一は、酒を酌みながら、虚しさをおぼえた。

「あの手紙をもういちど見せてくれ」

彼は妻の顔を見ずに言った。澄江は茶簞笥の上から手紙をおろして夫の前においた。

「いや、よそう。もういちど読んでも、別のことが書いてあるわけではない。隙がない、と言ったらおかしいが、とにかくそんな手紙だった。返事はやはり私が書こう。……しかし、さびしいことだ」

理一は、この夜、いつにない深酒をした。これほど淋しい思いを味わったのは、かつてないことだった。

あくる日の正午、理一は、昼食をとるために会社を出ると、まっすぐ東京駅に行き、根府川行の乗車券を買ってホームにはいった。美ヶ崎を訪ねようときめたのは前夜酒をのんでいたときであった。来るなと言われてはいたが、修一郎も訪ねて行っているし、不意に訪問してもかまわないだろう、と考えたのである。行助からもらった手紙の件で、彼とすこし話をしたかった。手紙一本きりで、それで別れて行くのは、すこしばかりひどいではないか。それに、いま行助に会っておかねば、もう彼とは永久に会えないような気もした。

根府川駅をおりたら、春めいた風景がなごやかだった。目前には相模灘が拡がっており、こんな閑寂な春の日に海を眺めるのは何年ぶりだろう、と理一は気持が和んできた。国道を左にそれて松林のなかの道をおりて行ったら、麓では桃の花が空間をあかく彩っていた。そして、コンクリートの高い塀と鉄の門を見たとき、行助の手紙に書いてあった、多摩とちがってここは荒涼としている、という言葉が、切実な感じで迫ってきた。

理一は受付に名刺をだし、院長に会いたい、と話した。そして間もなく二階の院長室に通された。

「突然訪ねてまいりましたが……」

理一は、挨拶が済んでから、突然の訪問のわけを話した。

「私の方はかまいませんが……。まあ、せっかく訪ねてこられたのですから、会いたくない、などとは言わないと思います」

院長はそこで電話をした。行助に面会室に来るように言っていた。

「では参りましょうか。面会室はなかにありますもので」

院長が起ちあがった。

そして事務所の建物をでると、二人は鉄の門にむかって歩いた。

「ここにはいっている少年達は、みんな、希望をもっていますか」

理一が訊いた。

「もっている者が殆(ほとん)どです。なかにはもっていない者もいますが。ここを出て真面目(まじめ)にやって行く者もいますが、以前暴力団にいた者は、どうも再びその世界に戻って行くようですね。去年のことですが、一人の少年が退院するとき、暴力団員が車をつらねて引きとりにきたことがありました。もちろん彼等には渡しませんでしたが。あくる日、少年の母親が来て少年をつれて帰りましたが、結局その少年は暴力団に戻って行ったようでした。これは、私達のちからでは食いとめられないのです。つまり、その少年は、人を刺(さ)してここにはいってきたのですが、ここを出るときには英雄(えいゆう)になっていたわけです」

「そんな少年もおりますか」

「その少年の行きつく先は、刑務所(けいむしょ)ということになります。ながいことこの仕事に携(たずさ)わっていますと、彼等の行先が見えるのですよ。こうした子は、もう、救いようがないですね。ここです。まだ来ていないらしい。どうぞ、ごゆっくり話しあってください」

院長は面会室の戸をあけ、理一をさきにいれ、自分もはいってきた。

「あの子にあったあと、すこしばかり私の愚痴をきいてくださいませんでしょうか」

理一は院長を見て言った。

「私に出来ることでしたら」

このとき、戸があかり、行助が顔を見せた。

「おはいり」

院長が声をかけ席をたった。そして、ごゆっくり、と言いのこして出て行った。

「来てはいけないというのに、こうして訪ねてきたよ」

「なにか変ったことでもあったのですか？」

行助は椅子(いす)にかけながら訊いた。

「いや、かわったことはない。……あの手紙が、私には納得(なっとく)できなかったのだ。そのことで、おまえと、すこし話しあえないものかと思ってね」

「どうも、わがままを言って申しわけないんですが」

「いや。私は、わがままだとは思っていない。しかし、私は、一方では、足かけ十二年間もいっしょに暮(くら)してきた者同士が、そう簡単に別れられるものかどうか、についても考えた。いや、これはきき流してくれてもいいんだ。情に絡(から)めたこんな言いかたを、おまえがいちばん嫌(きら)っていることも知っている。しかし、私には、あの手紙が納得できないのだ。むかしは私にも夢があった。どんな夢だったか、将来、宇野電機は、修一郎を社長に、おまえを副社長に、などと考えた夢だった。しかし、いまの私には夢がない。どうか、これを理解してくれ。修一郎が私の夢のなかから消えてしまったのは、おまえも知っているとおりだ。立ち直ったとはいえ、将来も、彼が私の夢の対象になり得ることは決してないだろう」

「たち直ったとすれば、事態はおのずとかわってくると思いますが……」

「そうだ、事態はかわってくるだろう。しかし、それは、表面だけだ。私と彼とのあいだにある溝は、たぶん、永久に埋まらないと思う。おまえは、修一郎が、将来、宇野電機を背負って立てる器だと思っているのか」

「努力次第では出来ると思います」

「嘘だ。おまえは嘘を言っている。おまえは、私と別れて、厄介ばらいをするつもりでいるのだろう」

「それは思いすごしです。僕は、ずうっとお二人のそばに居る、と手紙に書いたはずです」

「籍もはなれ、私の会社にも入らず、どうして私のそばにいることが出来るのだ。籍もはなれる、宇野電機にも入らない。これではひどすぎるとは思わないか。いや、たしかに近くにすめば、私のそばにいると言えるだろう。しかし、赤の他人ではないか。……私の愚痴だ。きき流してくれていい。私は、昨夜、こんなことを考えた。宇野電機には入らなくともよいから、籍だけはぬかず、私のそばで好きな建築の仕事をしてくれないだろうか。もしこれがだめなら、籍からはなれてもいいが、そのかわり、宇野電機にはいってくれないだろうか……。私の身勝手な考えかも知れないが、なにもかもが、いちどに絶たれてしまうことが、私にはやりきれないのだ」

理一はこれだけ言うと、ほっと肩で息をした。

「母さんはなんと言っているのですか？」

行助が訊いた。

「母さんにはだまってここに来たのだ。しかし、おまえが母さんのそばから離れることは、母さんだってさびしいだろう」

「僕は、お二人から離れるつもりはありません。……しかし、はっきり申しあげて、宇野の家にいるのが煩わしくなってきたのです。ただそれだけです。僕がいることで問題がおきているのです。……僕は、これ以上、宇野の家で問題をおこしたくないのです。修一郎も僕も、もう大人ですから、これからさき、いままでのように表だって問題をおこすことはないでしょうが、しかし、いっしょにいれば、こんどは別のかたちで問題がおきると思います」

「おまえの言うことはよくわかる。私には、わかりすぎるほど判るのだ。しかし、なにか方法はないだろうか。まったく縁が切れるというのが、私には納得できないのだ」

「父さん。これは、実をとるか皮をとるかの問題ではありませんか」

「それはそうだが」

「すこし考えましょう。まだ時間はあります。なにもいそいで決めなければならないことではないのです。それより、煙草を一本ください」

行助ははじめて微笑した。

「煙草ならあるよ」

理一はフィルターつきの煙草がはいっている箱をとりだし、自分でも一本とりだし火をつけた。

「一本だけ戴きます」

行助は煙草を一本ぬきとると、箱を理一の前に返した。

「おいて行くよ」

「いや。ここでは煙草はのめないんです。ここで喫んでいるところを見つかったら、懲戒室いりですよ。僕より父さんがしかられますよ」

行助はやはり微笑していた。

行助は、懲戒室にはいっている少年が、懲戒室のなかで煙草を喫み、さらに懲戒を加えられたことを知っていた。それは二月はじめのことであった。十九歳になるその少年は、美ヶ崎にはいってくる前はあるやくざの団体に身を寄せていた。したがって面会にくる者がみな彼の兄貴分にあたるやくざだった。兄貴分が面会にきた二月のはじめ、彼はたまたま懲戒室にはいっていた。というのは、二日前、食堂でめしの盛りぐあいのことで仲間と喧嘩をして相手を殴り倒してしまい、懲戒室入りになったのであった。懲戒室にいても、面会人が訪ねてくれば、少年院では面会させる。

少年院では、この少年が兇暴性を帯びており爆発性が顕著で、しかも面会にくる者がやくざであることから、面会所では必ず教官がたちあった。この日も一人の教官がたちあったが、その教官が別の教官によばれてちょっと席をはずしたすきに、少年は兄貴分の男から煙草をもらって隠したのであった。

面会が終り、兄貴分の男が面会室から出て行き、少年はからだを調べられた。刃物類をこっそり手渡されていないかどうかを調べるためであった。

からだを調べた結果、異状がなかったので、少年は懲戒室に戻らされた。懲戒室に閉じこめられることほど苦しいことはない。三日間懲戒室入り、の罰が加えられたら、三日間一歩もそこから出られないのである。高い塀と鉄の門、さらに鍵のかかる部屋に閉じこめられた少年にとり、懲戒室入りほどの苦しみはほかになかった。

その少年は面会から戻った懲戒室で煙草を喫んだ。それが教官に見つかったのである。面会を終えたとき教官が身体検査をしたのに、どうやって煙草を持ちこんだのか。彼は、三本の煙草と三本のマッチ棒、それに小さく切ったマッチのやすりを、ピースの内装紙の錫にきっちりくるみ、それを肛門に差しこんで懲戒室に戻ったのであった。

行助は笑いながら理一にこの話をした。

「そうしたことは、兄貴分というのが教えこむんだろうね」

「そうだと思います。……ところで、さっきの話ですが、まだしばらくはここにいることですし、ゆっくり考えましょう」

「考えてくれるか」

「僕の気持はあの手紙に尽きているので、くどくは申しあげませんが、ここに花を抱えて訪ねてきた修一郎の誠意だけは認めてやらねばなりません」

「私も、親として、考えを改めたいとは努力しているが……」

「努力じゃだめでしょう。勉強は努力で向上しますが」

「それはそうだ。たしかにそうだ」

理一はそれから二十分ほど行助と世間話をして面会室から出た。

行助は門まで見送ってくれた。

「いつ出れるか、はっきりした日はわからんだろうな」

理一は門のところで訊いた。

「わかりません。たぶん、ここで夏を越すことになるとは思いますが」

「がんばってくれ。おまえさえよければまたきたいが」

「では、さよなら。母さんによろしく」

行助は静かに踵をかえし、広い道を海が見える方向に歩いて行った。彼はやがて左側の建物のなかに消えていった。妻の澄江ではないが、なんという子だろう、と理一はいちどもこちらをふり返らなかった行助に、ある種の焦躁をおぼえた。もうこちらのちからでは自由にならない大人であった。それが理一をして焦躁にかりたてた。

理一は、帰りに院長に愚痴をきいてもらうつもりでいたが、受付の職員に面会済の用紙を返すと、だまってそこを離れた。

彼は、松林のなかの坂道を登りながら、行助を訪ねて行って自分だけがしゃべり、行助ははじめからすこしも動いていなかったことに気づいた。ここまで足を運んだことが徒労であったような気がしてきた。坂道には午後の陽がさしており、汗ばむほどの暖かさだった。行助と会ってきたことであかるい気持になってよいはずだったが、いま理一は変にさびしい感情におちていった。そして、あの子はやはり私から離れて行くのだ、と考えざるを得なかった。

坂道の途中で理一はたちどまった。息切れがしたのである。そこから麓をふりかえると、松林がきれている個所があり、切れているところから少年院の建物が見おろせた。コンクリートの高い塀が小さく見えた。僕の気持はあの手紙に尽きている、とあの子は言った、たしかにそうだ……理一は行助からもらった手紙の一節をおもいかえした。

……私が修一郎の転機を見ているのに、父であるあなたにそれが見えないはずはありません。私は、あなたのきびしすぎる視線を知りすぎるほど知っております。ところで、きびしすぎるために、他人には公平であっても、肉親には公平ではない、といった面がこれまでなかったでしょうか。つまり、あなたのきびしすぎる視線が、修一郎にたいしては更にきびしすぎた、ということです……。たしかに行助の言うとおりだ、まさにそのとおりだが、だが、修一郎は、はじめから駄目な人間ではなかったか、いや、駄目にしてしまったのは私かもしれない、行助は、私のことを、他人には公平である、と言っている……それでいいではないか、他人に公平であってどこが悪いのか。

理一は、行助の手紙が届いた日、妻に、情理を尽した内容の手紙だ、彼の希望をかなえてやるべきだ、と言ったが、自分でそう言っておきながら、やはり行助をあきらめきれなかった。

松林のきれた個所から少年院の建物が見おろせ、建物の向うは海だった。もういちど訪ねてきても仕方ないだろうな……。理一は胸のなかで呟(つぶや)くと、それから坂道をのぼりだした。

理一はこの日の夜、築地の料亭でひらかれる電機業界の会合に出席することになっていたが、彼はかわりの者を出席させ、夕方早目に帰宅した。

彼は帰宅するとすぐ風呂にはいり、酒を酌んだ。こんな早い時間に帰宅したなどめったにないことであった。

行助がこの家に戻らないことはたしかだ、そして彼が宇野電機にはいらないこともたしかだ、そして修一郎がいずれはこの家にはいるだろうこともたしかだ……。理一はこんなことを考えながら酒をのんだ。

「考えごとですか」

妻が肴(さかな)を運んできてテーブルに並(なら)べながら話しかけた。

「きょう、美ヶ崎に行ってきたよ」

「あら！」

「きみをつれて行けばよかったが、急に思いついたもので」

「あの手紙のことでいらしたのですね」

「あの子は、もう、ここには帰ってこないよ。……それは以前からわかっていたが、私は、きょう、あらためて、そのことをはっきり知った。仕方のないことだ。あの事件をさかいに、あの子は、すっかりかわってしまったよ。かわったことを、きょう、この目で見てきたのだ。表面はなにひとつかわっていなかった。しかし内面はすっかりかわっていた。……仕方のないことだ」

澄江は理一の言うのをききながら、あの子はどのようにかわったのだろうか、と考えた。

鷗

昼食後、院生達は部屋に戻らず、外でおもいおもいの場所にたむろしていた。院の庭の花壇では、園芸科の少年達が丹精したチューリップ、アグロステマ、アクロクリニウム、メンチェリアなどが色とりどりにひらいている。風がなく、睡くなるような日和であった。

院の裏の山の斜面の左側は松林で、右の方は雑木林である。雑木林は一面に粉をふいたような新芽であった。新芽のあいだには常緑樹もあり、そしてところどころに山桜の淡い紅色の花が刷毛でぼかしたように斜面を彩っていた。

「ほんとに春だな」

行助のかたわらにいる大塚菊雄が山の斜面を見あげて言った。二人はキャベツ畑のはずれの草に腰をおろしていた。

「ここで山桜が見れるとは思わなかったな」

行助が答えた。彼には、山の斜面のいろどりが美しかった。過ぎ去った冬は永かった。行助が歩いてきたこれまでの歳月のうち、この冬ほど永く暗い冬はなかった。それに寒かった。夜、うすい蒲団のなかで縮こまっているときがいちばん寒かった。からだだけでなく精神までが凍るのではないか、と思った夜がいくたびかあった。そんな夜々、行助は、波の音をきくともなしにきいているうち、干潮と満潮のときの波の音のちがいをききわけられるようになった。それは、潮が退くときの音と上げるときの音のちがいだけではなく、行助の内面とかかわっていた。干潮のときの音の遠ざかりが、行助にはこの上なく侘しかった。満ちてくる潮には新しい響きがあった。

「河豚は出て行ったな」

「きみの方もじきに出れるんだろう」

行助は大塚を見た。

「どうかな。この四月で一年になるから、計算からすればあと三ヵ月で出られることになるが」

河豚は三日前にここから出て行ったのであった。

「きみは、ここから出たら、お父さんの店を手伝うのか」

「いや。……どこか勤めぐちを見つけるよ。親父と顔をあわせるのはいやだからな。きみはどうするんだい?」

「僕は学校に戻るよ」

「勉強が好きな奴はいいよ。俺は勉強がきらいだった。おや、メリケンとやっぱがやってきたよ」

見ると、メリケンとやっぱのあいだに、昆布とあだ名のついている少年が入っており、三人はこっちに向って歩いてきた。

「けりをつけるつもりなんだ」

行助が言った。

「豚舎の裏でやるのかな。どぶいたの奴、河豚のようなちょっかい屋だから、二人を焚きつけたんだろう」

「やっぱはもうじき出ることになっているらしい。それでけりをつけるんだろう」

「見つかったら出院がのびるだろうに」

「見物しておればいい」

行助は歩いてくる三人を見ながら言った。

豚舎の裏は教官の目が届かない絶好の場所だった。うしろは海で、海と陸地とのあいだには金網の塀が建っている。

行助が見ていると、やっぱとメリケンとどぶいたの三人は豚舎の裏につき、どぶいたを中においてメリケンとやっぱが左右に別れた。

「プロレスみたいなことをやっている」

大塚が言った。

どぶいたは右腕をあげてなにか言っていた。そして右手をおろすと今度は左腕をあげてなにか言った。そして腕をおろすと同時にメリケンとやっぱが身構えた。

「両雄の対決というところだな」

行助がわらった。

「どっちが勝つかな」

大塚もわらった。

「勝負なんてつきやしないだろう」

このとき、やっぱがメリケンの顔面に一発いれた。どぶいたがやっぱの右腕をつかまえて高くあげた。

「やっぱの勝ちか」

「いや、三本勝負をするらしい」

見ると、メリケンとやっぱはもう一度向きあって身構えていた。

「これでいよいよプロレスだな」

こんどはメリケンがやっぱの顔面に一発いれた。

「レスリングではなく、拳闘だ」

どぶいたがメリケンの右腕をつかまえて高くあげていた。ところが、闘いはこれで終りだった。メリケンとやっぱは一礼して別れたのである。

「ひきわけということかな」

「そうらしいな」

行助は、こっちに戻ってくる三人を見ながら言った。

「おい。なんで雌雄を決しなかったんだい」

行助が三人を見て声をかけた。

「そういう弥次馬根性がいかんのだ。どちらも強い、ということを認識すべきだ」

どぶいたがわらいながら答えた。

「なるほどね。それでメリケンもやっぱも納得したのか」

行助はメリケンとやっぱの顔を見くらべながら訊いた。二人とも眉間がすこし腫れあがっていた。

「そういうところだ」

メリケンが答えた。

「二人ともめいめい眉間に正確に一発いれている。強いもんだ。二人こそわが美ヶ崎刑務所の象徴というべき存在だ」

どぶいたが言った。

「象徴は一人でいいだろうが」

「宇野、そういうことを言っちゃいかん。例外としてここには象徴が二人いてもいい」

どぶいたはメリケンとやっぱの肩をたたいた。そして三人は一寮の方に歩き去った。

「あいつは纏めかたがうまいな」

大塚が、歩き去る三人を見ながら言った。

「河豚よりましかも知れないな」

行助は山の斜面を眺めあげて答えながら、秋までにここから出れるだろうか、と考えた。秋までに復学しないと、二年間休学のかたちになる可能性がつよかった。

ある日の夕方、一寮の河豚のいた部屋に、ひとりの少年がはいってきた。広田佑介という十九歳になる少年だった。

就寝準備をしてから八時から九時までのあいだは自由時間で、広田佑介は早速メリケンとやっぱにつかまり、集会室にひっぱり出されていろいろ訊問された。

「おまえ、はいってくるの何度目だ」

とやっぱが訊いた。

「三度目だ」

と広田が答えた。

「なにをやったんだ?」

「殺らしよ」

「殺らし? ほんとか?」

「俺が嘘をつくと思っているのか」

「話してみろ」

広田の話はつぎのようであった。六ヵ月前から、自分と同年のバーのホステスと知りあい、女のアパートで同棲したが、女がときたま外泊するので、それが原因で二人はだんだん疎遠になった。彼はある日、女のアパートを出て自宅に帰った。父との二人暮しの家庭である。父は勤めており、彼はバーテンをやっていた。同棲していた女とは彼が勤めていたバーで知りあった。同棲をはじめたとき、彼は別のバーに移った。彼は自宅に帰ってから三週間ほど過ぎたある日の昼間、にわかに女に逢いたくなり、女のアパートに出かけた。ところが女の部屋には男がいた。そこで彼はかッとなり、表に出て果物ナイフを買って女の部屋に戻ると、ナイフを男の喉に突きたてて殺した。

「いちどで殺らしたのか？」

やっぱが訊いた。

「もちろん一度でやった」

「だけど、おめえ、いったん別れた女だろう。その女が他の男といたからといって、おめえにナイフをふりまわす権利があるのか」

こんどはメリケンが訊いた。

「しかし、あいつは俺をだました」

広田が答えた。

「あいつって女のことか」

「俺は女にだまされたのだ」

「なら、女を刺せばよかったじゃないか」

「うん、まあ、それはそうだが……」

「やきもちから殺らしたのか」

「俺はあの女が好きではなかった。女だからいっしょに寝ていたにすぎない。俺は女にだまされたのだ」

行助は、広田の話をきいているうちに、この男にはいくらか精神病質の傾向があるのではないか、と思った。情意に偏った面が見えた。男を刺殺したのはあきらかに冷情的な非行であった。自己本位で、金銭にはけちで、他人には同情しない型の男であった。多摩時代の流れ星の利兵衛にどこか似ていたが、しかし利兵衛の方にいくらか人間味があった。こうした男でたまたま知能指数が高く、社会で名をあらわすことがあっても、その冷情的で吝嗇な性格から、人徳のない社会人になる例が多かった。

いやな奴が隣室にはいってきたものだ、と行助はがっしりした体格の広田を眺めて思った。むこうから打ちとけてきたとしても、好きになれる相手ではなかった。

行助は、多摩少年院を出てきたとき、いい勉強をした、と理一に語ったことがあるが、ここ美ヶ崎でもまた色々なことを学んだ。それは、学んだ、というより、いやおうなしに経験しなければならないさまざまな事態に直面し、そこを乗り越えてきて得た生きかただった。多摩にはいったときは、十六歳だったが、こんどは十九歳でここにはいり、そしてここで成人式を迎えた。その間、修一郎も学校を卒業して社会人になり、理一も澄江もそれぞれにとしを重ねていた。

ここでもいろいろな仲間にであった。河豚、やっぱ、メリケン、どぶいた、大塚菊雄、そして広田佑介らである。みなそれ相応に個性がはっきりしており、多摩時代とちがってみんな二十歳前後の者だけに、安や黒とのようなつきあいは出来なかった。多摩では友情がうまれたが、ここではめいめいが孤独だった。ここを出て行っても、安や黒や泣虫とのようなつながりはうまれないだろう、と行助は思った。

つまり行助は、いつここから出られるかわからなかったが、冬を越したときに、ここを卒業した、と感じたのである。あとは、ここを出る日まで単純なくりかえしで送り迎える時間に耐えることだけが残されていた。

なかには単純な日々をつらいと感じていない者もいた。彼等は少年院から出てまた同じ場所に戻る慣れに麻痺していたのである。この塀と鍵に囲まれた世界をいちばんつらいと感じているのは、たぶん、このなかでは、俺だけではないだろうか、と行助は考えていた。つらさの本質を知ってそれに耐えるのがいちばんつらかった。行助は大塚菊雄に親近感を抱いたこともあるが、しかし彼の内面が暗すぎたので、ある点までしかつきあえなかった。彼が自殺をはかったとき、行助は、夜の暗い海を視たように思ったが、大塚が身につけている暗さには救いがないような気がした。濁(にご)った暗さだった。

こうして行助が距離をおいて仲間を眺めているうちに、春はすぎて行き、陽の光がつぶらな新緑の季節になった。海ではあいかわらず鷗が舞(ま)っていたが、あたたかくなるにつれてその数が減ってくるのがわかった。北上しているのだろう、と行助は海を眺めておもった。彼女たちは秋になるとまた南下してくるだろう。

そんなある日の午後、行助は、安からの手紙を受けとった。筆蹟(ひっせき)は例によって厚子のもので、つぎのような内容だった。数日前店に澄江がきたこと、そして、行助の身元引受人として金が要(い)るだろうからと言って二十万円を手渡してくれたこと、これをいま預かっているが、この金は、行助が出てきたときに住む部屋をさがす金にあてたいが、とにかく出てくる時まで預かっておく、という手紙だった。

行助は、手紙を読んでから、すると理一は俺のことをあきらめたわけだな、と思った。修一郎もすでに会社に通っているわけだが、案外父子の仲はうまく運んでいるのかも知れない、ともかくこれなら全(すべ)てはうまく行くだろう、と行助は考えた。

澄江が安の店に金を二十万円持って行った日、理一の会社では、修一郎が新入社員として働いていた。会社では、学生時代のように気楽な服装(ふくそう)はできなかった。きちんと背広にネクタイをつけるよう命じられていた。重役待遇の営業部長である加能彦次郎は、社長の息子にたいして容赦がなかった。

「馬鹿者！　なんだその歩きかたは、朝めしを食ったのか」

とまず歩きかたから注意された。ズボンに両手をつっこみ、ふらふら歩いていたのである。

「それから、相手にむかっては正確に頭をさげるんだ。きみの頭のさげかたは、ありゃいったいなんだ。亀の子みたいにひょいと首だけで挨拶している」

またある日は、ビルの地階のある高級レストランに昼食をとりにはいったら、そこに加能重役がおり、早速つかまって注意された。

「ここはきみのような安サラリーマンのくる店ではない。一品千円以上もする。百五十円くらいで食べられる店に行け」

修一郎はその場で追いはらわれた。しかし修一郎にしても、食事にまで干渉されるのは納得できなかったので、

「僕は自分の金で食べにきたのですよ」

とその場で抗議した。

「なにィ、自分の金。月給はいくらだ。身分相応の店に行け。おじいさんから小遣い銭をもらっているんだろうが、俺の命令にさからったら承知しないぞ。腹がへっているん

だろう。早く他の店に行け」

　まったくとりつくしまのない叱りかただった。結局その日からその高級レストランには行けなくなった。加能重役から指摘されたように、彼は祖父から学生時代のように毎月小遣い銭をもらっていた。それは月給とほぼ同額だったのである。とにかく加能重役から三百円以上の店にはいってはいかん、と言われていたので、彼はいつも同じ店に昼食にでかけた。

「あの重役め！」

と思ったが、とても反抗など出来る立場ではなかった。

　ある日の午後、加能重役は社長によばれた。

「どうだね、修一郎の仕事ぶりは」

「叩き直すには相当時間がかかりますな」

　加能彦次郎ははっきり答えた。

「面倒だろうが、ひとつよろしく頼むよ。言うことをきかなかったら殴りつけてくれ」

「会長が小遣い銭をあたえているらしいですが、月給だけでやって行けるような生活方法を教えてやらないといけませんな」

「私もあれは困ったことだと以前から考えているが……。なんとか方法はないものかな」

「考えておきましょう。……ときに、行助君の方はどうですか。学校に戻る頃でしょう。この会社に入社させるとか、いつかおっしゃっていましたが……」

「あの子は、私から別れて行ったのだ」

理一の声に翳があった。

「別れて行った？」

加能彦次郎は鸚鵡がえしに訊いた。

「仕方のないことだったよ」

理一は事情を説明した。彼は、ゆっくりと一語一語を区切るような話しかたで、行助が宇野の家から離れていった経緯を加能彦次郎に説明した。

「そうですか……」

「加能くん。さびしいよ。あんな子は、ちょっとほかには見当らないよ。皮をとるか実をとるかのちがいだと言われても、私はやはりさびしいよ」

「お察しいたします」

加能彦次郎は、しかし、こんなありきたりの言葉が理一のなぐさめになるとは思っていなかった。彼もある程度は行助のことを知っていた。理一がさびしいと言っているのが判る気がした。それだけに、修一郎の教育をまかされている自分の責任を感じた。あの馬鹿息子を叩き直して直らなかったらどうするか、といった先のことも考えざるを得なかった。

この日から数日後のひるすぎに、会長の宇野悠一が会社にきた。加能彦次郎は会長をつかまえ、すこしおねがいしたいことがあるので時間を割いてもらえるか、と申しこんだ。

「やあ、修一郎の面倒を見てくれているんだってね。応接室に行って話をきこうか」

悠一は気軽に応じてくれた。

「会長は、ゆくゆくは修一郎くんをここの社長に据えるおつもりでございましょう」

加能彦次郎は応接間にはいって掛けるなり直截に訊いた。

「わしはそう考えておるが、理一があの通りの性格だろう」

「修一郎くんの教育をまかされている者として、ひとつおねがいがあります。簡単明瞭に申しあげます。現在、会長が、祖父として修一郎くんにあげている毎月の小遣い銭を、今後は打ちきって欲しいのです」

「しかし、いきみ、あの月給ではやって行かれないよ」

「やって行かれないのは会長のお孫さんだからです。ほかの者はやって行っています。修一郎くんより五年も前に入社した先輩が、三百円の昼食をとっているのに、修一郎くんは二千円の昼食をとっています」

「自分の金ではないか」

「自分で働いて得た金ではないでしょう」

「しかし、きみ、わしがやった金ではないか。盗んだ金ではない。会長の孫として昼食に二千円支払うのがどこが悪いかね」

「私は、会長のお孫さんだという特権意識を捨てて欲しいのです」

「きみね、いままで二千円の昼食をとっていた者が、急に三百円の昼食におとせるかね」

「おとさないことにはサラリーマンとして失格です」

「やめたまえ。不愉快だ！」

悠一はすうっと席を起つと、荒々しく戸をあけて出て行った。

加能彦次郎は、あの爺いが死なないかぎり、修一郎を叩き直すのはまず望みがないな、と戸を見て思った。しかし、出来るだけのことはやらねばならなかった。それは修一郎のためではなく、理一のためであった。彼のみたところでは、理一は修一郎の父である前に公正な経営者であった。

一方の修一郎はどうであったか。彼は以前の修一郎に戻っていた。会社がひけるとバーに出かけ、遊びかたもすっかり以前にかえっていた。宇野電機に入社できた安堵感が彼をそのようにさせたのであった。親父がとやかく言っているにしろ、俺が宇野電機の社長になることはまちがいないのだ、それをいちいち加能重役の言うことなどきいていられるか。

ボルボはあいかわらず乗りまわしていた。そして土曜日の午後というと、必ず女の子をつれてドライブに出かけた。ドライブに行かないときは六本木あたりで夜を徹して遊びほうけた。彼には、物事を持続させて行く意志が欠けていた。春、美ヶ崎に行助を訪ねて行ったときの自分の心情を、彼はもうすっかり忘れていた。あのときは、宇野電機に入社できるかどうか、入社しても社長の息子としてあつかわれるかどうかの危惧があった。そんな心情の危機も手伝い、妙に行助がなつかしくおもいかえされ、美ヶ崎を訪ねたが、行助が宇野の家には戻ってこないとはっきりわかってしまった現在、怖いものはなにもなかった。みんなは俺とあうと二言目には真面目にやれというが、俺はいま真面目にやっているではないか。

彼は最近はとなりのビルの地階に昼食をとりに行っていた。同じビルのレストランではどうしても加能重役と顔があってしまうので、道ひとつ隔てたとなりのビルなら、まず顔をあわせる心配がなかった。サーロインのビフテキをとったら最低千円はかかる。しかしそれが食べたかった。寿司をつまんだら二千円はかかる。これも食べたかった。三百円のカレーライスといっても肉が二切れくらいはいっているだけである。そんなものが食えるわけがなかった。老人達はよく蕎麦をたべていたが、あれは腹のたしにならなかった。となりのビルには八階にも高級レストランがあり、彼はよくそこにでかけた。きれいなウエートレスがいたのである。高級レストランといっても昼食時はかなりたてこむ。修一郎はたいがい十二時四十分頃このレストランにでかけた。空いている時間だとウエートレスとくちをきくことが出来る。

「きみはどこから通っているんだい」

と修一郎はある日のこと目をつけているウエートレスに訊いた。それまでにも何度かくちをきいていた。

「新宿でございますわ」

とウエートレスは答えた。

「新宿といっても広いよ」

「牛込矢来町でございます」

「僕のところとちかいな。僕は四谷だ。こういうものだ。となりのビルの宇野電機だ」

修一郎は名刺をだしてウエートレスにあたえた。名刺の肩書は宇野電機株式会社の営業部となっている。名前が宇野修一郎だから、名刺を貰った者は、彼を社長の息子だと判断するまでにそれほどの時間はかからない。

「こんど、いっしょにお茶をのまないか」

ウエートレスが名刺の字を読み終ったところで彼は声をかける。間をはずさない彼のこのようなさそい方はまことに上手だった。

要するに修一郎は、月給がすくないという点をのぞけば、現在なにひとつ不満はなかった。祖父から貰った小遣い銭がきれると、祖母からもらっていたし、とにかく金には不自由していなかった。これでは学生時代の延長にすぎなかったが、会社にはいってから新しい友人が出来たことが、彼の気づかないところで彼によい影響をおよぼしていた。高柳繁太郎、中尾精一、倉本文三の三人が修一郎のとりまきであった。三人はいずれも一流大学を出て宇野電機に入社した青年で、彼等は修一郎を社長の息子だと知っていた。

ある日の夜、修一郎は、この三人を銀座のバーにつれて行った。

「俺は、君達のような秀才ではないし、どうにか親父の会社にいれてもらえたが、それだけに、前途が多難だよ。困ったときには助けてくれよ」

修一郎は酔いがまわってきたとき本心を吐いた。

「加能重役はきみの教育を担当しているらしいな」

高柳繁太郎が言った。

「うるせえ奴だよ」

「きみが社長になったときに首をきるか」

「いいことを言ってくれるねえ」

修一郎は高柳の肩を叩いてわが意を得た、と言わんばかりの声をあげた。

「そうは行くまい。あの人は、どら息子を教育しているんだからな」

こんどは高柳が修一郎の肩を叩きかえした。

「俺のことを、おめえ、どら息子と言ったな。いいことを言ってくれたなあ。俺はほんとに、どうにもしようがないどら息子だ」

「どら息子には、それなりの相応しい友人がいるというものだ。高柳、これは、俺達で固めていかないことには、宇野電機の将来はあぶないな。俺は、どら息子に期待をかけているんだ」

中尾精一が言った。

「そういうことだ」

これは倉本文三である。

「おまえ達、俺を助けてくれるというのか」

修一郎は酔った目で三人の同僚を見かえした。

「実はな、きみが加能重役からどなられているのを見て、俺達三人が同情したところさ。将来の社長をあんな風に叱りつけることはないだろうって。しかし、加能重役はいい人だよ。見ていると、あの人の怒りかたは本気なんだな。社長の息子だからといって容赦をしていない。そこで俺達は、あいつはよほどのどら息子なんだな、と判断したわけさ。でもよ、かっこいいどら息子じゃないか、ということで、ひとつ、あのどら息子を助けてやろうじゃないか、ということになった」

高柳が言った。

「そいつはありがたいな。学校時代にも、おまえ等のような友人はいなかったよ。たのみにしてるぜ」

四人はかなり酔っていた。明日会社に出れば上役の前でしゅんとする青年達である。しかし三人の青年は、彼等なりに自分の将来について計算をしていた。

高柳繁太郎、中尾精一、倉本文三の三人の計算は、いかにも現代青年らしい計算であった。彼等は、修一郎がどら息子であることを見ぬき、いちはやく近づいたのであった。つまり、加能重役を見ているうちに、すべてが判明してきたのである。修一郎が実父を刺したことなども上役からきいていた。行助という弟がいることもきいていた。そこで、俺達はあいつのとりまきになろうじゃないか、と言いだしたのが高柳であった。

この三人が、なにをどう考えて自分に近づいてきたのか、修一郎にはもちろん判らなかった。とにかく、この三人に比べれば、修一郎の方が純粋だったことはたしかである。行助のような無私の精神は持っていないにせよ、修一郎は彼なりに無私なところがあった。彼が父を殺そうとした行為は、ある面では自己に忠実な彼なりの無私な一面であった。このことは、法廷で行助が理一を責めた言葉によってもあきらかである。実父を殺そうなどという計画は、計算のたかい人間が仕出かす行為ではなかった。この意味で、法廷で行助が理一の責任を問うた行為は倫理的であった。

「おい、どら息子。こんどの土曜日にボルボでどこかへ行こうか」

中尾精一が言った。

「どこがいい」

修一郎が訊いた。

「どこでもいいや」

高柳が間をいれている。

「金のかからないところがいいな」

これは倉本文三である。この青年は合理主義者といわれていたが、実はけちな男であった。自分が損をするようなことは絶対にしない青年で、面白(おもしろ)いことには、自分のけちを棚(たな)にあげ、あいつはけちな奴だ、というようなことをくちにしていた。

「あのけちな男だけは仲間にいれるのはよそうや」

と言ったのは高柳であったが、倉本はいつの間にか上手に仲間いりしていた。

「泊(とま)りがけにするか」

修一郎が中尾を見た。

「箱根か伊豆ならいいねえ」

中尾が答えた。

「熱海なら会社の保養所があるじゃないか」

これは倉本である。

「保養所はよそう。めしがまずい。それに、上役の連中が来ていたら、さわげないじゃないか」

修一郎が言った。

「しかし、廉いぜ」

倉本は保養所に固執した。

「きみだけ保養所に行ったらいいね」

中尾が言った。

「僕だけ行ってもしようがない」

「それならだまってみんなといっしょに来いよ」

修一郎が倉本を見て言った。

「たいした金のちがいじゃないぜ。こんなときにけちけちするなよ」

高柳が軽蔑するような視線を倉本に向けた。しかし、倉本は、けちだと言われても動じなかった。

修一郎が、高柳と中尾と倉本をつれて銀座のバーでのんでいた夜、理一も銀座の別のバーにいた。理一は加能彦次郎のほか数人の重役といっしょだった。

「それで、どうしたのだ？」

と理一が加能に訊いている。理一はブランデーをのんでおり、ほかの者はウイスキーの水割りをのんでいた。

「不愉快だ！と怒鳴られました」

加能彦次郎が水割りをひとくちのんでから答えた。

「馬鹿な爺さんというよりほか言いようがない。加能くん、会長は名誉職で実権はないのだから、気にしない方がいい。しかし、どうなんだろう、きみの目から見て、修一郎は見こみがあるかな」

「見こみですか……」

「正直に言ってくれたまえ」

「もうすこしながい目で見ませんと……。正直に申しあげて、いまのままでは見こみはありません」

加能彦次郎ははっきり答えた。

「見こみがないのなら、そのようにとりあつかってよい。だめな奴なら、宇野電機の平社員として生涯を全うさせるしかない」

「そうはまいらんでしょう」

別の重役がくちをはさんだ。

「きみ達はどう考えているのか知らんが、宇野電機は個人会社ではない。……私にはひとつの夢があった。その夢が消えてしまったのだ。消えたというより潰れてしまったといった方がいいかも知れない。……人間というのは不思議な存在だ。思いがけないところから教えられることがある。さて、私はひきあげるよ。きみ達はもっとゆっくりして行ってくれ」

理一は席をたった。

「おともしましょう」

重役のひとりが言った。

「いや、私はこれで帰るから、ゆっくりしていってくれ」

理一は店のママに見送られ店をでた。店の前には車が待っていた。

「帰る」

理一は車にのると運転手に言った。重役連中を相手につまらないことを喋ったものだ、と理一は車が走りだしたとき、修一郎を酒の話題にしたことが不愉快になってきた。弁護士が会社に訪ねてきたのは今日の午後だった。行助が宇野の籍からぬけ、新しく矢部の姓をたてる件で訪ねてきたのであった。弁護士は美ヶ崎に行き行助とあってきたということだった。

「行助は、なにか要求していましたか?」

と理一は弁護士の話をきき終ってから訊きかえした。

「要求といいますと?」

まだ三十歳前後と思われる弁護士は怪訝（けげん）な目を見せた。

「たとえば財産とか……」

「移籍さえ認めてくれればよいと言っていました」

「それだけですか……」

「なにか？」

「いえ。なんでもありません」

理一は目を閉じた。

そのとき理一は、いよいよ来るべきものが来た、といった感じがした。

「承知しました。行助にそのように伝えてください。なお、弁護士さんの費用は、私から支払わせてもらいます」

「たいした費用ではありませんが、それは、行助さんの代理の方の安坂さんから受けとっておりますから」

「そうですか。……ところで、私は、あの子に、いくらか財産をわけてあげたいのですが」

「行助さんがそのことを言っていました。たぶん、あのひとは、僕に財産をわけてくれる話をするだろうって。しかし、移籍さえ認めてくれれば、ほかになにも要らない、ということでした」

「あのひと、というのは私のことですね」

「そうです」

「私はあの子の父です。あのひとという呼びかたはおかしいでしょう。……いや、……失礼しました。……私は、あの子を、実の子より愛していました。……承知した、とあの子に伝えてください」

理一は、成城に帰る車のなかで、昼間、弁護士と話しあったことをおもいかえし、軀のなかを秋風が吹きぬけて行く思いになった。美ヶ崎に訪ねて行ったとき、あの子は、これはなにもいそいで決めなければならないことではない、と言ったが、これでは不意打ちと同じではないか……。しかし、行助をとめだてする権利や理由が理一にはなかった。

帰宅したら、妻が玄関に迎えにでてきた。

「すぐにお風呂におはいりになりますか」

妻が訊いた。

「風呂はいい。それより、酒をのもうか。きみもいっしょにのまんか」

「お機嫌があまりよくないようですね」

「ああ、よくない」

理一は和服に着がえると茶の間にはいった。

「なんになさいますか?」

「ブランデーをもらおう」

理一は自分で棚からブランデーの壜をおろしてきた。

「つる子が、おひまをください、と言っているのですが」

「あの子は、ここにきて何年になるかね」

「六年になります。このあいだ山形の田舎に帰ったときお見合をしたと言っていましたが、それがまとまったらしいのです。ちかいうちにあの子の兄さんが上京してくるとか言っていました」

といって澄江は夫を見た。

「仕方ないだろう」

「自分のかわりを見つけてからひまをもらうと言っていましたけど」

「かわりといっても、すぐには見つからんだろう」

「山形から連れてくると言っていました」

「嫁いりの道具をそろえてやらねばなるまい」

「そうしてくださいますか。よく働いてくれました、あの子は」

「みんな、この家から出て行ってしまう。さびしいことだ」

理一はブランデーグラスを持ちあげながら妻を見た。

「なにかございましたのね」

夫が不機嫌なときはすぐわかる。澄江は夫をなだめるような口調できいた。

「昼間、会社に弁護士がきた」

「会社おかかえの弁護士さんですか」

「ちがう。行助の代理人だ」

「籍のことですか？」

「そうだ」

「そうでございましたか」

澄江は言葉がつづかなかった。

「仕方のないことだとはあきらめていたが、まるでこれでは不意うちじゃないか」

「怒っていらっしゃるんですか」

「いや、怒ってはいない」

理一は口調をやわらげた。

「あなたが、不意うちだと感じられたのも、無理ないと思います。あんなところにいながら、あの子、どうしてそんなことが出来るのでしょう」

「要するに、ここには帰ってきたくないのだ。理由はそれだけだ」

理一はこんなことを言いながらも、自分がすこしばかり愚痴っぽくなっているのに気づいた。そして、これではいかんな、と反省した。すべてははじめからわかっていたことだった。ところが、いざその場に直面してみると、予期していなかった愚痴がでてきたのである。

「心配することはない。これは私の愚痴だから」

理一は、妻を相手に話しているうちにすこし気が晴れてきた。

「お風呂におはいりになりますか？」

澄江は夫の機嫌が直ったところできいた。

「そうしようか」

理一はグラスをおくとたちあがった。

澄江は、夫が浴室にはいってから、行助のことを考えた。夫は、不意うちだ、と言った。澄江にもそんな風に思えてきた。手紙で知らされていたし、わかっていたことだったとはいえ、やはり夫の言うように不意うちだとしか思えなかった。理一は行助が離れて行ってしまうのを淋しがっていたが、澄江には哀しみがあった。実の子と、籍の上でも事実上も別れてしまうことに、母親として哀しみ以外のものは感じなかった。そうだ、夫が行ったように、わたしも美ヶ崎を訪ねてみようかしら、母子でなんの話しあいもせず、弁護士を通じて別れる方法をとるなど、母親として納得できなかった。それに、行助には裁判所いらい会っていなかった。……夫にはだまって美ヶ崎に行こう、と澄江は心にきめた。

美ヶ崎に澄江が訪ねてきたとき、行助は畑にいた。玉葱をとりいれたあとの畑をならしていたのである。

彼は、教官から面会所に行けと言われたとき、弁護士が来たのだと思った。安にたのんで来てもらった弁護士にはじめて会ったのは二週間ほど前だった。

行助は畑から出て食堂の前に行き、水道の水で手と顔を洗った。それから面会室にむかって歩いた。地面にさしている初夏の陽が眩しかった。それはすでに夏の陽ざしだった。

行助は面会室の入口の数メートル手前でたちどまった。初夏のこととて面会室の戸は開けはなしてあり、そこにいるのは母だったのである。母はこっちを見ていた。

行助は足もとに視線をおとして歩きだした。彼は、眩しいものを見た気がした。

「母さんも、父さんのように不意に訪ねてきました」

行助が椅子にかけたとき澄江が言った。

「なにか御用がおありだったのですか」

行助は顔をあげた。

「そんな言いかたってないでしょう」

澄江は涙ぐんだ。しばらくぶりであって、こんなに距離ができてしまっていることが、納得できなかった。

「お変りはなかったのですか」

「わたしはかわりません。父さんもかわりません。かわってしまったのは、あなたじゃありませんか」

澄江はハンカチで目を押えた。

「僕はかわりませんよ」

「籍を移すことを、なぜそんなにいそぐの。ここを出てからでも出来ることじゃありませんか。母のわたしと話しあいもせずに、いきなり弁護士に依頼するなんて、すこしひどいとは思いませんか」

「母さん。あんなことは、事務的に処理した方がいいんです。ここを出てからだと、どうしてもお二人と会って話をきめなければならないし、情が絡んでくると、簡単に処理できなくなるおそれもありましたし、まあ、そう怒らんでくださいよ」

行助はわらいながら答えた。

「それは、あなたの考えでしょう。なにもかも一方的にきめてしまうなんて……」

「母さんも、ものわかりが悪くなってきましたね。ことし、おいくつですか」

行助はやはりわらっていた。

「あなたのことを考えて、こんなに痩せてしまったのに……」

「去年より若くなったようですね。ま、そう怒らんでください。あれは、早くけりをつけてしまわないといけない問題だったのです。去年のいま頃、僕は、北海道旅行の準備をしていたなあ。僕がここから出たら、いっしょに旅をしませんか」

「別れて行く子が、わたしといっしょに旅をするというの」

「籍だけの問題ではありませんか。僕はいつもそばにいますよ」

澄江は、行助の話すのをききながら、なにか自分が軽くあしらわれているような気がしてきた。彼は始終にこにこしていた。

「それで、いつ、ここから出られるのかしら。あなたが来るなというものだから、母さん、あなたを信じてそれを守ってきたのに……」

「信じてください。僕は、母さんを裏切ったりはしませんよ」

「母さんには、あなたのことがさっぱりわからないのですよ。それに、引取人を、あなたが勝手に変えてしまったでしょう。あれから保護司とも連絡がとれなくなりましたし……」

「保護司ですか。……成城では、もう木蓮は散ってしまったでしょうね」

「いまは山梔子がひっそり咲いています」

澄江は、いきなりなにを言いだす子だろう、と息子の顔をまじまじと見た。

「くちなしですか。あれは、ひっそり咲いているようでいながら、妖しい花だ。……母さん、あの花が好きですか」

「どうしてそんなことをきくの？」

「いや、なんでもないことです。ところで、ことしは、円覚寺に行かれたのですか」

「ことしは参りませんでした」

澄江はちょっと視線をおとした。

「あまり、僕のことを、心配なさらないでください。……いま、僕が、いちばん心配しているのは、母さんがとしをとるにしたがって、四谷のひと達のようになるのではないか、ということです。修一郎もそうですが、みんな、気の毒な人間です。こんなところに訪ねてくるようでは、母さんもとしをとったな、と僕は考えていたところです。……母さん、いま、四十一でしょう。六十になっても、自分の子をつき放して眺める目を保って欲しい、というのが僕の希望です。ことし、円覚寺にいらっしゃらなかったのは、いけないことですね。あそこは、いいお寺ですよ」

「いいお寺って……」

「あそこには季節感がありました。東京では、八百屋にも季節感がなくなってしまったでしょう。冬でも茄子や胡瓜や、そのほかいろいろな野菜がたべられるし」

「あなた、所帯もちのような事を言うのね」

「母さん。……青春時代に公平な目をもっていた人でも、としをとるにしたがい、視野がせまくなるものらしいですね。冬でも茄子や胡瓜をたべられるのを当然だと思いこんでしまう。ここでは、季節の野菜しかたべられないのです。もっとも、これは、予算の関係ですが。でも、僕は、冬に冬の野菜をたべ、夏に夏の野菜をたべることが、いちばんいいことではないか、と思っています。……矢部隆はそんなひとだったと思います。もちろん宇野理一はりっぱな人です。しかし僕は、冬は冬の野菜をたべ、夏は夏の野菜をたべる生きかたをしたいのです。それ以上のことは望んでいません。僕が宇野電機にはいったら、これはまちがいなく出世しますよ。修一郎を蹴落すなど簡単なことです。でも、虚しいじゃありませんか。僕は夏には夏の野菜をたべた方がいいと思っているわけです。欲がないのではなく、矢部隆の息子だからですよ。矢部隆は詩人でした。詩人は冬に夏の野菜をたべないものです」

「あなた……いま、詩をつくっているの？」

澄江はからだを前にのりだし、問いつめるように息子を見て訊いた。

「いけませんか。詩をつくりだしたのは高校時代からですよ。でも、詩をつくる人間は、まわりに害をあたえませんよ」

行助は母にやさしい目を向けた。

「いけないということはないけど……」

澄江は、詩をつくっているという息子に、あらためて前夫のおもかげを見た思いがした。落ちついた所作は前夫そっくりだった。

「といっても、僕は文学青年ではありません。本業はあくまで建築の方です。かたわら、詩をよむことになるでしょう。勁さは優しさと同居しているのです、僕の場合には。矢部隆の詩集を僕にあたえてくれたのは、母さん、あなたですよ。高等学校にあがったとしでした。しかし、僕には、矢部隆のようなおおらかな詩はよめません。そして、宇野理一のような事業家にもなれません。というより、事業家になる意志がないのです。僕の生きかたを、だまって見ていて欲しいのです」

「でも、あなた、ここからでたとき、まっすぐ母さんのところに戻ってくれるでしょうね」

「そんなことを心配しているんですか。僕はいつも母さんのそばにいますよ」

母子はこうして約一時間話しあった。そして、けっきょく、澄江は、息子に会えたことで気が晴れ、美ヶ崎から戻って行った。

「海のそばというのはいいわね」

帰りに澄江は門の手前で海を見ながら言った。

「夏は海にいれてくれるらしいですよ。いまからたのしみにしていますが」

行助は母とならんで海を見ながら答えた。

「では、これで帰りますよ。母さん、安心していてよいのね」

「心配することはなにもないでしょうが」

行助はあいかわらず笑顔だった。

行助は、母の後姿が松林のなかに消えて見えなくなるまで、鉄の門の内側に立っていた。そして、俺は母をうまくまるめこんで帰してしまったようだが、しかし、これは致しかたのないことだ、と考え、畑に向って歩きだした。

「面会人は誰だったの？」

大塚菊雄が鋤の手をやすめて行助に訊いた。

「おふくろだった」

「おふくろか」

大塚はそれからだまって鋤を動かしはじめた。

行助も鋤を持ちあげ、そうだ、大塚は自分の両親を嫌っていたのだったな、と思いかえした。大塚の暗い内面を考えると気の毒だった。

海では鷗の数がだんだん減っていっていた。日によってはまったく姿を見ないときもあった。彼女たちが南下してくるのは十月頃だろうか、と行助は鷗のいない海を眺めて思うことがあった。これは、鷗が南下してくる頃には、ここから出れるだろうか、という思いにつながっていたのである。

「休憩」

と教官が畑の端から声をかけた。

「やれやれ。これではもう夏だな」

大塚が手拭で顔の汗をふきながら背をのばした。

澄江は、松林を国道にむかって登りながら、ときどきハンカチで目頭を押えた。亡夫の遺した一冊の詩集が、あの子をあのように変えてしまったのだろうか……。澄江には、息子が塀のなかにいながら、もはや自分の手の届かない場所に去ってしまった、といった感が強かった。

澄江は小田原で降り、生家によった。

生家の田屋はあいかわらず繁盛していた。生家を訪ねるのは、去年の十一月いらいであった。

「おまえはいつも忘れた頃にやってくるね。美ヶ崎の帰りかい？」

兄嫁の幸子に案内されて部屋にはいったら、母がいきなり声をかけてきた。

「御無沙汰しております」

澄江は正座して頭をさげた。

「御無沙汰もいいところですよ。美ヶ崎の帰りかい？」

「そうなの」

「あの子は、おかしな子だね。……去年の暮だったかな、あんたがよったのは？」

「十一月末か十二月のはじめだったと思うわ」

「そのとき、行助に手紙を出したんですよ。そうしたら、すぐ返事がきて、手紙をよこさないでくれ、それに、ここに訪ねてきてもいけない、と書いてあった。みんな、おかしな子だと首をかしげたが、よくおまえには会ってくれたね」

「よく会ってくれたなんて、おかしなことを言わないでくださいよ。わたしはあの子の母じゃありませんか」

それから澄江は、行助が宇野の籍から離れることを話した。

「それを理一さんが承知したのかい」

「承知するもしないも、行助がひとりで決めたことですもの」

「それで、あの子は、小田原に来ると言うのかい」

「母さん。そうではないのよ……」

「だって、おまえ、宇野家から出てどこへ行くんですか。行くところがあるの？」

「矢部姓を継ぐんですって」

澄江は、矢部という姓をくちにしたとき、ちょっとくちごもった。

「矢部家に戻るくらいなら、小田原にきてくれてもいいじゃないの」

「母さん。行助は、矢部家に戻るんじゃないのよ。矢部姓の跡とりになると言っているのよ」

「だって、隆さんはいないんだし、どういうことになるの？」

「それはなんでもないことなのよ」

澄江は説明した。

「おかしな子だねえ。あの子は、そんなことを考えていたのかい」

「だから、わたしからも離れていったんですよ」

「それで、行助は、いつ出てくるの？」

「秋になるらしいわ」

「出てきたら、一度ここにつれておいでよ。隆さんの跡を継ぐのもいいけど……」

老母は思案顔だった。

澄江は、しかしあの子は成城にも小田原にも来ないだろう、ということをはっきり知っていた。

鯵(あじ)の乾物(ひもの)や蒲鉾(かまぼこ)などの土産品(みやげひん)をもらって澄江が成城に戻ったのは暮方だった。生家で老父母と会い、いくらか愚痴をこぼしてきたが、さびしさはまぎらわしようがなかった。

行助の部屋はそのままになっていた。北海道に行くためにルックサックに詰(つ)めた缶詰(かんづめ)類(るい)もそのままになっていた。澄江は、きょうまで、いくどその部屋に独りで出はいりしたことだろう。机と本、洋服、製図道具、それらは行助がその部屋から出て行ったときのままになっていた。いつ帰ってくるのかわからない息子のために、週に一回は蒲団を庭にだして陽に乾し、いちど洗ってしまってあった下着類を、またとりだして洗ったりした。冬が訪れてきたとき、美ヶ崎には新しく買ったスエーターを小包便で送り、行助がふだん着ていたスエーターをとりだして衣紋掛にかけたりした。

　きょうまで、そんなことをしたのが、澄江には慰めになっていた。しかし、きょうからはなぐさめがなかった。いくら蒲団を陽に乾しても、部屋を掃除しても、季節に応じて衣類をとりだしても、息子はもうその部屋には戻ってこなかった。誰にも告げず、夫にも知らせなかったこれらの行為が、きょうかぎりで甲斐ない行為となった、と知らされたとき、澄江は、声をあげて哭きたくなった。他人からは、あのひとはつよい女だ、と言われているのを、澄江は知っていた。しかし、決してつよい女ではなかった。ひとの前で取り乱したり、自分の子を庇ったりしてこなかっただけのことであった。

　それから数日すぎた日曜日の午後、安が成城に訪ねてきた。安は、戸塚の店をだすときに理一から借りた三十万円を返しにきたのであった。

「返せるまでになったのか」

　理一は安をあたたかく迎えた。

「おかげさまです」

「しかし、いますぐ返してくれなくともいいんだよ。店をひろげるとか、人を雇うとかで要るんなら、そのまま使ってくれていい」

「いえ。店はあれ以上ひろげられないんです。ひとは一人雇っていますが、これも大丈夫です。店をひろげるとなると、他に場所を見つけなければなりません」

「そうかい。また入用なときがあったら、いつでもそう言ってくれ。ときに、行助から便りはあるかね」

「ここのところありません」

「そうか。便りがないのか」

澄江はそばで二人の話をききながら、美ヶ崎を訪ねたことをまだ夫に話していないが、どうしたものだろう、と思った。

「いちど、きみの店に、ラーメンをたべに行きたいね」

理一が言った。

「是非いらしてください」

安は声をはずませた。

理一は、安の店にラーメンをたべによることで、そのうち、その近所にすむであろう行助に会えることを計算にいれていた。別れて行くとはっきり判った現在、行助は、理一の裡に実に明確な像を残していたのである。それは時間が経つにつれ更に像がはっきりしてきつつあった。

安は、成城の宇野家を出てきたとき、幸福感に浸っていた。これで借金が返せた、という安堵感があった。店に使用人を一人いれたのは五月であった。使用人といっても中学を卒業したばかりの男の子で、皿洗いくらいしかできなかった。それでも、人をつかっている、という雇用者のささやかな幸福感があった。

借金を返したからには、あとは自分の店を持つことだった。あと数年働いたら、なんとかして小さな自分の店を持てるだろうか、秋には行助が出てきて近くにすむようになるだろうし、黒や泣虫、それに佐倉もずうっと店に来てくれるだろう……。澄江からあずかった金は銀行の定期に入れてあった。行助が出てきたら通帖をそのまま渡すつもりでいた。とにかく俺は幸福な男だ、友人には恵まれているし、妻も子供もいる。

安は高田馬場駅を降りると、自分の店にむかった。借金を返したことで気持が軽くなっていた。店では厚子が天手古舞していることだろう、さあ、早く戻って一杯でも多くラーメンを売らないことには……。そして彼は横断歩道の手前で、信号の青をたしかめてから道をいそぎあしで横切りだしたとき、信号が黄色になった。引きかえそう、という気持はなかった。普段ならひきかえすところであった。前方の人達はすでに反対側の歩道に渡りきったところだった。安の右から走ってきたトラックが安を跳ねあげたのはこのときである。安の軀は一メートルほど宙に浮きあがり、道路に叩きつけられたところを、うしろからきたもう一台のトラックが轢いて行った。道路の両側から人々の声があがり、安を跳ねあげたトラックは十メートルほど先でとまった。

横断歩道を渡れば安の店がある路地はすぐだった。

安は頭を打ち、腹を裂かれ、道路に軀の右側を下にして倒れていた。ぼんやり両眼がひらいており、ひくっひくっとしゃっくりをあげていた。

その時分、安の店では、厚子が雇人の少年といっしょに立ち働いていた。客は殆ど学生である。

「いまそこで人が轢かれてよう」

と顔なじみの西北大学生がはいってきて、ラーメンを注文しながら厚子を見て言った。

「いやあねえ」

厚子は笊にあげて水をきったラーメンを丼に盛りながら返事をした。

「はらわたが流れてでていた。気持がわるくなったな。俺、これでは食えないかもわからんな」

学生は顔をしかめていた。

「おい、早く食えよ。見物に行こう」

ラーメンをたべていた別の学生がかたわらの仲間を見て言った。

道路では、安が午後の陽に照らされていた。救急車がかけつけてきたとき、安のしゃっくりはまだとまっておらず、手足が痙攣していた。すぐ近くの外科病院に運びこまれたが、手術室に担架が運ばれたとき、安は両眼をひらいたまま事切れていた。

美ヶ崎で行助が厚子からの電報を受けとったのは、安が死んだあくる日の朝であった。朝食と庭での朝礼を終えて実習室にはいったばかりの九時すぎで、行助は面会所のそばの教官室によばれた。

『ヤスシスグ　オイデ　コウ』アツコ

「この電報が届いたのは八時だ。戸塚警察署に電話で問いあわせたら、昨日の午後、トラックに跳ねられて亡くなったそうだ」

木場院長が言った。

行助は電文を視つめ、安が死んだのか、と呟いた。あいつ、なぜ死んだのだ……。涙のかわりに虚しさが心の裡にひろがってきた。交通事故はあり得ることだ、しかし、なぜあいつが死なねばならなかったのか、死なねばならない理由がないのに、なぜあいつが死なねばならなかったのか……。

「院長先生。……行かせてもらえますか」

「きみの引取人だし、行かねばなるまい。父兄死亡の場合は教官同伴で帰省が出来ることになっているが、安坂さん夫婦はきみの父兄ではない。しかし、引取人になっているから、父兄に準ずる資格と見てよいわけだ」

「もちろん教官同伴で結構でございます。……安は信ずるに足る友人だったのです。死目にはあえませんでしたが、せめて死顔に別れを告げたいのです」

「行ってきたまえ。教官はつけない。外に出して、きみがそのまま逃亡するなどとは考えられないことだから、私はきみをひとりでここから仮にだしてあげよう。明日の夕方五時までに帰ってきたまえ」

「ありがとうございます」

「すぐ用意をしたまえ」

　それから行助は一寮に戻り、教官から、ここに入ってきたときの服を手渡されて着がえた。ここにはいってきたのは九月なかばであったから夏服だった。鼠色のトロピカルの上下にワイシャツで、行助は作業衣をとり背広に着がえた。背広は黴くさくなっていた。

「これはあずかってある財布だ」

　木場院長が財布を手渡してくれた。黒皮の小さな財布で、そこにも黴がはえていた。

「成城の御両親のもとに寄ってくるかね」

　院長が訊いた。

　行助はちょっと考え、いや、寄らないことにしましょう、と院長を見て答えた。

「寄りたくないのか」

「いえ、そうではありません。仮出所する目的がちがうのですし、それに、安の葬儀だけで時間がいっぱいだと思います」

「では、明日の夕方五時に、きみの帰りを待っているよ」

「ありがとうございます」

行助は一寮をでると、院長とつれだって鉄の門をでた。前年の夏の終りにこの門をくぐっていらい、ここから出るのはきょうが始めてだった。

「では、行ってきたまえ」

木場院長は事務所の入口の前でたちどまりながら言った。行助は院長に一礼し、それから松林にむかって歩きだした。

「おおい、宇野」

行助が松林の手前まで行ったとき、うしろから院長の声がした。

行助はふりかえった。

「交通事故にあわないように気をつけるんだぞ」

院長が手をあげてさけんだ。

「気をつけまあす」

「言い忘れたが、ここにいると、都会のめまぐるしさをつい忘れてしまう。そこでだ、急に都会に出ると、とまどってしまうのだ。道の横断には、充分(じゅうぶん)に気をつけろ」

「ありがとうございます」

行助も右手をあげてふり、それから松林の坂道にはいった。院長は、俺が逃亡するなど、これぽっちも考えていないのだろうか、いや、そうじゃないだろう、やはり逃亡は考えているにちがいない、しかし、俺は、このまま逃亡はできないのだ。自分自身のために……。行助は汗を拭いながら坂道を登った。

根府川駅で上りの湘南電車に乗ったとき、行助は眩しさをおぼえた。女の人の服装が眩しかったのである。母くらいの年齢の女もいたし若い女もいた。彼女達の服装、話し声、挙措のすべてが眩しかった。

行助は小田原で湘南電車からおりると、ホームの売店で弁当とお茶を買い、小田急線のホームにはいった。小田急の特急で新宿にでる方が速かった。

特急電車が出発するまでには十三分ほどあった。行助はホームのベンチにかけ、弁当をひらいた。まずお茶をひとくちのんだ。おいしかった。一年ぶりの味だった。水と白湯ばかりのんできた一年だった。白米のごはんがおいしかった。おかずがおいしかった。

「おお、実においしいなあ」

行助は半分くちで呟きながら、ひとつひとつの味をかみしめた。

行助は弁当をたべおわるとホームの時計を見あげた。特急電車の発車までにまだ四分あった。彼はホームをおり地下道にでると、地下道の売店でもうひとつ弁当とお茶を買った。鰺寿司があったのでそれも買った。

そしてホームに戻ったら、特急電車に人々がはいっているところだった。行助は電車のなかにはいるとすぐ弁当をひろげた。

やがて電車が出発した。行助は、幕の内弁当と鰺寿司を交互にたべた。小田原の鰺寿司は大船駅の鰺寿司にくらべるとかなり味がおちていた。これは以前にも経験していた。庖丁さばきが悪いのだろう、鰺のかたちがばらばらだった。

行助は、窓外の景色を眺めて弁当をたべながら、去年、母と円覚寺に父の墓に詣り、その足で小田原にきたのは、躑躅の花のさかりの頃だった、とおもいかえした。あのとき、大船から小田原にむかう湘南電車のなかで、俺は母といっしょに駅弁をたべながら、いろいろなことを話しあったが、考えてみると、あれも昔のことのように思える、たしか、あの日は、帰りにこの小田急にのり、俺は小田原駅で駅弁を買い、こうして電車のなかで食べたが……。

車窓の外に移り行く風景が新鮮だった。鍵と塀、そして心をなぐさめてくれるものというと海だけの美ヶ崎に暮していた行助にとり、車窓の外の人家、畑、そして車内の人の姿は、まことに新鮮だった。

行助は新宿で山手線にのりかえ、高田馬場駅でおりた。一年前、ここは西北大学に通いなれた道であった。途中、成城駅を電車が通過したとき、ここには母がいる、と心に迫るものがあったが、しかし安の葬儀の帰りには寄れない、と思った。寄ることは簡単だった。しかし寄れなかった。心の問題だった。

行助は駅をおりてから、街のかたちをひとつひとつたしかめながら安の店にむかって歩いた。街は変っていなかった。この街は変っていないのに安は死んだのか、あいつは、死ぬ理由がなかったのに……。そして彼は、反射的に厚子のやわらかな物腰をおもいかえした。ことしの二月はじめ、安夫婦が美ヶ崎に訪ねてきたとき、厚子から、いつここから出れるのか、と訊かれ、俺は、ことしいっぱいはいることになるだろうと答えた。そしたら厚子は、ながいですわ、と言ったが、しかし、安が死んでしまったいまとなっては、厚子のあの語りかけは俺にとって重すぎる、これでは、俺が安の死を待っていたかたちになるではないか、あんないい奴はいなかった、あれだけ真面目な奴はいなかった、そんな奴がなぜ死んだのだ、社会の隅で、あいつはささやかながら真実を守って生きていた、ある意味では良心であった、そんな奴がなぜ死なねばならなかったのか……。

安夫婦のアパートの前についたら、入口に花環が三つたっていた。行助はたちどまった。彼は、目前にたっている花環から、安の死がまちがいないことを知った。

行助は靴をぬぎ、廊下にあがった。廊下のはずれに佐倉が子供を抱いて坐っていた。

「みんな。宇野が来たよ」

佐倉が部屋のなかを見て声をかけた。

部屋には、厚子のほか、泣虫と黒がいた。行助は目でみんなに挨拶をし、白い柩の前に正座した。いつ誰が写したのか、店でラーメンをこしらえている安の笑顔の写真が柩の上にかざってあった。

行助は焼香(しょうこう)をすませてから厚子の方に向きなおった。

「身内は誰も来ていないんですか？」

「大阪にいる兄さんに電報をうちましたが」

「田舎には？」

「田舎にもうちました。でも、七十五歳のお母さんが、ここまでは出てこれないと思います。いちばん上の兄さんは、去年の冬、名古屋に出稼(でかせ)ぎに行って怪我(けが)をし、寝たっきりだそうですし」

厚子は、窶(やつ)れた顔に涙をにじませた。

佐倉に抱かれていた行宏がこっちにはいってきて母の膝(ひざ)にすわった。行助は、自分がこの子の名をつけただけに、不憫(ふびん)さがさきにたった。

正午から告別式で、焼香にきた人はわずかだった。告別式が終り、葬儀屋がきた。

「肉親に死顔を見せなくともよいかな」

と佐倉が言った。

「たぶん、誰もこないと思います。普段(ふだん)も、手紙をだしても返事もないくらいですから」

厚子が答えた。

葬儀屋が柩をあけた。柩にはドライアイスがつまっていた。厚子が顔の白布をとりのけた。

安の死顔はおだやかだった。

別れが済むと、葬儀屋は棺に蓋をし、釘をうった。行助は葬儀屋の仕草を見ながら、俺はどこかでこの釘の音をきいたことがある、と思った。どこでだったろう、と考えているうちに、それが幼時の記憶につながっていることをおもいだした。父の葬儀のときだった。

火葬場には佐倉と泣虫と黒と行助がついて行った。

火葬場はかなり混んでいた。三十分ほど待って窯に柩が入れられた。それから行助は三人といっしょに待合室にはいった。

「まったく人間なんて虚しいものだ」

佐倉が言った。

「俺はお通夜のときに泣いてしまったよ」

泣虫が言った。

「よく出てこれたな。とにかく電報をうってみよう、ということでうってみたが」

黒が行助を見て言った。

「うん」

行助は腕をくんだまま、佐倉が言った虚しさについて考えていた。

「死と生は、いつも紙一重なんだな」

再び佐倉が言った。

「いつ出てこれるんだい？」

黒が行助に訊いた。

「秋になると思う」

「ながいじゃないか」

「仕方がないさ。……しかし、さびしいね。安がいなくなってみると」

「安が死んだのも宿命かな……」

黒が言った。

「安のは天命だ」

佐倉が答えた。

「宿命と天命はどうちがうのかね」

泣虫が佐倉に訊いた。

「まあ、同じようなものさ」

「けっきょく、どっちが悪いんだ。安とトラックの運転手と？」

行助が黒に訊いた。

「両方の信号不注意だったらしい。警察ではそう見ている」

「馬鹿な奴だ！　子供と奥さんがいるというのに、なんで信号を見なかったんだろう」

行助は死んだ安を怒るように言った。

やがて火葬場から、あがった、と知らせがあり、四人は骨をひろいに行った。

四人が骨壺を抱いてアパートに戻ったら、厚子は放心した顔で待っていた。厚子は骨壺を見て再びかなしみがこみあげてきたのか、しずかに泣きはじめた。

「しようがない。酒でものもう」

佐倉が冷蔵庫からビールをとりだしてきた。

行助は煙草をつけ、安の骨を田舎に持って行くのかどうかについて考えた。店は厚子だけでもやって行けるだろう、やって行けるにしても、しかし、たいへんなことだ。

「宇野はいつ戻るんだ？」

佐倉がきいた。

「明日の夕方五時までに戻ればいい」

「では、今夜は俺のところに泊れよ」

「成城に家があるじゃないか」

黒がくちをはさんだ。

「いや、成城には行かない。佐倉のところに泊めてくれ」

行助は佐倉を見て答えた。

「今日は行宏ちゃんを連れて実家に帰ったらどうかな」

黒が厚子に言った。

「大丈夫です、独りでも。それに、実家とは、もう何年もつきあいがないんです」

厚子はビールのつまみなどをテーブルにならべながら答えた。

「俺の家に泊りにきてもいいんだが」

泣虫が言った。

成城の俺の家なら、これまでのつきあいからして気がねなしにすごせるが、と行助は考えた。しかし、このひとは独りでも大丈夫だろう。

厚子の学生時代の友人である大友繁子と笠田雪江が訪ねてきたのは、四時すぎであった。

「お店に行ったら閉っていたから、それでは遊びに行ってみよう、ということで訪ねてきたのよ」

と笠田雪江が言った。

黒と泣虫が顔を見あわせた。

「ありがとう。……主人が亡くなったのよ」

と厚子がいうより先に、大友繁子が笠田雪江の袖(そで)をひいた。写真と骨壺に気がついたらしかった。

「あら！」

と笠田雪江が手でくちを押え、知らなかったわ、と言って泣きだした。

「俺達はひきあげよう」

と佐倉が言った。

四人はたちあがった。

厚子が外まで送ってきた。

「明日、お出かけになる前に、もういちどいらしてくださいますか？」

厚子が、いちばん最後にアパートの玄関から出る行助に訊いた。

「伺(うかが)います」

「今後のことも御相談しなければなりませんし、御迷惑(ごめいわく)でしょうが……」

「二時には東京を出発しなければなりませんから、おひるすこし前に伺います」

そして行助は玄関をでた。表の路地では、三人が、今夜どこかにあつまろう、と相談していた。

「俺のところでよかったら来いよ。宇野が泊ることだし」

佐倉が言った。

「俺は九時すぎないとだめだな」

黒が答えた。

「九時すぎでもいいじゃないか」

「じゃ、九時すぎに行くよ」

四人は新宿駅で別れた。行助は佐倉といっしょに小田急にのりかえ、黒は新宿でおり、泣虫はこれから神田の学校に行くのだと言って中央線にのりかえた。

「芝居(しばい)の話をしてくれ。きょうはいいのかい」

電車にのって腰かけたとき行助が言った。

「あいかわらずさ。今月は芝居はやすみだ」

「アルバイトは?」

「やっている。最近はビルの掃除をしている。案外いい金になるんでな」

やがて電車が動きだした。行助は、佐倉のアパートから成城はすぐだが、しかし行くのはよそう、と思った。

行助は、あくる日の朝十時に、佐倉のアパートを出て厚子のところに行った。前夜は二時頃まで黒と泣虫と佐倉としゃべりあい、黒と泣虫が帰ったあとも、行助は佐倉と話しあった。

行助が出てくるとき、佐倉は、これからもう一睡(ひとねむ)りするんだ、と言って寝巻(ねまき)姿で行助を見送ってくれた。

厚子はひとりでいた。

「行宏ちゃんは？」

「近所の家に遊びに行きました」

厚子は扇風機を行助の前にすすめ、それから冷蔵庫から冷えた絞りタオルを運んできた。

「おビールを差しあげましょうか？」

「そうですね。一本だけ戴きましょうか。安の身内はやはりこなかったのですか？」

「ええ。大阪の兄さんからは、行かれぬ、と電報が届きました。昨夜です」

「しようがないな。……といっても、それぞれに事情があることでしょうし……」

行助は、つがれたビールをひとくちのんだ。腹にしみるつめたさだった。

「お食事は？」

「なにか出来ますか。ありあわせのものでいいんです」

「じきにお昼だし、ごはんを炊きますわ」

「疲れていらっしゃるでしょう。なにか丼物をとってください」

「いえ、すぐですよ。わたしも朝おきてからまだなにも食べていないんです」

厚子はエプロンをかけ、流し台に立って行った。

行助は、安の写真と骨壺を眺め、善人は滅び悪人は栄えるのだろうか、と思った。なぜ急にそんなことを考えたのか自分でもわからなかった。

「まるで、嘘のようだな」

「なにかおっしゃいました?」

厚子が流し台の前からふりかえった。

「いえね、こんなに陽がたかいのに、ひどくさびしいんですよ」

「おっしゃらないでください」

厚子は目頭をおさえた。

「味噌汁をこしらえてもらえますか」

「はい、用意しております」

東北の寒村から出てきて、あいつは生きるのに懸命だった、それがなぜ死なねばならなかったのか……。行助は、窓の外の陽ざしを視つめ、虚しさをおぼえた。行助のなかでは、安の死が、感傷を通りこし、虚しさとなって伝わってきたのである。

窓の外は板塀だった。家と板塀とのあいだに空間がわずかにあり、そこに陽がさしていた。俺は、あいつのこしらえるラーメンをもう食べることが出来ない……。多摩少年院で、ラーメン屋をひらくんだと語っていた安の顔が、切実に思いかえされた。ともに親身になって語りあえる友人というのは、生涯にそうざらにはつくれないだろう、しかし、あいつは死んだ、なぜ死んだのか……。

「ごはんが炊けました。蒸れるまで、わたし、お豆腐を買いに、子供をつれてまいりますから」

厚子はエプロンをはずすと部屋から出て行った。

炊きたてのごはんに豆腐の味噌汁、塩鮭、豚肉の生姜焼き、それに香の物の昼食だった。

「こんなおいしい味噌汁は一年ぶりです」

行助はごはんを三杯、味噌汁を二杯のんだ。

「なかにいると、おつらいでしょう」

厚子が茶をいれながら言った。

「いや、なれてしまえばなんでもありませんが」

行助は汗をふきながら食事を終えた。

「秋には、出てこられるのでしょうか……」

「と思いますが、はっきりはわかりません」

「一ヵ月ほど前でしたか、保護司のかたがお見えになったことがありました」

「それより、おひとりで店をやって行けますか」

「はい。なんとかやってみます。というより、やって行くより仕方ございませんですもの」

「あなたなら大丈夫やって行けます。それに、佐倉や黒が相談にのってくれますよ。困ったときには、成城を訪ねてごらんなさい。父母は、あなたを親身に考えてくれるはずです」

「ありがとうございます」

「あなたは僕の引取人ですから、僕が出てくるまで、元気でいてもらわないと困るわけです」

「お母さんからお預かりしたもの、そのままにしてありますから」

「必要なときにはおつかいください」

「いえ、いまのところ、おかねには困っておりません。……心細いだけです」

「早く立ち直ってください」

このひとは、生きるのに余分なものを捨てて歩いてきたひとだ、しかし、安はこのひとに必要だった、というより安がこのひとを必要としていたのだ、その安がいまこのひとのそばにいない……。

「宇野さん。……安がいなくとも、やはり、成城には、お戻りにならないのでしょうか」

「ええ。あれはかわりません」

「そうですか。やはり……この辺にアパートをお借りになるでしょうか」

「そのつもりです」

二人の話はここでたちどまってしまった。安の葬儀をすました直後に、これ以上の話はできなかった。

行助は、一時すこし前に厚子の部屋をでた。

「気持が落ちついたら、美ヶ崎を訪ねてもよいでしょうか」

路地にでたとき厚子が遠慮(えんりょ)がちに話しかけた。

「いらしてください。それから、さっきも言ったように、なにか困ったときには、成城に行って相談してみてください」

行助は路地に出ると、高田馬場駅にむかった。これから、子供を抱(かか)えて店をきりもりして行かねばならない厚子を考えると、行助には、この夏が自分にとって辛(つら)い夏になりそうな気がした。

新宿で電車をのりかえたとき行助は、安とのめぐりあいと別れを考え、大事なものをとりおとしたような気持になった。そして東京駅から湘南電車に乗ったとき、ひどい疲れをおぼえた。

行助が安の葬儀から戻って半月ほど過ぎた頃、美ヶ崎に弁護士が訪ねてきた。この日行助は門の外にある建物の院長室によばれた。そこに弁護士が来ていた。

「これで矢部姓になりましたな」

弁護士は戸籍謄本をだしてひろげて見せながら言った。

「どうもお手数をおかけしました」

行助は戸籍謄本をとりあげ、矢部という姓を読んだ。

「郵便で送ってもよかったのですが、小田原まで所用で来たものですから、ついでに届けた方がよいと思いまして」

「費用の方は済んでいるのでしょうか？」

「はじめに全部戴いてあります。そうそう、安坂さんが亡くなられたそうですな」

「ばかな奴ですよ。奥さんと子供がいるというのに」

「運ですよ。人間、すべて、そのときの運ですよ」

やがて弁護士は帰って行った。

「矢部行助か。いい名前だ。行助という名がいい」

木場院長は戸籍謄本をとりあげて見て言った。

「高校の頃、よく、おまえの名は百姓の名前みたいじゃないか、と言われたことがありますが」

「いや、いい名だ。行という字がきみにぴったりだ。赴く、歩む、進むという意味だ。おこなう、なす、通り行く路、そんな意味がある。……しかし、きみは、妙に横道に逸れてしまったね。しかし、私は、きみの経歴と現実のきみを見ているうちに、横道に逸れたことが、きみにとってマイナスにはなっていない、と見た。さっきの弁護士は、安坂さんの事故を運だと言ったが、まあ、きみが横道に逸れてしまったのは、これもひとつの運だな。秋までにはなんとかして出してあげられるだろう。法というのは、いったんきまってしまうと、簡単にははこばないものだ」

「ありがとうございます」

行助は、戸籍謄本をたたみ、それを作業衣の胸ポケットにいれると、院長に礼をのべ、院長室をでた。くもり空で、むしむしする暑い午後だった。こんな日は潮の香が強かった。このにおいにもなれてしまったな、と行助は一年をふりかえりながら門をあけてもらい、なかにはいった。

夜になり、行助は自室で戸籍謄本をとりだし、なんども矢部と書きこまれた個所を見た。矢部行助か。……これで宇野修一郎も宇野家を継げるだろう、なんといっても実の子だ、うまくまとまってくれるにちがいない、あの父子は……。

彼は蒲団にはいってから、ここを出てからのことを思いやった。大学の近くにアパートを借りてすみ、厚子の店を手伝いながら学校に通う、……さしあたりそんなことしか考えられなかった。厚子の店で、厚子といっしょに働くのは、そこに希望よりも辛さがさきにたつように思えた。安がいるあいだは厚子とのあいだに距離があったが、安がいないいまは、直接厚子とむかいあわねばならなかった。

厚子と直接むかいあうのは、安がいないいまは成り行きで当然のことであったが、それにしても、俺はおかしな場所にはいりこんでしまった、と行助は考えた。希望よりも辛さがさきにたつように思えたのは、ものごとを気楽に考えられない彼の性格からきていた。自分自身にたいする期待と信頼、厚子にたいしての期待と信頼が、彼のなかで混沌としていた。おかしな場所にはいりこんでしまった自分と厚子の実体がつかめなかった。彼は、多摩少年院に子供をおぶって訪ねてきた日の厚子をおもいかえした。……あの日からだ……しかし、あれは、俺が安を裏切ったということではない、安と関係のない場所で育ててきた思いにしかすぎない、ところが、安がいないいまはどうなるのか……これは途方もないことだ、安が死に、安が死ぬ前から安の妻と俺のあいだに通いあっていた感情が、ごく自然なかたちで結ばれる、としても、これは、ごく当りまえに見えるだろう、しかし、これはあたりまえではない、当りまえのように見える中に途方もない怖さがひそんでいるのではないか――。

こうして日が過ぎて行った。

行助にとっても暑く永い夏であった。殊に海が重かった。ときとして海が全身にのしかかってきたこともあった。彼は泳ぎながら水の重さを感じた。八月はじめから中旬まで、水泳が許可されたが、それは一日おきに午後の一時間があてられた。泳ぐと腹がへった。腹がへっても少年達は海にはいるのをよろこんだ。

海は岸から急に深くなっており、教官が舟にのって岸から百メートル先の沖で見張っていた。院生達が逃亡するのを見張るためでもあったが、百メートル先にでると潮の流れが速いからであった。数年前に、泳ぎのうまい少年がいて、彼は遊泳中に逃亡をくわだて、うまく逃げ果せたが、しかし沖で潮の流れにまかれ、けっきょく真鶴沖で死体となって発見されたことがあった。

「見張っているといったって、鉄砲をもっているわけではないんだ。岸伝いに逃げれば成功まちがいなしだ」

ある日、海にはいったとき、昆布が広田佑介にけしかけていた。

「おまえ、やってみろよ」

とメリケンがどぶいたに言った。

「俺はだめだ」

「なぜだ？　人をけしかけておいて、てめえはやれねえのか」

「泳げないのに逃げられるものか。岩礁が多いだろう、あの辺は。メリケン、おめえ、やってみないか。もし死んだら碑を建ててやるよ」

「なんだ、この野郎ッ！」

二人は水のなかで取っくみあいの喧嘩をはじめた。

こんな仲間のさわぎをそばに見ながら、行助にはやはり水が重かった。鷗の姿は見えなかった。日によってはときたま暮方に一羽か二羽見かけることがあったが、行助はそんなとき、彼女達が南下してくるのは九月だろうか、十月だろうか、と考えた。八月もなかばをすぎると、海で土用波がたってくる。風がたたないのに波の高い日が多かった。

行助は、八月なかばすぎからは、ずうっと畑仕事に従事した。建築科から農芸科への転科を希望したのは八月はじめであった。陽光を浴びながら汗を流して土を耕すことが、いかに健康であるか、ということを、彼ははじめて知ったのである。実習室で学ぶべきものは、正直にいってなにもなかった。技術を身につけさせて更生させるのが少年院の指導方針であったが、行助がここから学ぶべき技術はなにもなかった。大工仕事といっても、彼がここから出て大工になるわけではなかったから、建築家としての基本さえ学べばよかった。それより、畑を耕して汗を流そう。そんなことから彼は農芸科への転科を希望したのであった。

夏の畑というと大根、葱、甘藷の手いれである。畑ではすぐ雑草がはえる。雑草をとり、大根と葱畑では、畝をもりあげる。そして肥料をまく。肥料は肥溜めで腐らせた糞尿である。農芸科に専属している者がすくなかった。したがっていつも他の科の者が働かされた。みんな糞尿はこびをきらったが、行助はよろこんでこの仕事をやった。自給自足の少年院の畑に、化学肥料を施すほどの予算はなかった。

海に面した金網塀の北のはずれは山裾になっている。山裾といっても急な岩肌で、ここは土地も固かった。春から院生がここを耕していたが、畑になるまでにはあと数年はかかるだろう。木場院長が、ここはちゃんとした畑になるまで蕎麦を播くとよい、と言い、少年達は蕎麦の種をまいた。播いたのが七月はじめであった。その蕎麦が育っていた。紅色の茎で、白い小花がついていた。

行助がこの蕎麦の花に気がついたのは九月なかばである。白い花の上を潮風が吹きぬけていた。午後の陽ざしはつよかったが、目前にはすでに秋がきていた。海の蒼さと山肌のつよさのあいだに蕎麦の白い花が風にゆれていた。もう、そろそろ、鷗が南下してくる頃だろうか、と行助は空に目を移して考えた。厚子からは八月の末に手紙が届き、東北の安の田舎から、安の長兄が訪ねてきて、遺骨を持って行った、と知らせてきた、安もふるさとに帰ったのか、それでいいのだろう、しかし幸のうすい短い生涯であった、と感慨があった。

行助が、蕎麦の花を眺めていたとき、豚舎の方から木場院長がこっちに歩いていた。

「ここにいたのか」

院長は笑顔で近づいてきた。

「疲れたので、すこし、さぼりました」

行助はたちあがった。

「いいよ、たちあがらなくとも。みんな、こやしをかつぐのを嫌うが、きみはよくやるな。手紙だ」

院長は封書を一通、行助に手渡した。

「おかあさんからだ」

「母からですか……」

行助は封書を受けとり、母の筆蹟を見た。なかになにが書いてあるか、行助にはだいたいわかるような気がした。

行助は封をきった。罫のない和紙の便箋に、母の字がにじんでいた。

暑く永い夏でした。とりわけあなたの母には永い夏でした。そこにいるあなたにも、永く暑い夏だったでしょうが、母は、あなたに嫌われては困る、あなたが遠くへ去ってしまっては困る、と思い、あなたをそこに訪ねた日から、今日まで、あなたに手紙をだすことも、あなたを訪ねることも、ずうっと遠慮してきました。それなのに、あなたの仕打ちはひどいではありませんか。今日の昼すぎ、母は、久しぶりで戸塚の安坂さんのお店を訪ねました。そこですべてを知ったのです。安坂さんのお葬式にこれた人が、どうして母のもとに立ちよれなかったのですか。これは、あなたの意志でよれなかったのか、それとも、少年院の規則でよれなかったのか、母にはわかりませんが、いずれにしてもひどいと思います。あなたは、佐倉さんのアパートに泊ったというではありませんか。なぜ母のもとに泊れなかったのですか。あなたは、再婚した母を、そんなにいやなのですか。母にはそうとしか思えません。泊れないで日帰りでそちらに帰ったというのなら、いくらか話はわかります。あなたは佐倉さんのアパートに泊り、あくる日は厚子さんのところで食事をしてそちらに戻っているではありませんか。

厚子さんにも、すこしばかり文句を言いました。理一が安坂さんをかわいがっていたのに、なぜ死んだことを知らせてくれなかったのか。あなたの姓はもう宇野ではなく矢部でしょうが、宇野理一が、どれだけあなたを信頼していたか、あなたにはわかっていないと思います。少年院にいる友人に知らせる前に、その友人の親に知らせるのが順当ではないか、と母は厚子さんに言いました。

ひどいとは思いませんか。それで、いままで、厚子さんからも、あなたからも、葉書いちまいこなかったのです。あなたは、母をきらっているのですか? 本心を教えてください。

こんなことを書きながらも、母は、涙がこぼれて仕方がありません。あなたをそんなところに送りこんでしまったのも母の責任ですし、あなたに去られたのも母の責任だという気がしてなりません。飛んで行ってあなたの本心をききただしたいところですが、あなたにまた嫌われると困ると思い、こうして手紙を認めます。わたしは、もう、あなたの母ではないのでしょうか。

どうか、返事をください。母はとしをとって行くばかりです。

九月十三日　　　　宇野澄江

矢部行助様

「弱りましたなあ」

行助は手紙を読みおわってから頭をかいた。

「なにかあったのか」

木場院長がきいた。

「読んでみてくださいませんか」

行助は手紙を木場院長に手渡した。

木場院長は手紙を読みおえると、それをたたんで行助に返した。

「なるほど」

と院長は言った。

「どうも、こういう手紙は弱ります」

「弱ることはないだろう」

「僕(ぼく)にも欠点はありますが、しかし、この手紙は弱ります」

「私はあのとき、成城によらないのか、と言ったと思う。寄らなかったのはまずかったな」

「院長先生がそんなことをおっしゃっては困りますよ。……この手紙は、母親の情です。理と情をともに実践(じっせん)できる人間など、とてもいないと思います」

「しかし、これは、どう考えても、きみの方が悪いな。きみが理を重んじたとしても、安坂さんの葬式から戻ったとき、それをお母さんに手紙で一言しらせるべきだった」

「ええ。僕もいまそのことを考えていたのです」

「きみは、いつも、説明をぬきにしている。きみ自身が誤解されるばかりではない。殊にこんなときはお母さんが困るだろう」

「でも、院長先生……説明が出来るくらいだったら、僕は、二度も少年院にはいらなくとも済んだのです。この少年院のなかには、自分を語らない者がたくさんおります。説明をしないのです。僕は、彼等(かれら)にも一理はあると思います。もっとも、僕の説明ぬきはすこし違いますが。……しかし、おふくろのこの手紙は弱ったなあ」

「しかし、その手紙は、わからず屋の母親の手紙ではないよ」

「それはわかります。あなたの姓はもう宇野ではなく矢部でしょうが、などと書いてあるのに弱るのです」

「上手に答えてやればいいではないか。今夜、返事を書きたまえ。どれ、戻るか。そうそう、これは、はっきりきまったわけではないが、十一月はじめに、きみをここから出してやれると思う」

木場院長は腰をあげながら言った。

「十一月はじめですか。……ありがとうございます」

「私に礼を言うのはおかしいだろう。……ここはひどいところだ。ここだけではない、すべての少年院がひどすぎるのだ。きみのように自分を律することの出来る者はいい。ここから出た殆どの者が、また舞い戻ってくる。原因はなにか、ながいこと、この仕事に携わってきた私にも解らない。役人は解釈と分析ばかりして月給をもらっているのが現状だ」

木場院長は最後の方を怒ったように言うと、今夜返事を書きたまえ、と言いのこし、行助のそばから離れて行った。

院長が去ったあと、行助は、再び、微風に揺れている白い蕎麦の花を眺めた。母にとっても暑く永い夏であったのか……。彼は、かつて母が矢部隆に死にわかれたときのことに思いを馳せた。そのときの母の姿が、夫に死別された厚子の姿にかさなってきたのである。

旅の終り

蕭条（しょうじょう）とした十一月の海上で、鷗が数羽舞っていた。

ある日の午後、行助は農園で仲間といっしょに大根を扱（こ）いでいた。去年は十一月の末に大根を扱いだが、今年は種まきが早かったので十一月はじめには収穫（しゅうかく）することが出来た。去年は収穫時期がおくれたので、一寮の者全員が出て二日がかりで扱いだが、今年は、農芸科の者だけで大根を掘（ほ）ることになった。農芸科は行助をいれて十二人しかいない。必要なときには他の科の者が駆（か）りだされるのであった。

「農芸科の者だけだと、一週間はかかるな」

行助のとなりの畝（うね）で大根を掘っていた少年が行助に話しかけた。

「そうだろうな」

行助は鍬（くわ）の手をやすめ、となりの少年を見た。平塚の在の百姓の息子（むすこ）で、十八歳になる高校生で、名を秋山均といった。美ヶ崎にはいってきたのは十月はじめであった。なぜここに入ってきたのか、行助はこの少年にきいたことはない。農芸科の者は殆ど生家が百姓であった。行助は、建築科から農芸科に移ってからまいにち土に親しむうち、土のあたたかさというようなものが解ってくる気がした。

ここには約六千坪の空地があるが、畑として耕されているのは三千坪ほどである。少年院で必要とする野菜類のうち約三〇パーセントをこの畑からの収穫で自給していたが、いつも食卓には野菜が足らなかった。もっと野菜をつくったらどうですか、と行助が木場院長に話したのは、九月のことである。蕎麦畑で院長と話した数日後のことであった。麦飯だけで野菜や魚肉類が不足していたから、一年もはいっている者は腹が中年肥りの男のように突きでてくることが多かった。これは瞭らかに栄養失調の症状であった。餓えて死ぬことはないにしても、栄養失調にかわりはなかった。顔がむくんでいる者もいた。貧血をおこす者は常に絶えなかった。したがって脈搏が異常な者がかなりいた。

行助がこのことに気づいたのは秋のはじめである。空地はまだ三千坪もあった。国有地というだけで、それは死地になっていた。これを耕して院生達に新鮮な野菜をあたえられないのだろうか……。木場院長が、ここはひどいところだ、といくら嘆いても、それは嘆きにすぎなかった。彼一人のちからではどうにもならなかったのだろう。畑で穫れたキャベツや菠薐草が食卓にでても、それは荒く刻んで醬油で煮つけた調理法であった。それに量がすくなかった。たとえば、菠薐草をおひたしにして食べるには、それだけ時間と手間と予算がなければならなかった。したがっていつもまずい醬油で煮つける調理法しか出来なかった。キャベツと菠薐草を荒く刻み、ただ醬油で煮つけただけの食物が、どんな味がするか、これは、ここに入ったことのある者だけが知っている。少年院で飼っている豚は、養豚業者の飼っている豚より痩せていた。理由は、残飯がすくないからである。麦飯と菠薐草の煮つけの残飯だけで豚が肥るわけがなかった。

行助が進言したからかどうかは知らないが、美ヶ崎ではさらに千坪の土地を畑にすることになり、それを十二人の農芸科の者が掘りおこして野菜の種をまいていた。農具は鍬だけである。耕耘機を買い求める予算などなかった。

行助に面会人があると教官が伝えてきたのは、行助が大根畑にいたときである。

面会人は厚子だった。面会室の戸をあけたとき、行助は、あ！　と思った。夏のはじめ母が訪ねてきたとき、眩しいものを見た気がしたが、いま目前に厚子を見て、彼は母のときとはちがう眩しさを感じたのである。気持が落ちついたら美ヶ崎を訪ねてくると言っていたのに、手紙だけで、訪ねてきたのは今日がはじめてだった。

黒いスーツの上に白い顔が浮いているように行助には見えた。行助は戸を閉めてなかにはいり、厚子とむきあって腰かけた。

「やっと、気持がおちつきましたので……。とてもおそくなりました」

厚子は膝に視線をおとした。

「来てくれてありがとう。行宏ちゃんは元気ですか」

「はい」

「店の方はどうですか」

「はい。以前と同じようにやって行けるようになりました」

「それはよかった」

行助は、厚子が訪ねてくるのをどれほど待っただろう。しかし一方では、訪ねてきては困る、という考えもあった。安の死がまだ生々しすぎたのである。こうして厚子を目の前にしていると、あの葬儀のあくる日に美ヶ崎に戻りながら考えた辛さを感じた。

「日が過ぎて行くのが、永いように思えてなりません」

行助はちょっと答えかねた。いろいろな意味で彼にも日は永すぎた。

「佐倉たちは来ますか」

行助は別のことを訊いた。

「はい。みなさん、週に一度は見えてくださいます。……まだ、ここから、出られないのでしょうか？」

厚子ははじめて顔をあげた。

「今月中には出られると思います。しかし、はっきりきまったわけではないので……」

「きのうの午後、お母さんがお見えになりました。やはり、そのことをお気にしておられました。……アパートも見つけねばなりませんし、どうしようかと迷っていたところだったのです。でも、わたしから、お母さんに、そんなことを申しあげるわけには参りませんし」

「ここから出た日は旅館に泊ってもいいのですよ。アパートはその日のうちに見つかりますから」

「お母さん、あなたからわたしのところにばかり手紙が来ている、とばかり考えていらしたらしいのです。そうではないとわかったとき、やっと安心してお帰りになりましたが」

「母親ってそんなものでしょう。しかし、おふくろもとしをとったなあ」

母の心情ははじめからわかっていたことであった。

安がいないいまは、母が、息子と厚子のかかわりあいに、当然目を向けてくるだろう、と行助は考えていた。そんなことから彼は、蕎麦の花の季節に、母に一通、厚子に一通手紙をだしたきりだった。これなら公平だし、母も怒ることはないだろう、と考えたのである。

「お母さんに、もうすこしお手紙をだしてあげたら如何(いかが)でしょうか」

厚子が遠慮(えんりょ)がちに言った。

「あなたが困るのですね」

「はい……」

厚子は再び膝に目をおとした。

「大丈夫です。そんなわからず屋の母でもないと思います。僕はもう宇野行助ではなく、矢部行助ですから、母からはあまり干渉されたくないのです。といっても、母を蔑ろにするというのではありません。……あなたにはお解りにならないことかも知れませんが、成城の宇野家がこれから家族仲よくやって行くためには、僕が介在しないことが先決条件なんです。修一郎というどら息子も、もう自分で月給をもらっている社会人だし、僕があそこにいなければ、あの家はうまくやって行けるのです。修一郎が四谷の自分の祖父母のもとにいるのは、どう考えてもよくないことです。あの父子が仲よくなったとき、僕ははじめてあの父子と、ごく近くでつきあいが出来ると思うのです。それまでは、母がいくら泣こうと、僕は母から離れて暮すつもりでいるのです。母にはそのことがわかっているのです。といっても、自分のところから離れて行ってしまった息子のこととなると、目が狂ってくるのですよ。……これは、あなたにたいしてお願いするのですが、そこを理解してやってつきあってくださいませんか」

「わたしは大丈夫です」

「母は、あなたに、なにか、無理なことを質問しましたか?」

「いいえ。……ただ、あたし、あなたのお母さんが怖いのです。……わたし、心細いのです」

「それはあなたの思いすごしですよ」

ます」

「はい。その日まで、もうお訪ねしませんから、どうぞお元気で」

「あなたも元気で。行宏ちゃんによろしく」

行助は、厚子を門の外に送りだすと畑にむかって踵をかえした。彼は足もとを視つめて歩きながら苦痛をおぼえた。しかし、俺は、たぶん、あのひととはいっしょにならないだろう……。安の葬儀から戻るときすでにこのことはどこかで考えていた。あの日、俺は、美ヶ崎に戻る湘南電車のなかで、厚子のことを考えるとき辛さがさきにたつのではないか、と漠然と予測したが、げんに今日のように二人でむかいあってみると、それは確実なかたちをともなって訪れてきていた。この苦痛には容赦がなかった。そして、死んだ安を考えるとき苦痛は倍加してくるような気がした。

彼は畑に戻ると再び黙々と鍬を動かした。目前には冬の海がひろがっていたが、春、北上した鷗はまだ南下してこなかった。彼はしばらくして腰をのばし海を見たが、陽の翳った鈍色の海上に鷗の姿を見ることはできなかった。ことしは南下してくるのがおくれているのか、それとも別の海に飛び去ったのか……だが、なぜ俺は鷗の到来をこんなにも渇望しているのだろう……。それから彼は再び鍬を動かしはじめた。

日曜日の午後、成城の宇野家の茶の間では、理一が、訪ねてきた加能彦次郎と碁をうっていた。

「もう、七ヵ月経ったが、どうだね、その後は……」

理一が右手前の隅に白石をうってから訊いた。

「ははあ、そこに打ちましたか。なるほど、これはどうもいけませんな……」

加能彦次郎は黒石を右手の人さしゆびと中ゆびではさんだまま、盤面の形勢を眺めわたし、それから、すこしはいいようです、と答えた。

「すこしはいいか……」

「時間をかけなくっちゃいけませんな」

「時間をかければ見こみがありそうかね」

「と思いますが」

「御苦労だが、出来るだけのことはやってみてくれ。いつかも言ったように、駄目な場合は、平社員で終らせるから。どれ、酒をもらおうか」

理一ははじめて盤面から顔をあげ、となりの食堂にいる妻をよび、酒の支度をさせた。

宇野家では、七月につる子がやめ、かわりに徳子という十八歳の子が来ていた。つる子の遠縁にあたる娘であった。澄江は、はじめの頃、徳子に家事を教えこむのに一苦労したが、四ヵ月すぎたいま、徳子もかなり家事をおぼえ、澄江が留守をしても切りもり出来るようになっていた。

理一と加能彦次郎が酒を酌みながら碁をうっているところに、四人の不時の来客があった。修一郎が高柳繁太郎と中尾精一、倉本文三をつれて現われたのである。

「相模湖に行ったかえりですが、なにか食わせてくれませんか」

と修一郎は言った。

「どうぞ」

と澄江が四人を食堂に案内した。

「あれが修一郎のとりまきか」

理一は碁石を指にはさんで盤面を見おろしたまま加能にきいた。

「そうです。まあ、いいでしょう。四人ともまだ学生気分がぬけないんですから。ことし入社した者のなかでは優秀な方ですから、なにかの役にはたつと思います」

「礼儀を知らない連中だな」

「そのうちにわかってきますよ。……六目くらいの敗けですな、これは」

「六目で食いとめられたか」

理一が六目勝っていた。理一が白をにぎって三回に一回は彼が敗けていた。いい相手であった。

修一郎は、三人の同僚といっしょに簡単な食事をすませると、あっさり帰って行った。

「帰ったのか?」

理一は、銚子のかわりを運んできた妻にきいた。

「はい。帰りました。みなさん、さっぱりした方達で」

「しかし、修一郎はさっぱりしていないはずだ。……あいつは、ここに戻りたがっている」

「私がきているんで、煙たくて帰ったのでしょう」

加能彦次郎がくちをはさんだ。

澄江は銚子をおくと食堂にひきかえした。

「加能君。……きみは、近親憎悪、といえばよいかな、とにかく、近親を憎んだことがあるかね」

「程度の差はあるでしょうが、誰でも一度はそんな経験をするのではないでしょうか」

「程度の差か。……この春、きみに話した行助のことだが、あの子は、とうとう、この家から離れて行ったよ」

「籍を移すとか、おっしゃっていましたが……」

「さびしいことだ。私よりも、あれがいちばんさびしいだろうと思う。いまさら嘆いてもはじまらないが、いい子だったよ」

台所では、澄江が新しくだす酒の肴をこしらえていた。美ヶ崎の行助に手紙をだしてからすでに十日以上経っていた。返事はなかった。彼女は日に数度もポストをのぞきに行っていた。泣き言をならべたのがあの子に嫌われたのだろうか、と彼女は空のポストを眺めては考えた。待つよりほかに仕方のない毎日であった。行助に手紙をだしたことは夫も知っていた。彼は会社から戻ると、変ったことはなかったのか、ときくのが最近の習慣になっていた。彼も行助からの返事を待っていたのである。行助の姓が宇野から矢部にかわったとき、理一は毎夜酒びたりだった。

「あの子は、この俺を嫌っていたんだ。そうでなかったら、こんなひどいことをするはずがない」

とまで言っていた。酒のちからをかりた言葉ではあったにせよ、そこには、自分が信頼をよせていた子を失った事実にたいしての憾みがこもっていた。きょうのように修一郎が遊びの帰りにたちよるのを見るにつけ、澄江はわが子の不幸を思った。修一郎はこのところ日曜というと必ずたちよるようになっていた。彼は、言葉にはださなかったが、なんとかして和解をしたい、と考えているらしいことが、澄江にもわかっていた。それはそれで良いことであった。本心から彼を赦せないにしても、澄江は表面ではどこかで彼を赦していた。それは夫のためであった。

加能彦次郎は四時ちょっとすぎに帰った。澄江が門まで加能を送って行った。

「きょうも変ったことはなかったのか」

澄江が玄関に戻ったら、式台に夫が立っていた。

「ございませんでした」

「そうか。……なかったのか」

理一はそれから茶の間にひきかえして行った。

修一郎は、この日曜日の父の家からの帰りに、ひどい孤独に陥っていた。三人の同僚を新宿駅のちかくでおろしてから四谷に帰ると、車を庭にいれてから、家にはあがらず、そのまま舟町の〈フール〉にでかけた。酒でものまないことには遣りきれなかった。父と義母と彼は、いちおう表面上は和解をしていた。しかしそれはどこまでも表面上でだけだった。真の和解ができるはずがないことを知っているのは修一郎自身だったのである。彼なりにいろいろと和解の方法を手さぐりしたが、父の妻を犯そうとした事実は消しようがなかった。そのために行助が少年院に送られ、彼が出てきてから、こんどは俺は父を殺そうとした、そして行助は再び少年院に送られた……。和解ができるなどと簡単に考えていた自分の考えの浅さが、実社会にでて月給をもらってみてはじめて解ってきたのである。彼の初任給は四万二千円だった。高柳も中尾も倉本も同じであった。しかしこの三人は、月給のなかから食費としていくらか両親のもとにいれ、のこりの金で洋服をつくり、いくらか貯金をし、そして昼食代もそこから出していた。つましいというよりそれでやって行かねばならない青年達であった。ところが俺は月給だけでは足りずいまだに祖父母から毎月小遣い銭をもらっている……。しかし、もらわないことにはやって行けなかった。家来をつれて歩くには金が必要だった。彼は前記の三人を家来だと考えていた。三人もそのように受けとめていた。

相模湖には前日に行き、ちかくのホテルで一泊し、きょうは午前中に湖の上でモーターボートを飛ばし、それから帰ってきたのであった。そんな遊びをしながらも、遊びのあとに感じるのは、いつも、虚しさであった。祖父母が生きているうちはよかった。二人がなくなったらどうするか……。祖父は、わしの財産はみんなおまえに遺してやる、と言っていたが、しかし、現実に宇野電機の中軸にすわれないことには、それはなんの役にも立たなかった。俺は、祖父が遺してくれる金を遊んでつかい果すにちがいない。

〈フール〉は空いていた。日曜日の夕方、いつも空いているこの店に行くのが彼のこの頃の習慣になっていた。

彼はウイスキーの水割りをもらい、隅の席にかけた。あの人達はいい人間だ、と彼は水割りをのみながら祖父母のことを考えた。しかし、いい人間にはちがいないが、俺にとってプラスになる存在であったかどうか、たぶん、マイナスになる存在だったであろう、げんにそうだろう……そうだとしても、俺は、あの二人とはわかちがたく結びあっている、俺をだめな人間にしてしまったのはあの二人だ、しかし俺はあの二人を憎めない、今日まで、俺を庇ってくれたのはあの二人だけではないか……。

修一郎には希望がなかった。春、宇野電機に入社したときには希望があった。しかしその希望が一場の夢にすぎないことを知ったのは、夏にはいってからであった。父と義母とまことの和解が出来ないと知ったときからであった。そのとき彼は、祖父より父がさきに死んだらどうなるだろうか、とふっと考えた。

祖父より父がさきに死んだら、と考えたとき、彼は、思わずあたりを見まわした。夜中の自分の部屋でだった。彼は、登山ナイフで父を刺殺に行った前年の夏の雨の夜をおもいかえしたのである。七月十二日という日まではっきり記憶にとどめていた。俺はどうしてこんなことしか考えつかないのか……。

どうすれば希望が持てるだろうか、と彼は水割りをのみながら暗澹とした気持になった。日曜ごとに成城の家を訪ねても、彼の心はあかるくなかった。成城の家をでてくるときいつも彼をおそうのは自己嫌悪だった。これは食いとめようがなかった。そんなとき、澄江の前に両手をついて謝ったらどうだろうか、などと考えたこともあった。そうでもしないかぎり、成城の家とは本当の和解はできないだろう、と思ったのである。しかし、年月が経ってしまったいま、とてもそんなことは出来そうもなかった。自分が白々しく感じられたのである。

この閉鎖された俺の世界をきりひらく方法はないだろうか……。

客が三人はいってきた。テレビタレントだった。一人は男で二人は女だった。いかにも安っぽい感じのする人種だった。かつてここでタイガーレコードの青葉専務に口説かれ、いったんは歌手になろうとしたことがあった修一郎には、彼らの安っぽさが解った。通俗的な世界を通りこして内容がなにもない世界で泳いでいる人種だった。俺には奴等の安っぽい世界が見える、それが見えたとき、俺は自分のつまらなさがわかってきた、だが、わかったときはすでにおそかった、取りかえしのつかない世界にはいりこんでいた、それがわかったとき、俺は、みじめになりたくない思いで懸命だったが、けっきょく、みじめな思いばかりが俺のなかを占めてきた……。義母を犯そうとした日から今日までの過程が、にがい薬かなにかのようにおもいかえされた。十一歳のとき義母を成城の家に迎えたときの、あの清純な気持に、俺は再び戻れないのだろうか……。

さらに客が五人はいってきた。

修一郎はたちあがり、カウンターの前に歩いて行ってウイスキー代を勘定した。

「もうお帰りですか」

ボーイがあいそを言った。

「ああ」

修一郎はレジの女の子から釣銭を受けとり、店をでた。

帰宅したら夕食の時間だった。

「車だけ帰ってきて、どこに行っていたの」

と祖母が言った。

「なに、そこら辺を歩いてきたのですよ」

修一郎は上衣(うわぎ)をとって食卓(しょくたく)の前にすわった。けっきょく、ここが、俺にはいちばん落ちつける場所だ、と彼は考えながら、祖父を見て、いっぱいやりませんか、と訊いた。

「やってもいいな。相模湖はどうだったかね」

「面白(おもしろ)かったですよ」

「成城によったのか?」

「よりました。いつもと同じでした」

「同じか。まあ、いいだろう。わしがいるかぎり、おまえは心配することはないんだ」

祖父は孫にあたたかい目を向けた。

行助から澄江に返事の手紙が届いたのは、十一月なかばすぎであった。

まず、返事が遅れたことをお詫(わ)び申しあげます。なぜ遅れたか、これは弁解になりますが、いそがしかったからです。私はいま畑造りに夢中(むちゅう)なんです。こんなことを書いたらおわらいになるかも知れませんが、ここにいる仲間に新鮮な野菜をたくさん食べさせてあげたい、というのが、秋になってから私のなかに宿った考えです。ここでは野菜がすくないのです。もちろんほかのものもすくないのですが。九月から、約千坪の土地を畑として新しく耕しはじめ、いまやっと種まきを終ったところです。ここがちゃんとした畑になるまでに、三年はかかると思いますが、私がここから出たあとも、ほかの少年達が、ここを耕してくれるはずです。

ところで、安の葬儀の帰りになぜ成城によらなかったのか、との御詰問にお答えしますが、あれはここの規則だったのです。ほんとは、安のところで泊ればよかったのですが、厚子さんと子供さんだけの部屋に泊るわけにはいかず、佐倉のところに泊めてもらったのです。それにしても、母さんは変なことをおっしゃいますね。母さんを嫌う理由が私にはなにもないのです。私は成城のお二人を敬愛しています。かつてそうであり今もそうであるように、これからも、この敬愛の念は渝らないでしょう。どうか精神だけはいつまでも若々しくあって欲しいと思います。

申しおくれましたが、私がここから出るのは十二月初旬ときまりました。もちろん出院したら成城に挨拶に伺いますが、出院が予定より一ヵ月のびたのは、これは主として役所仕事の遅滞のためだったらしいのです。

多摩とここと、青春の大事な二年間を、社会から隔絶された場所ですごさねばならなかったのは、私にとって幸福なことではありませんでした。しかし、不幸だったとも言えません。不幸な人間がこの社会にどれだけ多くいるかを、私は二度の少年院生活を通してこの目で見てきました。それを知り得ただけでも私には収穫でした。じっさい、このなかにいる少年達のなかには、両親のもとにだす手紙一枚きちんと書けない者もおります。私はたびたび彼等の手紙の代筆をしながら、人間の哀しさ、というようなものを知りました。中学を出ていながら手紙ひとつ書けない、これは彼が悪いのか、それとも社会が彼をそのようにつくりあげてしまったのか、私には解りませんが、私に見えたのは、人間の哀しさだけでした。ある意味では、人間の哀しさを知ったことが、私の不幸かも知れません。しかし、人間の哀しさを知った者には、どんな人間をも恨むことが出来ないことも知り得ました。かりにこれが私にとって不幸であるとしても、私はこの不幸に甘んじる用意があります。用意があるというのはすこし大袈裟ですが、私はいま、つぎのようなことを考えております。

それは、将来私が建築家になることは疑えない事実ですが、もっとも、これは、成城のお二人のために瀟洒な別荘を設計してあげる約束もあるので、是非とも建築家にならねばなりませんが、それとは別に、貧しい人達のために私に出来る仕事はないか、ということを私はいま考えているのです。

じっさい、手紙一枚書けないという事実がどんな悲惨なことであるか、これは現実にたちあった者でなければわからないことです。これもすこし大袈裟な言いかたですが、彼等の悲惨さは私自身の哀しみでした。私は少年院で安のような男と知りあい、彼を友とすることができました。彼も手紙一枚書けない男だったのですが、しかし彼には生きて行こうとする意志がありました。安がなぜ死なねばならなかったのか、私にはいまだに解りませんが、現在、私のまわりには、生きようとする意志をなくしてしまった少年が何人かおります。生きる意志をうしなってしまった人間ほど悲惨な状態のものはありません。なかには、二十歳にもならないのに人生の疲れを知っている者がいるのです。

つまらないことばかり述べたようですが、貧しい人達のために私にどんなことが出来るか、いまの私にはまだ具体的にはなんの計画もありません。

それから、これはおねがいですが、おひまのときには、安の店をのぞいてやってくださいませんか。厚子さんより若い私が、厚子さんのことを心配するのもすこし変ですが、子供を抱えたあの人に、いい再婚先はないものか、などと考えています。母さんがかつて私をつれて宇野家に再婚したことなどを考えると、私には、厚子さんのことが他人事でないように思えるのです。殊に安の死が私の哀しみのひとつである現在、厚子さんの存在が私には切実すぎるのです。

それから、もうひとつのおねがいは、私のコールテンの上衣と外套を送ってくださいませんか。ここから出るときに夏服ではちょっと寒いと思いますので。父さんにもどうかよろしくお伝え下さい。

十一月十六日

矢部行助

宇野澄江様

澄江がこの手紙を受けとったのは十八日の午後だった。手紙を読みおわったとき澄江が感じたのは、あの子はもうすっかり手の届かないところに行ってしまった、ということだった。いままでにもこれと同じ思いをしたことが数度あったが、しかし、あの子は自分の子だ、という安堵がどこかにあった。ところがこんどは、いろいろな意味で独りで歩きだした息子の姿を見たのであった。もう自分のちからではあの子の独り歩きをとめる方法が見つからなかった。

澄江はさっそくコールテンの上衣と外套をとりだし、荷造りをはじめた。上衣をたたみながら涙がでてきた。去年の春、円覚寺に墓詣りに行助といっしょに行ったとき、行助が着ていた上衣だった。

澄江が速達小包で送った上衣と外套を、行助が受けとったのは、十一月二十日の午後であった。この前日に行助は、木場院長から、出院は十二月三日にきまった、と知らされていた。

行助は、出院の日まで、荒地を畑にするための仕事を続けるつもりでいた。彼は、さらに千坪の荒地に鍬を入れはじめていたのである。そこは、枯れた薄が根をはっている小石だらけの平地であった。荒地を耕すのはきつい仕事であった。二度の少年院いりで、行助の内面が、どこかで固くなっていなかったとは言いきれない。しかし、やがて旬日を経てここから出られることがわかってみると、多摩から美ヶ崎にいたるまでの太い幹のような経緯がはるか彼方に見え、幹のわきのこまかい小枝が間近に見えてきた。彼は、間近に見えるこの小枝を、自分自身をいとしむように眺めた。これでけりがついたのだろう、と思った。ここから出たら、この小枝の道を丹念に歩むしかなかった。

海に鷗の姿は見えなかった。ときたま海上を数羽の鷗が飛び交っているのを見る日があったが、前年のように、朝夕たくさんの鷗の群れを見ることはなかった。妙なことだ、なぜ今年は鷗がこの海にはやってこないのだろうか、と行助は荒地を耕す合間に相模灘を眺めて思った。

農芸科の者十二人のうち、五人が荒地を耕していた。七人は畑の手入れをやっていた。行助が、空地を耕して野菜をこしらえよう、と言ったのは、少年院の教官にとってもある示唆となった。教官達は、少年院の待遇を改善しなければ、と思いながらも、結局は上からの通達に従って動いていた。これは仕方のないことであった。

こんな少年院のなかで、一人の院生が、あたえられた場所のなかで、その場所を如何に有効に生かすかを実行に移し、荒地を耕しはじめたのであった。げんに荒地のうち千坪が畑になり、すでに野菜の芽がふきでていた。

荒地をたがやしている院生達のなかに二人の教官がいた。ひとりは木場院長で、いまひとりは若い教官だった。

「疲れるな。みんな……すこしやすもうじゃないか」

木場院長が鍬の手をやすめ、まわりの院生に声をかけた。

少年達はほっとした表情で鍬を投げだすと荒地に思いおもいの恰好で腰をおろした。

「三十分くらいやすませて戴けますか……」

と行助が院長の前に歩いてきて訊いた。

「いいだろう。しかし、きみは、よくやるなあ」

木場院長は手拭で顔をぬぐいながら微笑した。

「僕はここから出ても、この荒地のことが気にかかると思います。きちんと野菜が芽をだしているか、どれくらい収穫があったか、きっと僕は、それをたしかめるために、ここに来ると思います」

「ここの先輩としてか」

「そうです」

「それはいい話だ。やすんだら寒くなってきたな」

木場院長は空を見あげた。

「院長先生。あの崖下にいらっしゃいませんか……。あそこは暖かいんです」

行助は木場院長を岩肌（いわはだ）の崖の下にさそった。そこは、晴れた日は、一日中、岩が太陽の光をすいこみ、陽が暮れるまで暖かかった。地面に転がっている石の上に尻（しり）をおろすと、石がすいこんだ熱がズボンを透（とお）して感じられた。陽溜まりにはいつも懐（なつ）かしい匂（にお）いがしていた。

「永くて短いような一年だったな。もっとも、きみには永すぎただろうが」

院長は崖下の陽溜まりに行助とならんで腰をおろすと、海を見て言った。行助の仲間はおもいおもいの姿勢で陽溜まりにやすんでいた。寝ころんで空を見あげている者もいた。

「ここは、明暗がはっきりしすぎていけませんね」

「なんのことだ？」

「となりの防衛庁とここの対照です。こんな海と空しか見えないところでは、対照がはっきりしすぎるのです」

「きみは、それを見ていたのか」

「いやでも目につきますよ。海を目の前に見ながら魚が食べられないのです。この荒地を耕して野菜をつくるように、院生達の手で網を投げ、魚を獲って食べられないでしょうか。僕はそんなことを考えたのです」

「教官のなかにもそんなことを考えていた者が何人かいた。しかし、実現しなかった。

なぜ実現しなかったか。相手が法務省だからだ。仕方のないことだ」

「院長先生は、人間を信じていらっしゃるのでしょうか。まことに突飛な質問ですが」

「信じられなければ、この仕事はやって行けないよ」

「僕は、ここにはいってきたとき、風光明媚な場所なのに、どういうわけか、荒涼としたものを感じました。いまもそうです。僕は、はじめ、それを自分の心情のせいかと思ったのですが、そうではなく、やはりここは荒涼としていたのです。となりに防衛庁があることが、よけいにそんなことを感じさせたのですね。塀ごしに肉を焼いている匂いが流れてきたことがありました。院生達は、その肉の匂いに、塀の向うの人間らしい生活を見ていたのです。ここの炊事室ではどんな匂いがするかというと、人間の匂いがまったくしないのです。たべられないものでも、飢えが手をだしてたべてしまうのです。そして、やがてここの生活に溶けこんでしまうのです。溶けこんでしまったとき、彼等はすでに非人間になっているのです。こんなところで、人間にたいする信頼がうまれるとは考えられません」

「仕方のないことだ。ひとりひとりの教官のちからだけではどうにもならない」

「僕は、ものごとをまっとうに考えてそれを実行する人間は、現代社会では生きぬけないのではないか、という気がしてなりません」

「そうかもしれない。しかし、そうだとしても、まっとうに生きて行かねばならないのが社会ではないだろうか」

木場院長は行助を見て言った。

「院長先生。ここにはいっている者を見ていますと、生きていこうとすることに投げやりになっているか、あるいは狡(ずる)がしこくなって生きて行くか、そのどちらかの者ばかりです。まっとうな考えを持っている者がすくないんです」

行助が答えた。

「たしかにきみの言うとおりだ。しかし、少年院の存在は必要だよ」

「これは制度にすぎません」

「国家は制度だよ」

「こりゃいかん。院長先生に喧嘩を売ってしまったようですね。そろそろ仕事にかかりましょう。……僕は、ここを出てからも、ときたまここに訪ねてきたいと思っています。多摩少年院には、なにかしら放胆(ほうたん)な雰囲気(ふんいき)がありましたが、ここには暗さがあります。その暗さが僕を惹(ひ)きつけているのです。なぜ暗さが僕を惹きつけているのかは解りませんが……」

行助は起(た)ちあがった。

「では、私は戻るよ」

木場院長もたちあがった。そして院長は、疲れたら適当にやすみたまえ、と言いのこし、荒地から出て行った。

「耕耘機(こううんき)があればなあ」

と秋山均が去って行く木場院長の後姿を見ながら言った。

「しようがないではないか。いそぐことはない。耕しておけばここは畑になる。あとからここにはいってくる者達に、野菜をたべさせてやれると思えば、気持がやわらがないか」

行助が秋山を見て言った。しかし、こう言っている彼にも荒地を掘りおこすのは辛い仕事だった。

「なんでこんなことしなければならないんだ」

と秋山は訊いた。

「なんでって？」

「建築科で木を削(けず)っている方が楽じゃないか」

「あいつの感傷さ」

と大塚菊雄が間をいれた。自殺に失敗した彼は、いつの間にか皮肉な視線しか持ちあわせない人間になっていた。

行助はだまって鍬を持ちあげた。感傷ではなくこれは俺の気質のせいだ、と行助は鍬をふりあげて土を見おろしながら思った。暗さを感じさせる人間にも二通りあったが、大塚は暗すぎた。行助が彼になじめなかったのはこの暗さのせいだった。

「大塚、いやなら農芸科をやめろよ」

行助は鍬をとめ、大塚をふりかえって言った。

「命令するのか」

「命令ではない。農芸科を志願したのはきみの方からだろう」

「それはそうだ」

「それなら、だまって土を掘りおこせよ」

「おまえはじきにここから出れるからそう言えるんだ」

「話をすりかえないでくれ。俺達は向うの千坪を耕してきたではないか。げんに野菜が芽をふいている」

行助は大塚を見据(みす)えた。

「ばかばかしい、と感じただけさ、俺は」

大塚は投げやりな口調で答えた。

「そうだ、たしかにこんな荒地を耕すのは馬鹿ばかしい。しかし、それを信じなかったら、この世の中で信じられるものは何ひとつないよ」

行助は大塚を見て言うと、再び鍬をとりあげた。

一日の仕事を終えるとさすがに疲労(ひろう)がおそってくる。しかし夕食がよく食べられた。

この日の夕食の菜は鯨肉の煮つけに菜っ葉をうかせた味噌汁、それに沢庵が三きれだった。鯨はカレー粉と塩で煮つけてある。

「ちくしょうッ、昨日も鯨で今日も鯨か。いったい俺達をなんだと思ってやがんだろう」

昆布が教官にきこえよがしに言った。監督の教官は食堂の出入口に立っており、それをきいてもだまっていた。鯨の肉も、ころもをつけて油で揚げるとかすれば食べやすかったが、カレー粉と塩だけで煮つけたり、ときには味噌で煮つけたりするだけであった。

「おい。どぶいた。いらないんなら俺がもらってやってもいいぜ」

とむかいがわにいるメリケンが言った。

「冗談じゃねえよ。おまえ、俺を飢死させるつもりか」

「鯨がいちばん廉いんだ。だから鯨ばかり買ってきやがるのさ。俺はここから出たら、生涯、鯨だけは食わないつもりでいる。週に二回は鯨だ。月に八回、年にして九十六回、ちくしょうッ、俺の軀はしまいに鯨の匂いでつまってしまう。ハンストをおこしてやりたいが、そうもいかねえのが現状よ」

「メリケン。おまえがハンストをやったら、俺がおまえの分を食べてやるよ」

どぶいたがまぜかえした。

「いや、ハンストはおまえがさきにやれ。おまえがやったら俺もやる。おまえがハンストのときは俺がおまえのめしをたべ、俺がハンストをやったときは、おまえが俺の分をたべる。つまり、相手がハンストをやっているとき、こっちは二人分食べられるから、儲かるわけだ」

「そんな儲かる算術があるかよ」

まずくとも院生達はよく食べた。殊に秋以後は、うまいまずいなど言っておれないくらい院生達の食欲が旺盛だった。そのため、豚にあたえる残飯が不足がちで、豚が痩せるという珍現象が見られた。

行助は、仲間の話をききながら、鷗のことを考えていた。鷗は依然姿を見せなかった。前年のいまごろは、海は鷗の群れでいっぱいだった。何故彼女達は南下してこないのだろう、北上したまま、北辺の国で死に絶えたのか……。出院まであと二週間たらずだった。それまで彼女達は姿を見せるだろうか……。

食事を済ませて寮に戻る頃には、つめたい海風が吹きつけてきた。

「やれやれ。この風の音をきくとわびしくなってくるなあ」

と誰かが言った。

「別荘の風はよけいつめたいとよ」

と誰かが応じている。

「別荘は別荘でも、ここは特別荘よ」

とまた誰かが言った。

この季節になると、いつも夕暮時に風がでてくる。風は夜どおし吹きつづけ、暁方になるとやむ。

行助はあくる日も荒地を耕しつづけた。彼は耕しながら鷗を待っていた。この荒地がもとはなんに使われていたのか行助は知らなかったが、掘りおこすとガラスの破片や錆びついた釘がよく出てきた。

この日の午後、行助は、耕しているうちにかなり大きな石を掘りあててしまい、それを除けようとして右の人さしゆびと中ゆびの背をガラスで切ってしまった。たいした疵ではなかったのでハンカチで押えていたら血はとまった。

「みんな、ガラスの破片に気をつけろよ」

と行助は仲間に言った。

そして、いつものように四時に畑仕事を切りあげたとき、行助はひどい疲れをおぼえた。前夜、寝汗をかいたが、風邪をひいたのかな、と行助は考えながら、仲間といっしょに農具をしまいに行った。

農具をしまってから手と顔を洗い、寮に戻ると、行助は、畳んで重ねてある蒲団に背中をよりかけ、足を前方にのばした。疲れかたがすこし異常な気がした。去年、流感にかかったのは、やはり今頃だったな、と行助は前年の冬のはじめをおもいかえした。

とにかく腹がへっていたので、彼は間もなく寮を出て食堂に行った。きょうの夕食の菜は、冷凍烏賊を煮つけたのが三切れ、もやしを醤油で煮つけたのが一皿、それに味噌汁だった。

食欲がなかった。しかし食べないことには軀がもたなかった。行助は無理に箸をつけたが、けっきょく半分も食べられなかった。箸をおいたら、

「食べないのか？」

と広田佑介がむかいの席からきいた。

「うん。風邪をひいたらしい」

行助は額に手をあててみた。自分ではわからなかった。

「もらっていいかい？」

広田はすでに行助の食器に手をかけていた。

「いいよ」

行助は答えた。

「てめえが独りじめにするこたあねえ」

広田のそばのメリケンが広田の手をはらいのけ、分配だ、と言った。

「俺がさきにもらう約束をした」

と広田はメリケンを見て抗議した。

「てめえ、ここをどこだと思ってんだ。間抜野郎。共同生活をしてんだよ」

メリケンはまず弁当箱の麦飯をかたわらのどぶいたとわけ、ほんのすこしを広田にやった。烏賊の煮つけは二切れあったのをやはりどぶいたとわけ、汁を広田にまわした。もやしもどぶいたと折半して汁だけ広田にまわした。

「ひでえじゃないか！」

広田はメリケンをにらんだ。

「俺はちゃんとわけてやったぞ。因縁をつけるのはよした方がいいぜ」

メリケンはどぶいたと顔を見あわせてわらった。

「あとで、つらを貸してくれ」

と広田が言った。

「てめえ、俺と喧嘩をするつもりかよ。だけどよう、身分を考えろよ。俺の相手になれる玉か、おめえ」

メリケンはせせらわらっていた。

「殺らしてやる！」

「そう威かすなよ。まあ、いいだろう。相手になってやろう。ああ、うまかった。思想犯の食いのこしをたべたら、俺も急におつむがよくなってきたみたいだな」

メリケンは余裕綽々としていた。

「俺が立会人になろう」

どぶいたが間をいれた。

「てめえも殺らしてやる!」

「すこしはおつむを冷やしておけ。立会人を申しでた奴を殺らすこたあねえでえ。殺られるのはこのメリケン様だけでいいじゃないか。八時の自由時間に、集会室で白黒をきめよう。てめえ、俺にやられて後で先生に泣きつくなよ」

やがて一寮の者は食事を終えて食堂からでた。

行助は、教官にことわってから医務室に行った。きょうも暮方の風が出ていた。

「どうしたんだ?」

医者は帰り支度をしていたところだった。

「風邪だとおもいますが、だるいのです」

「いつからだ?」

「畑仕事を終えた頃からです」

「熱をはかってみろ」

それから医者は体温計を手渡してくれた。

行助は体温計を腋にはさんだ。

「きみは、たしか、去年のいま頃に流感にかかったことがあるな」

「はい。十日ほど寝ていました」

「流感でないとよいが……」

医者は棚からカルテをおろしてめくっていたが、去年はだいぶ悪かったな、と言った。

「どれ、体温計を見せたまえ」

行助は体温計をはずして医者に渡した。

「七度八分か。ちょっとあるな。夕飯はたべたのか?」

「あまり食べられませんでした」

「風邪だろう。畑ばかり耕していて疲れたんだ。上を脱ぎたまえ。診るだけみよう」

医者は聴診器をとりあげた。このとき一寮の若い教官がはいってきた。

医者は行助の胸と背中に聴診器をあててラッセルをきいていたが、たいしたことはない、と聴診器を耳からはずしながら言った。

「先生、風邪ですか?」

教官が訊いた。

「ああ、風邪だと思う。薬をあげる。今夜はここでやすみなさい。変ったことがあったらすぐ電話をくれればよい」

医者は聴診器のゴム管をまるめて机の上におくと、保健助手をよんだ。そして、患者に投与する薬の内容を指示した。

「風邪が多いですか」

教官が医者にきいた。

「多いですね。いまも八人寝ているが、みんな風邪です」

医者は白衣を脱ぎながら答えた。

行助は薬をのんでから病室にはいった。去年と同じ病室のような気がした。病室はみな同じ造りで独房だったから、そう感じたのかも知れなかった。

病室からは海の音がよくきこえた。しかし、寮にいようと病室にいようと、独房にかわりはなく、壁(かべ)と鍵(かぎ)の世界にもかわりはなかった。

行助は蒲団にはいって目を閉じた。詩集のことがおもいかえされた。彼は、ここにはいってきてから四十三篇(ぺん)の詩をつくり、それをすべてノートに書きとめてあった。題して〈光と風と雲〉とし、ノートの表紙にそのように書いた。彼は、ここから出たら、金を貯(た)め、この詩集を出版する予定をたてていた。

みまかりし友よ

安よ

おまえほどやさしい男はいなかった。

おまえと邂(めぐりあ)ったときから

俺はいつもおまえと歩いてきた。

おまえも俺も
無二無三に歩いてきた。
少年院を宿命だと言ったのは黒だったな。
おまえの柩を火葬場におくった日
佐倉は　天命ということを言った。
俺は　おまえの天命を考え
ここに戻ってから
俺の天命について考えた。

安よ
おまえはこの世でささやかな光だった。
おまえの光が俺の支えになった日もある。
俺が二度も壁に遮られながら
宿命を使命に転じようとしたのは
おまえの光が
俺を照射したからだ。

満ちてくる潮の波間に
俺はときどきおまえの顔を見る。
この春北上した鷗はまだ南下してこないが
俺にはおまえの顔が見える。
おまえの店のあの支那竹の匂い
スープの香りに焼豚の味
あそこではおまえが生きていた。
あそこには真実があった。
あそこには勇気があった。
あそこには光があった。
あそこには生命があった。

だが　おまえのたましいは
北の国に還り
いま俺に見えるのは
冬の海だけだ。
その海に鷗の姿は見えない。

行助がこの詩を書きとめたのは三日前の夜である。彼は詩集〈光と風と雲〉のしめくくりにこの詩をこしらえたのであった。亡父矢部隆のいくぶん象徴的な詩にはかなうべくもなかったが、彼はこの詩集を死んだ安に捧げるつもりでいた。

行助は急にこの詩集を見たいと思い、蒲団からおきると戸を叩いた。

しばらくして廊下に足音がし、

「何号室だあ？」

と保健助手の声がした。

「十五号の矢部行助です」

行助は答えた。立っていると寒気がした。

やがて保健助手がこっちに歩いてきてのぞき窓からこっちを見た。

「すみませんが、部屋にノートをとりに行きたいんです」

「ノート？　風邪だろう、寝ていろ」

「おねがいします」

行助は頭をさげた。

「しようがないなあ。持ってきてやるから、どんなノートだ？」

「詩集です。詩を書きためてあるノートです」

「すこし待っていろ。蒲団にはいっていた方がいい」

保健助手は不機嫌に言いおいてたち去った。

行助は蒲団に戻りながら、腕の筋肉がすこし痙攣するのを感じた。ひきつるような感じだった。まいにち鍬をにぎって土を掘りおこしたからだろう、と思いながら蒲団に戻ったとき、こんどは顔がひきつるのをおぼえた。

二十分ほどして保健助手がノートを持ってはいってきた。

「ぐあいはどうだ？」

「筋がひきつるような感じがするんです」

「仕事をしすぎたんだ。きみは詩を書いているのか」

「いえ、詩というほどのものではありませんが」

「寝ていろよ。ことしの風邪はたちがよくないらしいから」

保健助手はノートを行助の枕もとにおくと、部屋から出て行き、錠をおろした。錠の音には慣れていたが、行助はこのときどういうわけか、いやな音をきいたと思った。

せっかく持ってきてもらったのに、枕元の詩集をひらく気力が湧いてこなかった。そのなかには母をよんだ詩もあった。安をよんだ詩はさらに二篇あった。厚子をよんだのは一篇もなかった。厚子を詩にするのは意識的に避けてきたのであった。しかし、俺は、一篇だけあのひとを詩にした方がいいかもしれない……。行助はぼんやりした頭で考えた。いままで意識的に避けてきたのに、なぜ急に詩をよもうと考えたのかわからなかった。なぜだろう……。そして一方で彼は鷗がいまだに南下してこないのは何故だろう、と考えた。

いくらか顔のひきつるのがとまった感じがした。そして睡りがおそってきた。睡ってはいけないな、と思いながら、彼はやがて睡りにさそいこまれて行った。このとき彼は遠くに鷗の飛び交う音をきいた。あれは鷗の羽ばたく音だろうか、それとも潮の音だろうか……。

枕元に母がきて立っていた。

「行助さん、どうしてこんな病気になったの」

と母は言った。

行助はけんめいに母を見ようとしたが、母の顔はなにか透明な膜に遮られてさだかには見えなかった。そしてやがて母の顔が消え、厚子の顔が膜の向うに見えた。厚子は泣いているようだった。

何故泣いているんですか、と行助が訊こうとしたが、くちがきけなかった。厚子はただ彼を視つめて泣いていた。

やがて厚子の姿が消えうせ、理一と修一郎が立っていた。二人は肩を組んでいた。

「われわれは仲がよくなった。したがって、おまえがいなくとも、どうということはない。おまえも早くそこから出て、まっとうな青年にたちかえるんだな」

と理一が言った。

「おまえは無二無三に歩いてきたつもりだろうが、馬鹿な男だよ」

と修一郎が言った。

二人のうしろには大型の車がとめてあり、やがて二人はその車に乗ると、行助をおいてきぼりにして走り去った。行助は、たすけてくれえ、とさけびながら車を追いかけたが、車はもう見えなくなっていた。気がついたら行助の両足首には鎖がまきついていた。それに、背中に重い荷物を背負わされていた。彼は鎖を引きずりながら歩いた。

行助はこうして夢のなかをさまよっているうちに目がさめた。のどが渇き、背中が痛かった。躯が熱かった。水をのもうとベッドからおりたら、躯全体の筋が引きつるようにおぼえた。水をのんでベッドに戻ったら、躯がこまかく痙攣しはじめた。彼はもう一度ベッドからおりて戸の前に歩いて行き、戸を叩いた。それからベッドに引きかえそうとしたら、右脚が強直して動けなかった。彼は戸を手で押して躯をベッドの方に投げかけたが、床に倒れてしまった。

やがて保健助手が現われた。

「夜中にすみませんが、先生をよんで戴けませんでしょうか」

「そんなに悪いのか」

保健助手は不機嫌な口調ではいってくると、行助をベッドに助けあげ、体温計を渡してくれた。そして行助の額に手をあててみて、こりゃだいぶあるな、と言った。

「筋が引きつり、からだが痙攣するんです」

「寒いからではないのか？」

「いえ、寒くはありません」

熱は四十度あった。

「これはいかんな。すぐ先生をよぶからすこし我慢してくれ」

保健助手は慌てて病室から出て行った。

行助は、常夜燈がついているうす暗い天井を見あげ、妙な夢をみた、と思った。四十度の熱があるのに頭のなかは冴えていた。医者は風邪だと言っていたが、風邪でこんなに軀が痙攣するものだろうか……。

やがて保健助手が戻ってきて、濡れタオルをしぼって額にのせてくれた。

「先生はすぐ来るよ」

「いま、なんじですか？」

「三時ちょっとすぎだ」

「三時ですか。……母のところに電話をしてもらえないでしょうか」

「それはかまわないが、朝になってからでいいだろう」

農具をしまって寮に戻ったとき、ひどい疲れをおぼえたが……しかし、その前に、俺は、ガラスの破片で手を切った……。行助は、しきりに、なにかをおもいだそうとした。なにか、というのは、高等学校の頃、保健の時間に学んだある病気の名前だった。俺は、あのとき、ハンカチで傷をおさえ、傷口を洗わなかったが、あの保健の時間に習った病名の症状とそっくりではないか……菌が外傷から体内にはいり、毒素のために顔面筋が強直し、あるいは全身が強直性筋肉痙攣となってあらわれ、高熱を発し、重症者は数時間で死ぬ、と俺はあのとき習ったが、あれは、なんという病名であったか……なんという菌であったか……。

保健助手が戻ってきた。

「お母さんはすぐ車でかけつけるそうだ」

「そうですか。……ありがとうございました」

「まだ痙攣はとまらないのか」

「ええ。……傷口を、すぐ洗わなかったのが、いけなかったんだと思います」

「なんのことだ?」

「破傷風菌ですよ」

行助はちからなく答えると、目を閉じ、全身の痛みをこらえながら、保健助手に昨日の午後のことを話した。

「そんなことがあるものか」

保健助手は自分に言いきかせるように言った。

「そうでないとよいんですが……」

これをきいた保健助手は再び慌てて病室から出て行った。

行助は、背中が反るのを感じた。破傷風にまちがいないな、と思った。にわかの出来事で、死に直面した恐怖はなかったが、自分がこれだけ冷静なのが納得できなかった。そして一方では、これまで知りあったいろいろな人の顔が、季節の色に染まった表情でおもいかえされた。

やがて医者と保健助手がはいってきた。医者はだまって行助の胸に聴診器をあて、脈をしらべた。

「心配することはない」

と医者は言い、保健助手をうながして廊下に出て行った。

気やすめを言ったのだろう、と行助はかけつけてくれた医者に感謝しながら、しかし、もう、どうでもよいことだ、と思った。そして右手をあげ、傷口を見た。なんの変哲もない小さな傷あとだった。こういうのを宿命というのだろうか、しかし、これは、黒が言っていた宿命ではないだろう、二度も少年院にはいったのは、ある面では宿命だったかもしれない、しかし、俺は、その宿命を、どこかで使命に転じていったのに、それがこのざまだ……。傷あとにはすこし土がこびりついていた。この土だ、この土が原因だ、あれほど俺が愛した土が、俺を亡きものにするとは……。彼は、傷口にこびりついた土をそのままにして手をおろした。やらなければならないことがたくさんあったのに、と行助は思った。コンクリートの塀で遮られていただけに、塀の向うにある空間が、彼にはとても大きく感じられた。

　しかし、俺は、もう、あの空間には入って行くことが出来ない、荒地を耕したのが、けっきょくは俺の集約だったのだろうか……。彼は、安を考えた。安の素直な性格を考えた。安の素直な性格が彼の後見役を果していたとすれば、目に見えないところで素直でなかった俺の気質が、けっきょくは俺を亡きものにしようとしているのかもしれない……もし、俺が、宇野家の家風に合わせて生きようとしたら、俺は迷路のなかを歩かねばならなかっただろう、あんなむつかしい家庭もなかったな、しかし、俺は、むつかしいからという理由であの家庭を避けたのではない、あの家庭より俺の方がよほどむつかしかった、しかし、いまとなっては、どうでもよいことだ……。

　医者が小田原警察署に電話をし、市内の病院で破傷風菌血清を保存しているところがあるはずだから、パトカーで運んでもらえないか、と頼んでいたとき、行助は再び夢のなかをさまよいはじめていた。

行助は円覚寺の父の墓の前に立っていた。

「詩を書いているんだってね」

と矢部隆が言った。言っているのは墓石だった。

「一冊だしました。〈光と風と雲〉という題です」

行助は答えた。

「いい題じゃないか。しかし、私のまねをして早くここに来る必要はなかったな」

「そこはよくないですか」

「いや、すみごこちはいいよ。しかし、おまえが来るのは早すぎた」

「仕方ないんです。すみませんが、僕にもすこし席をわけてくださいませんか」

「まあ、いいだろう。私のいた席を譲ってあげよう。私もそろそろあの世に行かねばならない時分だ。ところで、ひとつ訊くが、おまえは、誰もうらまずにここに来たのか？」

「僕は人をうらみませんでした」

「それはいいことだ。私は、ここからおまえを見ていたが、勇気のある短い生涯であったと思う。しかし、これからおまえの生涯がはじまるのだ。では、ここにはいりたまえ。」

ここでは、他人に煩わされることがない」

行助はここで夢から現にかえり、ベッドのそばで誰かが話しているのを耳にした。誰がそばにいるのかわからなかった。夜あけらしく、窓がいくらかあかるんでいた。血清はまだか！　という声が遠くの方でした。木場院長の声だった。

「あの子を死なせちゃいかん」

と再び声がした。廊下に木場院長がいるらしかった。ここまでははっきりしていた。再び全身の強直と痙攣がはじまったのである。行助は呻き声を発したように思う。そばに安が立っていた。ああ、安か、よく来てくれたな、と行助が言ったとき、安の姿は消えていた。かわりに、行助は、満ちてくる潮の音をきいた。そして、無数の鷗が飛び交っている羽ばたきの音をきいた。ああ、鷗が南下してきた！　俺は、おまえ達の来るのをどんなに待っていたことだろう……。無慮数千羽の鷗が、行助の目の前を飛び交っていた。行助は、来年の春、俺はまたここに還ってこれるだろうか、と思った。

解説

白川正芳

『冬の旅』は、作者はじめての新聞小説で昭和四十三年五月から翌四十四年四月にかけての約一年間『読売新聞』夕刊に連載になり、同年九月に新潮社より上下二巻にわけて単行本として刊行されベストセラーになった。

私は別なところで、作者の仕事を時期的に概観してみると、『八月の午後と四つの短篇』など主として短編に力を注いで書いていた初期のころ、『薪能』『剣ケ崎』『白い罌粟』などの中期の代表作を集中的に書いた三十代の後半から四十代のはじめにかけてのころ、およびそれ以後という風におおまかに三段階にわけることができるだろう、と書いたことがある。

昭和四十一年に『白い罌粟』で直木賞をもらってからは注文が殺到し彼はそれを精力的にこなしやがて中間小説の分野においても新しい領域を開拓したといわれるようになり、多くの読者を持つに至ったのだった。

一時期的な概観をもうすこし敷衍してみると、初期作品に特長的だった硬質な抒情はそれ以後も一貫して作品の底に流れているが、中期には、男女の愛の絶巓をたどった『薪能』や『流鏑馬』などエロスと死が豊饒にたわむれる華麗な世界が開花している。能の終りとともに消えてゆく篝火に滅びを象徴させて、いまは没落してしまった旧家壬生家にたった二人だけ生き残ってしまったいとこ同士の愛と死を描いた『薪能』、わずか五日間で女のいのちが終ったことを知って死を垣間み、それから二日後に、流鏑馬神事に出場する愛人を見送って女主人公が剃刀で手首の動脈を切る『流鏑馬』の背後にあるのは作者の滅亡を凝視するニヒリズムと、自身の「花」をみつめる眼であった。

この二つの作品は作者のさまざまな思念と情念が見事に凝集をみせている力作で、私の好きな小説であるが、ここで注目すべきことが二つある。一つは、前者はいとこ、後者は義弟との愛という風に血縁関係にある者同士が愛しあい、そして破局を迎えるという構図をとっていることである。もう一つは、作者の家系意識で前者は旧家壬生家の生き残り、後者は「鬼頭家代々の家風」といったかたちであらわれている。そして、そこにかもしだされる一種の古風さを作者は好んでいる。

これらは立原正秋の出身と不可分のものでそれは彼が美を探求するのに一種倫理的な姿勢をとりつづけているのと深くかかわっている。

かつて、立原正秋は、川端康成の作品に「孤児の目」をみたのは自身の出生と生いたちにかかわっていたと「川端康成氏覚え書」のなかで述べている。この覚え書によると彼は戦争末期の昭和二十年二月のある日、横須賀で予備徴兵検査を受けた。検査日には遺髪、遺爪を入れた奉公袋を持ってこいとの伝達があったが、その日、奉公袋を持っていかず検査官の叱責をうけた。持っていかなかったのは故意ではなく、また忘れたわけでもなかった。

「……奉公袋を用意しなかったのは、孤児がなせる無意識の行為であった。くる日もくる日も火の臭いが満ちていたたかぞらを見あげ、私は日本の滅亡をかたく信じていたが、それより以前、私は孤児としての自分の滅亡を視ていた。日本が滅び朝鮮が滅ぶのを、私はあのたたかいの日々に、どれだけ冀願したことか。滅亡する国にあっておのれの滅亡を視てしまった者にとり、遺髪をいれた奉公袋がどんな意味を持っていたのか」

彼の父は朝鮮李朝末期の貴族だった祖父と日本人の祖母とのあいだに生れ、姻戚の家をたらいまわしにされ、最後に禅寺にやられ僧侶になり、立原正秋が四歳のとき不慮の死にあった。母は九歳のとき再婚して日本に戻っている。母の再婚後、父と同じく姻戚の家をたらいまわしにされたという。

川端康成の世界のなかに、彼は、美を構築するさいにも求道的であった姿勢を指摘しているが、前にも述べたように、立原正秋の場合にもその美の探求のしかたのなかに一種倫理的な姿勢がつらぬかれており、川端康成のなかに自分の世界の照り返しをみている。

「ひとびとは私小説作家に倫理的な姿勢を見ながら、川端氏にはそれを見出せない。私小説作家の倫理は告白にすぎず、川端氏の倫理は天稟が命じたものである。このちがいのためである。自己省察を終えた作家は告白をしないものである。告白のかわりに構築に全力を集中する。

私はこれを小説とよぶ。一例をあげよう。『千羽鶴』の最後の一節『菊治は仮想敵に向って、自分の毒を吐き出すように言うと、公園の葉蔭へ急いだ』

ここには川端氏の地獄がある。私はここに人生無常を年少のころに知った孤児の沈痛なひびきと、美にたいするしぶとい求道者の姿勢を見た」

だが、川端康成の作品のなかに、早くから求道的な作者の姿勢を感得するというのはおそらく不幸と呼ばるべき事態であろう。

さて、『冬の旅』は、いわゆる非行少年を扱った小説であるが、主人公行助をはじめ登場人物たちに作者の暖かい眼差しがそそがれている。この小説が多くの読者をえた一番の理由であると思う。

主人公宇野行助は、義兄の修一郎を刺して少年院へおくられる。それは悪夢のような半日であったと行助は回想する。

行助は七年前、小学校四年のとき再婚する母と一緒に宇野家へ来た。当時を思いかえして、九歳と十一歳の少年が、今日から君と僕とは兄弟だ、といいあいながら、しかし、二人ともそれを本当だと思っていず、二人の間に溝(みぞ)ができたのは、或(ある)いはこの最初の出発の日であったかも知れないと思う。

修一郎の父、宇野理一は中企業よりやや大きな会社である宇野電機株式会社の社長である。三十二歳のとき妻を病気でなくし、友人のすすめで行助の母澄江と再婚した。取調べのとき、行助は「母を女中とののしられたから刺した」と自分に不利な証言をする。自分の母が辱(はずか)しめを受けようとしたことが行助にはありうべからざることと思われるのだ。留置場のなかで、行助は美しい母にたいしての愛惜の思いと、修一郎を許せないとの思いにかられる。その結果、修一郎の父理一に事実を告げないことを決心する。その母もおそらく事実を告げないだろうということで、母子の暗黙の理解が成立する。そのことが修一郎に対する復讐(ふくしゅう)なのであった。

行助のような少年が少年院送りとなることに作者の抗議がこめられている。むしろ修一郎の方が〈非行〉といえば非行なのである。修一郎の忌むべき行為がなければ、行助が結果としてであれ修一郎を刺すという事態も起りえなかった。その因果関係を力説することで作者は行助を救っている。しかし、行助も修一郎もともに作者の分身であるということはできるので、修一郎が描かれなければ行助も生きてこないのである。この微妙な関係のなかに小説の秘密がひそんでいる。

少年院での日課がきわめてリアルに書きこまれている。六時半の起床、その日の労働、そして就寝までとこまごまと記されている。悲惨さはない。けれども自由な生活を奪われているのだ。行助をとりまく登場人物に生彩がある。飾りけがなく恋人が身二つになっているはずという安、夜中に蒲団のなかでひっそり泣く幼児猥褻行為の寺西保男、利兵衛と渾名がついている天野敏雄など作者の愛情がこめられている。

非行とはいったいなにか。作者は正面きって論じてはいないが、修一郎の自堕落な生活と安夫婦や行助および仲間たちの懸命な生きかたを対比させて描くことで読者に問いかけている。修一郎は次第に疎外されていき自業自得の報復を受けることになるのだが、行助は再び少年院に舞いもどらなければならない。

仲間の喧嘩に麦の「めし」を賭ける場面がある。予算にしばられた少年院での生活は極めて貧しいものであり、例えば少年たちのおやつ代は年額百二十円だとある。他は推察に難くない。このようにきびしい生活のなかで、彼らは一食分の麦飯に真剣に賭ける。こんな場面は生きいきとしていて、なにか物悲しい。

行助の生きかたはどことなくぎごちなく不自然であることは否定できない。作者はもちろん承知のうえで行助をそうさせているのだが、そう貫かせることに作者の意図がこめられている。

山村が行助について「まあね、宇野は損な性分にうまれついている、と思っているだけさ。あいつは、正義漢じゃないんだ。正義漢ならまわりから同情をよせられるが、あいつの性格には、こちらがはいりこむ余地がないんだな。なんといえばいいかな、あいつは倫理そのものだよ」と述べるくだりがある。これは宇野行助を見事に語る言葉だ。行助のような人間は自分のたてた倫理ですべてを律していかなければ生きられない人間なのだ。他者からみれば、まさに「倫理そのもの」と映ずる。それはおそらく苦難を伴う生きかただ。

「りんりってなんですか」と問われて、山村は、「人間がおこなうべき道、といえばいいかな」と答えている。これはまたおそろしく生真面目な答えだ。このような主人公の像に、一種、倫理的な姿勢をくずさない作者自身の投影がみられる。そういった意味ではこの小説はきわめて倫理的なまじめな主題を扱った小説であるといえる。

やや類型的な筋立てや人物の造型がみられるが、これは新聞小説という制約からきているものであろう。

作者はこの小説について「『冬の旅』を描くことは作者にとっても勇気のいる仕事であった」と述べ、「わけても作者にとって忘れがたいことが二つある。ひとつは、全国の読者から、この作品にたいする共感を示した激励のたよりをたくさんいただいたことであった。高校生から七十六歳の老人にいたるまで、いずれも生きることを真剣に考えている人たちであった。いまひとつは、安が死んだとき、私が行きつけの一杯飲み屋から追いだされたことである。安のような善良な男を殺した小説家に酒はのませられない、というのであった。店の人は本当に怒っていた。私はなにか悪いことをした気がした。連載が終ったので、私はその店に一升さげてあやまりに行くつもりでいる」(「『冬の旅』を終えて」)と書いている。

この小説であつかったテーマは自身の生いたちとからまったところの作者が一度は書かなければならなかったものであり、この意味からも作者にとって「勇気のいる仕事」だったと思われる。

(昭和四十八年二月、文芸評論家)

この作品は昭和四十四年九月新潮社より刊行された。

本作品中、今日の観点からみると差別的ととられかねない表現が散見しますが、作品自体のもつ文学性ならびに芸術性、また著者がすでに故人であるという事情に鑑み、原文どおりとしました。

（新潮文庫編集部）

小林秀雄著

Xへの手紙・私小説論

批評家としての最初の揺るぎない立場を確立した「様々なる意匠」、人生観、現代芸術論などを鋭く捉えた「Xへの手紙」など多彩な一巻。

小林秀雄著

作家の顔

書かれたものの内側に必ず作者の人間があるという信念のもとに、鋭い直感を働かせて到達した作家の秘密、文学者の相貌を伝える。

小林秀雄著

ドストエフスキイの生活

文学界賞受賞

ペトラシェフスキイ事件連座、シベリヤ流謫、恋愛、結婚、賭博——不世出の文豪の魂に迫り、漂泊の人生を的確に捉えた不滅の労作。

小林秀雄著

モオツァルト・無常という事

批評という形式に潜むあらゆる可能性を提示する「モオツァルト」、自らの宿命のかなしい主調音を奏でる連作「無常という事」等14編。

小林秀雄著

本居宣長

日本文学大賞受賞（上・下）

古典作者との対話を通して宣長が究めた人生の意味、人間の道。「本居宣長補記」を併録する著者畢生の大業、待望の文庫版！

小林秀雄著

直観を磨くもの

—小林秀雄対話集—

湯川秀樹、三木清、三好達治、梅原龍三郎……。各界の第一人者十二名と慧眼の士、小林秀雄が熱く火花を散らす比類のない対論。

水上勉著　雁の寺・越前竹人形
直木賞受賞

少年僧の孤独と凄惨な情念のたぎりを描いて、直木賞に輝く「雁の寺」、哀しみを全身に秘めた独特の女性像をうちたてた「越前竹人形」。

水上勉著　櫻　守

桜を守り、桜を育てることに情熱を傾けつくした一庭師の真情を、滅びゆく自然への哀惜の念と共に描いた表題作と「凩」を収録する。

水上勉著　土を喰う日々

京都の禅寺で小僧をしていた頃に習いおぼえた精進料理の数々を、著者自ら包丁を持ち、つくってみせた異色のクッキング・ブック。

開高健著　パニック・裸の王様
芥川賞受賞

大発生したネズミの大群に翻弄される人間社会の恐慌「パニック」、現代社会で圧殺されかかっている生命の救出を描く「裸の王様」等。

開高健著　フィッシュ・オン

アラスカでのキング・サーモンとの壮烈な闘いをふりだしに、世界各地の海と川と湖に糸を垂れる世界釣り歩き。カラー写真多数収録。

開高健著　輝ける闇
毎日出版文化賞受賞

ヴェトナムの戦いを肌で感じた著者が、戦争の絶望と醜さ、孤独・不安・焦燥・徒労・死といった生の異相を果敢に凝視した問題作。

吉行淳之介著　**原色の街・驟雨**　芥川賞受賞

心の底まで娼婦になりきれない娼婦と、良家に育ちながら娼婦的な女——女の肉体と精神をみごとに捉えた「原色の街」等初期作品5編。

吉行淳之介著　**夕暮まで**　野間文芸賞受賞

自分の人生と〝処女〟の扱いに戸惑う22歳の杉子に対して、中年男の佐々の怖れと好奇心が揺れる。二人の奇妙な肉体関係を描き出す。

吉行淳之介著　**砂の上の植物群**

常識を越えることによって獲得される人間の性の充足！　性全体の様態を豊かに描いて、現代人の孤独感と、生命の充実感をさぐる。

遠藤周作著　**彼の生きかた**

吃るため人とうまく接することが出来ず、人間よりも動物を愛し、日本猿の餌づけに一身を捧げる男の純朴でひたむきな生き方を描く。

遠藤周作著　**悲しみの歌**

戦犯の過去を持つ開業医、無類のお人好しの外人……大都会新宿で輪舞のようにからみ合う人々を通し人間の弱さと悲しみを見つめる。

遠藤周作著　**真昼の悪魔**

大病院を舞台に続発する奇怪な事件。背徳的な恋愛に身を委ねる美貌の女医。現代人の心の渇きと精神の深い闇を描く医療ミステリー。

冬(ふゆ)の旅(たび)

新潮文庫　た-15-2

昭和四十八年五月二十五日　発行
平成三十年四月十五日　六十一刷改版

著者　立原正秋(たちはらまさあき)

発行者　佐藤隆信

発行所　株式会社新潮社

郵便番号　一六二―八七一一
東京都新宿区矢来町七一
電話　編集部（〇三）三二六六―五四四〇
読者係（〇三）三二六六―五一一一
http://www.shinchosha.co.jp

価格はカバーに表示してあります。

乱丁・落丁本は、ご面倒ですが小社読者係宛ご送付ください。送料小社負担にてお取替えいたします。

印刷・錦明印刷株式会社　製本・株式会社大進堂

ISBN978-4-10-109502-8 C0193